U0137438

桃花始翩然

君子以泽 作品

湖南文艺出版社

博集天卷
CS-BOOKY

君子以泽

作品

自 序

　　从小到大我都是个游戏迷兼"网瘾"少女。七岁玩《扫雷》，八岁上网，九岁玩《帝国时代》，十岁注册第一个 QQ 号（那时还叫 OICQ），十三岁起，开始接触网络游戏《石器时代 ONLINE》《传奇》《仙境传说》《魔兽世界》……直到开始写小说，我才不再玩网络游戏，沉醉于建造自己的世界。

　　记得《剑侠情缘网络版三》风靡全国时，我被好友黑色禁药拉入坑玩了几天，很惊讶国风网游居然可以做得这么精细，并且深深被这个游戏的自由度吸引了。但几天过后，我发现自己开始作息混乱、日夜颠倒，觉得会非常影响写作和对未来的规划，就迅速出坑了，之后再不碰网游。当然，禁药这家伙之后大概有一年的时间找不到人。于是我跟我们共同的朋友感慨：曾经有一颗勤劳的药，她快乐地跟我们说"我要去打剑网三啦"，然后她的头像就再也没亮起来过……

再后来，手游慢慢占领了市场，取代了网游，大量 RPG[1] 如雨后春笋般涌入市场，画面精细程度、技能连贯性、打斗真实感、仇恨模式等等，都让人一再惊叹中国游戏业发展的速度。我知道它们做得有多好，但鉴于有完美主义工作狂的性格，对这些烧时间烧钱的虚拟"罂粟"也是坚决不碰。

然而三年前，我家里发生了一件挺大的事，也就是这篇小说里翩翩父亲公司官司的原型，在几个月内粉碎了我的意志力。那是 2017 年年初，我二十八岁，看着自己眼前的道路和困境，数着与三十岁的距离，曾经无数次感慨，这不是我想要的三十岁，不是我想要的二十岁青春末端。如果是我自己犯的错误，是我不够勤奋、不能吃苦而付出的代价，我愿意为这份错误买单。但不是，那只是飞来横祸，而我只能在伤害家人和伤害自己之间做选择。命运的不公和巨大的压力让我一次次试图爬起来，又一次次被击垮。最后，我完全放弃了自己，活在了另外的世界。这个另外的世界，就是许多个 RPG 手游。

从小到大，虚拟世界一直是我生活中非常重要的一部分，我很习惯自己在不同世界里的不同身份，但玩到忘记自己是谁、已经不在乎现实的自己是谁，是有生以来第一次。也是因为有了这段过去，才有这一本《桃花始翩然》。

人在无能为力的时候，自我认同感会降低到极点。而游戏世界是如此绚

---

1. RPG：角色扮演游戏，玩家要扮演一个虚构角色，并控制该角色的许多活动。

烂迷人，只要玩家花钱，肯"肝"，就能取得现实里努力十年、二十年才能换来的认同感、成就感。生活不如意的人，很容易沉迷其中。描写那些梦幻而意气风发的世界时，读者沉迷其中，想继续看游戏世界，但也在替翩翩担忧，她什么时候才能真正回到现实里来。这是很多游戏玩家的内心写照。淡出游戏世界，每个玩家都和翩翩一样，有很多困难和挑战要面对，不可能像在游戏里那么轻松就获得一切。但这才是生活。

游戏里的故事几乎都是虚构的，但因为我玩的游戏很多，什么战力级别的都玩过，类似事件看了很多，所以很多读者看起来都觉得以假乱真。不过，大官人的故事是真实事件改编的。游戏里就是有很多这样孤独的放弃自己的人，我无意歌颂，无意贬低，只是想说，在游戏里看到的很多光鲜亮丽的排行榜高战[1]，他们游戏里有多光鲜，生活里可能就有多痛苦。我接触到的高战玩家，80%以上是身处低谷的成功者（大官人原型是例外），还没遇到过长期重肝重氪[2]在生活里也是一帆风顺的人。他们很可能并没有意识到自己很痛苦，还以为玩游戏只是放松。一般人没玩到他们的级别，很难看到他们狼狈的一面，只知道他们是大佬，很厉害。我比他们战力高，他们信服我，会跟我分享真实情况。每一个人背后都有很让人感慨的故事。只能说，当代孤独又依赖网络的年轻人真的太多了。

因为很多 RPG 类型的小说里，大神、高战、大佬，有这些头衔的角色在现实生活里都是很体面的，我开始不是很想写这本书，怕读者失望。但我母亲说，你对游戏圈子了解这么深入，不写太可惜了，人一定要写自己熟悉的题材。于是，我鼓起勇气开坑了。

而男高战和漂亮女低战的故事，在哪个游戏里都跟商量好了似的一个套路，他们的故事应该是绝大部分入门玩家都能看到的。所以我也用这样一个故事当小说的开头，方便引导读者进入剧情。

1. 高战：游戏中战斗值高的玩家。
2. 重肝重氪：玩游戏的过程中花费大量时间、精力与金钱。

关于女主角的设定，因为翩翩的年龄摆在这里，一般比较成熟的观点我都会通过长辈或闺密告诉她，她的内心独白得有二十二岁女生该有的样子。加上小说是第一人称，读者可能会觉得翩翩就是我，其实并非如此。每一个角色身上都有我的观点和影子，作者更像作品，而不是像主角。所谓"文品如人品"，大概就是这个意思。

写完《桃花始翩然》以后，按照惯例，从头到尾修改四遍。每次温习，我都会回忆起自己人生中的风浪和宁静。此时此刻，我依然热爱1988年9月19日，因为那一天，一位伟大的女性赐予了我生命，让我感受到了生而为人的美好。

所有命运带给我们的不幸，最后都会用另一种方式补偿回来。而我们需要做的只有两件事，坚强和等待。

君子以泽

二〇一九年十一月二十九日

目 录

Contents

楔子＿＿桃花818 / 001

一瓣桃花 / 005

两瓣桃花 / 022

三瓣桃花 / 037

四瓣桃花 / 052

五瓣桃花 / 067

六瓣桃花 / 082

七瓣桃花 / 097

八瓣桃花 / 113

九瓣桃花 / 129

十瓣桃花 / 145

目 录

Contents

十一瓣桃花 / 162

十二瓣桃花 / 177

十三瓣桃花 / 194

十四瓣桃花 / 209

十五瓣桃花 / 224

十六瓣桃花 / 240

十七瓣桃花 / 255

十八瓣桃花 / 271

十九瓣桃花 / 288

二十瓣桃花 / 302

二十一瓣桃花 / 315

二十二瓣桃花 / 330

二十三瓣桃花 / 344

二十四瓣桃花 / 359

番外：翩寒婚后日常 / 376

楔子　桃花818

永别了，已经是别人老公的你……

发帖人：无心女子 时间：20××年7月1日 3:45 am

　　老公，你知道吗？昨晚系统公告你和她结婚后，我脑中一片空白，除了微微窒息，只有特别迟钝的感觉。到现在，我都觉得这是一场噩梦，很快就会醒过来的……

　　你娶谁不好，要娶我徒弟。

　　我一直以为，她是我最信任的倾听我们故事的对象，是帮我们增进感情的小棉袄。

　　那天登她的号，看到你们的聊天记录，我才知道自己太傻了。

　　（以下为游戏聊天截图，名字、头像都用马赛克处理过：

　　"师公，你和师父是现实的男女朋友吗？"

　　"当然不是，我们是任务夫妻。"

　　"只是任务夫妻吗？那什么样的女生才是师公喜欢的类型啊？"

　　"你这样的吧。哈哈，我开玩笑的。玩你的去，别操心我和你师父的事了。"）

我气得去质问你。你说，两个人的感情没必要让第三个人知道。但我无法信任你了。那是我们吵得最厉害的晚上，也是我第四次在游戏里和你离婚。后来你百般哀求，千般道歉，我还是心软和你复婚了。

可是复婚后，你彻底变了。你居然和其他女生共骑双人坐骑，还送爱慕草给你的高战女徒弟，这还是我认识的你吗？！你说我小题大做，但爱慕草是求婚专用道具！你摸着良心说说，是我小题大做吗？是吗？

因为太难受，我犯了错，你特别生气。我告诉你我们扯平了，以后好好相处好不好。在电话里我们聊了七个小时，我一半的时间都在哭，你说你愿意做最后的尝试。我向你保证以后绝不再犯错，你没回复，下线了。

凌晨三点，我从梦中惊醒，进入游戏，看到了这个。

（以下为游戏里的三张截图。

第一张是系统邮件截图，内容是：您的夫君寄给您一封休书："对不起，我过不去这一关。"与您解除夫妻关系，从此一别两宽，各生欢喜。

第二张是一个人赠送给另一个人爱慕草的截图，两个名字均被打了马赛克，赠言是：抱抱师公，一切都会过去的 T_T，她不珍惜你，有人会珍惜你。

第三张是系统邮件截图，内容是：您的徒弟已经背叛师门，从此与您形同陌路，望恩师珍重。）

我想装傻都不可能了。

其实，当我们俩还在一起时，我徒儿就经常肆无忌惮地说："下了，爱你哦，师公。""么么哒，师公。"但因为她经常说你眼中只有我，我就忽略了本能中短暂的不快……

我们离婚后，她像狗皮膏药一样跟着你，充钱提战力，就是为了打我。

太可笑了，明明我才是被横刀夺爱的人，明明她才是小三，但你的那些高战女徒弟的三观都被狗吃了似的，帮她对付我，说是因为我背叛了你，但谁都知道我这么做只是为了气你啊！

如果这么做的女生是雨姐，甚至是翩神，她们敢这么对我吗？

无非欺负我战力低。真的没意思。

其实，这些所谓的女大佬，哪个对你没花花肠子？放下高战姿态讨好你，却都输给了我徒弟。呵呵，她们心里不酸吗？

对了，提到翩神，我觉得好遗憾。连我这种休闲玩家都知道她是国服第一大佬，知道她蝉联全服冠军队的神话。这一届万界争霸，她第一次战败。看到她卖号，我也为她惋惜——凤舞翩然这个名字一直是我的梦想。从开服到现在，除了被闺密撕过，她没什么乱七八糟的传闻。她无爱、无恨、强到不需要儿女私情，就算卖号也不是因为感情，而是因为尊严。

如果我可以和她一样强，得多好……

可我不太行，现在一上游戏就哭。

朋友都劝我不要走，可是留着我难受。我告诉自己我们不合适，可我的心骗不了自己。

老公，这是我最后一次这么叫你。写完这一帖后，你的人生里不会再有我了。

永别了。

补充一下，不要问男主是谁了，我只想倾诉，不想让他身败名裂。也请大家不要骂他渣男，但愿他和我的小三徒儿能好好的吧。

那些说我连给凤舞翩然提鞋的资格都没有的人，说我故意cue（提到）她引战的，我也是醉了。我又不是他们区的，她和大魔王的818（八卦）我真不知道，你们要吵麻烦另外开帖吵。反正在我眼里她就是完美女神，怎么别人有资格粉[1]她，我就不能吗？神经病吧。

上文为主帖内容，发帖人在回复中详细描述了她的故事。除她以外，回帖两千多条，帖子关注量一万六，还在持续增长中。

本帖热门评论：

搬瓜小公举："作为一名很有经验的吃瓜[2]群众，我爬了全楼，为大家总

---

1. 粉：网络用语，成为某人的粉丝。
2. 吃瓜：网络用语，指不发言只围观的普通网民，用来表示一种不关己事、不发表意见仅围观的状态。

结一下：男主收楼主为徒，并多次离婚复婚。楼主女徒弟为了调和两口子矛盾，和男主来往密切。楼主凌晨三点分别弹男主和徒弟微信语音，发现他们在一对一语聊。他们的解释是在聊楼主的事，楼主觉得只是以此为借口互撩，并叫徒弟和男主都删掉对方微信，遭双方拒绝。第四次离婚后，男主送爱慕草给妹子触了楼主底线，楼主愤怒之下开小号和路人闪婚闪离，被楼主徒弟的亲友第一时间扒出来告诉男主。男主觉得被绿，和楼主离婚，娶楼主徒弟。发了这个818帖后，楼主徒弟和高战女大佬们被骂，扬言要杀楼主到卖号，本栏目又名《一对借师徒关系谈恋爱的男女与他们各自徒弟多角恋引发的血案》，现在正在直播进行时，赞本课代表上去让大家看到。"（点赞：784）

重雪芝："楼主写818可以，我们都心疼你，想帮你骂渣男和小三，但不要 cue 凤舞翩然了吧。翩神虽然这次输了，但她创造的战绩和神话无可超越。而且人都卖号了，你还提她和闺密撕 ×，你真的是她粉丝吗？黑粉吧。"（点赞：232）

路过一只鱼："本宝宝活了两百多个月，还是第一次看见这么不要脸的狗男女，楼主求爆名字，我们一起去围观'奇葩'。"（点赞：203）

一瓣桃花

　　各位同学请跟我念：便宜没好货，天上不会掉馅饼，贪小便宜的下场很可能是偷鸡不成蚀把米。

　　昨天下午，我淘到了一个性价比相当高的游戏账号，得意半天。等意识到买了个什么玩意儿以后，有点尴尬。毕竟不管人生多么黑暗，我也犯不着专门花钱让别人告诉我，你需要去看看脑科，因为你很可能是个傻子。这种事自己知道就够了。

　　昨天我上易游网卖游戏账号时，这号才挂出来，出售标题是"心血奶妈（为队友恢复血量的职业）号白菜价甩卖，真的真的不想玩了，诚心出号，求有缘人善待"，价格宛如来自诈骗网站：65块。我揉了揉眼睛，确认网址没输错，不假思索把号秒（秒杀）了下来，只觉得号主是萌新（游戏中的新手），不懂市价。可以买下玩两天，提一波战力，再倒卖出去，小赚一笔。

　　结果事情并不像我想的那么简单。

　　现在是北京时间七月二日晚上九点十五分。我刚登上这个新买来的游戏号，发现装备爆（pk 掉落）了一半，历史战斗记录显示被同一人杀了七次，这让我很意外。这号战力不怎么高，面板也不行，没想到有点事故体质，打得很是激情。但我没拿它当回事，点开人物信息尝试改名，想看看第一次免费改名机会是否还在，结果出现以下提示：

系统检测到您之前使用过游戏名【凤舞翩然】，请问您是否要继续使用这个名字？

这个名字曾经是我最大的骄傲，直到我在万界争霸上被半血秒杀。那个击败我的男人，现在人称大魔王的家伙，第一次和我进行了正面对话。

然而，他打出来的都是什么无情又可恶的台词，也不枉我看不惯他那么久："翩翩，你就这点实力吗？"

想到这段耻辱的记忆，怒火在我的胸腔如氢弹般爆炸。我用手指用力地狂戳鼠标，对"不改名"按键的位置点了十多下。

同时，帮派频道出现了一句话："翩翩，有什么不满的，冲我来吧。她跟你不一样，只是个单纯的小女生，没吃过什么苦，经不起你这样攻击。"

我木然地把双手放在键盘上，一动不动。什么情况，我明明披着"马甲"，怎么一下就被人认出来了？我震惊了几秒，再看看自己控制的游戏人物，我反应过来了：这个人叫的"翩翩"并不是我，而是这个号的前号主。她的游戏名字是佳人翩翩，和我重名。

说上面那句话的人叫慕殇，名字有点眼熟。我翻了一下历史战斗记录，发现杀佳人翩翩七次的人叫慕殇宠爱的弯弯酱。这剧情，信息量略大。

【帮派】轩辕包子：我有点蒙，老殇你怎么了？

【帮派】一懒众衫小：发生了什么？我好像错过了一个亿。

【帮派】慕殇：你们问佳人翩翩，她在贴吧发了什么帖子，她自己清楚。

在好奇心的驱使下，我回了一句话。

【帮派】佳人翩翩：是在叫我吗？

【帮派】慕殇宠爱的弯弯酱：你还装什么无辜，你不是在帖子里义愤填膺得很吗？已经把渣男这个屎盆子往慕殇头上扣了。我就奇了怪了，难道不是你先背叛了慕殇，他和你离婚了一段时间之后才和我结婚的吗？怎么被你说得我像是第三者？

【帮派】慕殇：因为不顺着你的意嗷着脸跟你和好，所以就贼喊捉贼说我绿了你？

【帮派】慕殇宠爱的弯弯酱：还有，你还好意思刷喇叭[1]说我杀你哦。你没战力来杀我吗？哦，撑不过就开始扮演受害者了。佳人翩翩，人还是要点脸比较好，你说是不是呢？

看这情况，前号主发帖被报复之后还跟他们刚（与对手正面对抗）了一波，也不知道说了什么，这个弯弯酱杀了她七次还不解恨。这么关键的时刻，如果我说出自己是新号主，可能有点不合时宜，也会影响大家的吃瓜心情。但说错话影响前号主的口碑又不太厚道。所以，我选择了沉默，然后扫了一眼周围的环境。

紫黑夜空之中，冷月是一把高悬在危楼之上的刀。烛明香暗，风动帘栊，悲凉的羌笛声从烟竹深处传来，连带我控制的角色的裙裾也微微拂动。她手握仙扇，青袍如烟，身姿娇小，正站在地图正中央的大殿前方。面前的台阶右侧，有一座黑衣黑发男子的雕像。他蒙着面，双眼微眯，双手交叠于胸前做备战状。他戴着靛青色手套，手套泛着矿物般的冷光，手中拿着一把匕首，因月色反射着森森的寒光。他的头顶上写着几个字：鬼炼之王——慕殇。

原来慕殇是这个区的鬼炼榜一，难怪说话有那么点硬气。

鬼炼是刺客定位，跟T[2]一样是对装备要求很高的职业，如果不是土豪，很难把这个职业玩出点名堂。

他旁边是万界全服第一鬼炼雕像。那座雕像黑衣冒金焰，额心点血桃，手握全万界仅有的一对黑龙匕首，整个人就是一只在冷雨寂夜中静静燃烧的黑羽凤凰。到现在，她头上都还写着十二个月都没改变过的字：鬼炼之神——凤舞翩然。

我摇摇头避开了这个画面。

现在我正在玩的是一款叫《桃花万界》的热门古风RPG游戏，雷驰游戏公司出品，手机端、电脑端都可以登录。从刚才的对话来看，慕殇和我这号前号主佳人翩翩曾经是游戏夫妻，疑似被第三者弯弯酱插足。前号主情场媚不过弯弯酱，打架也刚不过弯弯酱，受伤惨重，卖号退游。

看看慕殇和这个号的战力差距，再看看前号主最后下线的位置，我禁不

---

1. 喇叭：在游戏里，喇叭是一种收费道具，能发送醒目消息，以便让全区玩家都看到。
2. T：游戏里吸引并承受敌人火力的职业。

住对月长叹。很多时候，游戏和现实的规律并没有什么区别，大佬背后的女人从来都不好当。

这时，我收到一条 10 级小号发来的私聊消息。

【私聊】无心女子：是刚买号的吗？

我没有回复。等了一会儿，她又发了一条消息。

【私聊】无心女子：我是前号主。不用担心，我不是想要回我的号，只是想请你帮个忙。能不能暂时不要跟任何人透露号已经换人的事？包括我朋友。她们如果知道我不玩了，肯定会说出让我更难堪的话。

我迟疑了一下，这才回复了她。

【私聊】佳人翩翩：其实你想继续玩的话，我可以把号卖回给你的。我只是随便淘的号。

【私聊】无心女子：不，我早就不想玩这个游戏了……现在也只是在赌最后一口气，不想让那对狗男女觉得我被杀退游了。

【私聊】佳人翩翩：我很想答应你，但换了人毕竟是换了人，别人会发现的。

【私聊】无心女子：发现就暂时不要承认，只要两周就好……你看到帖子了吧，在这段感情中，我太狼狈了……拜托你了，谢谢你……

我敲下"我不能保证，只能尽量"，还没发出去，她的头像已经变成了灰色。

经她这么一说，我好奇地去《桃花万界》的贴吧搜了一下，结果真被我找到了一个发帖人叫无心女子的帖子。大致扫了一遍，总结一下就是：一、这是一个具有《桃花万界》特色狗血主义的多角恋撕 × 帖，可以当作典型案例。《桃花万界》狗血主义的特色就是撕得出其不意，撕得酣畅淋漓，很多人在生活里几十年都经历不了这么惊心动魄的故事。二、前号主是我的小迷妹。三、小三是前号主的徒儿。

若前号主所言属实，我觉得弯弯酱是个人物。即便是在现代社会，当小三能当得如此理直气壮，也颇具伟大的改革创新精神。但若弯弯酱所言属实，前号主更是个人物，可以去当金牌编剧。记得我中学时读过一篇穿越文，叫《桃花源记》，如今在这《桃花万界》中魂穿一次，也是跟桃花有点缘分，那么，这桃花债就由我来了结吧。

那对夫妻还在帮内释放他们的怒火，我打开排行榜看了看各大榜单，然后微笑着打开帮派页面，点了"退出帮会"，帮派频道一片清净。

我重新检查了一下佳人翩翩的号。大概前号主的心思都拿去谈恋爱了，这姑娘人如其名，飘逸不接地气，游戏空间里有一大堆精修自拍美照，但什么生活技能都是1级。

我做了一组斧头和钓竿，爬到鬼炼地图的山脚下砍树钓鱼，同时瞅着世界频道，看看又有多少人在野外地图为了抢boss[1]打得死去活来，骂得翻天覆地，吃瓜吃得沸水般洋溢。年轻人毛毛躁躁，一天到晚就知道打打杀杀。其实，做做生活任务，当个闲云野鹤不也挺好。

当然，即便是咸鱼[2]，也得当个安全的咸鱼，得有大佬的庇佑才行。于是，我在帮派列表里找到了"怒战王朝"，申请加入。

怒战王朝是这个区的第一帮会，战力榜上的榜一、榜二都在里面。一般来说，第一帮会人多、高战玩家多，福利、安全性和游戏体验都是很高的。

很快，我被通过了。帮派频道中出现了帮众的各种刷屏"欢迎欢迎""欢迎新人""哇，来了个美女！"……

第一帮一开，好事自然来。我慈爱一笑，对着打字框快速输入："谢谢大家，我是生活玩家翩翩姑娘，标准萌新，初来乍到，还请各位大佬以后多多照应……"

我正为自己的懂事油然感到自豪，一个对话框弹了出来：

您已被怒战王朝的帮主踢出帮会。天下岂无缘。请少侠再接再厉，另寻良会。

我面无表情而内心愤然地点下"确定"，猛地一拍鼠标！能不能直接拒绝，不要通过了以后再踢啊，啊？这已经不是咸不咸鱼的事了，是关于尊严、原则的事！管你什么第一帮，管你什么大佬多，做人不可以这样，忒势利眼了！这样歧视低战力，你们行不行！觉得我咸鱼是吧？三十年河东三十年河西，不欺少女穷！在我弱势的时候踢掉我，知道我变强以后会对你们帮会做什么吗！告诉你们，给我等着！等我提好战力！我就再来申请一次！毕竟第一帮嘛，门槛

---

1. boss：难度高奖励多的角色。
2. 咸鱼：网络用语，比喻那些不做事、不想动、没有梦想的人。

高，很正常！即便是当大佬的腿毛，也得是一根坚强刚毅的腿毛！

我打开面板，正想细致研究一下怎么提升这个号的战力，却看见世界频道上出现了一段大红色的字。

【世界】夏日凉：发帖喷我师父的戏精不是卖号了吗？现在又灰溜溜地跑回来玩了？刚才被怒战王朝踢了吧！怎么，绿了我师父找个小鲜肉不满足，还想去怒战傍大佬？你死了这条心吧，我们区谁不知道你的光辉事迹！如果我是你，早就不好意思玩下去了！

这，也太难混了吧。本以为可以靠倒卖号发家致富，结果沦落为接盘侠，还答应了前号主一个非常无理的要求，我有点自闭。不过没事，既然前号主这么崇拜她大姐大翩神我，还说凤舞翩然这个名字一直是她的梦想，那么大姐大翩神就罩她，护她卖号后名声周全。

这位世界上开喷的麥毛姐是小三的姐妹智囊团成员之一，战力排总榜前十。从装备得知，是充钱多的菜鸟。她的发言成功引起了吃瓜群众的注意。

【世界】安娜_露露：哪儿有戏精，该不会是那谁的前任吧？

【世界】枫叶是我的眼泪：哇，搬好小板凳嗑瓜子看戏。

【世界】就这样默默：夏女神，你才买的神兽拿给我们看看呀，怎么加点的，求学习求指教。

屏幕中上方出现了滚动的大字弹幕。

【喇叭】夏日凉：戏精有本事在贴吧说三道四，怎么不敢正面跟我刚了？就问你，女徒弟又怎么了？师父宠徒弟，天经地义，师父疼我你嫉妒疯了吧？告诉你，我和我师父开服第一天就认识了，那时候还没有你呢。如果我们真想有点什么，哪儿有你这戏精什么事！

世界频道字体加特效不够，现在喊起了喇叭，这妹子口头战斗力也挺厉害。

【世界】清爽甜心：哎哟，那谁嫉妒夏女神战力高吧，毕竟她只能发照片。关掉美颜滤镜，恐怕就是另一个故事了哦。

【世界】宁小白：哈哈，知道你们说的是谁，我上次在战场遇到过她，两刀就切死了。这种靠男人上位的寄生虫，值得夏女神为她动怒吗？

【世界】雷雷雷雷雷：得了吧，夏日娘大婶人傻钱多又嚣张，就比人家不充钱的高贵很多吗？我看佳人翩翩平时性格低调，对慕大佬挺顺从，这种媳妇儿没什么不好的。

【世界】宁小白：夏女神人傻钱多？那你和戏精算不算又穷又傻啊？

【世界】清爽甜心：呵呵，靠男人上位她也不顺从啊，还开小号和别人结婚，结果被逮个正着，啧啧。某戏精，你还是好好四脚爬地地去一帮，别出来丢人现眼了。

其实如果不是慕殇默许，这些妹子也不能这样欺负前号主。我一直不讲话，她们还穷追不舍，有点任性了。

【喇叭】夏日凉：佳人翩翩，看看你在众人眼中是个什么形象吧，心机那么重，没有人喜欢你，如果不是因为我师父，谁会理你？你还是管好嘴，该干吗干吗去吧！

【喇叭】慕殇：徒弟，算了，我已经和她散了。

【喇叭】夏日凉：师父是好男人，被她如此背叛还这么好脾气。她这样的人能和你结婚，居然还不懂好好珍惜。

这种钓鱼对话，回复只会给自己惹一身麻烦。因为管不住嘴的坏毛病，我已经吃过很多教训。每次遇到这种情况，我的脑中总会出现两个小人儿。一个是女魔头。她说，替天行道，铲除妖孽。另一个是小天使。她是个哑巴。

【世界】佳人翩翩：都是成年男女，玩个游戏要搞搞暧昧也没什么，只是总是这样师父来徒弟去的，有点羞耻啊。

这不是我。我的手指被小人儿附体了。

正使劲拍着手背想剁手，忽然竹林中阴风一荡，旋即而来的凄厉短笛声让我提起了警惕。我收起钓竿，在码头上静坐。当短笛声再度响起，我纵身一跃，腾入高空。接着，狂风骤起，竹叶纷扬乱舞，在群青色的水面落下涟漪，好似光洁的水面长了密集的绒毛。一道绿光闪过，化作两把钢刃刺向我原本坐着的地方。因打了个空，水花飞溅在竹桥上。

一个粉白的身影落在竹桥另一头。名字是红色，开启了仇杀模式。看她原地回旋奔跑，应该是在寻找我的身影。我又跳了一下，飞得更高了一些。可偏偏这游戏的3D光影效果做得太好，我的影子出现在了地面，暴露了行踪。于是，还没抵达树梢，已经有一团青烟在周身喷薄而出，束缚住了我的双脚。我使用解控逃出去，发现攻击我的是一个法师，赶紧丢出一套打法师专用的连招反击——虽然没玩过奶妈，但奶妈的连招我居然使用得如此得心应手，连得漂亮！

然而，一套华丽特效技能漫天飞舞结束后，我一看数字，差点晕过去。一次暴击都没有，对方的血条就掉了大概十分之一。这，就是65块钱的伤害吗？

第三次笛声响起时，我的血掉了三分之一。第四、第五声响起时，血光满屏，我的画面变成灰色，人物已经声嘶力竭地惨叫一声，双膝一软，跪在地上。一行提示出现在系统中：

您已被慕殇宠爱的弯弯酱击杀。您的经验损失1%，装备耐久度损耗5%，您的装备【明光履】已破损。

穿着粉白短裙、绒毛短靴的少女带着几个女性队友落在我面前。系统公告：

真是奇耻大辱！慕殇宠爱的弯弯酱使用仇杀令，将佳人翩翩击毙于鬼炼山川，并命令她当场三跪九叩首！

世界一片哗然。

当我的人物对着弯弯酱磕头时，她背月而站，在当前频道对我说："翩翩，对不起了。你可以骂我，但不可以骂凉凉。你最想杀的人是我，别扯不相关的人，尽管冲着我来吧。"

我有一句脏话，不知当讲不当讲。这对夫妻是被害妄想症二人组吗？喜欢喊"冲着我来"的烈士口号？

打开她的面板看了一下，战力不到四万。我的战力虽然只有两万七，但通常也不至于死这么快，这号战力水分略大。

弯弯酱的亲友说："刚才她还说夏女神和慕大佬暧昧，忘记自己也是徒弟上位的了吗？哟。"

另一个亲友打了一个冷汗的表情："她怎么还不起来？装挂机？"

我躺在地上，很无奈地说："姑奶奶，你们弯弯大佬还是红名呢，起来就会被她秒，我敢起来吗？"

弯弯酱往前走了一步，衣如云烟，星如落花，短笛在夜幕中熠熠生光："翩翩，你别摆出一副受害者的模样，怎么今天开始尿了？平时不是刚得很

我们来打个赌。"

慕殇说："你真的够了，能不能放过弯弯？"

我无视慕殇："明晚八点，我们单挑，如果我输了，毁号退游。我赢了，你们就别再提我名字，也让你的朋友别再碰我，让我好好钓鱼。"

弯弯酱亲友说："谁想提她的名字，自以为是谁啊。死缠烂打不要脸。"

弯弯酱说："你不用毁号，我的想法和你一样，就不想跟你有任何瓜葛。"

"先赢了再说吧。"

看见我这句话，弯弯酱的智囊团和亲友团又刷了一大排"哈哈哈哈哈哈哈"，让人怀疑她们吃了蛤蟆。

再次复活以后，我收到了一个帮派邀请。

正如外界传闻的那样，我是一个有尊严的人。定下的目标是第一帮会，那么，即便玩的是低战号，也不是什么帮派邀请都能接受的。这样对自己不公平，对这个帮会也不公平。再说，退而求其次，也不是英雄所为。他们可以看扁佳人翩翩，但不能看扁我凤舞翩然。古有关武圣拒曹阿瞒一心归刘蜀，今有翩战神拒咸鱼帮全意向怒战！然后等我加入这个帮会以后，发现它还真是一个咸鱼帮。就几个人在线，都是前号主的闺密。这一点从她们ABCC格式的名字就能看出来。

【帮派】美人爆爆：翩翩，你疯了吧！你那个徒弟是有操作的啊，哪怕同战力你都打不过她的！还有，你怎么把我们微信都删了？失恋连姐妹都不要了吗？

微信都删了，也没诉她们自己走了。前号主做得有点决绝。而她们这个闺密团的名字，每一个都让人很是费解。

【帮派】白菜霸霸：欢迎翩翩回来呀！

【帮派】云备胎胎：唉，爆儿你别说她了，她回来就好。翩翩，说实话，从弯小三一开始到风雨盟我就不太喜欢她，只有你觉得她萌，非要认她当徒弟。我们几个和她关系都一般，最多浪世界的时候打个照面，她也就在世界上装作和我们很熟，超级出戏。她喜欢装可爱，跟大佬们混熟了就很跳，跟了慕殇以后更觉得自己了不起了吧，总秀恩爱刷存在感。和慕殇暧昧的时候还不安分，同时想勾搭榜二，榜二理都没理她。她对榜一也是谄媚，左一个姐右一个女神的，背地里又说人家是老女人。这个姑娘，心机太深。现在你过来，我们可以跟你说实话了。我们离开风雨盟建这个小帮，就是因为看不惯她。

【帮派】美人爆爆：是啊，怒战王朝和风雨盟大佬太多，过去多没存在感！还是我们这里比较好，想说什么就说什么！现在你和慕殇离婚了，就当这里是娘家了！

【帮派】佳人翩翩：好呀。

我留意到了一个关键信息：弯弯酱和榜一榜二有交情。

按照 ABCC 闺密团的描述，弯弯酱没去第一大帮，多半是因为没搞定榜二，所以选择了夺师父所爱。但抱大腿失败，不代表没有得到大腿的好感。这一点从怒战把我踢了就可以看出来。没有道歉，也没有解释，可能不是因为战力，而是因为榜一榜二对前号主有成见。我搜了一下怒战王朝的帮会信息，发现自己神机妙算：帮主就是榜一。

前号主是个傻白甜兼恋爱脑，她徒弟不仅抢她老公，还帮她得罪了榜一和第一帮会，现在咬住她绿了渣男这个黑点往死里搞她，她又没实力，翻不了身。而她因为情绪波动大，往死里作。和其他男号闪婚已经导致她被全区针对，她还发那种帖子，不卖号都不行。明明希望和喜欢的人好好在一起，结果搞到这种惨状，别说慕殇，连我都想跟她离婚了。

但再想想她是我的小迷妹，我就觉得，没事，女孩子笨点无所谓，大姐大明天就去帮她揍孽徒！

【帮派】云备胎胎：你们发现了吗？翩翩这次回来，好像跟以前不太一样了……

【帮派】美人爆爆：她话少了好多，还发神经去挑战小三，不会是受什么刺激了吧？

【帮派】白菜霸霸：是啊是啊，翩翩，你打得过她吗？

【帮派】美人爆爆：肯定打不过啊，那个女人充得不少，还有大佬帮她调号[1]！翩翩你这不是跟自己过不去吗？

【帮派】佳人翩翩：哈哈。

---

1. 调号：调整游戏账号属性。

我一边看她们聊天，一边在京城闲逛，看看市场上商人玩家的各种摆摊，研究一下这个区的物价，还冤家路窄地看到了共骑一只麒麟的慕殇和弯弯酱从我身侧飞奔而过。

我点弯弯酱的头像，打开她的面板看了看。她玩的职业是妖秀，法系，控制类，会少许回血术。妖秀一直是团战的一等，单挑的二等。不考虑战力，单从职业来看，我的优势是比弯弯酱大的。我这个号的职业是佛月，纯奶妈定位。从装备遗迹不难发现，佳人翩翩最开始玩的是输出，后来转职，大概是为了辅助慕殇。

然而弯弯酱和佳人翩翩的号都是蛮荒号[1]。虽然充得不少，但她有很多新手的操作，例如把增加 1.75% 物理伤害的特技打在了法师的装备上，只能增加虚战力。

我用刚才钓的鱼做了一些 1 级料理卖掉，又买了一些增加治愈量和法系伤害的料理。

【帮派】美人爆爆：我才发现，弯小三的战力都四万了？！这个游戏里的妹子真彪悍，别说我们榜一是个女生，连万界第一大佬都是女的。这年代，阴盛阳衰啊！

【帮派】云备胎胎：没有的事，凤舞翩然这一届万界争霸被打败了，现在是大魔王的时代。

【帮派】白菜霸霸：万界争霸是什么，最近老听人说起啊。

【帮派】云备胎胎：就是三个月一届的全服竞技比赛，单挑和 5V5，每次比赛都有现场直播，前段时间官方活动提示你都不看的吗？

【帮派】白菜霸霸：我最近作业有点多……

我皱了皱眉，不再看她们瞎聊，打开仓库，找到一堆打造装备的材料，在原地进行合成、镶嵌、洗点，重新按 3.5 : 1 的比例点自己的体质与智力。弄了半天，游戏里的时间从晚上到了白天，又到了晚上。我端起水杯，喝了一口，正想伸个懒腰，忽然被前方的景象吸引了。

京城一片月，桃花万里云，萧萧马声、辚辚车声是祥瑞之夜的银铃。清

---

1. 蛮荒号：没怎么调试过属性的初始号。

风是抚慰万界的手，震颤女子们的裙裳。而在万树桃花之下，有一个身骑黑马的俊美青年，正站在灯火阑珊处，踏着满地桃花瓣，朝我眺望而来。

虽然并没有花香，也并没有清风，但在乱舞的花瓣中，他长发飞舞，衣袂翩翩，可谓无香胜有香，无风可见风。外加我是个艺术家，很多东西靠自己脑补就足够了。真是神奇，这个小哥哥明明是一身低战力装备，没有神装，没有神武，没有神兽，但就是那么抓人眼球。他隐藏了武器，身上什么饰品挂件都没有——包括低修萌新人手一个的桃花枝；时装是染成了黑白色的普通青衫衣，头发是五个默认长发之一的侧分头，但右脸侧的一缕头发加长到了下颌下方，半掩着剑眉星目。就这几点细微的改动和搭配，让一个新手号瞬间有了大佬的意味，视觉效果比那些浑身特效和挂件的高战还要霸气。游戏就是这一点特好，美丽是永恒的。在虚拟世界里看到如此一个俊美青年，永远不用担心他会去玩水枪。

看这京城的盛景，看这纷纷扬扬的桃花，简直就是一场直击人心的唯美邂逅。他若喊一声"翩翩姑娘"，我的开场白嘛，就用这个好了："小女子不才，闺名翩翩，敢问公子姓甚名谁，家中可有妻儿，想借公子一生说话，公子与我，玩到关服，公子意下如何？"

"你准备怎么打那个妖秀？"俊美青年开了口，却把我从彩绘的古风浪漫中拽了出来。

我面无表情地回答："充俩648打喽。"

"你一个奶妈，打控法还要充钱？"

小哥哥讲话有点冲。不过看在颜值的分上，我不计较："不然呢，我和她战力有差距。要赢就要充，不然输给自己徒弟，岂不是丢脸。"

"我觉得如果要给这个号充钱，还不如买个战力更高的。这个号起点太低了，花钱不划算。"

我惊呆了，赶紧给他发了私聊："？？？你怎么知道我买号？"

"不懂你为什么不说号已换人，但如果只是想安心钓鱼，不是打败弯弯酱一个人就够的。"小哥哥无视了我的问题。

"为什么？"

"弯弯酱和慕殇占理且自成势力，和他们关系好的团体暂时都会把你列入黑名单。"

其实，虽然小三和夏日凉、榜一似乎关系都不错，可是这三个小势力并没有在一个帮会。榜一和榜二在一帮，小三和渣男在二帮，夏日凉在三帮。不管嘴上说得多么相亲相爱，却不是 100% 稳固的关系。君子藏器于身，待时而动，才是上策。这样也可以给自己省点钱。不然为了钓鱼，重新从现在的状态氪到战力榜前列，一个人打一个区，把整个区平了再去钓鱼，还是有点闲过头还炫富的嫌疑。

我想了想回答道："我知道，所以跟她打完就好了呀。"

"除非你能证明号已换人，或者彻底消失，不然弯弯酱不会放弃。"

"不行，我答应了前号主两周内不说出号换人的事实，这是道义。"

"什么狗屁道义。这是一个游戏。"

我嘴角抽了抽说道："小哥哥，不是我歧视你，但你就九千战力，萌新一个，对这个游戏的理解当然不会有我多。我可以负责地告诉你，即便是游戏里，也是有道义的。"

"Ok，所以你觉得我的战力不够格和你谈这些。多少战力才及格？"

"没有没有，我的意思是战力高、玩得久，确实会有更多感悟。"

"和你一样可以吗？"他再一次无视了我的话。

"啊？"

之后他就没再回了。我只感到一头雾水。看看时间也不早了，我又调整了一下装备属性，就挂机睡觉了。

如此酷暑时节，上海的天气跟文化从来都保持着和谐的一致性，既有吴地的优雅，又有国际大都市的开放，含蓄的皮儿包着似火的热情，让人开了空调喷嚏连天，不开空调身上黏糊糊，被沙皮狗从头到脚舔了一遍也不过如此。一个晚上空调开开关关，把我整得毫无睡意，九点就醒来了——严格说来，我的早上应该是下午三四点。

我迷迷糊糊地打开电脑显示屏，看到世界上有人在讨论：

【世界】一懒众衫小：那个冷月是哪里来的欧皇[1]啊，疯挖了一大波宝，

---

1. 欧皇：游戏中运气极好的玩家。

该不会是托儿吧？

【世界】雷雷雷雷雷：我们这种又老又鬼的区还有人这么氪的吗？土豪啊。

【世界】餐巾公子：鉴定过了，是钞能力。

冷月是昨晚桃花树下俊美青年的名字。我翻了翻系统频道的历史记录，看到了大片公告内容：

恭喜冷月少侠在缥缈寻宝中获得上界至宝【高级紫金锭】，真是欧气东来，美杀旁人啊！

恭喜冷月少侠在缥缈寻宝中获得上界至宝【10级桃花宝石】，真是欧气东来，美杀旁人啊！

恭喜冷月少侠在缥缈寻宝中获得上界至宝【金色极品熔炼丹】，真是欧气东来，美杀旁人啊！

恭喜冷月少侠在缥缈寻宝中获得上界至宝【88万银币】，真是欧气东来，美杀旁人啊！

…………

我打开私信，点开他的头像，查看面板，然后惊了。

【私聊】佳人翩翩：这位同学，你在搞什么，战力真的三万了？

他回复的是一条语音消息，只说了三个字："起来了？"

【私聊】佳人翩翩：是啊，刚刚醒。

我又把他的语音消息听了两次。这声音也太好听了吧！冷冷的，但质地清透而干净，让我不由自主怀念起了初恋。想了想，可能是站在雪山地图的缘故。

【私聊】佳人翩翩：这只是一个游戏，没必要为一个陌生人赌气啊。而且，我没有瞧不起你的意思……

这时，ABCC们也开始讨论起了这位神秘小哥。

【帮派】白菜霸霸：冷月大神是今日头条，世界都在关注他欸……

【帮派】云备胎胎：你们看群里我发的截图，弯小三真是个奇葩，在他们帮会群里各种"娘"我们翩翩。

【帮派】美人爆爆：看到了，醉了！他们为什么会把月哥和翩翩凑到一起啊？

【帮派】云备胎胎：他们帮有人截到翩翩和冷月大佬在京城看桃花的截图，她就泼翩翩脏水，说翩翩变心太快，前两天还在贴吧一副要死要活的样子，现在遇到一个不错的就跟着跑了。

【帮派】佳人翩翩：这还需要问吗？任何女生在这两个男生中选，都会选冷月的吧。他的声音分分钟就秒了慕殇。

【帮派】美人爆爆：我们月哥声音很好听吗？！哇，月哥发个语音听听！

【帮派】冷月：是吗？

【帮派】佳人翩翩：？？？

【帮派】冷月：？

【帮派】佳人翩翩：你为什么会出现在这个频道？

【帮派】美人爆爆：……翩翩你这什么反射弧，他一早就来了啊。

【帮派】冷月：我不能来吗？

【帮派】佳人翩翩：欢迎欢迎，热烈欢迎。给大佬点烟，大佬升战愉快。

其实他的战力不高，但一夜之间提这么多战力需要花的钱，远比慢慢玩花得多。而且，这个缥缈寻宝价格很贵，开出来的都是高战需要的材料，平民玩家很少去碰它。通常只有新区玩家、顶尖号的玩家才会猛开一大拨。冷月小哥哥应该是有点小钱的。

【世界】清爽甜心：咦，为什么新来的大佬会和某女在一个帮会？不会是某女背着前夫踩的又一条船吧？

【世界】慕殇宠爱的弯弯酱：空间里有我和我老公新婚合照，大家帮忙点个赞，上个热门，啦啦啦，谢谢大家了呢！

【世界】宁小白：哈哈，某女就喜欢有钱人。但我还当她抱到多大的大腿呢，刷屏半天战力也就那样嘛。

【世界】轩辕包子：别的我不想说，就一句，老殇人挺好。

【世界】慕殇宠爱的弯弯酱：大家不要聊不开心的事啦，帮我和我老公点个赞嘛，么么哒，爱你们哟。

…………

我正看八卦看得开心，游戏画面正中央忽然缓缓滚动出金光四射的消息：

【喇叭】冷月：别看世界了，看私信。

也不知道为什么，我心跳停了一拍，直觉他是在对我说话。点开私信，果然有两条他发来的未读消息。

【私聊】冷月：我有奶妈的技能升级书和神武材料，最低价挂给你，盯好别被人秒了。

【私聊】冷月：在跟你讲话呢，别看世界了。

他怎么知道我在看世界……

【私聊】佳人翩翩：你知道我缺多少神武材料？

【私聊】冷月：盯好拍卖行。

【世界】狗仔十二号：绿了绿了绿了，慕殇真的绿了。

【世界】宁小白：哎呀，不得了，这位新大佬是壕[1]呀，爱傍大佬的奇女子这次又靠美图照片勾引到了一个吗？什么时候再发个帖《永别了，曾经为我刷1888元宝金色喇叭的你……》？

【世界】清爽甜心：哈哈哈哈哈，你这毒舌！！！

【喇叭】慕殇：各位天地桃源的朋友，帮我和我宝宝的新婚照点个赞，小弟在这里谢谢大家了！

【喇叭】慕殇宠爱的弯弯酱：慕慕，喜欢你的低调，喜欢你第一次为我高调，永远爱你哦，么么哒。

【喇叭】轩辕包子：老殇，什么都不说了，兄弟顶你！

以前这个时间大家都在忙着做一条龙任务，没什么人闲聊。看见这乱成一片的世界频道和喇叭频道，我已经预知到了会乱成一团的未来。

钓鱼什么的，不存在的。

原以为前号主是个事故体质，已经挺棘手了。

现在看来，这个冷月小哥很可能是灾难体质。

---

1. 壕：网络用语，"土豪"的简称，指像土豪一样的有钱人。也指网络上无脑消费的人。

两瓣桃花

冷月给我挂出来的道具数量不多不少，是通过我面板数据算过的，他不是新手。老玩家玩小号很正常，但我也想把他问过我的问题丢回给他："为什么不买号？"二手号的价格一般是一手号充值金额的 10% 到 20%，极品号比例更低。所以，不管是换区玩，还是想玩个更高战力的号，买号都比充钱划算很多。

弄好神武后，我的战力提到了三万二。冷月也提到了三万二。于是我终于提出了自己的疑问。他的回答令我服气："我喜欢提战力。"

下午三点半，我在佛月银河附近采集水仙。空中有天体转动，倒映在明镜般的湖面中，分外舒缓，像蝶翼扇动了微风。蒲公英柔毛飘散，与一朵朵水仙擦身而过，编织着一场碧蓝的梦境。忽然，一个小萝莉一手提着篮子，一手牵着一只小肥鸭朝我走来，像丛林中的小精灵一般可爱。

"翩翩，你怎么一个人在这里溜达？"我看了眼名字，原来是白菜霸霸。

"这是古风游戏，没有恐怖元素，我可能没办法半个人溜达。"

"哈哈哈哈哈，翩翩好可爱啊！"她拉着小肥鸭转了几个圈，"现在你打算做什么呢？"

"一边做生活一边刷战场喽，你要不要跟我一起？"

"好呀好呀好呀。"发完这句话，她牵着的肥鸭还应景地呱呱叫了两声，场面意外地和谐。

已经周三了，这个号本周的战场宝玉一点都没刷。战场宝玉用来强化装备，可以提升噬魂和金体两种属性，两者分别可以增加人物在PVP[1]中攻击、防御的百分比。观察这个号的噬魂和金体可知，前号主是PVE[2]玩家，完全放弃了PVP，所以被弯弯酱揍才会这么痛。

战场全名叫神魔战场，是这个游戏里最受欢迎的日常PVP活动。单人匹配进入50人一场的跨服副本，分神、魔两个阵营，一边25人，通过拿敌对阵营人头和抢据点来获得积分，十分钟后，积分高的一方获胜。

我第一次用这个号打战场，头两把还是不太熟练，全程"猥琐发育"不敢浪。到了第三把，我对佛月技能熟悉了一些，开始尝试进攻。我方有隔壁服的高战在，我跟着大佬拿了几个人头，摸了几把据点，还排了个第三名。开场之前有一分钟的准备时间，其间可以进行跨服对话。又打了四次战场下来，我遇到了夏日凉的两根腿毛。所有人都挤在默认点等候开战时，她们俩单独出列，站在了人群正前方。

【阵营】2区－天地桃源－清爽甜心：我看到了，哈哈。

【阵营】2区－天地桃源－宁小白：我也看到了，哈哈。

开战以后，我发现她们就是在针对我。她们俩刚好分配在我的敌对阵营，满地图找我，想要玩夹击杀策略，但没能成功。没过多久，清爽甜心追着我满地图跑。我在人群中进进退退，引她进入我方群众中被围攻，画面正中央出现了这样的提示：

佳人翩翩拿下了第一滴血！

清爽甜心回到复活点，再次带着宁小白杀来。不过半分钟，又有了新提示：

佳人翩翩完成了二连杀！

佳人翩翩完成了三连杀！

十秒之内，她俩先后倒在地上。我从她们的尸体上踏过去。她俩的战力

---

1. PVP，指 player versus player，玩家对战玩家。PVP 玩家大致等同于竞技玩家。
2. PVE，指 player vs environment，玩家对战环境。PVE 玩家大致等同于副本玩家。

和我差不多，但经过一个晚上的调整，我的号的实战能力超越了本身战力，加上战场我打了没有一万次也有五千次，对地形和打法了如指掌，打她们就像在打两个宝宝。

她们当然没有放弃，又推倒重来。我可没忘清爽甜心趁我空血偷袭我的事，所以，我对宁小白下手会轻一点，专注揍清爽甜心。清爽甜心又死了两次，躺在地上不动了。直至这一次战场结束，她也没有再从敌方阵营出来。宁小白看到我也绕道。

从战场出来，我看了看世界，一片和谐。她们如此沉默，有些反常。

白菜霸霸激动地发语音对我说："翩翩你也太棒了吧！你奶得好及时，还一点也不妨碍自己拿人头。爆爆和胎胎说你操作不好，根本就是柠檬精嘛。"她的声音软糯糯的，让人想到了雪白的瓷娃娃。我喜欢这种呆萌妹子，让人很有变强保护她的动力。

又刷了几次战场，跨服频道里已经有了小小的波澜。

【阵营】16区－金乌啼霜－榴芒兔：那个佳人翩翩拿尾刀也太厉害了吧，才三万战力，上一把就拿了十二个人头，怎么都抢不过她。

【阵营】11区－花落月宫－一船韩猩：是啊，补刀狂魔，我都被她终结了两次。奶妈玩成了输出，什么情况，咱也不敢说，咱也不敢问。

我没好意思说自己有个外号，叫尾刀狗。

【阵营】7区－北界之巅－向日葵的种子：11区那个小哥，你这名字，噗，小心大魔王魔刃绝灭警告。

魔刃绝灭是魔道的大招，伤害爆炸，但技能延迟很长，容易丢空，不像鬼炼的大招那么快狠准。然而，大魔王用魔刃绝灭的命中率有95%以上。看到这四个字我都有阴影。

【阵营】11区－花落月宫－一船韩猩：他现在战力超过翩神了吗？

【阵营】7区－北界之巅－向日葵的种子：还没，万界争霸后他的号都是请人玩的，好久没看到本人了，打败了翩神他也失去目标了吧。

【阵营】11区－花落月宫－一船韩猩：不是吧，我男神以前从来不找代练的，他是万界操作最好的神壕了，凉了凉了……

他们这番话让我走神了很久，甚至有了回去的念头。但想想我输掉的何止是个人和战队荣誉，还有大把朋友。算了算了。

也是因为他们拆穿了我是尾刀狗的真相，这一把我被敌对阵营针对得有点厉害，还被杀了一次。系统公告佳人翩翩的连杀被终结后，我觉得格外轻松。因为如果被终结的是凤舞翩然，截图会流传到最少十个《桃花万界》游戏群。

满血复活回到战场中央，我在人群中穿来穿去，拿了三个人头，又被一群人围剿。血槽空了以后，整个画面闪烁着红光，音箱里溺死之人的心跳声怦怦作响。还没来得及回血，我同时中了两个 debuff（减益效果）：沉默，减速 70%。我心道，惨了惨了，又要凉了。

忽然，一道银光在我头上闪过。我身上冒出一团绿色数字，两秒的时间血就回满了。

战场上的太阳吐出红光，将锈铁色的血迹浸满漫天云层。在这片暗色的血腥深渊，一个男佛月与我擦身而过。他穿着汉服时装、头戴和风猫面具，足踏云雾特效，就像误入魔界的仙人。

他的手法很快，名字也很快消失在人群中，在我忙着躲避敌对技能的时候，已经看不到他人了。逃离险境后，我在阵营里打字："这一口奶得舒服，谢谢奶爸！"

【阵营】2 区－天地桃源－雨勿忘：不谢。

大奶亲和力爆棚，"不谢"后面跟了个萌萌的笑脸。一看名字，居然是榜二。

【阵营】2 区－天地桃源－雨勿忘：你今天很开心嘛，打了一天战场了。

【阵营】2 区－天地桃源－佳人翩翩：在说我吗？

【阵营】2 区－天地桃源－雨勿忘：嗯，就是你，翩翩。

【阵营】2 区－天地桃源－佳人翩翩：没办法，晚上要跟人单挑，我还是搞搞装备吧，不至于死得太惨……

【阵营】2 区－天地桃源－雨勿忘：你操作很好，以前都只留意到你喜欢浪世界，不知道你这么会玩，走位方式居然有点凤舞翩然的调调，难怪敢挑战弯弯酱。

【阵营】2 区－天地桃源－佳人翩翩：？！

我正又高兴又因害怕掉马[1]而紧张呢，他又说了一句。

【阵营】2区－天地桃源－雨勿忘：啊，你别误会，我不是那个意思啊。你给我的感觉是个温和的好姑娘。

这一场打完以后，我又一次排进去，总算没遇到那几个针对我的家伙，但刚跑到战场中央就被控住，血条掉得很快。是妖秀技能，我转了转屏幕，果然看到敌对人群中的名字：慕殇宠爱的弯弯酱、清爽甜心。

难怪清爽甜心刚才躺在地上不动，原来是搬救兵去了。

本来战场我都有点刷疲乏了，看她们打得如此起劲儿，心里也像融了跳跳糖。我坐直身子，把键盘往自己的方向拉了一些，解控、开盾、闪跳一次，回头丢眩晕技能、反方向闪跳两次逃开、吃药、奶自己一口、迅速溜到己方队友中。弯弯酱没有放弃，三秒眩晕过后，径直朝我冲过来。接下来，我俩就玩起了全地图老鹰捉小鸡的游戏。她只要一过来，我就躲到人群中猥琐输出；只要我一出人群，哪怕是绕开她，她也会追上来打我；我又躲到人群中猥琐输出……

终于过了几分钟，看她没再追来，我从人烟稀少的小路跑到一个据点下，和一个偷点的对手单挑。我和他打了半分钟，眼见就要把他杀了，忽然我的血条开始快速下滑。我转过身一看，弯弯酱不知什么时候跟到了我身后。不远千里跨过大半个地图来揍我，人头都不要了，这姑娘很可能是天蝎座的。我放弃了即将到手的人头，一边奶自己，一边朝己方大部队狂奔而去。经过追杀十条街的生死时速，系统居然提示我获得了一个"猥琐发育"的战场成就——血量低于30%奔跑超过五分钟没死。

我一直被她追着打，血量就一直没有超过30%。追了我半张地图后，弯弯酱终于如愿以偿地杀到我身边。我的血条已经完全空了，连一点红色都看不到，就差最后一刀。可是，她被我的技能晕住，一群我方队友杀上来，几秒钟就把她打死了。而且，还出现了系统公告：

佳人翩翩终结了慕殇宠爱的弯弯酱的三连杀！

这句话静止在了画面中央。因为三秒后，这一回的战场也结束了，进入

---

1. 掉马：网络用语，指"马甲掉了"，真实身份被拆穿的意思。

战绩结算页面。

白菜霸霸又一次激动地发了语音给我:"哇,翩翩,你刚才在战场杀了弯弯酱啊,你也太强了吧!她比你战力高那么多,晚上你必胜呀!你还要再打吗?"

"不打了,休息休息。"弯弯酱如果一直来堵我,刷战场没效率,今天就这样吧。

"好嘞!我再去玩两把!"

过了二十多分钟,白菜霸霸又给我发了语音:"翩翩翩翩,刚才那一把我在战场遇到慕大佬和弯弯酱了欸,不过慕大佬在挂机。好奇怪,他以前特别喜欢拿人头,很少挂机的。"

既然挂机,那就是弯弯酱开的。想开慕殇的号来打我,就不让她打。哼。

【世界】清爽甜心:P图女就是P图女,恶心!

【世界】早早子:发生什么了,怎么清爽小姐姐如此愤怒?

【世界】清爽甜心:P图女你会不会打战场啊?名声已经这么臭了,这么玩是破罐子破摔?回去P你超不真实的假照片吧,别出来丢人现眼了!

虽然我不在游戏空间里发照片,但觉得妹子爱发美图没毛病。老嚷着真实真实,那么想要真实,不如去拍核磁共振。我们想看的是真实吗?我们想要的是好看!

【世界】宁小白:还能怎样,某女在战场故意把弯弯酱引到人群中去,用下作的方法借刀杀人呗,弯弯酱真可怜,好好打个战场也要被陷害。

【世界】早早子:呃,这种玩法是挺恶心的,我遇到过这种魔道。我一打他他就跑,我不打他他又来打我,超鸡贼。

【世界】雷雷雷雷雷:战场操作流不就这么玩的嘛,不走位怎么拿高战人头,所以我说你们女生就是娇气。

我看了看时间,五点四十七分。还有两个多小时要和弯弯酱决斗,我决定下楼吃点东西放松放松。

好久没出门了。最近游戏打得非常开心,几乎天天吃外卖,但沉浸在这桃花飞舞的曼妙世界,我如坠美梦。

我叫郝翩翩,女,二十二岁,大三休学中,性格活泼可爱,加点不得已的幽默。

从我妈取名的方式可以看出来，她对我的喜剧天赋是抱有期望的。小时候她曾对我说，幺儿，我和你老汉儿（爸爸）给你取勒（这）个名字，都是希望你的一生中不管遇到啥子困难，在外啷个绍皮（丢脸），内心都嘿（很）平活（平和），像小福蝶（蝴蝶）一样翩翩起舞。然后，我爸对她伸个大拇指说，结棍（厉害）。

我妈这人有个特色，就是不管什么场合，从来不说普通话，整得我爸当时也学她说了一口沪腔重庆言子（方言），让人听了像浑身有小蚂蚁在爬。后来我妈离开了我们，我爸时常望着她的照片给我上思想政治课。其中有两个词，特适用于今天的我：穷寇莫追。居安思危。

晚上七点四十五分，我吃完饭回来，收到了冷月发来的消息。

【私聊】冷月：你看看弯弯酱的属性。

打开弯弯酱的面板，看见新的蓝色强化光，我的心跳骤然停了一拍：她的战力提到了四万四，所有特技、宝石和强化属性全都调整搭配过。这战力不虚了，是实打实的四万四。

【私聊】佳人翩翩：我晕，我也去提一波战力。

【私聊】冷月：还有十五分钟开打了，你现在提什么，来不及弄的。

【私聊】佳人翩翩：战力差太多了，输了怎么办啊？

【私聊】冷月：输了就输了。按照约定毁号，再换个高点的号不就好了。刚好你这号不好。

【私聊】佳人翩翩：不行不行，那太丢脸了，下战书的人是我啊。

【私聊】冷月：丢的也不是你的脸。换号以后不要说出去，想揍他们有的是机会。我陪你。

这句话让我心中一热，嘴角扬了起来。什么冷月，明明就是暖月嘛。但他既然提到了"丢的也不是你的脸"，我想起自己是代表小迷妹出战的，那可更不能松懈了。

我骑马飞奔向京城的比武台，在擂台外面等候。还有七分钟。

【帮派】白菜霸霸：翩翩，我这个装备［神武胄］不知道要不要升石头欸，你帮忙看看好吗？

【帮派】佳人翩翩：石头没什么问题，强化有点低，胄和铠要比鞋子高

1 ～ 2 级强化比较好。

【帮派】白菜霸霸：+8 有一点点贵欸……那我最近多给麻麻（妈妈）洗洗碗好啦，每次帮她洗碗，她都会多给我点零花钱，我就可以拿来打游戏了，嘿嘿。

【帮派】佳人翩翩：你还在读高中吗？

【帮派】白菜霸霸：还麻油（没有），我刚上初一……

【帮派】佳人翩翩：啥，这年头小朋友都肝游戏的吗？

【帮派】白菜霸霸：虽然年纪小，但我很聪明哦。例如这两天从翩翩这里我懂得了，玩游戏也要用脑，就跟做题一样，思考怎样才能升级最快、解最多的升级谜题。实在想不通，就想想游戏策划的意图，发现本质。

【帮派】佳人翩翩：他想要钱。

【帮派】美人爆爆：小白菜你在干吗！翩翩马上要跟弯小三打架了，你还拖着她讲话！

【帮派】白菜霸霸：啊啊啊，对不起翩翩，你赶紧去打，不用理我。

【帮派】佳人翩翩：没事的。

之前看弯弯酱的装备，我是有九成胜算的，现在三成都没有了。

单挑中，妖秀的打法通常是一套控制技能埋雷，最后用输出技能点爆。所有技能里，只有沉默是十二步外的范围攻击，另外的控制技能距离都是七步。而佛月的输出技能都是九步距离即可施展。一旦进入弯弯酱七步范围内，我就会被她控住；一旦她超出九步外对我施展法术，人物就会自动闪进七步以内的距离。所以，我要一直保持和她九步的距离，以达到受伤最小化的目的。

决斗之前，我反复检查自己的战前状态：四种料理都吃好了，技能快捷键全部调整好，宠物出场顺序确认无误，神佑选择了最适合自己的攻击状态。作为职业输出，奶妈这种磨叽的打法不是我的风格，但今天不磨叽都不行了。

远处枫叶红似火，在山顶燃烧。大风时而紧绷，时而松弛，惊动灌木丛中的鸟雀。比武擂台上铺满阳光和落叶，弯弯酱站在擂台对面，顶着一身新鲜出炉的蓝光。光芒旋转，像守护着她的小海湾。准备阶段，她一直在小范围内跑来跑去。终于，擂台上出现倒计时大字：5，4，3，2，1。
开战！

弯弯酱没有一上来就向我打全套的控制技能，而是按兵不动，以静制动。我跳上天，蹿下地，又跳上天，又蹿下地，还扔了一个增强攻击的buff（增益效果），看上去像准备全面开火。她察觉到我无意逃脱，便冲上来朝我扔技能。我切了第二只增加移动速度的神兽，拉开了九步的距离。

之后，她前进一步我就后退一步，她后退一步我就前进一步，就是不丢技能。她丢空了眩晕和持续掉血，按捺不住了，对我使用减速。我中招。她又对我使用沉默和黑暗。我吃了这两个debuff，留着解控，转身就跑。

"7，6，5，4，3，2……"

嘴上倒数着宠物加速buff的时间，最后一秒，我转身扔给她一个减速，两个人就像磁铁同极相斥一样，靠近后总是被我主动弹开，拉出九步的距离。

她第一轮控制技能全部轮空，我被她的技能余波和普通攻击打掉了1/5的血。太危险了。余波都能打掉这么多，如果完全命中……

她的技能全部进入延迟等待状态。我在距离她九步远的位置对她输出佛月整套连招，只见屏幕中金莲盛开，弯月骤现，星光飞舞，我的人物时装玻璃纸般旋转，背后展开一双透明的翅膀，为整张地图展开了华贵的亮光。最后，在我的人物挥舞双臂扔出大招时，"般""若""波""罗""蜜"几个金光大字依次出现，在一片疯狂飞旋的莲花中爆炸，狠狠砸在弯弯酱的身上！她的人物被击退两步，不断痛苦地前俯后仰，吃尽了我暴风雨般的连招！只见巨大的白色数字不规则地打在她的身上！

17，29，187，144，234，1450！18，172，172，6！6！6！6！6！6！6！6……2750！！！

那一排特效宏伟的个位数字跳跃着，用生命歌颂着我华丽的操作。然后她的血量现在是，大概，4.3万？

65块钱的伤害是真的伤不起。

弯弯酱反手给了我两下，我又掉了1/5的血。我一边跑，一边回血。她追着我打，血都懒得回。就这样左飘飘，右飞飞，我骗了她无数技能，偶尔回击一下，掉血也只加到一半。之后的战斗中，我的血线就没上过 30%，一直能听到自己紧张的心跳。她追我追烦了，开始杀我的宠物。宠物死了一只又一只，到最后半分钟时，倒数第二只解控宠物被她杀了，我也彻底空血。我把最后一只宠物收起来，用二十秒的时间和她周旋。先打晕她，又打了一套华丽丽的 65 块钱的伤害连招。

最后十秒，她解控了，奋不顾身地想给我致命一击。

我把普通回血技能、回血的大招一起扔出来。同时切换面板，换了一套全智力宝石，治愈量大大增加，再切回全体力宝石。关面板，放出最后一只宠物。它吐出几片绿叶，绿叶绕着我旋转，补满了我最后差的一截血条。时间刚好到 0 秒。

"砰"的一声响，两个巨大的金字印章般盖在屏幕中央：胜利！

凯旋的古风音乐好好听，我开心地扭动着。我的第一反应是找冷月，但他不在线，于是我发了离线消息给他："我好高兴啊，我赢了！暖月月我赢了！"

退出擂台后，围观的玩家有六七十个。世界频道更是一团乱：

【世界】慕殇宠爱的弯弯酱：？？？

【世界】宁小白：什么鬼，为什么会输？

【世界】雷雷雷雷雷：翩翩赢了。

【世界】慕殇宠爱的弯弯酱：？？？？？？

【世界】清爽甜心：系统出 bug（错误）了？

【世界】总有贱人想害朕：不是 bug，佳人翩翩的血和弯弯酱一样多，最后弯弯酱掉血，佳人翩翩回满血，时间到了如果没人倒下，按血量多少来判定胜负。

【世界】慕殇：不可能，我看过她们的血量，我老婆血更多。

【世界】1 区观光团：听说你们区有原配和小三约架的瓜？谁赢了啊？

【世界】宁小白：谁是小三，你说话干净点！

【世界】男神大妈：最后几秒，你们看到奶妈的血条动了一下吗？这么快就切好宝石了，什么神仙手速。

【世界】高逗帅：佳人翩翩真的会玩，放弃输出只堆肉，最后一刻宠物回血的时候，把智力宝石全都换成了体力宝石，又多了好几千的气血，还都刚好补满了。好精彩，我录屏了。翩翩大佬，以前小瞧你了。

【世界】清爽甜心：这也能算赢？P图女打弯弯酱根本不掉血！全是白字你们看不到？

【世界】美人爆爆：打不动小三又如何？我们家翩翩就是赢了，有本事你们让雷驰策划改游戏规则啊，没本事就闭嘴！

这时，我接到了一通电话。听筒里传来了温柔的女声："郝小姐您好，我是易游网的账号交易客服，您在我们网站上出售的订单号为5003242872430的《桃花万界》游戏账号，现在有人付款了，请问您现在方便上线换绑交易吗？"

我愣了一下，看着游戏里的人物站在山林间的弥弥浅浪前，隐隐层霄下，开心地在原地转了一个圈。远处有瀑布倒挂三石梁，银河般悬落，激出清亮的水声。

这一瞬间，我想起在这张地图上，我曾初次遇到北界之巅的好姐妹。她人如其名，身穿红衣，骑着红马，烈焰红唇，挑眉星目，身后是磅礴沸腾的雪白瀑布、郁郁葱葱的苍莽青山。她是素雅山林中一朵盛开的红花，将嬉笑怒骂都融入了炽热的青春中。书本里"鲜衣怒马"所能描述的最美景象，不过如此。看我站在山石上，她提了提缰绳，马发出了嘶鸣声。她说："哈哈，大美妞，一看你这身装备就知道你跟我一样又肝又氪的，走，咱们组队打送死副本去，一起在《桃花万界》里打出点名堂！"

时间过得真快。现在距离那个时候，都过了快一年半了。那时候我们俩才30多级，一万多战力，已经是北界之巅初露头角的风云人物。我们约好要一起玩到满级，一起冲到五万战力，一起成为万界最霸气侧漏的两个女人，一起玩到游戏倒闭。现在，她十二万战力了，成为全服顶级的灵羽，而我……

我点开系统，退回到区服选择页面：

2区天地桃源：佳人翩翩，120级，战力30382，最后登录：刚才

然后切换账号，选择了另一个账号，又一个选择画面弹了出来：

7区北界之巅：凤舞翩然，120级，战力158842，最后登录：5天前

41区万里彩云：脚踢大魔王，25级，战力5144，最后登录：25天前

26区神仙眷侣：拳打一川寒星，25级，战力5322，最后登录：37天前

鼠标在最上面那个号上停留了半天，还是没点进去。

记得她跟我撕破脸后，我对她说，你知道吗，玩游戏就是玩游戏，这游戏里没人能伤我，就你可以。她说，别装了，你这套拿去骗别人可以，可我太了解你了。你为了达到自己的目的什么都做得出来。都到这个份儿上你还装什么好朋友，不就是想打败大魔王嘛。抱歉，您榜一大佬天下无敌，自己打去吧。然后我就被她拉黑了。过了几分钟，她用金色喇叭刷了十次同样的内容："凤舞翩然你这虚情假意的女人，别以为谁都会怕你，不打到你退游我绝不退游！"

1888块钱专门用来骂人，作风彪悍如斯。

连战场都一直同排的高战姐妹反目成仇，当然上了贴吧818。所以前号主说我没黑历史，明显是不够关注万界新闻。相比红衣的攻击，天地桃源这群智障是多么可爱。现在单挑获胜，他们不会再来干扰我。等两周时间一到，告诉他们号已换人，就更爽更自在了。

一般百万级的顶级号卖充值量5%的价格都算正常，我大号挂38万能这么快卖掉，买家很阔气，没什么好犹豫的。是时候和过去说再见了。我没有进入游戏，在首页打开换绑页面，在客服提示下，与新买家换了绑定手机和邮箱。对方的邮箱是：FENGWUPIANRAN1314@LEICHI.COM。看这邮箱前缀，买号的好像还是我粉丝。

完成交易后，扣掉手续费，我的手机收到了37.2万元的转账短信提示，上线一看，口水仗还没结束。

【喇叭】慕殇：她除了爱我，什么都没做错。有什么怒火冲我来啊，为什么要这样欺负一个弱女子？

【喇叭】慕殇宠爱的弯弯酱：老公，别说了。玩卑鄙和下作，我真的玩不过某些人。

【喇叭】慕殇：我只是想守护你这一份天真。是我没有保护好你，是我让你受苦了。

【喇叭】慕殇宠爱的弯弯酱：佳人翩翩，真的，开你大号来骂吧，你这

样没意思。

原来有一群小号在世界奋力喷弯弯酱和慕殇,骂他们"渣男小三天生一对""心机重""师公都上不要脸"等等。

【私聊】云备胎胎:翩翩,世界上那些是我和爆儿开的小号,你别回应。我们看不过去慕殇这么渣,太渣了,这辈子没见过这么渣的男人。

【私聊】佳人翩翩:他们以后只要不惹我们,也没什么。

【私聊】云备胎胎:傻姑娘,你现在怎么这么看得开啊,我好心疼……他觉得没保护好弯小三,怎么不想想你受的伤害更大?唉,你最近好一点了吗?这都第二次了,太伤身体了啊。记得不要弯腰,多喝水,注意保暖,不要老肝游戏了。我们继续骂这对狗男女,你还是多休息休息。

我迷惑地歪了歪头,百思不得其解,于是点开这个号和慕殇的私聊记录,企图了解一下情报,结果发现了殿堂级剧透:

【私聊】佳人翩翩:老公,真的要打掉吗?

【私聊】慕殇:嗯。

【私聊】佳人翩翩:可是,当时你说过,如果怀上孩子,我们就直接领证把他生下来啊……

【私聊】慕殇:我是这么想的,可是你才大二。你想休学吗?

【私聊】佳人翩翩:是啊,我才大二,医生说堕胎很伤身体的,以后可能会怀不上孩子。老公,我真的很难过,你要对我负责……

【私聊】慕殇:宝宝,为了你的前途着想,现在真不是当妈妈的时机。以后我们还会有孩子的,这次听我的,好不好?

【私聊】佳人翩翩:好……你还会娶我吗?

【私聊】慕殇:这个事我们以后再说,不要再胡思乱想了。你现在需要休息一下,明天早点去医院。

之后的内容却是天差地别:

【私聊】佳人翩翩:你和弯弯酱结婚???你是不是脑子进水了啊?我们俩的关系她知道吗?她知道我们是现实的男女朋友吗?

【私聊】慕殇:你不要搞笑了好不好,我们结束了。是你绿了我。

【私聊】佳人翩翩:我绿了你,你没绿我吗?你当着我的面和别的妹子搂搂抱抱，大家都看得出来是我被绿了，只是因为你是大佬，他们都怕你，才这样帮着你。慕殇，你是理亏的，你怎么可以变这么多，你怎么可以这样对我！你开始根本不是这样的！！

【私聊】慕殇：这些话我都听烦了。你爱在外面怎么说就怎么说吧，我累了。

【私聊】佳人翩翩：告诉我实话，你们俩是不是早就勾搭上了……只有我被蒙在鼓里吗？我为你付出了多少你知道吗？你怎么可以这样对我？你忘记一开始的承诺了吗？？？

【系统】少侠，真遗憾，您已被对方拉入黑名单，对方无法收到您的消息。

我把前号主的帖子又看了一遍，我觉得应该没几个人知道她和慕殇奔现的事。她只能做傻事来反抗，谁知越做越错，越错慕殇越有理。由于没人知道实情，所以大家都帮着慕殇和弯弯酱骂前号主，不知道前号主其实吃了大亏。难怪她情绪波动会这么大，还去发那种帖子。

看着慕殇和弯弯酱说着土味情话秀恩爱，我更不理解，他俩这么入戏，难道是打算奔现？游戏奔现的夫妻太多了，但罕见一生一世一双人，大部分是一肾一时两相绝。看佳人翩翩的下场，当看见小三亲友说什么"不就是因为嫉妒我们弯弯酱吗"，我有点被雷到了，心中的小天使又变成了哑巴。

【喇叭】佳人翩翩：我还真不嫉妒。这种男人不分留着过年？离婚快乐，祝你快乐。

【喇叭】慕殇宠爱的弯弯酱：呵呵。

【世界】慕殇：唉，你何苦强撑……

【喇叭】佳人翩翩：不是强撑，是真强。毕竟梦想是当全服第一的女人。

以前我很低调，不说这种话的。我承认看到那么猛的料，自己有点受刺激，很想弄死慕殇。

【喇叭】慕殇宠爱的弯弯酱：老公听到了吗，她说她要当寒老板的女人。帮她宣传祝福一下呀。

【世界】慕殇：一川寒星的女人？你？

一川寒星就是大魔王的游戏名，现在《桃花万界》全服第一人、万界争霸冠军队主输出、"回旋输出流"的开创者、北界之巅战力榜二、职业魔道。

【帮派】冷月已经退出帮会!

【喇叭】佳人翩翩：等等，你们是不是会错意了……

上面那个帮派提示是怎么回事？我点开冷月的信息，发现他的帮会已经变成了怒战王朝。

三瓣桃花

冷月一走，美人爆爆给我发的语音跟吃了子弹似的："冷月怎么去怒战了，你是不是惹他生气了？他就是冲着你来我们帮的！傻姑娘，快去把他哄回来呀！"

我又收到了一条冷月的私聊信息：

【私聊】冷月：我有事要去怒战，私信联系。打得漂亮。

【私聊】佳人翩翩：爆爆叫我把你拉回来。

【私聊】冷月：爆爆想我回来关我什么事。

【私聊】佳人翩翩：我也希望你回来。

这只是句客套话。一般情况下，这种说"出去几天"的帮会成员都只是给彼此个面子，他们不会再回来的。

他用语音回复我说："哦？好啊。"

那个"哦"的尾音轻微扬起，有一点懒懒的腔调，和之前的清冽有力不太一样。然后，他又发了一条语音过来："我会回来的。"

我愣了两秒，突然觉得脸有点发热。明明只是一句朋友之间的普通回复，为什么我有一种害怕别人看到我们对话的感觉……

周日下午，我和白菜霸霸一起在仙乡小镇钓鱼，同时开着队伍语音聊天。

"翩翩，我们考试成绩下来了，我数学考了58分，被妈妈骂死了……"白菜霸霸声音稚嫩，语调也青涩，是小朋友才会有的特质。

"不是吧，你才初一，60分都没考到？"

"你也责备我吗？你和妈妈一样，都不会先问问我满分多少的，呜呜呜呜……"

"多少呢？"

"120。"

"很好。"

我劝她假期好好复习，少玩游戏，她却难得固执："翩翩，我已经放假了，假期里我要做两件事，第一件，把神武胄强化到8阶；第二件，我要参加《桃花万界》的同人绘画比赛。这个比赛的获奖者会有一套特殊时装，到时我要把时装送给你。"

"为什么要送给我？"

"因为你的名字和我喜欢的画家一样哦。把时装送给你，说不定我就能变成和她一样的画家了呢。"

我的心里一紧，脑中浑浑噩噩地说道："确实是数学58分的逻辑，不用谦虚了。"

"你居然笑我，亏我还帮你把你和弯弯酱的pk（对决）视频剪辑得一流好，准备传到网上去让你火一把呢。"

"你不是只有十二岁吗，还会剪辑？"

"我会画画嘛。"小小的骄傲通过语音都听得出来，她嘿嘿笑了两声，"好了，我帮妈妈洗碗去。强化装备我来啦！"

【世界】雷雷雷雷雷：哇，你们听说了吗，翩神的号被人买了！不知道是哪个老板，38万一口气拿下了！

【世界】繁花落：翩神是谁？

【世界】雷雷雷雷雷：7区榜一凤舞翩然啊，这个游戏的所有平台，包括iOS、安卓和各种渠道服，她都是第一战力！万界争霸1V1、5V5蝉联了五届冠军！这个女人！就在我们隔壁的7区北界之巅！你说你不知道她是谁！

【世界】夏日凉：哭了，我早就看到她挂卖了。早知道会卖这么快，就该咬咬牙买下来。

【世界】雷雷雷雷雷：夏日娘大婶又开始炫富了！

【世界】柔喵喵：我知道，我才从新区回来，翩神的名字在新区都如雷贯耳。她的号值一辆超跑了吧，就这么卖了？

【世界】狗仔十二号：她和战队闹掰了，又在万界争霸上惨败给寒老板，可能玩得不开心吧。听说翩神早就有点怕寒老板了，找官方闹过，说鬼炼太弱，官方偏心魔道。你们记得吧，上个月职业平衡调整，鬼炼得到了史诗级的加强，传说都是翩神的功劳。也有传闻说她喜欢寒老板，酒醉后在帮派真情流露，截图还被人传到寒老板那里去了，所以卖号跟这个有关系，不知是真是假。

这个狗仔，身体不舒服就该多喝点烫水。我喜欢温柔的男人，大魔王这种暴躁老哥滚哪！

【世界】煮酒听雨：确实啊，男人娶老婆，要那么高战的干什么，主要还是要温柔漂亮啊，我赌是寒老板看不上她……

【世界】雷雷雷雷雷：放你的屁，翩神是我偶像你们可别污蔑她！7区战力榜前面只有她和大魔王没结过婚，大魔王战力升这么快，明显就是冲着她去的，是她不要大魔王吧！

就是这样！我的迷弟就是这么给力！

说到结婚，我想起我在7区有个"未婚夫"，我俩从开服就认识了，经过快一年的纷争、合区、平天下、称霸全服，一直并肩作战。我是鬼炼，他是妖秀，连外区都知道他是我的专属辅助，他也明示暗示追了我一年。我这么会打妖秀也是拜他所赐。当我觉得总算可以定下来结个婚时，心中第一人选无疑是他。然而，大魔王横空出世，没日没夜缠着我打架，想干掉大姐当大哥。我不可能把服霸之位拱手相让。和他激战的四个月里，我对他的仇恨值爆表，严重增加我的雄性激素分泌量，失去了小女人的娇羞，连婚都不想结了。结果就是，"未婚夫"被黑闺密拐到了她们帮会。看看，撕 × 多不好，撕到CP[1]都没有。

---

1. CP：网络流行词，本意是有恋爱关系的同人配对，现也有动画、影视作品粉丝自行将片中角色配对为情侣，用 CP 表示人物配对关系。

小舅、小舅妈带着表妹来上海玩，晚上顺便来看我。表妹要吃炸鸡，我就和他们一起去了我家附近的麦当劳。我们四个点好餐，在靠窗的位置坐下来。吃了一阵子以后，小舅推了推眼镜，小心地问："翻翻，律师你请好了吗？要我们帮你吗？"

"没事，现在情况已经这样了，请律师也没什么用吧。谢谢小舅。"吃了鸡块却如鲠在喉，我喝了一口可乐。

"你见到你爸爸了吗？"

"没有呢。"

"股份和案件后续的法律责任没变吗？"

"嗯。"

"那你最近在忙什么呢，还在画画吗？我看你微博已经很久没更新了，你的粉丝都问你去哪里了。"

"最近没有画画呢，我想放松放松，都宅在家里。"

"也好。"说到这里，小舅叹了一口气，推起眼镜，用餐巾擦了擦鼻梁上的汗。

小舅妈没有他那么紧张，但也用关爱病人般的目光看着我："翻翻，我和你舅舅都很关心你。你平时没事多出来走走，给我们打打电话。"

"麦乐鸡很好吃，可是妈妈，我们把小鸡吃掉了，它的妈妈会不会难过啊？"表妹吃得满嘴油腻腻，但皮肤白得会发光，大眼睛眨巴眨巴地望着我。

小舅妈飞速看了我和小舅一眼，想推她一下，又不敢推，只是为难地说："这问题多傻啊，快吃！少说话！"

表妹抖了抖小嘴巴，继续啃起了鸡块。我很心疼表妹，摸着她的头安慰道："别担心，小鸡的妈妈也在里面。"

"啪嗒"一下，表妹吃到一半的鸡块掉到了盒子里。这一顿晚餐在表妹的哭声中结束了。

我带着满满的负罪感离开了麦当劳，往回家的路上走去。

远处有轻轨疾驰而过的金属碰撞声，伴随着汽车的噪声，共谱着一首嘈杂的交响乐。水泥阶梯蔓延上高架，顺着阶梯往上走，刷满瓜皮绿油漆的铁丝网把城市框在了无数密集的小格中。我闻得到汽车尾气、铁锈之气和灰尘之息。迎面吹来的暖风，并不能把身上黏黏的汗液带走。霓虹灯一闪一闪，像是生命濒死的求救。鳞次栉比的高楼中，有一座透明的室内足球场。它被照成一片亮白，站在高架上看过去，就好像在沙漠里看见了一片绿洲。两个路过的女高中生讨论着最近很火的电视剧有在那个足球场取景，然后她们俩手挽着手，一起朝高架阶梯跑过去。

我打开微信，这个微信里全是标注了区服名字的玩家。然后，从后台切入了我的私人微信。好多人的最后一次联系时间都是去年，只有三个好姐妹直到最近还在联系我。

"翩翩你怎么了，消失了好久，不要吓我啊。"其中一个如此说道。

我长舒一口气，回复她："没事没事，打游戏开心开心。"

她秒回道："天啊，你总算出现了，失踪人口！别打游戏啦，你以前不是每天都过得很励志的吗？怎么最近这么颓废？"

"打架的快乐你不会懂的啦，哈哈。"

另外一个大学室友对我说："翩翩你家里的事情怎样了啊？家人还好吗？什么时候才可以回来上课呢？我们都很想你。"

这条消息我没有回，又切回到了游戏微信，但也没什么心情再看下去。

这个世界很熟悉，却又很陌生。记忆中的上海是繁华的、热情的、五彩缤纷的。尤其是高中时的上海，不仅五彩缤纷，还是春花烂漫的。那时，幸运女神为我的人生打开了新的篇章，我拿下了全国绘画大奖，成了最年轻的新锐插画师之一。那时我热爱这个世界，拥抱着自己的梦想，美好的未来在前方，我喜欢的男孩在学校等我。

喜欢他的女孩那么多，而他眼里只有我。每次跟他并肩走在学校的林荫道上，连手机都变成了多余的。记忆中的他会发光，与成为画家的梦想各占一半，合二为一成为太阳，照亮了我完整的青春。

直至此刻，我才发现自己的记忆产生了错觉。这座城市是冷漠的、灰色的。也就一年的时间，我们家附近的房子、餐馆、集市全都拆了个精光，又装上了庞大的钢筋骨架。在这座城市里，无数年轻人都在参加学业和事业的赛跑，时时刻刻用尽自己的体力，全力往前冲刺。街上的每一个陌生人都在往前走，就像上海一样。只有我还在原地，被世界抛在了脑后。

这一年，我有灵魂出窍的错觉。好像我并不属于这个世界，而是属于那个桃花翻飞的梦境。

多愁善感仅仅持续到到家之前。踏入家门，打开电脑以后，我忽然清醒了许多：刚才我在干吗呢，感伤别的事就算了，因为确实值得感伤，但为什么会想到我的初恋？我是个成年人了，应该明白，有的男生适合结婚，有的男生适合恋爱，而有的男生只适合用来看，恋爱都不能谈。跟适合看的男生谈场恋爱，能让你体重掉二十斤。最后那种，就是我初恋本恋了。

我撑着额头轻叹一声，登录游戏，开始匹配战场。晚上是黄金高峰期，人多，战场秒排秒进。然而刚被分进去，就看到了熟悉的名字。

【阵营】2区－天地桃源－夏日凉：哇，现在41区都有120级的了！新区的小朋友们，来全服战场受虐了吗？

【阵营】41区－万里彩云－美美到底美不美：呵呵，妹子，你真好笑。当我们新区没人吗？你玩得久了不起啊，玩一年我比你强。

【阵营】2区－天地桃源－夏日凉：哈哈，恕我直言，你们区除了榜前三没人氪得过我。

【阵营】41区－万里彩云－美美到底美不美：哇，好怕怕哦。

【阵营】7区－北界之巅－轩轩：现在2区的孩子们都这么跳的吗？

【阵营】2区－天地桃源－慕殇：不敢不敢，那就烦请大佬区的各位高手指点一下了。

开场不到一分钟，就看到屏幕中央出现了一行字：

慕殇拿下了第一滴血！

【阵营】2区－天地桃源－慕殇宠爱的弯弯酱：老公给力啊！

前半场，慕殇和夏日凉风卷残云，拿了很多人头。但从进来以后，我就一直在纳闷一件事：我、慕殇、弯弯酱被分配到了紫色的魔之阵营，夏日凉被分到了金色的神之阵营。

战场有个官方没公开的规则，即最高战力的玩家一定在神之阵营。因为以前我就发现自己从来没有被分配到魔之阵营中，所以脱了装备、掉了战力，让自己战力低于榜三，跟他去测试了一下，发现果然他被分到了神阵营，我被分到了魔阵营。除了那一次，我大号的名字永远是金色。这个规矩老区都没太多人知道，新区应该更没什么人知道。

全服排前面的玩家战力我大概都知道，如果没记错，现在我方出场的玩家没有一个人比慕殇战力高，除非有高战改过名字。但再看看排名，慕殇一直是第一位，人头也遥遥领先神之阵营第二名的，他应该就是全场最高战力才对。难道是系统出 bug 了？

【阵营】2 区－天地桃源－佳人翩翩：奇怪了，还有个大佬是谁啊……

【阵营】2 区－天地桃源－雷雷雷雷雷：什么意思？

【阵营】2 区－天地桃源－佳人翩翩：我们这个战场里有个大佬，应该在敌方阵营，怎么一直没出现？雷雷你看到有什么高战了吗？

我以前打战场特别认真，不仅熟知所有敌我双方的数据，会分析局势、按照敌方战力决定走位，而且从当上全服霸主起到弃号，被人杀死的次数只有两次。当然，都是被同一个人杀的。所以，这个情况勾起了我的好奇心。

【阵营】2 区－天地桃源－雷雷雷雷雷：全场最高就是慕殇了吧，他最近飙这么快，在北界都算大佬。

【阵营】2 区－天地桃源－佳人翩翩：不是慕殇。

【阵营】2 区－天地桃源－慕殇宠爱的弯弯酱：唉，有的人又开始给自己洗脑了。搬出外区高战也只能自我安慰呀。

我无视了她，继续翻看实时排名：

第一名：2 区－天地桃源－慕殇 击杀数 14 助攻数 15

第二名：1 区－人生如梦－一砚杏花雨 击杀数 12 助攻数 7

第三名：2 区－天地桃源－夏日凉 击杀数 11 助攻数 4

第四名：7 区－北界之巅－秋月 MOON 击杀数 7 助攻数 19

第五名：2 区－天地桃源－佳人翩翩 击杀数 6 助攻数 3

…………

在战场里绕了几圈，发现来来去去还是那些人，并没有什么熟悉的高战。这样看来，应该是这个高战排进来以后又退出去了。我安心地继续打架，打算绕开对面的几个高战，努力爬一爬排名。又打了一会儿，当时间还剩下七分钟的时候，我看见一个顶着金色名字的白发魔道从我身边飘过去。我吓了一跳，追过去看，但没找到这个人。就当我以为自己看走眼的时候，屏幕正中央出现了系统公告：

一川寒星完成了三连杀！

一川寒星完成了五连杀！

一川寒星终结了慕殇的八连杀！

【阵营】2区－天地桃源－雷雷雷雷雷：我的妈！一川寒星！！！

【阵营】2区－天地桃源－慕殇宠爱的弯弯酱：你那么大反应干吗啊？一川寒星怎么了，难道就不是人？

【阵营】2区－天地桃源－雷雷雷雷雷：他真的不是人，他是大魔王……

我才想说，我的妈。本来以为跟慕殇分在一边，也不用被他们追着打了，没想到敌对冒出了个大魔王。

红月下，浓云密布，狂风四起。眼前的魔道是黑暗中诞生的鬼神，身穿黑色修身衣，脚穿劲瘦短靴，一绺白发垂在脸颊一侧，高鼻薄唇，英眉狐目，似笑非笑，腰间有白璧玉佩，身上强化特效是满级的玄色腾龙，每隔几秒就盘绕着在他身上转几圈。他的黑衣包裹着高挑瘦削的身材，有点刺客的气质。但衣服上的金线点缀了华贵之气，下装的两片衣摆微微垂落，增加了魔道的飘逸之气。整个人看上去又酷又仙，真不愧是万界争霸冠军才有的时装啊！这一套时装以前是我的！

然后，系统公告持续提示：

一川寒星终结了秋月MOON的十三连杀！

一川寒星完成了十连杀！

一川寒星完成了十五连杀！

一川寒星完成了二十连杀！

战场全屏提示弹得太快，前一条还没消失，后一条就迅速刷新。导致"一川寒星"这个名字一直挂在屏幕中央，再也没消失过。

【阵营】42区－情义连云－枫槿：对面十五万大佬！给服霸大佬点烟！

【阵营】26区－神仙眷侣－BRUNHILD：晕死。

【阵营】30区－金风细雨－在河之洲：我去，寒老板，抱住寒老板大腿，紧紧地……

忽然，前方的一川寒星停住了脚步，也停住了攻击。

阵营里大家先是发了各种震惊、冻结、黑线的表情，然后就是一片抱大腿的悲泣哭喊，如此和谐，如此统一。相信敌对阵营里应该非常舒服了，因为所有金名玩家都跟商量好了似的跟在大魔王身后混助攻。他没有半分被影响，只是继续完成他的屠杀大业：

一川寒星完成了二十五连杀！

一川寒星完成了三十连杀！

一川寒星完成了三十五连杀！

一川寒星终结了慕殇的三连杀！

一川寒星完成了四十连杀！

一川寒星完成了四十五连杀！

一川寒星完成了五十连杀！

慕殇完成了三连杀！

一川寒星终结了慕殇的三连杀！

一川寒星完成了五十五连杀！

一川寒星完成了六十连杀！

…………

据我所知，除非遇到我大号，大魔王打战场都是挂机的。所以，纵使慕殇以前在战场遇到过他，也不知道他的真正实力。慕殇战力近十万，在天地桃源已经被捧得飘飘然了，大概不敢相信自己和一川寒星的差距有这么大。我亲眼看见他死了之后又去给大魔王送人头，大魔王一套连招都没打完，他就毫无悬念地趴在地上了，弯弯酱更是被一个技能轻易秒死。

没有办法，一川寒星是魔道，也就是正宗法师，纯输出，最脆皮、最暴力也是最考验操作的职业。魔道想拿人头，没其他职业什么事，何况是万界第一魔道。

【阵营】2 区 - 天地桃源 - 慕殇：我去，不打了。

虽然大魔王是我的噩梦，但看见他连续 N 次终结慕殇的连杀，我承认，有一点点爽。

我跑到敌方老家附近的台阶上站着。这是我一直以来刷战场的习惯，拿人头在这里卡位很好，对手跑不掉。正想收割人头，没想到周围的人一个个都倒下了。转了一下镜头，发现一川寒星就在我身后。他把我方阵营所有人都杀了，包括弯弯酱。弯弯酱躺在地上，在当前频道说："寒老板下手好重，打得人家好痛，嘤嘤嘤……"配了一个哭泣表情。

一川寒星没理她。他从来不和任何女号互动，话都很少讲。他把所有人都杀光以后，就只剩下台阶上的我。

在这一刻，我俩四目相望，一眼万年，天地凝固，百感交集。

看看吧，大魔王，这就是你打败过的女人，她没有死，又卷土重来了！如何，你可透过这朴素的马甲看出了女战神的影子？你可曾想起我们激烈对战的岁月？你可想起了那个文能提笔安天下，武能骑马定乾坤的女子？她！没有死！

终于，银发黑衣的大魔王朝我走了两步，抬了一下手，又抬了一下手。

系统公告：一川寒星终结了佳人翩翩的六连杀！

在这个游戏里，我的家乡是北界之巅。这个区有一首流传全服的打油诗：

桃花万界，北界至高。

藏龙卧虎，物价很高。

想当王者？有梦挺好。

你算什么，遍地土豪。

风里雨里，北界等你。

翩神屠东，魔王霸西。

神仙打架，没你关系。

欢迎来此，当条咸鱼。

由此可见，北界之巅是多么热闹、混乱又事多的一个区。那里有帮战对我下黑手的前闺密，有带着大拨人叛变的"未婚夫"，有大年三十晚上都有两拨人开红互砍的野外地图，有一大票对我说"翩翩姐我对你真失望"的不明真相吃瓜帮众……但是，如果让我现在重新选区，这一刻，我想回到北界。

因为我发现，刚才大魔王在我面前那几秒的停顿是有深意的。他应该是在看我的面板，拿我做实验，看普通攻击能不能秒我。然后没秒到，他又补了一下，秒了。

我原以为，感情是这个世界上最难以捉摸、最不可靠的东西。然而造化弄人，万万没想到，我对一川寒星的感情依然如此浓烈，浓烈到可以让我脉搏跳动，血液沸腾。玩了一年多的《桃花万界》，都卖号了，都决定要放平心态钓鱼了，再看到他，我还是这么想打死他。

一川寒星难得不挂机，也引起了阵营内的热烈讨论。他们从大魔王有多厉害，聊到了合区的事。

【阵营】7区-北界之巅-剪刀腿夹爆你的头：你们都想往后合区啊，我们只要能合区就很开心了。

【阵营】3区-剑倚狂沙-牡丹夫人：北界之巅是红区，红区还想合区也是没谁了。

红区就是指区服前的灯是红色，在线人数爆满的意思。通常官方不会推荐新玩家在红区建号。

【阵营】24区-千秋碧血-蔬菜包：不是别人不想合北界，是北界听着就很恐怖好不好。

【阵营】7区-北界之巅-折星：其实我们区除了凤舞翩然和寒老板，后面的人战力都不算太高啊，均战还不如3区高呢。

【阵营】3区-剑倚狂沙-牡丹夫人：不不不，别的区战力再高也一样，你们的名声已经出去了，没人会跟你们合的，你就死了这条心吧。

【阵营】2区-天地桃源-慕殇：合北界我立刻 A^1 了，花的钱我一分不要了。

这一把战场下来，一川寒星拿了八十三连杀。很多人被他杀自闭了，躲在老家不出来，不然他可能可以拿一百以上的人头。在战场杀出帮会战的效果，也是醉了。我看到美人爆爆在带一条龙任务，进了她的队伍。冷月和白菜霸霸也在，我实在不吐不快。

【队伍】佳人翩翩：刚才我在战场遇到了大魔王。

【队伍】美人爆爆：寒老板本尊？！我很少遇到他啊，你和他交手了吗？

【队伍】佳人翩翩：交手你是认真的吗？我被他平A两下秒了。

【队伍】美人爆爆：很正常，他可是全服第一猄，输给他没什么丢人的

---

1. A：AFK 的缩写，指不玩游戏了。

吧！我也想去围观一下大神风采！

【队伍】佳人翩翩：恶心心……

【队伍】美人爆爆：呃，好吧！小白菜今天怎么不讲话啦？

【队伍】白菜霸霸：喜欢上一个男孩子，第一感觉居然是自卑……

【队伍】佳人翩翩：？？？你十二岁。

【队伍】冷月：现在的小女孩可以的。

【队伍】佳人翩翩：这么小还是不要谈恋爱，早恋没有好下场的。会被雷劈，会被鬼吃的。不要早恋！不要早恋！不要早恋！重要的话说三遍。

【队伍】美人爆爆：翩翩你吃了炸药吗，这么大反应干吗啊？

【队伍】佳人翩翩：我有血和泪的教训啊。不要早恋！

【队伍】冷月：……

提到我的初恋，就要从我那对一言难尽的父母开始说起。

我爸是个传奇人物，长了一副可以当小白脸的皮囊，却不甘于当一个安静的美男子。他从我有记忆起就开始白手起家创业，到我上小学四年级，破产过两次。第三次创业成功，一部分原因是积累多年的商场经验让他变成了一根滚滚发烫的油条，一部分原因是得到了我妈在人脉上的帮助。

我妈家境贼好，相貌是在学校食堂里丢了饭卡一大群男生抢着帮她买单的类型。她和我爸谈恋爱时我妈全家反对，外公外婆觉得她应该找个看上去更老实靠谱的。然而她是个从小读遍经典名著的浪漫知识分子，特崇尚自由恋爱，爱得比朱丽叶还决绝。

据我所知，她做出这个选择，纯粹因为她是个深度颜控。她没考虑过和我爸是否合适，也没想过，我爸这种披着羊皮的狼是否受得了她的公主病。她是一个如此有主见的女子，以至到最后她也没能顺利当上成功男人背后牺牲的女人。

我初二那一年，我爸三十六岁，正是一个男人最为春风得意的年纪，企业到达了平均日入 70 万的新境界。他俩的故事不是童话故事，也不是言情小说，高富帅并没能做到与结发妻子恩爱如初，我爸犯了"全天下男人都会犯的错误"。

我妈人设不崩，是个烈性女子，并没有像很多贤妻良母那样认为"男人嘛玩玩没什么回家就好"，而是觉得"老娘当初下嫁给你你不当个耙耳朵就算咯还如此回馈老娘的吗"，带着她强势的娘家揍了我爸一波，离婚协议书一签，签证一办，机票一买，去美国读研了。一个三十五岁已婚已育的富豪太太选择离婚出国读书，在哪个年代都可以说都是十分罕见的。但她就是这么刚。

对我妈的这种选择，我是一脸蒙的。她不要我，理由是她觉得我不像她，不是她亲生的娃儿，她看到我这张复刻我爸的脸就不安逸。我当时哭得天崩地裂，还以为自己真是哪个阿姨生的，现在长大了感觉当初是被她忽悠了。我妈跑了以后，老爸慌了，赶紧飞到美国跪求挽留，结果发现我妈已经火速交了男朋友，还是她中学时的初恋。就这样，我爸被扫地回国。

虽然我是被我爸养大的，但那时青春期的我中二病严重，特别讨厌他。只要他跟我讲话，我就会撑他，也不画画了，还掉进了网游坑，天天对着电脑打打杀杀，口头禅是"妈卖批"，宛如一个十岁的智障小男孩。他如果教训我，我开口就是"搞外遇的爹没资格这么说我"，气得他几次差点动手打我，最后摔门就走。他摔门那会儿我是很愤怒很伤心的，但最多过五分钟，我就又重新对着电脑拍着键盘喊起了"妈卖批"。只留下保姆小姐姐——我们家唯一的正常人，对着我的背影，颤抖地问一句，翩翩，你要不要吃点水果啊，我给你削。

在网游的影响下，我初中的成绩从班级前三掉到了班级二十三。脾气暴躁地读完了初中，我强烈要求回上海读高中。我爸那时交了女朋友，看我也烦了，就让我回了上海，他依然在重庆经营公司。

父母离婚前，我一直是一个骄傲的大小姐，上学放学有司机保姆接送，穿的公主裙一定是全班最贵最仙的，和小朋友披床单玩家家酒的时候一定要当筷子插头发[1]的那个。同学们没有人不知道郝翩翩有个了不起的老爸，班里人气最高的男生跟我讲话都恭敬得像个小太监。但因为有过这样一段难以启齿的初中经历，上了高中以后，我性情大变，从不在学校说家里的事，还展开了一段更加难以启齿的高中生涯。

这段经历用成年人的话来说，可以稍微美化一下：由于画画的缘故，我

---

1. 指《新白娘子传奇》中白素贞的造型。

对美丽的事物特别敏感。我这双善于发现美的眼睛，总是会为天使般的男孩留下欣赏而深情的注视。

但我这个人性格直，还是说实话吧，我变成了一个花痴。很可能因为我是郝总和赵总的女儿，继承了郝总体内的狼性基因和赵总的颜狗[1]嗜好。真是棒极了，他俩的优点一点没学到。

迄今回想起来，我都觉得这个转变非常令人费解。按理说，因为父母离婚，一个青春期的孩子受到的影响应该是变得沉默、自闭、郁郁寡欢才对。可我的转变是过分外向了，剪掉了长发，再也不穿裙子，还跟班里另一个花痴小姐妹小包子玩起了校草记录游戏，比流川枫的亲卫队还羞耻。

我俩分工行动，小包子负责对有校草潜力的男孩子进行追踪、侦察、报告、总结，我负责目测数据、速写。因为我会画画，可以很精准地目测出男生的身高、体重、三围，而且还充分利用了自己的绘画优势，开始速写她发现的各种美少年，给他们取外号，为他们用身高、体重编排号。例如18062，那就是指一米八、六十二公斤的小帅哥。高一开始不到一周，我和小包子就记录了七位潜力校草的资料，一个高一的，两个高二的，四个高三的——很显然，高一女孩都有学长情结。

18457就是在这个时期出现的。那天下午体育课的自由活动时间，我在林荫道旁画风景，忽然抬头就看到了篮球场上的一群男生。有一个男孩正在投篮，个子很高，刘海微长，穿着深蓝色的T恤和同色的牛仔裤，皮肤白得发光，动作潇洒得让人深刻感受到了造物主的偏爱。我一瞬间就失了神，停下手中的动作。他打了一会儿退下来休息，从栏杆上取下校服，随意搭在肩上。

关于我们学校有多难进，有一个梗：一个我校女生跟家里人抱怨说学校有蟑螂，她读初三的妹妹愤怒地说："它们怎么进去的！"作为活在外校学生口中的传说高校生，其实我们很羡慕他们英伦范儿的校服。我们的校服相当具有社会主义特色，蓝白款，运动装，全校女生清一色的蘑菇头或马尾辫，高一到高三的设计有细微差别。直到看到眼前的男孩穿校服，我才知道，不

---

1. 颜狗：网络用语，对于一切颜值高的事物毫无抵抗力的一类人，通常用于自嘲。

是校服丑,是人的问题。

随后,我听到小包子尖叫着对一大堆女生喊了一声:"大——帅——哥!"刹那间,班里的女孩子们蜂拥而上,问"在哪里在哪里"。小包子指给她们看,果然,是我留意到的那个男孩子。

以往我和小包子挑出来的那些帅哥,我画出来给班里的女孩看,大家都是议论纷纷,各持己见。唯独这一回,女孩们审美达到了高度一致,都说这个真的很不错。然后,花痴小分队人数分分钟扩充到了六个。

周一升旗仪式,18457跟我们之前记录的另一个叫菠萝的帅哥走在一起。我和小包子一起求天求地求菩萨,一定保佑我们可爱的18457是高二的,那样我们就可以再看他一年了。他走开以后,我们偷偷找到了菠萝,问他,学长,你们的校服是高几的。菠萝轻松地说,高三呀。我和小包子呆了大概十秒,接着抱着咆哮痛哭,弄得人家菠萝以为看到了俩神经病。后来,每当我们看到18457穿着高三校服晃来晃去,就满脸忧伤。

有一次,我和小包子上楼梯回教室,我听到她嗯啊嗯啊嗯了半天,还一直抓我的衣服。我没搞懂,以为她内分泌失调了,正准备表示同情地关心几句,抬头就看到正在下楼梯的18457。

他真的就只是下楼梯而已。

可是目光与他相撞的刹那,我觉得时间倒流了,心里爆开了小烟花。

四瓣桃花

　　之后几天，我们去多媒体教室上语文课，经过高三每个教室时，都探头探脑想在里面找到他，但是没有他的踪影。于是，我和小包子上了很郁闷的一节语文课。下课以后，我们垂头丧气出了教室，正在抱怨怎么这么衰，就看到他从高三7班的门口走了出来。不知道他听没听到当时我和小包子的叫声，我记不太清楚了，反正周围的人都在看我们。

　　每周二的体育课，18457都要打篮球。每到周二，我们都会大叫："我们爱周二！不是喜欢！是爱！！"

　　经过我和小包子两个站姐[1]的推销，我们全班甚至隔壁班都知道了18457的存在，而且班里女生一致赞同，他是我们学校最帅的男生。我们隆重地把这个消息公开后，班里有个男生挠了挠头说："你们说的是高三7班的杜寒川？我姐跟他一个班的。他高一时就被评过校草了，你们是不是晚了两年……"

　　我和小包子毫不尴尬，抱在一起，感动地说：

　　"原来他叫杜寒川！"

---

1. 站姐：网络用语，指明星偶像应援站的组织管理者。

"哇，高一的时候就是校草了，我们眼光真好！"

男生不怀好意地笑着说："是啊，不光帅，听说他小时候就很叛逆，想买什么玩具车，他妈说你考一百分我就给你买。后来他爸为了不被他考破产，开了一家大公司。喜欢他的女生可多了，你们竞争可大喽。"

"不，我们一点也不想竞争，只要默默看着他就好了！"小包子双手捧心。我也跟着小鸡啄米式点头。

尽管都是杜寒川的小迷妹，但我和小包子是有本质上差别的。我是 join in（参加，成为活动的一员），小包子是 take part in（参加，加入一个活动中）。

这是英语课上的小插曲。英语老师说，join in 后面的 in 可要可不要，也就是说 join 对 in 说"你死了我依然活得好好的"。但 take part in 的 in 必须在，take part 对 in 说"你死了我也不独活"。

对我们而言，杜寒川就是那个 in。小包子很快就为一棵小树放弃了整片森林，说除了杜寒川其他人她都没兴趣了。而我是觉得，他确实最好看，但多看看其他帅哥，才能给无聊的题海生活带来乐趣。

其实，我的内心和小包子一样，只对杜寒川感兴趣。但我那时候就很有职业操守，当花痴也是个有节操的花痴。就算是再好看的男孩子，我只要像追星一样，默默在后面看就好，别的不多想。因为有我爹妈这一对差评案例，十六岁的我并不憧憬爱情，也不相信永远。

直到有一天，体育课上，我一个人去小卖部买饮料，遇到了菠萝。菠萝学长很亲切地和我打了招呼，然后微笑着说："我有杜寒川的 QQ 号，你要不要加他？"

现在的我是个淑女，是个艺术家，不再说"妈卖批"了。但如果可以穿越回过去，我会选择说一句"妈卖批"，而不是说，好啊好啊好啊，谢谢学长。

从加了杜寒川 QQ 的那一天开始，我居然戒掉了沉迷了两年的网游。但代价也是惨痛的。所以，我还是决定不想高中愚蠢的过去，珍惜现在的游戏时光。

晚上有帮会战，我们匹配到的是一个同级别的咸鱼帮。我打开战力榜想看看这个帮有没有高战，却发现怒战王朝走了很多人，前十里只有榜一榜二还在，其他原有成员都去了二帮和三帮。再搜了一下怒战王朝的帮会信息，发现他们的人数也骤减。于是我私聊冷月，问他是什么情况。

【私聊】冷月：怒战内部一直不团结，夏日凉和慕殇说马上要合帮打怒战，怒战一帮位置不保，被挖走了不少人。

【私聊】佳人翩翩：我看走了一半人啊，他们这么能挖人吗？

【私聊】冷月：走的没这么多，都是帮主踢的。

现在感觉怒战王朝有点问题了。一般帮派里，顶战都不是帮主，尤其是榜一，当帮主的高战屈指可数，且寿命不长。因为榜一是土豪，号可能都不是自己上的，更别说管帮派里一堆破事。

通常长期强势的第一帮都有固定模式：帮主取中等战力，做协调和重大决策。副帮主两个，一个特别高的不做事，代表帮会实力；一个中低战的肝帝处理帮派繁杂事务，代表平民玩家。帮会第一战力有绝对的发言权，但不到迫不得已，他们不说话。

不管是在什么帮会，踢人都是需要经过深思熟虑才能做的事，一口气踢很多人是大忌，尤其是在风雨飘摇的时候，会踢得帮会元气大伤，士气动摇。怒战王朝破坏了这个平衡。

天下大势，风起云涌。情况真和我想的一样，晚上的帮战怒战王朝输给了风雨盟。

来这个区以后，我第一次看到榜一发话。

【喇叭】雨玲珑：夏日凉，做人不能像你这样的。我一直把你当朋友，你却背叛我，我不跟你计较，还为了你们把佳人翩翩踢了，而你又是怎么对待我的？说你们要和风雨盟合帮一起打怒战？太无耻了吧！

【喇叭】夏日凉：玲珑大佬，你还是一点没变，一直这么虚伪又圣母！明明是你自己看不惯她，反倒说是为了我啊？截图看我空间，大家来评评理啊！

夏日凉空间截图中公布的聊天记录如下：

雨玲珑："我也不喜欢她，好好一个小姑娘做什么不好，天天拍一些不三不四的照片。"

夏日凉："没办法，不靠P照片，她用什么吸引我师父。"

雨玲珑："女人还是要靠自己的本事才能活得有尊严。"

夏日凉："就是，她在我师父面前低三下四，在其他女生面前趾高气扬，动不动就炫耀我师父多厉害，都不知道是怎么将精分做到如此纯熟的。"

雨玲珑："哈哈，她哪儿来的脸炫耀，好像慕殇的钱是她充的一样。就算在游戏里也是要讲门当户对的吧，这种看到高战就觍着脸贴上去的女生，别人对她终究是瞧不起的。"

看了看时间，是去年的聊天记录。

我从 ABCC 姐妹团那里得知，开服时夏日凉和雨玲珑曾经在同一个帮会，但夏日凉有大小姐脾气，不甘愿当雨玲珑的小妹，所以带着几个小妹到风雨盟投靠她师父。后来，夏日凉和我这个前号主不对付了，于是又带着小妹们到了现在的三帮。

据说雨玲珑是个公司女高管，空间有她的照片：看上去三十到三十五岁，依靠在爱琴海上的游艇栏板上，身穿低胸黑色曳地高衩晚礼服，手拿红酒杯，吊眼薄唇，高颧骨，大浓妆，眼神强势而冷漠。她的账号有主播帮忙打理，所有充值活动都跟满，消费稳定，战力提升得很快；夏日凉是富二代学生，消费不定性，偶尔爆发一次猛充一波，之后又无声息。这样的两个人确实不容易融洽相处。

慕殇选择长时间屈居二帮，又跟一个这么弱的妹子结婚，说明他享受被众星捧月的感觉。在大佬云集的怒战他找不到这样的感觉，所以他不喜欢怒战。弯弯酱是个灵魂人物，没搞定榜二，所以和慕殇结婚，和怒战王朝疏远，增进了和夏日凉的友谊。佳人翩翩和慕殇一离婚，夏日凉对风雨盟更加亲切，所以这两个帮联盟，想把一帮打下来。

我一直坚信一个信条，就是什么友帮，什么联盟，都是扯淡。帮会自身的实力最重要。只要二帮、三帮没合帮，他们就不能做到百分百站在一条船上。现在已经露出一点苗头了。

白菜霸霸跟我说，她制作的视频很多人看，她高兴得不得了。点开她发给我的链接，标题就让人很头疼——《仰望三万佛月大神吊打四万四妖秀》。视频录制了我和弯弯酱的单挑过程，弹幕吐槽大致都是如下风格：

"控法手残，用脚打的吧？"

"那个叫弯弯酱的老姐技术堪忧啊，我就喜欢这种不躲技能的控法。"

"我们妖秀没有这么菜的弟子。"

"太多外行人了。其实这个妖秀操作不差，你们没看出来这个叫佳人翩翩的奶妈是大神吗？这种打法，主播玩的吧。"

视频播放完后，自动跳转到了下一个视频——《万界史上最快一百连杀！你是个好人》。

地图是天魔古道，显示帮战时间剩余二十五分钟。夜黑风高，雷声贯耳，天魔古道下着暴雨。一个穿着金焰黑衣的女子从天而降。她的双目因长睫而浓黑，额心有一朵盛开的红橙色桃花，裙裳下摆两片衣袂随风翻舞，站在明灯危楼之上，宛如凤凰浴火重生。她冒雨狂奔向对面一片红名敌军中，在人群中闪了几下，还没看清人，只听见匕首旋转声、金属碰撞声，一群人躺在了地上。画面中央不断刷新着她的连杀次数。敌对的高战跳到天上，对她丢大招。"般若波罗蜜"金光大字轮番出现。她闪了一下，身法极快，站在一旁玩弄匕首，动作亦快如闪电，跟小孩玩玩具一样。然后，对方扔好技能，从空中落地，她飞起来一招毙命。只听对方惨叫一声，她再度闪现在另一侧的人群中。

死掉的那个人躺在地上，发了一句话："大神，你这么暴力，是生怕嫁出去吗？"

弹幕上出现了无数哈哈党，有人还说："第一奶爸被秒心态崩了，哈哈哈哈哈，真的神仙打架！"

女子在人群中穿来穿去，割草般杀敌。直到一百连杀完成，她又把所有敌人杀光了，才给了回复。

凤舞翩然："你是个好人。但我太漂亮了，你配不上。"

那时候一川寒星还没开始玩游戏，我可真是嚣张。

这就是我热爱游戏的原因。只要你愿意，你可以变成任何人。一旦不开心了，可以砍号重来，摘桃花换酒钱的唐伯虎都不能如此滋润。

【帮派】白菜霸霸：翩翩，［神武胄+8］你看这个！！

【帮派】佳人翩翩：做出来了啊，恭喜小白菜。

【帮派】白菜霸霸：你不知道，我为了做这个，帮我妈洗碗洗到手都破了，呜呜呜，终于攒够钱做出来了，泪流满面……我先挂一会儿机，准备去画画，然后帮翩翩弄时装。

【帮派】佳人翩翩：你有这份心我已经很开心了，换好自己留着就好。还有啊，游戏玩得轻松点，不要当那么肝的小白菜。

【帮派】白菜霸霸：可是你跟我说了呀，最好这个强化多一阶。冷月大神都说你说得很对呢。

正好这时，冷月发消息来问我在干吗，我说在钓鱼。他没有回复我。我看到了一排金灿灿的滚屏字幕：

【喇叭】冷月：找妹子一起组队钓鱼。

【世界】雷雷雷雷雷：大佬您看我可以吗？

【世界】一懒众衫小：人家要的是妹子。

【世界】雷雷雷雷雷：我现在就去变性！

两分钟的时间，我所在的仙乡小镇钓鱼点陆续多了六个妹子，其中有清爽甜心和宁小白。但冷月依然没出现。我试着组了他一下，秒进队伍。队里只有他一个人，他把队长给我，跟随我来到了仙乡小镇，他撑着伞在我身边坐下，六个妹子光速消失。我们两个人并肩坐在码头上，我把鱼竿抛出去，问他："你钓鱼几级呀？"

"1级。"

"你不做生活的吗？"

"不做。我在别的区也不做生活，很无聊。"

"一直打打杀杀才无聊呢，做做生活，看看风景，也是享受游戏的方式呀。"我收起钓好的鲫鱼，又一次抛竿出去，"不过，你果然是别的区来的，哪个区啊？"

"新区。"

我把镜头转过来，拉近看了看，发现他穿着一身黑白，一绺刘海垂落在脸侧，样子酷酷的；我一身素雅，捏脸还是佳人翩翩的柔弱初恋脸。我俩有点大男人和小女人的味道。就是，他这张脸怎么看都觉得有点像一川寒星。但想想一川寒星的同款捏脸数据在淘宝都有卖，也就不奇怪了。

这张脸确实好看，尤其是眼睛。明明是英气十足的眉，飞扬的眼，理应强势。但卧蚕微微往上，似笑非笑，又为这份强势添了一分桃花味满满的似水柔情。

游戏系统是那么应景，在我陶醉于俊美青年英姿之时，仙乡下了点淅淅沥沥的及时雨，把石子、码头、路面和巨大的海棠树淋得湿漉漉的，反射着阴雨天的幽灵白阳光。路边的酒馆和平房也湿透了，旌旗上的草书"酒"字迎风飘摇。背景音乐是琵琶演奏的，搭着霏霏江雨声，只见湖山佳处，万桃如绣，仅仅是看着听着，都仿佛能感受到湖边的轻寒之意。

"翩翩。"冷月唤道。

"怎么啦？"我偷偷拍了一张我们俩的合照。

我在这里钓鱼惯了，知道再过一会儿天一黑，下着雨的码头会反射白晃晃的月光，江面涟漪即将盛景如画，准备跟他这个新区小朋友推荐一下这里的夜色。谁知，这个俊美青年的头上冒出的对白不是"翩翩你看，这雨中桃花万人家，何其惬意"，而是"钓鱼好无聊啊。我们还是去打架吧"。

"……"

可能是我一直只顾着自己拍照没讲话，他才这么无聊。于是我开启了话题："暖月月，你怎么知道我这个号换过人？"

"你的装备调过，前号主没这么会玩。"

"原来是这样，那你很厉害哦。"我笑了笑，"那如果我是前号主，暖月月还会帮助我吗？"

"不会，我不喜欢笨女人。"

"女人笨点不可爱吗？"

"不是女生才讨厌装可爱装笨的女生，男生也很讨厌的。"

"欸，那你觉得我聪明吗？"

"你怎么这么多问题。我们擂台约一次？"

"……"

【世界】清爽甜心：哈，贱人就是贱人，永远不让你失望。这么快就又露出狐狸尾巴了。潘金莲正式跟西门庆勾搭到一起啦。

【世界】夏日凉：你有没有文化，你这不是在说我师父是武大郎吗？是段延庆和刀白凤勾搭到一起了！

【世界】慕殇：我真是瞎了眼，还觉得有点愧疚。

【世界】清爽甜心：慕大佬你哪里愧对她了？她可不是省油的灯，还让她的闺密上传视频攻击你老婆。

【世界】白菜霸霸：哇，弯弯酱，我真的要吐了啦，我传个 pk 视频也是"攻击"吗？当小三的人就是不要脸啦！

【世界】慕殇：白菜霸霸，你见好就收。

【世界】慕殇宠爱的弯弯酱：老公，你还总帮她们讲话。这样随意泼别人脏水的女的你看清了吗？

除此之外，全是一片欢乐的吃瓜声。

【世界】美人爆爆：凭什么要小白菜见好就收？！慕殇你是渣男中的战斗机！我一路看着你们走过来，你离了翩翩这么快就找别的女人，当初翩翩给你找攻略，陪你刷副本，所有打到的稀有材料、稀有装备都是先留给你的，你都忘了吗？

【世界】慕殇：是，你说得没错，我都记得……

这句话后面跟了一个扎心的表情。

【世界】美人爆爆：当时你有多感动，隔着屏幕我都能感到你的满腔热血和情深意重！你说会好好保护她，说在你面前，谁都得对她恭恭敬敬，谁都不能欺负她。如今看来，别人对她有没有恭恭敬敬我不知道，你忘得干干净净是真的！

慕殇还没接后面的话，弯弯酱已经飞快回复了。

【世界】慕殇宠爱的弯弯酱：我也记得呢。佳人翩翩跟榜五大佬学了好多，教了我老公好多呀。每次我老公问她是怎么知道这些的，她都说，是她哥哥教她的。当初她和我老公闹掰，不就是因为她和榜五哥哥来妹妹去的嘛，她的锅反倒要我来背了呢。

【世界】慕殇：是，我差点忘了这些事了。

【世界】慕殇宠爱的弯弯酱：我和夏女神讨论过，佳人翩翩最近弄的数据全都是要战力非常高才知道的。她今天在帮会里叫大家不要买活动里的法器灵气碎片，因为法器满级上限很低，如果太早升满，后面多的会放在仓库。我们区根本就没有法器满级的玩家，佳人翩翩老家是农村的，她这些玩法，也不知道是跟榜五大佬学的，还是跟冷月大佬学的呢，或者两个都学，嘻嘻。

不是吧，我们这么小的帮会都有奸细？

【世界】白菜霸霸：你这个臭不要脸的小三，还想诋毁我们翩翩？你长得就像个秃鹫一样，就算比翩翩有钱也比她丑一百倍啦！

我赶紧私聊小白菜让她别再说了，对面战力高，如果刻意为难她，她会玩得很不舒服。但她明显上了头，不管我怎么弹她私信，怎么在帮会艾特（@）她，她都不理我，一直跟他们对骂了一个多小时。最后好不容易停战，我也累得不行了，安慰了她一会儿，下线睡觉。

第二天早上，我的邮箱里突然多了一大包材料，都是白菜霸霸送的。赠言："翩翩，我不玩了。剩下的材料都送给你。谢谢你这么久以来对我的照顾。我觉得你也没必要再玩这个游戏了，他们都是一群垃圾。"

我有点蒙，打开白菜霸霸的游戏空间，什么都没有。我问美人爆爆和云备胎胎发生了什么，她们让我看美人爆爆的空间。点进去一看，只有一张帮派频道的截图，配文"你们真的太不要脸了"：

我帮长老白菜霸霸在万妖海中被慕殇击杀，［神武靴 +6］破损。

我帮长老白菜霸霸在万妖海中被慕殇宠爱的弯弯酱击杀，［神武胄 +8］破损。

我帮长老白菜霸霸在胡家村中被夏日凉击杀，失去 598000 银币。

我帮长老白菜霸霸在天魔古道中被慕殇击杀，失去神仙桃 ×10。

我帮长老白菜霸霸在浪花桃源中被慕殇宠爱的弯弯酱击杀，［神武铠 +7］破损。

…………

顿时，我的胸腔中像有开水在沸腾。我看白菜霸霸在线，提起一口气，努力保持平静。

【帮派】佳人翩翩：@白菜霸霸 小白菜，你别 A，给我点时间，我会帮你反击的。

【帮派】白菜霸霸已经退出帮会！

随后，白菜霸霸去了风雨盟，我还收到了她的改名消息。

【帮派】佳人翩翩：怎么回事？小白菜怎么去了风雨盟？

【帮派】云备胎胎：小白菜卖号了。因为装备经验都被他们杀得差不多了，180块就卖了。那帮人一边杀她，一边骂她，还说要杀到我们这个帮散掉为止。

【帮派】佳人翩翩：ok。

【帮派】美人爆爆：算了，小白菜不玩了，我也不想玩了！气死我了，把我都气哭了！

【帮派】云备胎胎：唉，爆爆你别冲动。小白菜还在读初中，早点A了好好学习也不是坏事。以后我们低调点，不要跟他们吵就好。

她们讨论了一会儿，发现我没说话。

【帮派】云备胎胎：翩翩，你在干吗呢？

我的屏幕上一直刷新出现以下内容：

您已成功购买该项目。

您已成功购买该项目。

您已成功购买该项目。

您已成功购买该项目。

您已成功购买该项目。

您已成功购买该项目。

您已成功购买该项目。

您已成功购买该项目。

您已成功购买该项目。

您已成功购买该项目。

看着身上的64800元宝，我觉得手有些酸。于是打开微信，对我的二十四小时充值客服说："小狼，我是凤舞翩然。我在新区买了个号，ID是2239484552，帮我充100组648。"

"好的，翩翩姐，很高兴为您服务。"客服秒回。

客服顶了号以后，我关了游戏，准备去超市买点东西。

路过半敞着的衣柜门时，我看见衣柜门上全身镜里的女孩穿着睡衣、戴着黑框眼镜，原本乌黑亮丽的大鬈发现在跟鸡窝似的盘在头顶，不管眼睛再大形状再好看，也只装满了对一切的漠不关心。我叹了一口气，把衣柜门关上。

上海的全家不像日本的全家那么温柔，日光灯强度堪比手术室，眼睛都快被烧化了——当然，如果我今天穿着大红裙子，戴上隐形眼镜，化个精致的妆，在美发店做过头发，是不会介意再来点灯光的。

我挎着篮子，挑好牛奶，随手抓了点零食和牙线，正想去冰柜那边挑几个冰激凌，抬眼却看到了一个熟悉的侧影：我正前方五米处有一个男人，单肩背着黑书包，穿着深卡其色西装、白衬衫和橄榄绿色的德比鞋。他的侧脸比正脸好看，鹰钩鼻跟西方人似的。这是什么运气，难得出一趟门都能遇到前任。

他身边还跟了个人。挽着他胳膊的那只手上，指甲精雕细琢，镶了樱花和水钻。小小的个子，面向他的脸也小小的，轮廓跟游戏 CG 图中人物似的完美。而她的打扮正是不介意再多来一点灯光的大美女全套。此刻，我前任和她说了两句话，宠溺地摸摸她的头，朝四周看了看，即刻与我四目相对。他的笑容凝固在脸上，慢慢退去。他又把头转回到她的方向，好像一时间没反应过来发生了什么。

作为一名艺术家，我认为美并不只属于年轻和生机勃勃。就像现在的我，虽然未施粉黛，眼架黑框，鸡窝似的在头顶扎出了个丸子，穿的还是最没特点的休闲套，但我依然坚信，我有美丽而勇敢的内心。所以，我遵从内心，从另一边商品架绕回到收银台，把篮子放在收银员面前说道："麻烦快点结账，我有急事。"

收银员点点头，不疾不徐地扫我买的东西。

另外一个篮子被放置在我的篮子旁边。提着篮子的手戴着一款腕表，是我姑姑买给他的那款三万多的肖邦。

"郝翩翩？"

"啊。"我抬头看了他一眼，想都能想到自己表情有多不自然，"郑飞扬，好巧，你怎么在这里？"

"来买点东西。"他的反应很不自然，但应该比我好些。

"你今天下班挺早。"

"其实最近很忙，我才跳槽到雷驰游戏，就今天还挺早。"

"小姐姐你好。"美女好奇地探过脑袋，天真又有些防备地眨眨眼。

"你好，美女，你男朋友到雷驰工作了啊，恭喜恭喜。"

像是在刻意拉近和我的距离一样，美女开启了话匣子："雷驰最近动荡很大，杜驰的儿子又传退婚消息了。他未婚妻背景很强，也不知道这一出退婚是什么意思，对雷驰有没有影响。飞扬就这样跳槽过去，我有些担心他的前途呢……"

"乖乖别担心，我和太子爷的未婚妻关系还可以。他俩感情好得很，只是小情侣之间打打闹闹而已，退不了婚的。"郑飞扬还是宠辱不惊的样子。

"也是，现在在他们在《桃花万界》投的钱也不少了。"

"《桃花万界》？"我眯了眯眼。

"是啊，这是我负责的手游项目。"郑飞扬转头看向我，"对了，翩翩，我记得你这一年也玩了不少游戏，是什么游戏呢？"

这也太巧了。我按捺住心中的惊讶，清了清嗓子，随意想了几个名字，"我玩的女生游戏啦，《造星工厂》《王子恋爱宅急送》和《萝莉的征途》。"说到这里，我拿出手机假装看了看时间，又锁屏把手放进兜里，"我有事要先走了，有机会再聊。"

买好东西飞也似的跑回家，我收到了朋友发来的消息："翩翩你还好吗？郑飞扬跟我说在全家遇到你，看你没什么精神，有点担心你的情况。但他被你甩了太多次，不敢再找你了，所以让我来问问你。"

还是这么会当好人。我顿时觉得自己像漏了气的橡皮车胎，回复道："他现在都有新女友了，让他别再管我的事。"

"这你也知道了啊。他这个新女友是开淘宝店的，自己当模特。他们好像是网上认识的，五月见面，没几天她就从四川搬到上海和他同居了。真不知道他在想什么，从白富美跳到网红……"

"纠正。网红大部分都是白富美。"

"我的意思是你这种真正的白富美。用金庸的话来说，你是一朵行走在艺术界的花。"

不知情的人说出这些赞美，有点尴尬。

而且，不管他现女友是否比我优秀、比我漂亮，都不重要。现在他们俩才是一对，我这个局外人好不好，与他们没什么关系。

而说到画画，认识我的人应该无人不知，从小到大，我的梦想一直是成为一名画家。妈妈告诉我，我抓周的时候，就抓了一支画笔。

小学三年级，我第一次获得了全国最大的少儿绘画奖一等奖，校门口放了很大的黄榜，题字恭喜我校同学郝翩翩获奖。那天我刚好迟到，没看到门口的告示。进教室后，全班鼓掌，我一头雾水。班主任和美术老师一起走进来，向全班同学展示了我的画。美术老师说了一句话，让我记忆深刻："各位同学，以后中国将有一位著名画家，她就诞生在我们班。"

初一时，我的画作被刊登在艺术报刊上，我反反复复翻来翻去地看。家里每来一个客人，我都会向他们炫耀。

高中时，当我第一次把画作上传到网上，当第一个画迷给我留言说好喜欢你的作品时，那种快乐，至今难忘。

最后，就是彻底改变了我人生的中国美术龙彩奖。

我知道自己有天赋，但选择了父母无法铺路的工作，注定得付出更多的努力，才能走得更远。因此，在掉入游戏坑之前，我每天很少有超过六个小时的睡眠。即便前一夜被压力折磨得彻夜难眠，第二天我还是能精神抖擞地六点起床，开始每天的必修课——画30幅排线练习，完成三个小时的丙烯画或油画。然后，再开始当日的工作，完成商业稿。

好友对我的评价是："我认识的所有朋友里，郝翩翩是唯一读了大学还比高考前更刻苦的，太励志了。"

因为如此坚持，从未想过要回头，所以在折翅之时，格外地痛。

我七个月没更新过微博了。最后一条微博下面全是寻找失踪人口的评论。

"翩翩，你去哪里了？我们好想你。"每次看到粉丝如此留言，我说不出话，发不出声，只是拼命忍着往外涌的眼泪。

我很想说，我也很想你们，我很想回来，像以前那样，活成你们理想中的样子。可这并不是现实，现实是一场不会再醒过来的噩梦。

去年上半年我过得很颓废，爸爸曾经说："闺女，要不你考虑一下转行？画画本身确实挺好，可是当名人很累，需要脸皮很厚。你承受不来的。"我们都知道，是因为我的前途完了，所以他才这样安慰我。

我没说话，只是摇头。失去了画笔的郝翩翩，根本没有任何存在的意义。父母是商人，他们不会懂的。从小到大的心血就这样毁于一旦，这种无论哭几百次也无法磨灭的、钻心的痛，就像把全身的骨和肉都拆开，再重新组装上一样。

当然，这些都是去年的事。我现在已经完全不在意无足轻重的苦难了。现在我的座右铭是，人生苦短，及时行乐。

在外面瞎逛了一阵子，回家又刷了一会儿抖音，客服给我发消息说充值完成。我弹簧似的从床上跳起来，登上《桃花万界》电脑客户端。看着账号上的七十多万元宝，我觉得很是满意，于是去鬼炼山川转了个职。

在鬼炼长老面前，紫光环绕我的人物转了几圈。我从拿着扇子的柔弱姑娘，变成旋转着匕首的冷漠女子。我跳了两下，丢了几个技能，觉得分外舒适。还是输出适合我。然后，我买了一只治疗型神兽，花了一个半小时洗它的属性，只点有用的技能等级，再用丹把它的等级喂到满，将剩下的普通宠物全部收入包裹，战力掉了五千多。接着抽了一大堆材料。四维、强化、宝石、法器、技能、精炼、特技……全都堆上去。眼见战力升了六千八，我卸下身上无用的特技，战力又掉了两千多。

一个下午我都在操作鼠标和键盘，在游戏里切换、点击各种属性页面，一边大幅度提高属性，一边压战力，看着战力数字上上下下。世界热议了一个下午，但我没空看，直到弯弯酱又开始酸溜溜地发言。

【世界】慕殇宠爱的弯弯酱：某位白莲花氪了这么多啊，还转了鬼炼呢，我好怕哦。

【喇叭】佳人翩翩：你这小三，把小白菜的+8衣服打碎了是吧。

【世界】慕殇宠爱的弯弯酱：是又如何？她自己嘴贱。劝你也嘴巴干净点，别以为自己提了点战力就是大佬了。氪金谁不会，玲珑大佬都氪进去一台保时捷911了，有像你这么嚣张吗？

我停止在纸上计算接下来需要准备的材料，在商城买了100个仇杀令，点她的头像，选择"使用仇杀令"。一道红光从我脚底喷薄而出，画面切换之后，我瞬间移动到了佛月莲池。

山南山北雪晴，千里万里月明。佛月莲池正下着大雪。巨大的蒲公英在月下摇曳，微风拂过，从蒲公英上吹下的不是柔毛，而是万千星星。星星飞入高空，与雪花相互辉映，一如白蝴蝶初翻帘绣。弯弯酱正和慕殇在蒲公英下约会，名字已经变成了红色。看见我过来，她跳起来，想拉开距离反击。

她还有点聪明，看到鬼炼知道不能被近身。

"妹子，你可知在这《桃花万界》，who is（谁是）鬼炼第一人？"我自言自语着点了她的人物，朝她跳了两下，丢出技能"勾魂血影"。

只见紫袍少女在月下闪了四下，身影如梦似幻。妖秀少女拼命挣扎想跑开，却已经被抓得死死的，只能原地踏步。我转了一下屏幕角度，一套连招打出去。弯弯酱娇弱地哭喊着，倒在了地上。

系统公告：真是奇耻大辱！佳人翩翩使用仇杀令，将慕殇宠爱的弯弯酱击毙于佛月莲池，并命令她当场三跪九叩首！

弯弯酱耻辱地原地复活，对我连连磕头。

冷月如霜，我转了转匕首。匕色亦如霜，在暗夜与雪光中锃锃发亮。然后，慕殇的名字变成了红色，他也开启了仇杀模式。我朝他丢下一枚两秒的定身暗器，拍了两下空格，飞到空中，又打了三个技能，选择进入家园，躲了起来。

没见过吧，这种凌空逃跑回家的骚操作。

【世界】慕殇：老子火了。

五瓣桃花

慕殇和所有的男大佬一样，虽然秀恩爱的时候脸皮厚，在战斗方面却有尊严。别人问他怎么了，他迅速调整状态，只说"没事，遇到了傻×"。

我在家园里继续愉快升战，没多久，冷月给我发消息："来怒战?"

我点开他的面板，发现他的战力竟然也到了四万八。想想也是，他上一回抽了很多材料，远超过三万战力需要的量。多余的应该都囤在了仓库，是为了跟我同步吗? 真是造化弄人。本来只想当个生活大佬，结果又一次掉进了战力坑。RPG 就是这样，低战被高战虐，高战被策划虐，天道因果好轮回，雷驰爸爸放过谁。有道是：

君不见雷驰网讯撕 × 来，生怕客户不复回。

君不见爆肝玩家悲白发，新 IP 公测心流血。

声称 MOBA[1] 才尽欢，真香回坑操旧业。

活动充值战力飞，千金散尽不复来。

悔当初，忒手欠。氪到底，肝莫停。

调好第一波战力后，我跟 ABCC 姐妹花商量了换帮会的事。第二天一大

---

1. MOBA：多人在线战术竞技类游戏。

早，她们毫不犹豫地跟我去了怒战王朝。

大帮会就是大帮会，哪怕已经跑了不少人变成了桃源第二帮，我们三个进去以后还是享受到了刷屏式的欢迎，其中不乏各种活跃玩家和榜上名人。ABCC在咸鱼帮待了太久，这下很兴奋，尤其是美人爆爆，立刻化身为水王之王，跟大家打成了一片。她俩话确实有点多，我都懒得一个个看了，直到榜二艾特我。

【帮派】雨勿忘：又见面了，翩大佬。@佳人翩翩

【帮派】佳人翩翩：别，担当不起啊，勿忘大佬。

【帮派】餐巾公子：雨哥都叫大佬，不说了，给大佬递茶。

【帮派】雨玲珑：哪里有大佬啊？给我看看？@雨勿忘

【帮派】餐巾公子：雨姐吃醋了，雨哥看着办啊。

【帮派】美人爆爆：哈哈！当着榜一女战神都敢叫翩翩大佬，我看雨哥是嫌我们翩翩活太长了呀！

雨玲珑确实可以叫女战神，因为她不仅战力高，职业还是战狼，物理系战士定位。这个游戏输出最高的近战职业就是战狼和鬼炼，前者是能打能扛，以肉取胜；后者是能打能闪，以速取胜。

【帮派】雨勿忘：什么女战神，昨天打战场遇到隔壁区高战，离开我一分钟她就快躺在地上了。完全不走位，带她跟带闺女似的。

我看了看榜一榜二的面板，战力都是十一万出头，就差两千。虽然没结婚，但玩游戏节奏这么统一，取情侣名，说话也够亲昵，隐形秀恩爱塞了我一嘴狗粮。

帮里的小伙伴明显和我有同感，都在起哄，说什么"雨哥雨嫂你们够了""请你们原地结婚""带着我们的祝福滚"。

【帮派】雨玲珑：你们不要闹，什么雨嫂，就知道乱叫，我们是好朋友。对不对啊，小忘？@雨勿忘

大家又起哄，说"第一次见到演夫妻这么像的好朋友""小忘都叫上了，什么时候改口叫老公"。

【帮派】雨勿忘：你们知道吗？李嘉欣结婚那一年，香港的豪门太太们都松了一口气。你们雨姐如果嫁了，天地桃源的各路美女们也要松一口气

了。为了我们区的经济繁荣，我也不敢追你们雨姐。

这番话回得巧妙，大家都只能跟着喊雨哥威武。

【帮派】雨玲珑：净瞎说。你倒是给我解释解释，什么叫带我跟带闺女似的，昨天我遇到的是红衣，她输出都快赶上凤舞翩然了，打人能不疼吗？@雨勿忘

【帮派】雨勿忘：那还是不能比，红衣是远程，你又抓不住她，所以打你疼。要论单体输出，凤舞翩然至今依然是万界第一。她物理攻击有25万，连大官人都能秒，太恐怖了。

【帮派】雨玲珑：凤舞翩然的号被买走以后，战力一直没动。一川寒星冲得很快，凤舞翩然榜一位置可能保不住了。@雨勿忘

【帮派】枫叶是我的眼泪：凤舞翩然的号被谁买了？我也在战场遇到她了，全程挂机。

【帮派】雨玲珑：不知道，我北界的朋友说没改名，也不知道是谁买的。每天就是做做日常，活动也没跟。

【帮派】枫叶是我的眼泪：真是糟蹋了翩神的号啊。

【帮派】雨勿忘：不管是谁买的，除了一川寒星，后面的人想赶超她都很难。红衣的战力看着提得快，其实和她差距还是很大的。凤舞翩然的号属性全满，是全万界最完美的号没有之一，一川寒星都只是靠操作取胜而已。

【帮派】雨玲珑：你什么意思啊，暗恋她？@雨勿忘

【帮派】雨勿忘：她也就战力比你高，能比我们怒战之花漂亮吗？

【帮派】雨玲珑：就你嘴甜！@雨勿忘

于是，帮里又是一片催婚刷屏。

我只觉得新号主有些诡谲。顶级号买的时候有多昂贵，养起来就有多费钱。一个所有属性都满了的号，一旦涉及开新活动、新系统，如果想维持它在全服的水平，就要买大量的材料，把新出的属性再全部点满，才能和以往的其他属性持平。因为排在后面的玩家会提战力，如果买号的玩家不能投入相对应战力的资金，榜单排名会掉，也会被人拿来和一手号主比较，游戏体验其实并不好。这个买我号的人不改名，不养号，佛成这样也不知道是想干吗。不过，那已经不再是我的号，我还是专注对付这个区的敌人吧。

【帮派】佳人翩翩：雨姐，我们来投靠怒战，是因为被风雨盟逼得无路可走。之前我们帮有个小姐妹才十二岁，被他们杀到装备全爆，卖号了。我们不想和风雨盟为敌，但也不能受气。他们杀我也没关系，我就是担心他们欺负美人爆爆和云备胎胎。如果他们找她俩的麻烦，雨姐可以帮她们出面吗？@雨玲珑

在北界之巅的时候，曾有无数小朋友对我说过类似的话。我的回答都很统一："来了就是一家人，不分你我。谁敢欺负咱们帮的兄弟姐妹，你翩翩姐立刻开红飞过去把他们打成狗。"我在这方面一向有话直说，一点不怕得罪人。别人专门来投靠我，我不帮他们揍人，岂不辜负了他们的信任？谁知雨玲珑是现代都市小资情调玩家，回答跟我的风格截然相反。

【帮派】雨玲珑：妹子，我理解你的难处，但你说的都是私人恩怨，不要带上帮会。

【帮派】佳人翩翩：可是雨姐，现在风雨盟和我们是敌对关系，他们想联合夏日凉打我们。

【帮派】雨玲珑：帮会竞技归竞技，仇恨归仇恨。你说到底还是想要报复慕殇和弯弯酱吧，撇开帮会立场，我觉得他们人不坏。你要拎清一件事：不是你来了我们帮，我就要帮你杀人。我充钱也不是为了得罪人的，如果人人都来找我帮忙杀人，那我就没什么游戏体验可言了，对吧？游戏不是这么玩的，你成熟点。

【帮派】佳人翩翩：嗯嗯，谢谢雨姐教诲，我会再去好好反思一下的。

冷月说怒战王朝内部不团结，根源原来在这里。雨玲珑不仅战力太高不适合当帮主，连性格都不适合。也不知道前帮主怎么想的，把帮主给她了。

这时，私信箱上多了个红点，我点开一看，有些意外。

【私聊】雨勿忘：翩大佬，我发现你心态特别好，跟之前人家说的不太一样。

【私聊】佳人翩翩：谣言止于智者。雨哥是个智者。

【私聊】雨勿忘：之前君风云撩你那会儿，其实我对你都有点偏见，我看人还是太片面了。

我看了看排行，君风云是榜五。

跟他聊了一会儿，又跟 ABCC 聊了一会儿，我大致得知了，榜五一直不结婚，对周围妹子总有点花花肠子。带前号主打了两次副本，就说喜欢她，如果慕殇甩了她，他就娶她。也不知道有没有受到这番言论影响，前号主还真的和慕殇多次闹离婚。然而等她离了，榜五也毫无迎娶之意，而是在她伤心抒情的离婚空间动态下留言说："加油妹子，有事找我。"前号主回了个"谢谢哥"。

慕殇被气炸了，说："哥哥妹妹个什么玩意儿。"但不想被榜五夺妻，所以很快求和。和好之后，他的众多女徒弟按捺不住，煽风点火、明褒暗贬地提及前号主和榜五的兄妹情深。夫妻俩因为这个"哥哥"再次吵架。之后，慕殇肆无忌惮地在前号主面前抱别的女生。她一怒之下跟慕殇说："我不玩了，再见。"然后，她开了个小号和一个小帮的生活玩家结婚，又故意在十人副本队里说这件事，劲爆的消息自然很快传开。

事后前号主向慕殇各种求和好遭拒。她到处找人诉苦，最后诉到了榜四夫人那里，榜四夫人说："本来就是他先不对，他有你这个老婆不抱，抱别的女生，这就是他的错。你伤心了，他不安慰你，还是他的错。我老公从来不抱别的妹子。"前号主疑似清醒了，在世界上指桑骂槐地喷了慕殇一顿，结果把他和弯弯酱骂结婚了。

他们爱得那么狠，爱得那么痛，还挺有娱乐性。其实玩到全服名列前茅就很无聊了，因为顶级玩家不会在游戏感情上耗费太多精力。就算结婚也单纯是政治联姻。例如稳定一个战队、栽培自己的势力，两个人象征性地办个热闹的婚礼，表示我俩和我俩的小弟以后要合起来秒天秒地秒空气啦，其他人最好乖乖的，奉献出膝盖，喊爸爸。

我想起很久以前在贴吧看到有人喷大魔王。截图上，一个妹子跟他私聊说："寒老板，你捏的脸好好看啊，是不是本人也这么帅啊？"她没得到回复，之后又发了一句："大佬？"结果出现系统提示：少侠，真遗憾，您已被对方拉入黑名单，对方无法收到您的消息。

然而，这帖下面并没有人与楼主产生共鸣，只有一群中二的妹子哈哈刷屏，和一群小男生吹爆他们的完美男神、他们的亲亲寒哥。

大魔王是有多么无趣，也玩了小半年了，在情感 818 帖里，通常都是以龙套反派的形式出现。例如有个妹子发帖说，我和我夫君恩恩爱爱，结婚一百天啦。两口子跟全帮成员在某地图摆拍，突然他们敌对帮会的大魔王带队从天而降，把那里屠得寸草不生。之后她老公被杀得不想玩了，那张照片也就变成了他们的最后回忆……真是一个走到哪儿，哪儿就会变得乱糟糟的男人。

一川寒星，冷月，一类人。就知道打架，打到最后一无所有——我正这么想着，立刻就被现场打脸。因为，有一个妹子在帮派里发了一句话。

【帮派】幻巧儿：大家来帮我空间点点赞呀。

这个女生是曾经安慰前号主的榜四夫人，但现在面板上配偶栏已经只有"无"了。我点进她的空间，是个美女的自拍照，灰色美瞳，嘟嘟唇，一身名牌。照片的第一个点赞者是冷月，冷月居然和我审美一致，喜欢这种类型的姑娘。我以为在他这种宇宙直男眼中，女人成分都一样，都是碳水化合物呢。

在美女的呼唤下，大家一起为她点赞。没过多久，这张照片还被推送上了全服热门。

【帮派】幻巧儿：谢谢佳人妹子帮赞。@佳人翩翩

【帮派】佳人翩翩：不谢，大美妞！

【私聊】冷月：幻巧儿私聊我，叫我帮她点赞。

【私聊】佳人翩翩：嗯呢。

他特意说这件事，我总觉得有些莫名其妙，还没想明白，就收到了组队邀请。确认后进了ABCC小组，福尔摩斯·爆和钮祜禄氏·胎，正好为我的迷惑展开了天马行空的解说。

【队伍】云备胎胎：那个幻巧儿不简单，你往前翻翻她的空间。

幻巧儿最近每天都发照片和动态，每一组照片的赞都很多，有另外两组照片也上了热门，下面全是夸她神仙颜值的评论。

【队伍】佳人翩翩：都挺漂亮的，怎么啦？

【队伍】美人爆爆：你没发现吗？她频繁发照片是从七月三日开始！今天是七月十一日，她一共发了二十条空间动态，其中有十二组照片！而在七月三日之前，她有三个月没发照片！三个月前，她和榜四刚结婚！你看懂了吗？七月三日那天，月哥来了怒战！

【队伍】佳人翩翩：难道幻巧儿是风雨盟的间谍，想把暖月月挖走？

【队伍】美人爆爆：我去，笨蛋！

【队伍】云备胎胎：翩翩你是失忆了吗？幻巧儿开服到现在结了三次婚。第一次跟开服第一个榜二，第二次跨服跟花落月宫的榜一，第三次是跟榜四。每次她有搞不定的结婚目标，都会猛发照片，发完就搞定了。七月三日冷月来怒战当天，她和榜四离婚，发喇叭说榜四对她很冷漠，她受不了，然后开始猛发照片。榜四伤心了，带着榜五一起退帮，去了风雨盟。

【队伍】佳人翩翩：哦哦哦！原来如此！

其实我并没有听懂。又不是开服玩家，我怎么知道这些深度818。我只想说一句，贵区真乱。

【队伍】美人爆爆：哦你个头啊！她看上月哥了！你没看出来吗？她刚才在帮派里谢谢你，其实是在向你示威！告诉你她很美，让你知难而滚蛋！

【队伍】云备胎胎：不算是示威吧，示威是雨玲珑对翩翩这样的。幻巧儿这种行为，更像是以柔克刚，想和翩翩拉近关系，降低翩翩对她的防备，有点像在撒娇说"我喜欢这个喜欢你的男孩子，让给我好不好嘛"。

【队伍】佳人翩翩：等下，雨玲珑对我示威？榜一刚才那番话是故意撑我的？

【队伍】云备胎胎：你一进帮雨勿忘就对你那么主动，她当然会给你个下马威。

【队伍】佳人翩翩：如果是这样，那我们撮合她和雨勿忘，是不是就可以向她邀功，让她帮我们打风雨盟了？

【队伍】美人爆爆：我的天！你怎么到现在还在想着打风雨盟呀！

【队伍】云备胎胎：爆爆小号在风雨盟看到弯弯酱和慕殇也改了策略，不跟你正面刚了。他们现在就想以和你敌对为由把怒战打垮，让怒战的人怪你。你啊，现在就是四面楚歌还不知情，唉……不过没事，月哥既然敢邀请你来，肯定会保护你的。

【队伍】美人爆爆：保护什么保护啊，月哥都快被幻巧儿拐跑了！翩翩，我们都知道你漂亮，但比手腕，你玩不过幻巧儿的！

【队伍】云备胎胎：还真是这样。她比弯弯酱高一百个段位，小三上位从不失手，居然还没被人骂过，这就是她的高明之处了。

【队伍】佳人翩翩：这你们就担心太多了，幻巧儿是我们的人。

【队伍】美人爆爆：只是同帮而已！她是要抢你男人的！

【队伍】佳人翩翩：没关系，天下大势第一，小情小爱靠边。

【队伍】云备胎胎：翩翩你现在是怎么了，怎么从小女人路线改走武则天路线了？

这么巧，我在北界之巅有个外号就是武则天。以前我一直以为天地桃源挺鬼的，没想到如此有趣。虽然再坚持五天就可以说号已换人，但现在的局势让人有些沉迷其中。

云备胎胎的情报很准确，晚上帮战我被针对了。我们明明对的是三帮，但风雨盟一大票高战都临时换帮过去帮忙。弯弯酱和她的小姐妹满地图追着我杀。我把她们全部杀了，慕殇又来把我杀了。我复活再把弯弯酱杀了，慕殇再追杀我，冷月队把他套住，我跑了。绕到一个羊肠小道的时候，我又被夏日凉的队伍堵住，被控得一步都走不了。雨勿忘从天而降，挡在我面前给我加血。大奶就是滋润，一个回血技能扔过来，我满血了。那个队伍五个人合起来打他，可能一个小时都打不死他，最后全都溜了。

雨勿忘走到我附近说："翩翩，下次帮战跟我组吧，我保护你。"

"好的，谢谢奶爸！"

因为高战太少，六个点里，雨勿忘和雨玲珑一人守一个点没问题，但另外四个点我们拿一个丢一个。最后我们和三帮的比分是 1726：2283。风雨盟只是过去了几个高战就差了五百多分，也不知道决赛时和风雨盟打，我们会有多被动。帮战打得有点火大，之后我去刷了两个小时战场。刷到后来，一些玩家又一次表示了抗议。

【阵营】28 区 - 飞花自在 - 我是个猛男啊：战场可以输，翩翩必须死！

【阵营】36 区 - 流雪回风 - 萱萱：谁是翩翩？

【阵营】3 区 - 剑倚狂沙 - 贫尼想借色：等一会儿你就知道了。

经过他们的再次宣传，我又一次被针对了。而奇妙的是，每次血槽被打空，雨勿忘的治疗技能总是会及时落下，奶得我精神焕发，奶得我如沐春风。

【阵营】2 区 - 天地桃源 - 佳人翩翩：谢谢雨哥，雨哥万福！

【阵营】2区－天地桃源－雨勿忘：跟我还说什么谢。你冲这么快，也是够刚的。

【阵营】7区－北界之巅－秋月MOON：雨哥，你在这里撩妹，要雨姐怎么办哦。你跟了她一个晚上了，自己都不打。

雨勿忘没打字，发了个暖暖的太阳笑脸。

【阵营】7区－北界之巅－秋月MOON：翩翩妹子厉害了，你的818我也看过一些，战力不高，本事不小。加油，慕殇算什么，天地桃源第一男大佬夫人之位是你的了。

这话说得我一身鸡皮疙瘩乱颤。这妹子以前和我一个帮，一直是个北界至上主义者，有严重的外区歧视。看到阵营里还有天地桃源其他玩家，我赶紧停下来回复她："别闹，我才进帮，雨哥遵照雨嫂的吩咐照顾新人而已。我们区第一男大佬可是高素质温柔男神，不像某个高战区啊，第一男大佬就知道搞事情，心疼这区百姓疾苦。"顺带diss（鄙视）了一下某魔王，爽。

【阵营】7区－北界之巅－秋月MOON：井底之蛙。雨哥和寒老板差距还是有点大的吧，绿区和红区也是有区别的吧。

她这么一说，阵营里的绿区玩家都不乐意了，纷纷说她不知哪儿来的优越感，北界之巅就了不起吗，没有巨佬撑腰你们算个锤子，等等。成功转移了话题。

打完战场之后，我把战力提到了五万整，忽然收到了一条幻巧儿发来的消息。

【私聊】幻巧儿：翩翩，月月是你的CP吗？为什么战力总跟你一样呢……

我点开冷月的面板，他果然也到五万了。我把刚认识冷月时的事向她说了一下。

【私聊】幻巧儿：这么说来他只想和你较劲是吗？月月还真是一个有趣的男孩子。

没过几分钟，幻巧儿又发了空间动态，这次是她和一个男魔道站在雨中仙乡的截图。虽然隐藏了角色名字，但我一眼就看出了那是冷月的建模。配文写道："这个魔道小哥哥嫌弃我这个绑定奶的操作，我是不是要努力练练了呀？"绑定奶就是指某一个输出或 T 的固定治疗系搭档，通常是一对一的。玩奶妈的女孩子多，很多绑定奶最后都嫁给了她们的搭档。

评论里很快就有男生说想转魔道了。

我多看了几次这张图，确认周围没有其他人。在他们俩站着的地方附近有一个码头，我和冷月曾经在那里钓鱼，我也拍过照。瓜，依然散发着清香。心里，也是有一点点闷。看看时间，已经是晚上十一点半了。睡觉吧。

下线，关掉电脑，在床上辗转反侧，毫无睡意。我在黑暗中拿过正在充电的手机看了看，自己滚了快一个小时。其实也没什么好闷的，冷月是魔道，如果不是强到大魔王那种程度，是要有个佛月当搭档，不然团战都很难打。

我用手机登录了《桃花万界》。上线就看见私信箱处有一个红点，激动地点开，却是系统邮件。我把手机屏扣在胸口，长长地吐了一口气。暖月月这个家伙，明明一开始说要陪我玩，看到美女就跟着跑了，难受。

我发了两分钟呆，又觉得没什么好难受的。友谊在爱情面前一文不值，尤其是男女之间的友谊。

想到这里，宽心很多，我打算再去提一波战力。把手机拿起来，却看到一条提示：

您的帮派好友冷月邀请您入队，是否同意？【是】【否】

我点了同意，他把我拉到了京城。

《桃花万界》虽然背景带有神话色彩，但是京城地图是以唐朝长安为原型设计的，历史感颇为浓郁。所以，这里昼有满目朱楼傍官道，妖童宝马铁连钱；夜有翡翠屠苏灯似星，桃李纷飞一片月。有复道交窗，双阙连甍。又有游丝绕树，娇鸟啼花。桃花是胭脂泪，落了行人满肩，亦落在了一只……穿着海盗衣、戴单眼罩的肥肥小黄鸡背上。这是这一期的活动坐骑，骑着它的人是冷月。

他朝我伸出手，同时有邀请提示：

您的帮派好友冷月邀请您共骑，是否同意？【是】【否】

我缩了缩肩膀，眯着眼睛，用指尖轻轻戳了一下那个"是"。然后，手机屏幕上的紫衣姑娘将手放在黑袍青年的手上，他轻轻一拽，就把她拉到了自己身后。她侧坐在小黄鸡的后座，头倚靠在他的背上。

又一把桃花花瓣从树梢落下。七香车留下了马蹄声，带不走满城朝日。身着金屈膝的唐装女性NPC（非玩家角色）从我们身边走过，裙色亮丽，面色娇艳，边走边发出悦耳的谈笑声，个个都美得让人心跳不已。

他带着我在玉道上缓缓前进，好一幅春光美景。我抱着手机翻了个身，全然忘记了自己身在何处，只知道整个世界都停留在了阳光明媚的京师桃树下。

【队伍】佳人翩翩：好可爱的小鸡，其他妹子坐上来会尖叫的。

【队伍】冷月：这是我刚刚买的。

【队伍】佳人翩翩：刚刚？

【队伍】冷月：就是你上线以后的刚刚。

我钻到被子里，有点不知所措了。怎么可以做到这么含蓄，又这么主动……

【队伍】佳人翩翩：噢，不想带别的妹子也坐坐？

【队伍】冷月：晚上我在帮会里找绑定奶爸，幻巧儿问我她可不可以，我说不需要。她说我战力不算高，需要一个佛月跟着，我说那你看我没了血随意补一下就好。不知道她怎么理解成了那样。

这答非所问的……我的心情有点复杂。有一种被看穿的窘迫，又有一种被看穿的窃喜。

【队伍】佳人翩翩：你为什么不要她当绑定奶呢？

【队伍】冷月：操作太差，还骂不得。男的好，脸皮厚。

【队伍】佳人翩翩：你成功引起了腐女的注意。

【队伍】冷月：……

【队伍】佳人翩翩：话说，你不喜欢跟女佛月组，不是很可惜吗？魔道佛月，天造地设的一对，为什么要当一个没有梦想的男人？

最后这句话出自北界之巅一个男魔道的梗："每个魔道汉子心中都有一个佛月老婆的梦，然而佛月最后都被战狼拐跑了。"在一川寒星出现之前，神壕都是战狼。

【队伍】冷月：所以你为什么要转鬼炼？

【队伍】佳人翩翩：？

他没回答我，只是发来了队伍语音聊天的邀请。

半晌，我都只听得到京城的背景音乐。那是大雅礼乐，琴瑟合奏，浑然天成，歌颂着满城的王公贵族，一场万界的盛世大宴。我紧张地点开语音，声音小到仿佛在交涉军事机密："喂……"

"所以你为什么要转鬼炼，佛月不好吗？"他轻轻说道，声音无限温柔，"反正你是个汉子，被我骂也不痛不痒的。"

"恕我直言，你这样是找不到老婆的。"我差点吐血。

"你自己不也没结婚。"

"欸，暖月月，你的声音好耳熟……"为什么他的声音跟我初恋这么像……不行了，我可能是因为那个人留下了太重的心理阴影，听谁说话都像他。

"别岔开话题。你自己不也没结婚。"

"我和你不一样，我不是找不到，是不想找。"我抽了抽嘴角，想到自己可是全服第一的女人，难免又嘚瑟起来了，"我要求可高了，可不是一般人满足得了的。"

"哦？你有什么要求，说来我听听。"

我换了个姿势，满腔热血地说："首先，他必须拥有侠义之气。"

"什么叫侠义之气？"他沉吟许久才说道。隔着网络，我仿佛都能看到他微微皱眉的样子。

"游戏就是天下，游戏就是江湖，我的如意郎君要像大侠一样正气凛然，即便在游戏里也要乐于助人，善良且大气。"

小黄鸡飞行的动作停了停，冷月淡淡地说："翩翩，你的审美很有二十世纪七八十年代港台武侠漫画的风格。"

"我还没说完。男人道德高尚，就会散发出一种让人崇拜的英雄气质。不管是游戏还是现实，我都要嫁给这样的人。"

"大气我有，道德感……"他喃喃道，"好像不怎么有。而且，善良这种品质太含糊。任何人都有善良和不善良的一面，你打算怎么定义？"

当我说到如意郎君的时候，脑中自然浮现的是郭靖、乔峰这样的男人。

他这样一说，我竟不知如何回答，想了半天只能说："要心地善良，别的我还没想到！换下一个要求！他要安分守己，不能太浪，绝对不能搞姐弟恋。"

"这么精确的吗？"

提到这个要求，我就想到了十九岁少年被二十九岁性感姐姐灌酒的画面，多年前的心痛又有复苏的苗头。我毫不犹豫地点头："对，绝对要安分守己，当个好男人！"

"还有别的要求吗？"

"要智商高，会玩游戏。"

"智商，不觉得我有多高。"

"你这句话无法反映出你的真实智商，但反映出了你情商很 ok。"虽说如此，但他一个个这样对号入座，让我有些慌。

"情商也不怎么高。"他想了想说，"你说的全是游戏外的要求。游戏内的呢？战力有要求吗？"

"战力不能太低，毕竟我是个追求战力的女人。"

"要多高？"

"四万吧。"

"四万就够了？也太低了吧。"

"那四万五好了。"

"四万五也很低。你都五万了。"

"太高也不好。我需要他抽时间陪我，太高战的男人不会有这么多精力。"

虽然对战力没要求，但我玩大号的时候，低于十万的根本就不会追我，而是会走向另外一个极端。

曾经有个八万战力的男生很喜欢浪世界，讲话骚得不得了。有一次他打 boss 得到一个珍稀材料，上了系统公告，我想找他买下来，私聊问他在不在。他的回复是："大……大……大……大……大佬！"我问他怎么说话结巴了，他说："没……没事……看到大……大……佬……有点……抖！大佬……有……有事吩咐小……小弟吗……"

还有一个九万战力的男生，半夜在世界求组队，做双人活动任务。我进了他的队伍，还没做完，他已经在世界上说："我好幸运，你们不知道我在跟谁组队，天啊！我要晕过去了！！"在队伍频道里，他对我发的表情不是心心眼，就是可怜巴巴水汪汪眼，仿佛忘记了我的名字，只会叫"女神"。

据我潜水观察，这俩男生都像慕殇一样，周围是有许多莺莺燕燕的。后者才离婚，理由是前妻觉得他太冷淡。女生足够强，在男生那里得到的待遇是柔弱女生无法想象的。我不喜欢以仰望的姿态和一个男生相处。这一切都要归功于那个编号为18457的男生。因为对他过分花痴，我吃了很大的教训。这些年我一直认为，女生自强，是为了不用将就选择不喜欢的人，同时，也让对方不用把自己当将就。

小黄鸡在原地旋转了一会儿。冷月笑了一声："你和你这前号主的要求还是相反的。没想到你对战力的要求这么低，这也太简单了。"

"只看战力要求当然不高，但你要考虑其他因素呀。综合起来，我要求很高的，目前在整个万界我都没发现几个可以满足条件的人呢。"

"我总结一下，你对CP的要求是：心地善良，道德感高，有侠义之气。"

"嗯！"

平时，世界上总是会有人发语音讲话，但大部分很辣耳朵。不是骚男人娇喘，故作CV腔，捏着嗓子讲话，就是成年女性说话宛如婴儿……总之，生活里遇不到的奇奇怪怪的声音，在每个游戏每个区都有。相比这些群魔乱舞的妖怪，冷月的嗓音是如此美妙，介于少年与青年之间，干脆利落，自然不做作，还有一股令人不得不臣服追随的强者气场。他做总结发言时，我简直想拼命点头喊"老板说得对"。

"安分守己，不能太浪，绝不搞姐弟恋。有时间陪你，智商高，战力四万五以上。"冷月的语气带着一点点的宠溺。

"嗯！"

"就这些了，是吗？"

"嗯！"

"要求是挺多的，有点难度。如果其中有一条或两条不能满足，其他都满足怎么办？"

"这……"

桃花花瓣有粉的，有白的，飘落成泥，碾作尘埃，只有零星碎片浮在小桥下，流水上。冷月那一头许久没有声音，就在我以为断网的时候，冷月才缓缓地说："如果有一两条不满足，翩翩愿意屈尊下嫁吗？"

"啊？"头两秒我真没反应过来。

"嗯？"

又是这个拐了好大一个弯的"嗯"！我是在跟冷月聊天吗？那个宇宙第一直男冷月月？他怎么说话这么撩！他在干吗？这种明显让声音变得低沉有磁性的说话方式是怎么回事！

"你你你，你在说什么啊……"

"没事，早点休息吧。"他又低笑了两声，还是那种恶意散发着雄性激素的声音，"晚安，翩翩。"

挂了语音，我瞪大眼睛看着手机，双肩耷拉下来，嘴巴也随着微微张开。

我在做什么，说好要当一个自强不息的姑娘，绝对不再进入花痴模式。我在"嗯嗯嗯"少女心个什么……

当手机锁屏，一切重归黑暗，京城的音乐也猝然中止，上海的万家灯火隐约透入窗棂，我才反应过来，自己回到了现实世界。但闭上眼睛之后，桃花雨却又一次落下，纷纷扬扬。

 六瓣桃花

　　天气越来越热了。第二天早上，我在床上裹着被子蠕动得像条鼻涕虫，直到被一通电话吵醒。看到上面闪烁的来电人姓名，我吓得顿时没了睡意，晃了晃脑袋，精神抖擞地接起来。

　　"喂，廖老师，早上好。"

　　"郝翩翩，八月三号建校一百年校庆，记得来。"

　　廖老师是我们高中的班主任，教数学，是全国模范教师。我们是她带的最后一届学生，高中毕业四年后的今日，全班同学应该都记得她当初没收了七个手机在讲台前砸碎八个手机的往事。以前我特别喜欢参加这种集体活动，最近却懒得很，又不好直接拒绝，只能说："哇，谢谢廖老师特意一个个打电话通知我们，下个月我可能不在上海，我尽量来。"

　　"是校长特意嘱咐我打电话给你的。周年庆的背景墙是你高中参加全国比赛的获奖画组成的，学校还专门给你做了一个画家展示区。所以，你必须得来。"

　　我真的服了老廖。她把半生的青春都奉献给了我们母校，现在不好好"坐椅待币，吃垮社保"，还在操心一个学生来不来参加校庆的事。翻翻日历，八月三日是周六，晚上万界的活动是天下之争。我暗暗比较了高中百年

校庆和游戏哪个更重要，最后确定被廖老师支配的恐惧更重要，只能暂且答应下来。

我切换微信，发现高中校友群里突然多了几十条消息，还有人艾特我。点进群一看，艾特我的这条消息有点劲爆："@ 郝翩翩，你说 18457 会不会来啊？哈哈哈！"

发消息的是高中时坐我前排的姑娘，这让我想起当年的种种。

自从加了杜寒川的 QQ，我总能找到很单纯很不做作的搭讪理由，请教学长功课和打篮球。磨了一段时间，杜寒川总算同意与我们分享学习心得。

我和小包子找到了和他名正言顺对话的机会。他从篮球场走到林荫道上，我们俩跟上去，我拍了拍他的肩。他回过头来的那一瞬间，我连孩子的名字都想好了。

我们俩请教了大概半个小时，他全程耐心解答，态度很好，并不像外面传的那样高冷。

这一天之后，小包子突然对杜寒川失去了兴趣。我想再去看他，她也不再与我同行。但我很快又有了新同伴，那就是我同桌"校花"。他是个眼睫毛比日本假睫毛还要浓黑的漂亮男孩，喜欢涂透明指甲油，所以才有这个外号。"校花"早就听了杜寒川的种种传说，例如有一次物理考试，杜寒川考了满分，说自己发挥一般，同样考了满分的物理课代表说，你别谦虚了，他说，不是，出题太简单，不能体现咱俩的真正差距；例如他跟英语老师不对付，俩人曾经有过"我没有你这样的学生""这应该是我说的话吧，你说什么呢"这种激情对话；例如他从来不交英语作业，英语老师恨他恨得牙痒痒，但遇到全班没人答得出来的问题时，又只能无奈地喊一声"杜寒川"……

因此，有天放学后，"校花"决定跟我一起去见见这个传奇人物。苦等了两个小时，终于，高三学生从教学楼里鱼贯而出，我们站在三楼寻找他的身影，看到他和同班的男生在操场边同行，他在夕阳中四处张望。而我丝毫不觉得疲惫，一路狂奔下楼追上他，大喊"学长"。

他抬头，看到我了。

我厚着脸皮走过去，把"校花"拖到他面前介绍了一下。我们四个人一起走出学校的大门，杜寒川的同学先回家了，我则听着杜寒川和"校花"聊天。不管他们说什么，我都笑得很开心。然而，想到他会在半年后离开学校，我心里就觉得很失落。不知为什么杜寒川也和我们一起走到车站的路上，好像显得并不怎么开心。回他家的那一路公交车来了许多辆，他没上车，理由都是车太丑了。

六点半的时候，红灯前面，又一辆公交车开进了车站。我指着车对他说："公交车来啦，上去吧，拜拜。"但其实依然希望他再次说这辆车太丑了，可他沉默着挥挥手走上车，也没有往我们这里再看一眼。

"校花"也坐下一班车回去了。我家的保姆姐姐早在不远处跟 FBI（美国联邦调查局）似的等着。正想朝她走去，突然听到有人喊我的名字。

"郝翩翩。"

那是六年前的冬天，晚霜生凉，寒夜渐沉。我回过头，看到杜寒川变魔法一样站在我身后。他的眉眼鼻梁是起伏的雪山，和十二月的冷夜融为一幅画。他好像才奔跑过，喘息时，嘴里飘出了薄雾。

"明天你还会等我吗？"

我愣了愣，缓缓点头道："会啊。"

"你自己来吧，先在教室里写作业，不要在外面等，也不要再麻烦别人陪你了。"

"好。"我开心地笑了。

到现在我都记得那天自己有多开心，像收到压岁钱，像第一次拿到满分试卷，像老师告知要春游，像全世界的花都开了。

然而第二天，我等来的却是杜寒川的冷脸。放学后，他头也不抬地穿过操场，我跑步追了很久才追到他，上气不接下气地叫了一声"学长"，但没有得到回应。我跟犯了错的小学生一样不敢出声，到了公交站附近，才小心翼翼地说："学长，你今天怎么了……"

终于，他停下脚步，望着远方，淡漠地说："18060 是什么？"

我呆住。

"18259 是什么？"

"18869 是什么？"

他报了一大堆我写在校草名录上的熟悉数字，最后将冷冰冰的目光投过来："18457 是什么？"

"这个，是我们班的女生在……"

我结结巴巴的话还没说完，他已经不疾不徐地开始背出来：

"18259，代号白球鞋，高二，阳光款。满脸稚气，像长不大的孩子，笑时眼睛眯成缝，慎勿与 18457 混淆。仅身材头发神似，近观大不同。

"18869，代号刺猬，高一，运动款。有腹肌，有女朋友，黑名单警告。

"17955，代号菠萝，高三，智慧款。学霸，凤梨头，戴眼镜和不戴眼镜是两个人，和 18457 的关系：好友。

"18158，代号白衣，高二，混合款。帅气与可爱的结合，女孩子心中的白马王子类型，有女朋友，黑名单警告。

"18457，代号经典，高三，经典校草款。传说中的杜寒川，传说不需要解释。"

说到最后，他用完全事不关己的口吻说："你每天要追踪几个校草？是不是只有我跟个傻子似的和你约时间，被你玩？"

"不是的，我没有……"

那种想要冲出宇宙穿透地心的尴尬，我永世难忘。

"我一米八五，六十六公斤。男生没你想的那么轻。"他冷笑了一下，大步往前走去，"就这样，把 18457 这个标签送给别人吧。"

"等等，学长。"我赶紧上前一步。

他停了下来。虽然那时候我还小，可求生欲还是很强的，我对他说："追踪校草只是和大家一起玩的游戏，我心中的校草只有你一个，我心中的男神也只有你一个。我和我们班的女生都是你的粉丝，死忠粉，一点邪念都没有。"

但不知道为什么，杜寒川并不是很吃我这一套，他侧过头，连身子都没转过来，对我说："我真的很稀罕你的'没有邪念'。"

我郁闷得快哭了，但还是努力做出最后的挣扎，说道："学长，你听我解释……我们才高一，都很闲的，看看帅哥也就是娱乐心态，不会真的去打扰他们的。尤其是你，你是高三的，成绩又那么好，我们谁都不想耽搁你考北大清华。你想想昨天啊，我是不是一直催你回家？因为不希望你被我们的无聊小游戏打扰，真的真的不是你想的那样……"

"感谢你的'不想耽搁'。"他的目光变得更加冰冷了，"那么，以后也别来打扰我了，我确实没那么多时间。"

"好的……"那一刻，我的心都快碎了，但也只敢手指微微发抖地抓紧衣角，逼自己不要掉泪。

从他说这些话开始到我灰溜溜地回到家的前一刻，我都做到了平静如水。但进入家门后，我没吃晚饭，没写作业，连剥好了的山竹都没吃，把自己锁在卧室里哭了一个晚上。

翌日刚好是周二。体育课上，我没洗头，用框架眼镜遮住哭肿的核桃眼，还破天荒地穿了全套校服，恨不得全世界的人都看不到我。然而一米七几的大高个，目标还是不小，我和小包子在小卖部买水的时候被人拍了拍肩。

"放学后在你家小区门口见。"杜寒川面无表情地说完，确认我听到了，就转身出了小卖部。

那是他第一次主动找我。所以当时，周围我们班的同学不是奸笑出月牙眼，就是互相推胳膊，一脸看好戏的样子，小包子更是惊讶得合不拢嘴。比起惊讶，我觉得更奇怪的是杜寒川为什么会知道我住在哪里——为了让我方便上学，老爸当时在学校附近给我租了个小公寓，就在公交站马路对面。虽然很近，但我从来没在他面前回过家。

放学后，我顶着一天也没消肿的金鱼眼回家，远远就看到杜寒川高高的侧影出现在小区门口。他转过身来，在原地凝望我。

连转身都这么优雅这么帅，所以我很难受，因为我早上没洗头。我垂着脑袋走过去，有些自卑地小声说："学长找我有事吗？"

"你还想留在上海吗？"

那是我第一次长时间和他对视。我才发现，他头发乌黑，眉骨很高，眼睛颜色却比大部分人都浅，看上去真跟画一样好看。

"嗯？留在上海？"我眨眨眼，不知道他为什么这么问。

"你不是说过大学想留在上海吗？我也会填上海的学校。"

那一刻，不管是车声、路过学生打闹的喧哗声，还是盘旋在城市高空中的风声，我都听不到了。耳朵里只有他这句话不断回放。至今我活了二十二年，那是我第一次也是最后一次，因为过度喜欢一个人而热泪盈眶。我说不出话，只是用力点了一下头，憋住眼中的泪水，又快速点了很多下头。

他低头笑了，摸了摸我的头说："翩翩，好好学习，我们大学见。"

"我会的。我会好好学习的。像我的男神一样，做什么都那么耀眼强大，无所畏惧。"泪水在眼眶里滚来滚去，我实在憋不住了，扭头用手背擦眼角，"当然也要像我男神一样，不随便哭鼻子。"

我哭得那么尴尬，他却扑哧一声笑出来。

那是多么纯粹美好的十六岁。满溢出来的爱意无处倾诉，通通化为我努力努力再努力的动力。在疲惫不堪的时候，总有声音告诉自己，要追上他，要和他并肩而行，要有一天不再仰望他，而是以一个优秀女孩子的姿态，被他欣赏，被他爱慕。

因为他，我的成绩突飞猛进；因为他，我获得了龙彩奖；因为他，我拼尽全力去拥抱人生与梦想。他是照亮我青春的阳光。成为画家是我的梦想，他也是我的梦想。

那天晚上，我写了很长的日记，最后一段是："等时光流转，日月交替无数次以后，春夏秋冬不断变换以后，在事过境迁以后，当我们都成熟了，甚至老了的时候，我会回想起这场最令我心酸同时也是最幸福的爱恋，还有我十六年以来最爱的人，杜寒川。"

多么中二的少女，多么蛋疼青春的文笔。

当然，时隔六年，我们都长大了，我意识到中二少女确实比较二，而且会错过很多细节。例如，读大学以后没多久，"校花"和杜寒川同款男生在校外合租，两个人每天挽着胳膊在街上散步；例如，跟杜寒川说我做校草名册的人是小包子。对此，我不意外，也不介意，中学女生之间哪里没点小九九。我和小包子依然友谊天长地久，但和杜寒川早就连朋友都没的做了。

男人的嘴，骗人的鬼。高考后，杜寒川的成绩清华北大复旦交大都可以读。但他一个都没选，而是出国留学了。

"杜寒川肯定会来啊，他是他们那一届学生代表，现在又在那么大的互联网公司当高管，要在校庆上公开演讲的。"高中微信群里，班长发言了。

我关掉微信，捂着双眼，久久不能从再次听到他消息的情绪中抽身。告诉自己不要想了，不要想了，这个人是过去，和自己已经没有关系了。但凡我还有一点尊严，都不该再挂念这个人一点点。但关于他的一切就像噩梦一样缠着我，我无法摆脱。

最终我守住了自己的骄傲，没有流泪，只是用了一大堆餐巾纸擦鼻涕。

于是这种时候，游戏是最好的情绪调节剂。我登录游戏，冷月光速拉我进组，把队长给我。他还是这么懒，只要是能挂机的任务，自己从来不带队。我在帮里随便叫了个人，凑够三个人，开始做一条龙任务。

【私聊】冷月：翩翩，我一个晚上都睡不好。满脑子都是你很激动地说着"嗯！"，就觉得你很萌。

【私聊】佳人翩翩：暖月月，我不是可爱的类型。

可惜不能曝光真身，不然我可能要扔出座右铭了：你可知在这《桃花万界》，who is 鬼炼第一人？

虽然现在是在虚拟世界，但我满脑子都是杜寒川，没办法把情绪调整回甜甜少女心网恋模式。我打开他的装备研究细节，试图转移自己的注意力，结果再次因为他的调号能力五体投地。

【队伍】佳人翩翩：好了，月总，我已经知道你的厉害了。你大号是谁，老实招了吧。

【队伍】冷月：一个新区的榜二。

【队伍】餐巾公子：我就知道月哥是大佬，看这装备，看这气场，走路都带风。明人不说暗话，我想当月哥的狗腿子。

【队伍】佳人翩翩：名字呢？我说不定听过哦。

【队伍】冷月：那你大号又是谁？公平起见，你也要告诉我吧。

【队伍】佳人翩翩：我大号是凤舞翩然。

【队伍】冷月：那我大号是一川寒星好了。

【队伍】佳人翩翩：你牛，惹不起惹不起。寒老板好，在下有眼不识泰山，失敬失敬。

【队伍】冷月：翩神何来此言，万界争霸时是在下冒犯了，特来负荆请罪。

【队伍】餐巾公子：月哥，佳人，你们俩绝不是人造皮革，你们是真皮啊。

【私聊】雨勿忘：翩翩，晚上武斗来我的队吧？给你拿个区内冠军队的奖励。

武斗全称是万界武斗，是每周五晚上的5V5竞技活动。榜四榜五去了风雨盟，双雨队只剩下了他们俩和榜十四。我本来想叫雨勿忘给冷月留个位置，谁知冷月速度更快，已经答应云备胎胎、幻巧儿和餐巾公子，要带他们一起。

我拒绝了雨勿忘，下午叫冷月和帮里另外几个成员一起去打副本。冷月打副本一向认真，这一回却心不在焉，老挂机，还死了一次。

【队伍】佳人翩翩：暖月月，你在干吗呢？@冷月

【队伍】冷月：在回私聊。

【队伍】佳人翩翩：晚点回吧，你都死了一次了。

冷月半天没回我。

【队伍】美人爆爆：月哥，你在回谁的私聊啊？@冷月

【队伍】冷月：幻巧儿。

【队伍】带你逍遥带你飞：幻巧儿？？哟哟哟，艳福不浅啊兄弟。

【队伍】美人爆爆：艳福什么，别瞎说，月哥是翩翩的CP！

【队伍】带你逍遥带你飞：他俩没结婚啊。

【队伍】美人爆爆：没结婚不能先谈恋爱吗？？？你这人怎么讲话的，小心挨揍！

冷月依然没有回复，又开始了长时间的挂机。直到副本全清完，队伍解散了，他也没再说过话。爆爆反应很激烈，给我发语音吐槽了半天："翩翩，你看好月哥啊，不能让幻巧儿这个浑蛋抢走了！她手段高明得很，我真担心月哥会变成第二个慕殇大猪蹄子啊！"

"暖月月不会跟猪蹄子同流合污的。男人就他一个好东西。"

"看看你，还这么没防备，陷入爱情的女人都是傻子吧！"

晚上七点半，我们一边做科举答题活动，一边把万界武斗的队伍组上，幻巧儿也进了队伍，但她和冷月都没说话。

【私聊】冷月：翩翩，我现在有点事要忙，帮我挂一下活动可以吗？我武斗再来。

【私聊】佳人翩翩：好的。

冷月把账号发给我，我用电脑开着自己的号，用手机登他的号。然后，我看到他私信图标上多了一个小红点，打开一看，是幻巧儿几秒前发的消息。

我一向觉得，查男生和其他女生的聊天记录，是很小肚鸡肠又没格调的事。一个才高八斗学富五车的女人，应该是淡然且高冷的，情敌什么的，只要不放在眼里，分分钟就会消失。更别说吾乃堂堂服霸，怎么可能在乎这些江湖过客小妖精？然后，我点开了他们俩的私聊记录。

最新一条是幻巧儿发的语音："月哥哥，我好想你，我们不生气了好不好……"是很容易引起男人保护欲的声音，甜中带点嗲，娇滴滴的。

我把他们的聊天记录往上翻，一直到七月三日的第一条。

【私聊】幻巧儿：月哥，原来你和翩翩认识啊。

【私聊】冷月：嗯啊。

【私聊】幻巧儿：我和她关系可好了，以前她被慕殇误会和榜五暧昧的时候，被慕殇伤得很厉害，还向我求助过。慕殇实在是太渣了，居然这样对我们傻翩翩。

【私聊】冷月：那慕殇真不是个东西。

【私聊】幻巧儿：是呀，我们都很不喜欢他呢，他自以为了不起，也不就是个榜八。

冷月发了个微笑的表情。

【私聊】幻巧儿：对了，我这里有两本魔道金书，你要吗？虽然有点少……

【私聊】冷月：不用，我慢慢攒吧。

【私聊】幻巧儿：那我还是给你留着。

【私聊】幻巧儿：我看到交易所有好多便宜的神武材料啊。想买，但又有点想拿这些钱去捏脸，呜呜，好纠结。

【私聊】幻巧儿：上个月捏了四次脸了，现在还想捏。

冷月回复的依然是微笑的表情。

【私聊】幻巧儿：月哥什么时候需要我上岗呢？

【私聊】冷月：上岗做什么呢？

【私聊】幻巧儿：陪你做做任务什么的，免费可爱的奶妈哦。

【私聊】冷月：我以前在别的区玩，这是个新号，我比较懒。

【私聊】幻巧儿：没事，我其实也不怎么做任务的，如果不是朋友拉我，我连一条龙都懒得挂呢。但跟你我可以多做做任务，因为你比我还懒，我看不下去啦，哈哈哈。

【私聊】冷月：嗯，谢谢，以后再说吧。

【私聊】幻巧儿：不用谢，我是翩翩的好朋友，你也是她朋友，我对她的朋友好，应该的。

看到这里，我在电脑上翻了翻佳人翩翩和幻巧儿的聊天记录，除了那一次离婚的安慰，她俩只有过一次关于道具交易的对话。

【私聊】幻巧儿：冷月大佬，来打 boss 了，别挂机了。

【私聊】冷月：刚看到。

【私聊】幻巧儿：都叫你了，你不理我，哼。

【私聊】冷月：没注意，这个手机刚刚放在办公桌上。

【私聊】幻巧儿：月哥哥，你帮人家空间点个赞嘛，想上个热门好难哦。

【私聊】冷月：ok。

【私聊】幻巧儿：你点了也上不了，所以都点点安慰一下我受伤的心灵吧 T_T，再说，我这么可爱不应该都点吗？

【私聊】冷月：嗯，这么可爱都上不了，要多可爱才能上呢？

【私聊】幻巧儿：不知道，呜呜……

【私聊】冷月：吃饭，下了。

【私聊】幻巧儿：去吧，我也下了……

【私聊】幻巧儿：哇，月哥，你多久醒的？

看到这里，正想继续往下翻，手机屏幕中央弹出一个对话框：您的账号已在别处登录，您已被强制下线。

我点下"确定"，切回自己的号，看见武斗地图上，幻巧儿换上了和冷月同款的女性时装，颜色都染得一样，人物紧靠他站着。这款女装是低胸衣，她的建模是成女，还把胸捏得很大，那白晃晃的高峰正毫无间隙地贴在冷月的胸前。而我的人物孤零零地站在离他们俩四五步的地方，看着很多余很辣眼睛。

我忽然觉得，很不爽，发了一条消息给冷月："暖月月，你在逗我玩吧？"

然而，等了五分钟，他一个字都没回。

浑蛋！这个见色起意的浑蛋！我想把他们俩都踢出队伍！但看了看队长是冷月，最后一气之下，自己退了队。

谁知刚退队不到两分钟，就冒出了提示：您的帮派副帮主雨勿忘邀请您入队，是否同意？【是】【否】

【队伍】雨勿忘：翩翩，再过一分钟你不进队，我就要组别人了，还好。

【队伍】美人爆爆：怎么突然一个人了？是不是被幻巧儿气着了！

【队伍】佳人翩翩：没有呀，我让他们带其他朋友，自己出来找找队。

我看了看队伍，有我、美人爆爆、双雨，榜十四。看来是最近榜十四和美人爆爆关系不错，就把爆爆也带进队了。这个阵容打榜四到榜七不知道能不能行。

【私聊】冷月：你怎么退队了？

我点了几下，看见"您已成功将冷月拉入黑名单"的提示以后，关掉了私信箱。

八点整，万界武斗开始了。比赛规则是五个人组一个队伍，进行跨服匹配，获胜得分，战败减分，最后按积分算排名、拿奖励，分全服排名和区内排名。

雨勿忘带队开始匹配，秒进第一场战斗，对手是北界之巅的队伍。对面前排有两个名字让我差点晕过去：大官人、无哥是我。他们俩是北界之巅的第一奶爸和第一T，第一帮会的高战，也是上一届万界争霸冠军战队主力。站在队伍最后方的是一个男魔道，黑衣白发，衣服下摆黑色云雾般轻舞，周身有水墨腾龙环绕。看到他头上的名字，我两眼一黑——一川寒星。

【当前】美人爆爆：我去，大魔王！

【队伍】雨勿忘：……

【当前】大官人：老寒最近老挂机，我们没输出了。妹子们下手轻点，我怕怕。

【当前】美人爆爆：我去，巨佬奶爸你有毒！

【当前】大官人：一直我去我去的，我还以为是无无在上你号。

【当前】无哥是我：无无最近不说"我去"，说"我了个去"，扩建了。

无哥是我是个著名手残富婆，无无是她的昵称。现在上她号的应该是她的主播。她本人参加竞技经常被人越两万战力按在地上摩擦，但她心态好，从不为此烦恼，而是分工明确地玩游戏：她只负责充钱，号丢给雷驰花重金从电竞俱乐部挖来的大主播。我们战队后来输给大魔王队，有一半原因就是顶不住无无和大魔王的猥琐配合。而这个主播最阔气的老板——这号的号主，不是在外面浪，就是吃着炸鸡喝着啤酒，在直播间强势围观主播吊打欺负她的小贱人们。

【当前】美人爆爆：三个老板放过我们吧，哭了！

【当前】大官人：我对妹子最怜香惜玉了，我会温柔的，别怕。

大官人这一句是用语音发出来的，还是那个堪比世界娇喘骚男人的骚男人之声。

【当前】雨勿忘：凤舞翩然的号不在你们队伍？我一直以为是寒老板买的。

【当前】大官人：老寒想买的，没买到，翩神号审核期刚过就被秒了。

他们扯了半天，准备时间四十五秒过去，双方激烈交战近一分钟，大官人和无哥的血条纹丝不动。突然，一川寒星活了。他跳了几下，飞入空中，一套连招打下来，雨勿忘被秒在了地板上。系统出现提示：真是威风凛凛，气吞万界！一川寒星拿下了第一滴血！然后，他又回到原来挂机的位置，一动不动。

大奶死了，雨玲珑也很快倒下。我们三个小菜菜没撑过几秒，战斗结束。后来我们遇到了榜四队一次，他们果然组了慕殇。我们打他们有些吃力，三个低战的血线下降得很快，死了两个，但双雨在，还是胜了。可是开局不利，后面运气也都不太好。武斗期间我们又遇到了一川寒星两次，每次他总是能精准地拿下首杀，每次秒的都是雨勿忘，每次秒完他都会回到原位继续挂机。

【队伍】阿神：我怎么觉得大魔王有点针对雨哥的意思……

【队伍】雨勿忘：现在你们知道奶爸的仇恨值有多高了吧。没事，PVP嘛，放平心态。

【队伍】佳人翩翩：雨哥辛苦了。

【队伍】雨勿忘：翩翩这么说，多死几次也值。

【队伍】阿神：雨哥，这句我看懂了。以后有小弟能帮的，小弟一定竭尽所能，哈哈。

【私聊】美人爆爆：翩翩，你魅力万丈啊，虽然冷月把你渣了，但分分钟你就搞定了雨哥啊！要不你嫁雨哥算了，他喜欢你喜欢得好明显……嫁给他，以后你什么活动都不会死了！

【私聊】佳人翩翩：别闹。

阿神这样起哄，雨玲珑一句话也没有说，开始我还觉得奇怪。打了几场才知道她的号不是本人上的。雨勿忘说，今天她闹情绪，他找了朋友开她的号。

原来，榜四榜五带人去风雨盟后，跟过去的小弟在风雨盟经常讲雨玲珑的坏话，说她打排名也好，副本掉落东西也好，买装备也好，什么都只想着自己。帮里的人受到欺负，她不闻不问，还瞧不起低战玩家，只在自己的小圈子里玩。小弟们心凉了，不愿意再和她同处一个帮会。聊天截图被人传到怒战王朝的微信群里，很多人还真有些动摇，觉得怒战分裂是因为榜一做得不够好。历史总是如此惊人地相似。是不是每一个榜一都要遭受一次众叛亲离的劫难……

我大致从雨勿忘的话里感受到雨玲珑有点怪我的意思，觉得我叫她帮忙收拾慕殇是道德绑架。她这种想法没错，只不过当时我提出要打慕殇，不光是为了小白菜，还是为了当怒战王朝重夺一帮的功臣，那是一个雨玲珑收复人心的绝好时机。然而，她看上去强硬，其实还是怕事。风雨盟都快打到她头上了，她还是那么岁月静好。但她是榜一，有人会允许榜一岁月静好吗？二帮和三帮打的就是她和雨勿忘。毕竟他们一散，一帮就是风雨盟了。其他人根本构不成威胁，甚至会归顺风雨盟。

如果我跟她敌对，那么我得庆幸自己可以省掉一大笔钱。可惜现在我和她是一个帮的，而且还无法跳槽去对面，情况就变得很被动。得蹲一个时机，让雨玲珑自己想清楚才行。

武斗结束后，我们队拿下了区内第一的排名。我留意了一下全服排名，第一自然是大魔王队。第三是红衣队。前五十名的队伍里都没有出现"凤舞翩然"四个字。万界武斗是奖励最多的PVP活动，可以省掉很多刷战场的时间，新号主却连这个活动都没参加。我开始心疼自己的号了。

【私聊】美人爆爆：翩翩，你不喜欢雨哥吗？你看活动都结束这么久了，他还跟着你呢。

【私聊】佳人翩翩：要打风雨盟，帮怒战拿回一帮，双雨一定不能散，最好能结婚。

【私聊】美人爆爆：可是你怎么办？现在冷月都跟幻巧儿跑了！

【私聊】佳人翩翩：最好幻巧儿能把榜四拉回来，但她能稳住冷月也可行。冷月有潜力，再过一段时间不一定输给榜四。就怕她和冷月组了CP，分分钟又看上哪个小哥哥，把冷月也气到风雨盟去，那就真的不好玩了。

【私聊】美人爆爆：我看不懂你说的这些，我只知道你没CP了。

【私聊】佳人翩翩：我人在江湖飘，心在山川钓，英年早婚，不要不要。

话是这么说，这个晚上我还是很郁闷的。说得再理性，也无法掩饰心中的失落。以前在北界之巅打天下的时候，"未婚夫"一直默默守护着我，我也是过了很久才考虑要跟他结婚。而冷月这家伙，也不知道是有什么毒，一出现就让我自乱阵脚，结果……

这时，屏幕正中央飘出来一行金色大字。

【喇叭】冷月：把我从黑名单里放出来。

我愣了一下，再看看武斗区内排名，前面的队伍里也没有冷月。他刚才组的队伍里，另外四个人都在，他的位置换成了另一个魔道。

【喇叭】冷月：佳人翩翩，说的就是你，现在立刻给老子把黑名单解除了。

【世界】早早子：所以……冷月大佬是做了什么坏事被媳妇儿拉黑了吗？哈哈哈。

【世界】一懒众衫小：这喇叭亮了，吃瓜吃瓜。

【世界】高逗帅：这年头，大佬和 CP 吵架都是用喇叭，我们都是默默地发着私信，呕吐了。

【世界】慕殇宠爱的弯弯酱：这年头，五万就算大佬了啊，大佬的及格线可真低呢。那我老公是不是算神佬了呀？

【喇叭】冷月：佳人翩翩，你给我出来。

七瓣桃花

看到世界上一片欢腾，我承认，拉黑人感觉挺爽。但冷静下来想了想以后，又觉得拉黑男生实在太不酷了。我决定吸取教训，还是跟以前一样，不在游戏里谈感情。于是，我按照冷月的要求，把他从黑名单里放出来，但没吭声。

【私聊】冷月：为什么要拉黑我？

【私聊】佳人翩翩：你跟幻巧儿说得挺好的，为什么怕我看到，要顶号。

【私聊】冷月：我没顶号，切换 App 时不小心切回游戏了。

【私聊】佳人翩翩：借口。

【私聊】冷月：让你上我的号就是想让你查岗，现在一个字没删，你再上去看。

我皱了皱眉，切换到他的游戏号，把他顶了下来，接着之前看的聊天记录往下看。

【私聊】幻巧儿：月哥哥，来跟我们打副本吧，现在就缺两个，我专门让他们给你留了一个位置呢，我好不好呀？

【私聊】冷月：没事，你们带帮里的人就好，我挂委托了。

挂委托指的是把副本挂在了副本委托所。委托人可以把需要打的副本挂出去，让其他玩家替自己完成，委托人能得到所有的副本奖励，打工玩家则获取委托人挂出去的游戏币。据我所知，如果我不叫冷月打副本，他从来不跟任何人组队，所有活动包括一条龙都会挂委托。休闲玩家热衷的活动更不用说，每个限时活动里的日常任务，单人的、组队的，他都没有做过。看到一群玩家在京城互动、丢小道具，快乐得像一群小天使，他的反应就像面对一群铁憨憨[1]。肝是不可能肝的，除了提战力和打架，他无事可做。

【私聊】幻巧儿：不行，说好了要当你的绑定奶，我要陪你打。

【私聊】冷月：那也拉翩翩打工吧。

【私聊】幻巧儿：能不能不带翩翩，因为翩翩现在满脑子都是她那个前夫，我怕她看到我们帮那么多夫妻会受不了。

【私聊】幻巧儿：月哥，语音不接？

【私聊】幻巧儿：最近雨姐不知道在做什么，天天说要卖号。我拉她入队她都不来，我绝望了。

【私聊】冷月：让她静静吧。

【私聊】幻巧儿：好吧，那我们继续说上面的话题。月哥可怜一下卑微的单机小妹吧。除了两个小姐妹，我一天连个小红点都等不到。

【私聊】冷月：你知道的吧，我为什么会在这个区玩下去。

【私聊】幻巧儿：就非翩翩不可吗？我就想陪你打个副本，我都没说什么。

【私聊】冷月：你愿意打工，我怎么会不愿意。可我还是喜欢她。

看到这里，我的心跳漏了一拍，半晌没能回过神来，以至后面的内容翻来覆去看了好几次，才看进去。

【私聊】幻巧儿：你喜欢你的，和我没关系啊。只要我在的时候，能守护你，不让你当她的第二个备胎，我也算是努力过了，因为开学我就要A了。而且，我明年出国，硕博连读。虽然家里有点钱，但不可能为了气游戏里的男生，硬从家里拿钱充到游戏里来。我玩游戏的钱都是自己做模特兼职赚的。我的确年龄小，不如已经工作的，但我有我的骄傲。

---

1. 铁憨憨：网络用语，源于陕西方言。铁，铁头娃，愣头青；憨憨，痴呆貌，傻傻的样子。铁憨憨就是傻傻的愣头青、二愣子的意思，常被用来调侃他人傻又楞。

这口才，堪称句句诛心了。她不知道这号换了人，只觉得前号主原来没钱，现在突然战力飞升是因为勉强啃老充值，还是为了其他男人。既 diss 了前号主一波，又抬高了自己。

【私聊】冷月：嗯，厉害。

【私聊】幻巧儿：风雨盟现在对翩翩敌意很大，你把她拉过来，我们怒战已经很危险了。我从开服一直在这个帮会，不想看见它四分五裂。这样吧，我订了八月二十四号的机票飞南京，在八月二十四号之前，委屈你一下，和我假结婚，但你不能告诉翩翩。如果在这之间，翩翩和风雨盟的关系缓和一些，我亲自去和她解释，然后给你自由，你想和她怎样都可以。

【私聊】冷月：对不起，我拒绝。我不组假 CP 的。

【私聊】幻巧儿：……就是挂个结婚任务，你忙你的，我忙我的。

【私聊】冷月：你是个好姑娘，找个会对你好的 CP 吧。

【私聊】幻巧儿：我不喜欢被发好人卡……撇开帮会不谈，月哥，翩翩给慕殇戴绿帽子那件事你是不知道？你如果现在跟她在一起，才是彻底害了她。

【私聊】冷月：我愿意等她，让时间决定一切吧。

【私聊】幻巧儿：你可真会说，你要是真想等，为什么要跟她在同一个帮会，为什么不直接去你的新区等。等她彻底从流言蜚语中走出来，再来找她。

【私聊】冷月：这好像是我的自由。

【私聊】幻巧儿：嗯。好。你可真讨厌。

【私聊】冷月：谢谢你的提醒，我先挂机了。

以上对话时间，就是冷月打副本挂机那会儿。

我在天云岛的浓云中穿梭，能遥望云中仙人头戴莲花，手摘飞星。这是一张米点山水风的地图，以水墨点染，不拘于形色。远处山脉之间，松树连绵，满山紫芝，如梦似幻的美景常让人忘记这只是一个游戏。虽然以前没结过婚，但在我的理解中，游戏结婚的目的就是一起做任务、打架，没别的。玩游戏谈感情，很不高玩，很没格调。

冷月从头到尾没提过一句想跟我结婚，甚至连想跟我在一起都没提。他只说喜欢我，在等我。但我却觉得，有些越界了。他说不组假的 CP，那什么叫真的 CP 呢？游戏，不都是假的吗？

十分钟后他顶号，发来语音消息："翮翮我跟你讲，在我以前那个区，像幻巧儿这种战力的人找我讲话，让我不爽的话说超过三句，我就会拉黑。要不是因为你想到怒战王朝，我才不会这么耐着性子跟她讲这么多。"

"什么叫幻巧儿这种战力的人，你还搞战力歧视？"

"对，高低战格局都不一样，有什么好聊的，聊多了进黑名单。"

"那恐怕你大号黑名单的人数比好友多吧。"我嘲讽一笑。

"这你都知道？"

"……"

我才想起来，幻巧儿在怒战王朝是管理。她的战力虽然排二十多名，嫁过的三个人却都是榜单前五的男生，所以她的话语权可能不亚于双雨。可惜，美人能载舟，亦能覆舟。每次遇到帮会外交的情况，我对这种以美色为武器的女玩家都感到头疼且矛盾。像这一回，她甩了榜四追冷月，没想到没搞定冷月，还把榜四给气到敌对帮会去了。

我其实不懂她为什么会看上冷月，他这个号也不是什么强号。而冷月不愧是玩过大号的人，想和她搞好关系的思路很正确，只是没想到她没达到目的心态直接崩了。可想了一会儿，我又觉得不太对，说道："我能理解你想和幻巧儿搞好关系，但你夸她可爱是图什么？"

他轻轻笑了一声，说道："吃醋了吗？"

"我吃你的头的醋！"我气得想拍桌子，但冷静了一会儿，忽然说道，"等等，你不会是故意勾引别的女生来跟你告白，想让我吃醋吧？"

"嗯，没有吧。"

我笃定道："不对，你就是故意撩拨她，等她告白以后又对她冷酷，显得你好像很有魅力一样。"

"这都被发现了，我的翮翮真的不笨。"

"我还以为你真的那么严肃，结果搞了半天就是在使坏！"

"那你吃醋了吗？"

"没有！"

"我还需要再努力一把。"

"别了。"我觉得又好气又好笑，"幻巧儿好歹是个大美妞，你也不动心的吗？"

"也就那样吧，网红脸。"

"男生不都喜欢网红脸？我都喜欢，别说你这宇宙直男了，你肯定喜欢……"

"胡说八道。"他断然说道，"你审美有问题，需要专业辅导。"

"我的审美有问题？"同学，你可知在全国新晋年轻画家中，who is 中国美术龙彩奖第一人？

实在忍不住了，我微微一笑，说道："你今天吃了气球吗？爆了一肚子气，难道是因为在吃雨哥的醋？"

"对。"本来以为他会很尴尬地激烈否认，没想到他的回答简短有力。

"为什么？"我愣了愣。

"我吃醋关你什么事。我想吃就吃，还问为什么。"

我真不懂这个男人。和幻巧儿对话时，他明明就是一副对我无怨无悔的痴情样，怎么现在这么理直气壮地开始撑我了？为此，结束聊天后，我特意打字问他，做了一下测试，发现真的不是错觉。

【私聊】佳人翩翩：暖月月，你真的喜欢我吗？

【私聊】冷月：喜欢啊。

【私聊】佳人翩翩：那你也喜欢网红脸吧？

【私聊】冷月：放屁。

我正想回复他，忽然帮派频道开始高频刷屏：

我帮帮众餐巾公子在神秘幻境中被慕殇宠爱的弯弯酱击杀，［神武链 +5］破损。

我帮帮众枫叶是我的眼泪在神秘幻境中被夏日凉击杀，失去 698000 银币。

我帮长老幻巧儿在神秘幻境中被慕殇击杀，［明光冠 +10］破损。

我帮副帮主阿神在神秘幻境中被慕殇击杀，失去高级紫金锭 ×3。

我帮帮众清书在神秘幻境中被清爽甜心击杀，［神武履 +7］破损。

我帮帮众餐巾公子在神秘幻境中被慕殇宠爱的弯弯酱击杀，［神武腕 +4］破损。

我帮帮众木笔书空在神秘幻境中被夏日凉击杀，失去罗刹丹 ×2。

....

【帮派】佳人翩翩：怎么回事，发生什么了？

【帮派】雨勿忘：幻境抢 boss，抢上头了，都开红了，我现在过去。

【帮派】阿神：周日晚上有帮战决赛，他们可能想在合区之前拿下一帮，这样就方便合区之后和大帮联盟了吧。

【帮派】云备胎胎：他们想跟哪个帮联盟啊？那边也有三个大帮呢。他们联盟哪边，我们就跟他们的敌对帮联盟，不就完事了。

【帮派】雨玲珑：无语，真不想玩了。

看到他们这么说，我有一种不祥的预感。点开邮箱，发现有一封系统邮件，刚才没看到：

尊敬的玩家您好，

为了聚集战力，方便广大玩家更好地组队、交易、体验游戏最新版本，七月十五日周一上午六点至八点，您所在的服务器 2 区 - 天地桃源将与 7 区 - 北界之巅进行服务器互通，届时游戏将无法登录。此次服务器互通后，以上区服将开启部分互通活动，详情请参照更新公告。

雷驰《桃花万界》游戏策划组

虽然是大半夜，但世界刷屏速度跟新区一样，看得人眼睛都花了。

【世界】欧皇汪：我去，合区？？？

【世界】狗仔十八号：我是眼瞎了吗？合北界之巅？

【世界】北界之巅战地女记者：是的，就是寒老板和翩神的区。下周一要合区了，开个小号过来看看，天地桃源的朋友，以后咱们都是一个区的了，多多指教啊，顺便蹲个 CP。

【世界】清爽甜心：不好意思，我们区已经没有单身小哥哥了，只有一大堆单身小姐姐，我还想到北界嫁个大佬呢。

【世界】夏日凉：哈哈哈，合区好啊，合区我就可以去找我红衣姐姐玩了。

【世界】北界过来的：风里雨里，北界等你。

【世界】7区第一帅：风里雨里，北界等你。

【世界】宁小白：哈哈，某帮狗腿子仗着自己能抱榜一榜二的大腿，气势昂扬了一整年，这下合区了，搬个小板凳看戏。

【喇叭】慕殇：风雨盟的别上世界了，回帮派，痛打怒战狗们。

【世界】北界之巅秋月MOON：风里雨里，北界等你。

【世界】餐巾公子：天啊，放过我们村线吧。这合了还有宁静的2区吗？不都被北界刷屏淹没了……

【世界】吾乃凤舞翩然的男人：风里雨里，北界等你。

…………

我才想说一句我眼瞎了吗？我专门从北界跑了，卖了大号，买了个小号来这里，现在又合回去了？？？

而且这种合区真的一点都不科学！RPG游戏的第一战力区往往都是1区，《桃花万界》是个例外。最开始北界之巅其实还比较正常，因为我和红衣是榜一和榜二，没有太多架可打。后来我们跟6区、9区合区，就开始猛提战力打天下，吞并了6区榜一苍雪梧桐的帮会，把9区的榜一恶魔代言人收入囊中，扩大了北界之巅第一帮派皇族的势力。因为当时打得太久太狠，整个大区的战力都居高不下。官方自然就停止了合区。

谁知北界之巅已经这样了，突然空降来了个大魔王。最开始一川寒星在一个小帮玩，疯狂寻宝刷屏，我没当回事；当时他的战力只有我的一半，只要在PVP场所就会缠着我打架，被我秒了无数次，我也没太把他当回事；后来他的战力每天暴涨，排名每天都在飞，我都只是想，多半又是个没什么耐心的小土豪，玩到后来自然就会放弃……直到一次大氪活动，第一周他就把红衣、苍雪梧桐、恶魔代言人全超了，一口气冲到榜二，终于让我明白，他跑到这么热门的区从零开始玩起，不是因为人傻钱多，而是因为他就是冲着我来的。

超过那三个人可以，想超过我，没门。我怒了，跟他互掐起来，不管他怎么冲，我一定压他一头。到后来，我俩的战力就跟后面的人断层了。到现在都是如此，只有我和他是十五万以上，其他人都是十三万以下。

因为我和一川寒星打得很厉害，"有一个新大佬挑战翩神"的故事都传到了新区，很多外区玩家慕名跨服到北界之巅围观。那个时候，我把二十二年的学术知识都运用到了账号打造上。我们战队、大魔王战队也全都比别区高战专业很多很多。所以到现在，即便不是北界的玩家也在北界有小号，因为所有榜单都是百科全书——这个游戏最新的玩法、最有技术含量的装备搭配，都诞生在北界榜单里。

所以按理说，北界之巅一年内都不应该再合区的。而且就算合区，2区跨到7区这样跳着合区，也是闻所未闻。我直接怀疑官方有人在搞小动作。

【世界】翩肾无敌：北界之巅皇族帮会收人，永远十五万八战力的凤舞大佬带你飞，谁惹翩神不快，我们把他打到关服，哈哈哈哈。

【世界】7区来的小小恶魔：那个叫翩肾无敌的一看就知道是彩衣教的疯狗，冒充我们帮的人吠得开心吗？

【世界】男神大妈：原来翩神也有818……

【世界】翩肾无敌：她的818不要太多哦，欢迎合区后来我们空间围观。

【世界】安娜_露露：还没合区，但我感觉我们区已经被北界占领了……

【帮派】冷月：进组。@佳人翩翩

我进了冷月的队伍，跟他还有帮里一个奶爸杀到了神秘幻境。神秘幻境本来是一个冷冰冰的场景，永远被冰雾笼罩，音乐也是凉到骨头里的古琴乐，但现在密密麻麻挤着人，一点神秘的氛围都没有了。boss还是满血，一直喷着蓝色的火焰，被怒战王朝、风雨盟两拨人拉得跑来跑去。我们帮唯一的大坦克[1]就是雨玲珑，但她说她要睡觉了，没时间玩，把号丢给了雨勿忘。雨勿忘一个人又操作不来两个号，所以仇恨总是被榜四拉走。其他人就全部开了红，也不打boss，就是重复打着死、复活、杀过去、死、复活、杀过去这种无意义的传送架。

我开着闪避过去搞了一波，杀了四个人，其中有一个是弯弯酱。她躺在地上，打了一段话："其实，我特别懂翩翩的痛苦，毕竟经济能力和家庭条件有限，和我老公不管是战力还是三观都不合，所以才会耐不住寂寞，被其

---

1. 坦克，英文为Main Tank或Tank，简称MT或T。在游戏里指负责吸引并承受敌人火力的角色，通常具备生命值高、防御力强等特点，又名"肉盾"。

他男人骗了……翩翩呀，既然错已犯下，你们都离婚了，好聚好散，不要生我和我老公的气了。"其实，我只是范围攻击带走她……

忽然，我的血掉得跟蹦极似的，正想逃跑，画面一灰，就看见了几个字：**您已被夏日凉击杀。您的经验损失1%，装备耐久度损耗5%。**

我点了复活，想回去反击，冷月把我强行拉到一边的冰山脚下。

【队伍】冷月：你在这里乖乖等着，别开红，清几个落单的低战就好。

冷月带着奶爸飞到人群附近开红。虽然战力只有五万，但他的手速快得像机器在玩似的，可以很精准地把目标切到辅助、治疗和远程输出的低战职业身上，几个连招就杀了一片人，包括刚复活的弯弯酱。

浓雾密布处，一个红名玩家跑过来，在我附近停了下来，是夏日凉。她给自己套了个增伤buff，拉满弓，朝我的方向放出大招。我切回战斗模式，无奈没能逃出她的攻击范围，被她打掉了85%的血。没秒掉，但情况不乐观。我切了加速宠，朝她瞬移过去，使用勾魂血影抓住她，一套连招下去，打掉她30%的血。灵羽没解控技能，但解控后我跑不掉了。正做好赴死准备，忽有烈焰从她的脚下喷薄而出，又从天而降四把黑焰之刃，伴随着四个水墨大字"魔刃绝灭"落下。夏日凉身后冰雾中，一个男人分裂成了四个幻影，幻影又合而为一。动画复杂，却果断利落。伴随着冷兵器碰撞声响起，四把魔刃从幻影变成实体，夏日凉跪在了冰雪之中，留下火焰余烬和噼啪声。然后，声音越来越小，她徐徐趴在地上。四把实体魔刃又慢慢变淡，消失。

玩了这么久的《桃花万界》，我无数次觉得魔刃绝灭很惊悚，这是第一次觉得它是如此"吴彦祖"。众所周知，吴彦祖是个形容词。

【队伍】佳人翩翩：你可以秒夏日凉？？

【队伍】冷月：她手残。

【队伍】佳人翩翩：魔道真爽啊，我都想转魔道了。

【队伍】冷月：有我，转什么魔道。

传送架持续了两个小时，谁也没打死boss，反倒是两个帮会的成员爆了一身装备，在世界开始互喷。

【世界】夏日凉：冷月你这土王八，怎么不去死？！

通常我不喜欢在世界说话，但看她这么说冷月，就忍不住了。

【世界】佳人翩翩：被越战力秒掉的还是别说话了吧。

【世界】宁小白：呀，瞧瞧这恩爱秀的，我区一帮又一个P图美女失恋了？我刚在空间上了她的猛料呢，结果她还没撕，战争就结束了吗？

我点进宁小白空间，发现幻巧儿跟其他人的聊天记录被曝光了：

"巧儿，你以前都嫁给土豪的啊，怎么这回对这个冷月这么上心？他就刚进了战力榜前三十。"说话的人头像和名字都被马赛克处理过。

回复者的头像是幻巧儿的照片："他是神壕的小号。"

"啊？"

"你看他一开始猛开缥缈寻宝，一下手我就知道是个大老板。他全身强化15级，出了金凤特效。强化很贵，提战少，却是PVP实战提得最多的。一般是神壕压着战力想专打某个对手才会这么玩。慕殇的全身强化才12。再看宠物，冷月的神兽评分才3200，我前夫的神兽评分5800，但冷月的神兽气血、法攻都高破天际，完虐我前夫的神兽。那种点法，宠物极强，但加的战力很少。而且，他刚到怒战的第一天，那么多大佬欢迎他，他一点都没受宠若惊，也没叫雨哥雨姐。只说明一件事，要么他人穷志短，要么大号比他们厉害。"

"真的是欸！可他为什么要来我们区啊？"

"我觉得是为了佳人翩翩……佳人翩翩长得挺好看的，就是双商感人。"

"佳人翩翩斗不过你的啦。"

"不管了。你知道吧，这种顶级大佬很介意别人和他在一起是图他的战力。所以，我现在只要装作以为他是个萌新，对他无悔付出就可以了。"

"巧儿厉害了，真高手。"

果然是嫁过无数大佬的女人，识货。但帮派频道里只有一片死寂。要不是世界频道刷屏刷得很欢乐，我会以为自己断网了。

【私聊】云备胎胎：翩翩，你看到宁小白的空间爆料了吗？有点尴尬。

【私聊】佳人翩翩：是挺尴尬的……

【私聊】美人爆爆：那个幻巧儿一世精明，居然毁在了以前朋友的手里，我也是醉了……现在的气氛让人窒息，都不好意思通知大家参加我的婚礼了……

【私聊】佳人翩翩：嗯？婚礼？

【私聊】美人爆爆：是呀，我要结婚啦，跟阿神！十六号我们婚礼，给你发了喜帖，记得来参加哦！我现在先去看看八卦！夏日娘大婶认识那几个男的，真是一群飞得低的蜜蜂！

我又看了看宁小白的空间，评论里有个风雨盟的男生和幻巧儿撕起来了。

小龙："幻巧儿嫁来嫁去不是嫁土豪，就是嫁正在路上的土豪，自己却是个菜鸟。说白了，就是出来卖的吧。"

幻巧儿："恶心，低俗。"

小龙："哟，娘子来了啊，冷月大佬把你弄得爽不爽啊？"

幻巧儿："跟他爽不爽我不知道，你这种货色我这辈子都是看不上的。"

这个男的本来言语就恶俗至极，被她戳中痛处，更是什么脏话和污秽词都说了出来。幻巧儿当然骂不过他，反而引来了他的两个同伴一起喷她——男的用尽侮辱之词，女的尖酸刻薄，连她的外貌也不放过，各种上人身攻击。看到这么过分的对话，我的脑中又出现了两个小人，小天使她又哑巴了。于是，我点了一下这个低战男的名字，选择了"使用仇杀令"。

不到半分钟时间，系统公告弹了出来：

真是奇耻大辱！佳人翩翩使用仇杀令，将小龙击毙于神秘幻境，并命令他当场原地爆哭，喊了一声"苍天，何故把我生成了个傻子"！

真是奇耻大辱！佳人翩翩使用仇杀令，将萌面男击毙于天云岛，并命令他当场三跪九叩首！

女的我没杀。我发了一条空间动态，贴了两张图，就是他们俩在做以上动作的截图，配文字："男人话太多，下场如图。"

【喇叭】佳人翩翩：大家帮我空间点个赞。

那两个被我杀了的男生开始在世界上破口大骂，很快我空间动态下多了很多发言，几乎都是女生的。

社会妞现实姐："女侠啊。"

就这样默默："以前一直不太喜欢佳人翩翩，今天爱了爱了。"

弱弱酱："我也看到了，那两个男的好下作，这样骂一个女孩子，翩翩干得漂亮！"

　　幻巧儿："翩翩，谢谢你……爆哭。"

　　我曾经寸步不离地保护过一些傻白甜妹子。其中一个弱到不管去什么PVP活动，都被人两三下打死。然而，当她走在我身后，没有人敢像之前那样随意杀她。玩了一整年游戏，那是我第一次觉得自己的战力那么有用。可是我却没能保护好小白菜。虽然这只是个游戏，但真希望以后如果小白菜回来，我还能像当初站在那个妹子面前一样，对她说："放心，有我在呢。"

　　我知道现实的无助是多么痛苦，这句话也是没有能力对所爱之人说出口的。所以，可以在虚拟世界说出这句话，也未尝不是一件好事。

　　我正想再去杀那两个男生几次，收到了冷月的队伍跟随邀请。同意后，我又一次回到了神秘幻境中。不过这一回周围没人，队里只有我和冷月，我们身处雪山之上。他骑着小黄鸡，拉我上了后座。我们俩一同飞入了苍白群山之中。大雪茫茫，风声猎猎，笛声悠扬而高亢，我们的衣袍随风鼓起。除却雪花和衣袍，这雪中世界是静止而空旷的，剩了一管清商，仙曲未央。

　　【队伍】冷月：你每天都这么晚睡，第二天起得来吗？

　　【队伍】佳人翩翩：起得来啊，下午起。

　　【队伍】冷月：不吃午饭？那晚上还是吃点消夜。

　　【队伍】佳人翩翩：长膘如山倒，减肥如抽丝。水枪不好玩，我不太想玩。

　　【队伍】冷月：小李子说，呵，体重哪儿有水枪好玩，水枪可以突突突，体重可以吗？

　　【队伍】佳人翩翩：哈哈哈哈，肉肉弹动的时候或许可以。

　　【队伍】冷月：马上要合区了，你接下来有什么打算？留在怒战吗？还是去北界的帮派？

　　【队伍】佳人翩翩：我还没想好呢，现在就期待爆爆和阿神的婚礼，参加完了再想想待在哪个帮吧。你呢？

　　其实我最想去的地方，是策划办公室。最想做的事，是在策划办公室开红。

　　【队伍】冷月：跟你走。

　　【队伍】佳人翩翩：我如果想去玩别的游戏呢？

【队伍】冷月：我也陪你。

【队伍】佳人翩翩：暖月月，我是纯游戏玩家，不可能考虑谈恋爱和奔现的。

【队伍】冷月：谁说要奔现了？我们在玩游戏。

【队伍】佳人翩翩：我才不信。男生开始都会这么说吧。

【队伍】冷月：你想奔我还不乐意呢，我生活里不缺女人的好吧。

【队伍】佳人翩翩：哈哈哈哈哈，真的吗？那我就放心了。

【队伍】冷月：所以，翩翩，你也喜欢我吗？

【队伍】佳人翩翩：不要问这种肉麻的问题。

【队伍】冷月：好。

他一个俯冲，让小黄鸡停在了山崖边。下方有一片千年冰湖，风雪交加下，就像一块巨大的宝蓝色宝石。一个对话框弹了出来：冷月想要与你进行双人动作：拥抱。是否接受？【是】【否】

他这是什么意思，小看我吗？我玩这游戏一年半，双人动作只跟女生做过。男生不管怎么点，我都是果断拒绝的。我冷笑着看着拥抱请求一秒秒过去，最后完全消失。冷月，你要知道，你点拥抱的对象，可是定力最好的前服霸。

冷月想要与你进行双人动作：拥抱。是否接受？【是】【否】

否！

冷月想要与你进行双人动作：拥抱。是否接受？【是】【否】

否呀……

冷月想要与你进行双人动作：拥抱。是否接受？【是】【否】

都点了否否否，怎么没完没了！

冷月想要与你进行双人动作：拥抱。是否接受？【是】【否】

佳人翩翩："暖月月，你在干吗啊……"

冷月想要与你进行双人动作：拥抱。是否接受？【是】【否】

佳人翩翩："……"

冷月想要与你进行双人动作：拥抱。是否接受？【是】【否】

…………

大雪纷飞的雪山上，黑衣男子将紫衣女子横抱了起来。风雪鼓满他们的斗篷。短匕的真，烘托了水墨身影的幻。女子轻轻依偎在他的怀里，极端美丽明艳，四肢修长，清眸流盼，眉宇间满满都是小女人的幸福，一点都不像个鬼炼。男子低下头，一绺刘海微微垂落。他凝视着她，眼中亦只剩满满的深情与温柔。

一定是因为天太热了，我的脸好烫。我玩了一年半，这画面不知见了多少次，每次动作都一样。但现在，我心跳快到需要用双手捂着脸。

冷月没有说话，只是抱着我在风雪中缓缓走动。

不说挺好。

现在说什么似乎都是多余的。

七月十三日晚，美人爆爆和阿神举办了热闹的婚礼。几乎整个怒战王朝都来了，鲜花满屏飞舞，喇叭一个接一个，礼物提示音嗖嗖传来，烟火把婚宴副本地图照得比过年还要灿烂。结婚地图做得非常细致，背景音乐请了著名歌手来唱，一阵感性悠扬的箫和古琴的奏乐后，第一句就是"人生若如初见，我一生只愿看你一眼"，混合着悲情和深情的那种，整得玩家们都特动情。

【婚宴】云备胎胎：呜呜，我的宝贝嫁了，好感动。阿神，你要对我们爆妞好一点啊。

【喇叭】阿神：我会的！胎胎，翩翩，我会对她负责的！老婆，我发誓，我会一生一世只爱你一人的！

【喇叭】美人爆爆：老公我也爱你！执子之手！将子拖走！

【婚宴】木笔书空：老婆，我爱你。

【婚宴】烟岚弄影：老公么么哒，木啊木啊（表亲吻）……

还好冷月不在，不然我真不知怎么跟他一起面对如此尬的刷屏消息。

【婚宴】枫叶是我的眼泪：狗粮，还是同样的配方……你们这些老郎老娘，就不要模仿人家新郎新娘说话了行吗？行行好，同情一下小动物。

【婚宴】餐巾公子：有什么了不起，不就跟一个人结个婚。告诉你们，十二星座的媳妇儿一款我都要来一个。

【婚宴】枫叶是我的眼泪：然后你还差十二个。

【婚宴】餐巾公子：不接话你会死。我单身我自豪。再说了，喜欢一个人一定要在一起吗？喊。

【婚宴】幻巧儿：喜欢一个人确实不一定要恋爱。可是，真的喜欢一个人，也不会甘心只当朋友吧。

幻巧儿说这话时，雨勿忘正站在我面前，离我特近，几乎快到非礼的程度了。我挪了挪身子，站远一点。他在原地停留十多秒，又跟到了我身后，只是保持了一定距离。

【婚宴】幻辰儿：这话从你嘴里说出来，真是有说服力。

【婚宴】佳人翩翩：啊，榜四大佬也在？欢迎欢迎，老家朋友办婚礼啦，随便坐随便吃哦。

作为婚宴主持人，我很自觉地把补气血的水果端到幻辰儿面前。

【婚宴】枫叶是我的眼泪：大佬，你名字还留着啊，不会是对我们巧儿恋恋不舍吧？哈哈，怒战王朝随时欢迎你回家。

【婚宴】幻辰儿：回是不可能回的。我这名字当时哥们儿都说娘得要命，我还坚持要改，现在看着都是讽刺。

【婚宴】幻巧儿：那你去把它改了啊。

【婚宴】雨玲珑：在雷驰游戏里谈什么爱，这是一款比钱比时间的游戏。呵呵，喜欢，太缥缈了。

【婚宴】餐巾公子：其实看个人吧，我就是月卡党，充不起啊，但贫穷依然不妨碍我时不时在深夜小巷子里获得短暂的爱情。

【婚宴】枫叶是我的眼泪：我看是120块的爱情哦。

大家"哈哈哈"刷屏了一会儿，婚礼也进展到了抛绣球的重要环节。这个环节需要等待挺长时间的，我打开微博随手搜了一下"桃花万界"，看到有一个玩家吐槽《桃花万界》这次活动太圈钱，评论里有玩家这么说：

"我朋友在雷驰总部工作，听说今早雷驰太子爷又因为解除婚约的事和他爸在公司干起来了，他爸拿他一点办法都没有。大概后台快没了，他们也就特别缺钱了吧。雷驰游戏做得挺好，但毕竟公司规模不够，被互联网寡头压在夹缝中生存，也是不容易。"

"为什么要解除婚约啊？"

"听说是被逼婚的，太子爷并不喜欢这个未婚妻。"

"难以理解有钱人的婚姻，都是为了利益吗？"

我正想搜搜还有没有相关八卦，忽然我的私信箱上出现了一个小红点，点开一看是雨勿忘发的：

【私聊】雨勿忘：翩翩，有件事我一直不知道怎么跟你说……

【私聊】佳人翩翩：没事，都一家人了，还不好说啊。

【私聊】雨勿忘：你愿意和我组CP吗？纯CP就好，不用谈感情。我只想保护你，不想看你再被人欺负了。

我和冷月应该算是游戏里的男女朋友了。别的男生想要跟我组CP，得拒绝并保持距离。我正琢磨着怎么回复，忽然出现一条系统提示：

相亲相爱幸福永，同德同心幸福长！新娘抛出的绣球砸中了雨玲珑和雨勿忘，他们俩会不会是下一对良人呢？愿这万界桃花灼灼夭夭，为他们送上满满的桃花缘！

【喇叭】清书：哇，双雨！结婚！双雨！结婚！

【喇叭】烟岚弄影：你们俩都被砸中多少次了！是时候把雨嫂娶回去了啦，雨哥！

紧接着一大堆催他们俩结婚的刷屏后，一条大红色的喇叭滚屏出现了。

【喇叭】雨玲珑：去年二月二十一日到现在，我们一直没有分开过。你叫我大神，把我当妹妹照顾，把我当女儿来宠，但从来没有把我当女人对待过。你的一切我都知道，我不介意，也不在乎。只求还在玩这个游戏的时候，我们有机会当一次夫妻，哪怕是虚拟的也好。

这一刻，所有频道都安静了。

【喇叭】雨玲珑：我们俩都单身了一年又四个月了，除了你我不想考虑任何人。小忘，娶我吧。

死一般的寂静持续了几秒，世界又炸开了锅。所有人都不敢相信，榜一大佬居然会进行如此劲爆的告白。然而，雨玲珑没等来雨勿忘的喇叭，反倒等来了她死对头的。

【喇叭】夏日凉：我玩了这么久游戏，第一次见到女大佬这么逼婚的，把人逼下线了，哈哈哈哈哈。

我打开私信，发现雨勿忘的头像真的灰了。

八瓣桃花

　　更尴尬的是，帮里的一些好心妹妹还送了雨玲珑爱慕草。爱慕草是增加两个人情谊度的道具，赠送时会出现全屏爱心特效，赠言也是巨醒目的："抱抱雨姐，不要难过……"

　　幸运的是，这是一个看战力的世界。如果女主角是ABCC，可能就有人看热闹、有人嘲讽、有人心疼了。但对象是榜一，世界也安静得跟帮派频道一样。没人敢评价，只有漫长的死寂，半晌，只有女主角在帮派里的发言孤零零地出现。

　　【帮派】雨玲珑：夏日凉公主病又犯了吧，呵呵。

　　帮众这才纷纷开始迎合她，说雨姐说得对，夏日凉狗拿耗子不要脸，人家谈情说爱关她什么事。

　　【喇叭】夏日凉：我公主病？哈哈，起码我还是个公主，你呢，雨老大姐，二十年前你也是个公主吧。

　　【帮派】餐巾公子：×，还在我们帮安排小号，老子也去开我的小号，看看他们说了什么。这年头谁还没个小号了。

　　【世界】烟岚弄影：游戏有冲突正常，对喷娱乐娱乐也行。同为女性，攻击同性的年龄和性史是最无耻的。

说得好，姑奶奶也看不下去了。

此刻，大家都对奸细一事看得很严重，都在互相试探、询问谁是奸细。雨玲珑更是分外紧张，让大家不要说话，她先清一拨小号。

我赶紧发了一条私信给她。

【私聊】佳人翩翩：雨姐，先别着急清人。我们帮现在正是缺人的时候，误踢就不好了。夏日凉有小号在帮里刚好，我倒是觉得这不是什么坏事，毕竟水至清则无鱼。

【私聊】雨玲珑：那该怎么做呢？

【私聊】佳人翩翩：姐你先休息一下，交给我来处理吧。

我看了看夏日凉发的文字，开始了长篇大论。

【帮派】佳人翩翩：像夏日凉这样的女生，姿态很低，没什么钱又喜欢装有钱，一天到晚在世界上叽叽喳喳个不停。其实我就奇了怪了，凭什么雨姐要搭理她，她要真有资本和雨姐在战力上一刚，又何必刷喇叭，早就开红了是不？说那么多，不过为了省钱，毕竟如果想通过公平决斗的方式打败怒战和雨姐，她需要付出的代价可比嘴臭大多了。

等了一会儿，喇叭频道出现了反击。

【喇叭】夏日凉：哈哈哈，佳人翩翩你这不要脸的穷人，有什么资格说我没钱，看看你那身寒酸的装备吧！哦，你怎么现在就躲在安全区不敢出来了，你来跟我打啊！

这也太容易被激将了。

【帮派】佳人翩翩：我有点心疼夏日凉啊，暗恋她师父，却装作是亲亲徒弟的样子，想用徒弟身份来获得师父的青睐，没想到倒贴不成，师父看上了师娘的徒儿……啧啧，史上最惨女高战呀。

【喇叭】夏日凉：佳人翩翩你这个心机女要点脸！！谁暗恋我师父了，你口说无凭，这样泼我脏水有意思吗？求求你先管好你自己好不好！

【帮派】佳人翩翩：你们觉得奇怪吗？她和慕殇每天师父来小徒弟去的，暧昧酸臭味我隔着 Wi-Fi 都能闻到，怎么她师父就没娶她呢，心疼哦。

【世界】男神大妈：佳人翩翩是穿了皇帝的新装了吗？我怎么看不到她说话啊，求瓜源，求种子。

【喇叭】夏日凉：我可不像你！一天到晚躲在帮派里骂人，阴险小人！你们整个怒战王朝的女人都是婊子，嫉妒心强，见不得人好是吧！恶心！

【私聊】雨玲珑：翩翩，别说了，她战力高，我怕她为难你。

【私聊】佳人翩翩：雨姐你又要当帮主，又要当战力担当，难免会辛苦，这种时候总要有人帮你出个头吧。放心好了，我会把握好度的。

【帮派】佳人翩翩：哦，夏女神理解错了，我不是不光明，而是没钱买喇叭。帮派里有敌对小号多好，我都不用花钱买喇叭了。小号赶快截图发给你主子们，问问他们夏日凉暗恋她师父，大家都知道吗？

【帮派】美人爆爆：噗！厉害了！！

【帮派】幻巧儿：哈哈哈，我们知道，天地桃源有谁不知道？

【喇叭】夏日凉：佳人翩翩，你这个弃妇！太恶心太低级了！！你说我没本事跟榜一打，你来跟我打啊！不要脸的弃妇！

【帮派】云备胎胎：翩翩你真行，你放过夏日凉吧，我感觉她快疯了。

后来，夏日凉说一句，我就应一句。我一边等她回击，逗她玩，一边充着648，一边快乐地进行缥缈寻宝刷屏……过了四十分钟，满屏幕都是夏日凉的喇叭。到后来，其他玩家终于都受不了了。

【世界】雷雷雷雷雷：夏日娘大婶你真的够了，人家骂你，你就骂街？脑子是个好东西，希望你有。

【世界】社会妞现实姐：确实够了，打个副本一直看到某女神的刷屏，你要撕能不能私底下撕，刷喇叭撕给谁看啊。

【帮派】美人爆爆：哈哈！夏女神引起公愤了！

【帮派】佳人翩翩：大家看到了吧。咱们是大帮会，天地桃源第一帮，这种帮会怎么可能会没奸细，没必要为了一两个奸细误清自己人。咱们不用去查谁才是奸细，因为很可能传话的也不是奸细，而是态度中立又在敌帮有朋友的普通帮众。帮会那么多人，我们不可能控制所有人的想法和朋友圈子。所以，只要记得一件事就好——战斗帮派里，帮派频道等于世界频道，咱们自家人说的每一句话，都要做好被所有人看到的准备。如有秘密，私下交流。再说了，在帮派频道说外人听不得的事也不好。大帮派就要有大帮派的胸襟，咱们做人坦坦荡荡，氛围和和气气，这个大家庭就能稳定、长久。

【帮派】餐巾公子：好。

【帮派】云备胎胎：好的。

【帮派】雨玲珑：大家都听翩翩的。

【帮派】木笔书空：好。

【帮派】冷月：你说多，信你。

【帮派】海阔凭鱼跃，天高任鸟飞！怒战王朝的帮主雨玲珑将佳人翩翩升为长老！

【帮派】佳人翩翩：谢雨姐赐官。

夏日凉不骂了。过了五分钟之后，我正在弄自己的号，突然看到系统提示再次弹出两条消息：

恭喜夏日凉少侠在缥缈寻宝中获得上界至宝【88万银币】，真是欧气东来，美杀旁人啊！

恭喜夏日凉少侠在缥缈寻宝中获得上界至宝【7级桃花宝石】，真是欧气东来，美杀旁人啊！

有趣，我应战了。

恭喜佳人翩翩少侠在缥缈寻宝中获得上界至宝【10级梅花宝石】，真是欧气东来，美杀旁人啊！

恭喜佳人翩翩少侠在缥缈寻宝中获得上界至宝【金色极品熔炼丹】，真是欧气东来，美杀旁人啊！

恭喜夏日凉少侠在缥缈寻宝中获得上界至宝【88万银币】，真是欧气东来，美杀旁人啊！

恭喜佳人翩翩少侠在缥缈寻宝中获得上界至宝【力量玄晶×4】，真是欧气东来，美杀旁人啊！

恭喜佳人翩翩少侠在缥缈寻宝中获得上界至宝【体力玄晶×4】，真是欧气东来，美杀旁人啊！

…………

【世界】欧皇汪：玩了一年我才知道，佳人翩翩家里是开印钞厂的……这寻宝得上千次了吧……

夏日凉很早就停手了，但我坚持继续寻宝。直到这一行字出现：

恭喜佳人翩翩少侠在缥缈寻宝中获得上界至宝【金色鬼炼符文·如风】，真是欧气东来，美杀旁人啊！

【世界】雷雷雷雷雷雷：！！！！！

【世界】高逼帅：玄不改命，氪不改非，我要A了。

【世界】君风云：我去！金如风！！！

【喇叭】佳人翩翩：【金色鬼炼符文·如风】哈哈。雷驰爸爸我爱你。

符文是这个游戏里最看脸的装备，可以祈福贴在装备上增加人物战斗属性，从低到高依次为白、绿、蓝、紫、金、黑龙六个级别。黑龙符文只有万界争霸冠军和战队才有，我大号就有五个黑龙符。这次开出来的如风，属性是增加5%的敏捷，是鬼炼金符里最好的两种金符之一，只能通过缥缈寻宝得到。寻宝一次388元宝，金符开出来的概率只有0.0129%，也就是说，保底30万人民币才能开出一个，还未必是鬼炼金符，即便是鬼炼的，也未必是最好的如风。所以，金如风线下交易值3万到11万人民币，视区服热门度而定。

【私聊】冷月：恭喜，欧皇本皇了。

【私聊】佳人翩翩：暖月月我开心死了，啊啊啊啊啊！

各个频道一片议论纷纷。我平静了十五分钟，打开面板看了看战力，八万三，排名已经上升到了十九。再看看夏日凉，九万四。差了足足一万多。但对比面板，天差地别。我从排行上点了她的头像，使用仇杀令。

系统公告：真是奇耻大辱！佳人翩翩使用仇杀令，将夏日凉击毙于灵羽之境，并命令她当场三跪九叩首！

以上内容持续刷屏四次。

夏日凉不敢复活，只躺在地上语无伦次地对我爆粗口。

【喇叭】慕殇宠爱的弯弯酱：疯女人，你是被我老公抛弃后，心理变态了吧。

【喇叭】佳人翩翩：夏女神的师父，下一个就是你。

【喇叭】慕殇：老子等着你。

【喇叭】慕殇宠爱的弯弯酱：第一次见到这么跳的榜十九，挑战我老公，好怕怕。你以为鬼炼榜一会跟凉凉一样好欺负吗？

【帮派】美人爆爆：妈呀，翩翩你太暴力了！这样下去谁敢娶你啊！

【帮派】冷月：我娶。

【帮派】佳人翩翩：啊？

【帮派】美人爆爆：请你们两个原地结婚！！现在！！马上！！

【帮派】云备胎胎：民政局说，我自己闻着味过来了。

【喇叭】慕殇宠爱的弯弯酱：是呀，冷月大佬别费心了，她才不嫁你，她是要嫁给一川寒星的！

【世界】宁小白：合区后和寒老板的婚礼记得邀请我们哦，别辜负了冷月大佬的白白牺牲。

我没时间看她们说话，因为私信箱已经爆了。有玩家来问我卖不卖刚才开出的材料，有小帮管理来做外交，有人问我如何提战力，有人来问我号是不是换人了，还有餐巾公子告诉我，他开了小号去风雨盟和夏日凉他们帮会看了看，我在挖宝的时候，夏日凉和慕殇都慌得不得了，只有弯弯酱还在撑我。

弯弯酱战力不高，对缥缈寻宝没有一点概念。夏日凉却明显感觉到了和我的差距。据餐巾公子汇报，我每上升一位排名，她就会在帮里汇报一次，说怎么办，佳人翩翩战力又升了，弄得其他人都担心得不得了，拼命安慰她。我开出鬼炼金符以后，她直接用语音发了一段关于羊驼的激情故事。

游戏世界是人搭建的，它的一切行为准则和运作模式都和人类社会一样。如果没有准备好足够的资金，见谁都要喷几句，见谁都要手欠去打一下，很可能就会被潜伏在人群中的布衣大佬按在地上摩擦。尤其是雷驰游戏里，神壕玩家需要付出很大代价才能和小资玩家拉开差距。一旦到了战力提升性价比最低的临界点，他们只能把多开出来的材料卖给平民玩家，赚了钱继续去赌他们想要的顶级装备，达到一个虚拟的商业链平衡。也正因为雷驰设置的游戏模式这么虐待氪金玩家，所以雷驰创始人杜驰也被玩家们编入顺口溜里：北大还行撒贝宁，会打一点张继科，悔创阿里杰克马，劫富济贫雷驰杜。

看过餐巾公子的各种汇报后，我收到了雨玲珑的私聊语音邀请。感觉她要跟我说重要的事，于是赶紧接听。

"翩翩，今天真的谢谢你。"雨玲珑的普通话听着很舒服，带一点点东北口音，中气十足，和她照片上的气质很吻合，"我以前一直觉得你是个没什么脑子的姑娘，今天才发现自己错怪你了。你很聪明，有领导天赋。"

"雨姐快别这么说，既然都在一个帮会，那就是一家人，一家人不说见外的话。"

"要是怒战早点有你这个家人就好了。刚才你杀了夏日凉四次，大家都特别佩服你。唉，可惜明天合区，之后就会很被动了。"

"哈哈，雨姐尽管放心释虑，只要你和雨哥一直在，这个帮就不会垮。明天白天我也会让我小姐妹去北界之巅搞一波外交，看看有没有什么帮会可以联盟的。"

话是这么说，实际上我们并没有太多选择。现在北界之巅的三个大帮——若如初见、皇族、红衣教里，只有皇族可以尝试做外交。若如初见是一川寒星的帮会，非常 random（随心所欲）的一个神仙帮，懒到连帮战都出现过全帮挂机的情况，供着一川寒星一尊大神，够全帮佛系玩家吃到关服了；红衣教是红衣的帮会，也是现在北界之巅的第一帮，高战多如牛毛，战斗力和活跃度在老区排第一；皇族，改名叫没落贵族更合适。从帮战输给红衣教以后就元气大伤，现在只有恶魔代言人这个高战还坚守阵地，我大号虽然还在皇族，但跟死号也没区别。

"可惜我看不到那一天了。"雨玲珑长叹一声，"下个月开始公司要把我调到美国总部去，到时候我就没有时间玩游戏了。"

刚才她在喇叭上的求爱和现在的疲惫验证了一个铁律：用力过猛的结果都是放弃。我无声地叹了一下，说道："工作忙不代表不需要娱乐放松，姐你不用再充钱了，偶尔上来看看大家，跟我们聊聊天也不错啊。"

"很难。我儿子已经去美国四年了，现在我终于可以和他团聚了，当妈的总不能一直在他面前玩游戏吧。"

"原来雨姐已经有儿子了，照片一点也看不出来，非常年轻呢。"

"我都三十五啦，还年轻什么呢。"雨玲珑笑了两声，"我儿子长得很好看，一点都不像他那个死鬼老爹，像我。晚点我加你微信发给你看。"

"好的。"

"唉，曾经我和孩子他爸也是相爱过的，所以才会那么早结婚，那么早当妈妈。谁知他不靠谱啊，孩子还不到一岁，他就嗜赌成性，把家里房子都赌没了……这一算，我们俩都离婚十一年了。时间过得可真快。"

她会一下跟我说这么多，大概也是因为在这区高处不胜寒，平时无法把这些话倾诉给别人。

"雨姐这么漂亮，十一年都没考虑过前赴后继的追求者，还能如此事业有成，儿子优秀，真是女神了。"

"翩翩，你这小嘴可真甜。我啊，这十一年还真没看上过周围的歪瓜裂枣，我觉得他们都是渣男。反倒是在游戏里，栽在了个弟弟身上。"雨玲珑呵呵笑了起来。

"是说雨哥吗？"

"嗯，小忘才二十九岁呢。他以前经常跟我开玩笑说，女大三，抱金砖，我这是抱了两块砖了。你别看他表面上温文尔雅的，私底下甜言蜜语可多了。只可惜爱情和婚姻是两回事。他能给我爱情，给不了婚姻。"她停顿了几秒，哽咽地说道，"算了，多说无益，现在我也打算卖号了。翩翩，在我把号彻底卖出去之前，你能帮我做一下日常吗？"

"当然可以，双开我擅长，副本也给你打了吧。刚好带一下我自己的号。"

"好。"

就在这时，我收到一条系统提示：您的好友雨勿忘已更名为勿忘。

雨玲珑半晌不说话，轻笑一声，声音沙哑道："他有必要做得这么绝吗？"

勿忘的头像是亮的，而且发了消息过来。

【私聊】勿忘：有句话我不得不说，战力不应是选择 CP 的唯一参照标准，但男人的战力也很重要。冷月保护不了你。

【私聊】佳人翩翩：他保护得了我，但我不希望他一直保护我，我应该和他一样强。

【私聊】勿忘：你跟他才认识多久呢，就要跟他结婚了吗？

【私聊】佳人翩翩：我还挺喜欢他的，不过结婚再看看吧。反倒是你啊，雨哥，你这样对雨姐会被骂的啦。

【私聊】勿忘：那我也不在乎，我喜欢你。去年四月第一次在跨服愚人节活动遇到你时，我就特别想追你。可惜，我们没有机会合到一个区。

他在说什么，我有一种不祥的预感。

【私聊】勿忘：翩翩，你是我的女神，如果能娶到你，哪怕只有一天，我也心满意足。以前我没资格站在你身边，你又在北界之巅，我够不着你。现在你只玩小号，我可以保护你了，和我结婚好吗？

我去，他怎么发现的……

这时餐巾公子又发来了消息："翩翩姐，刚才夏日凉带着他们帮里四十多个人合到风雨盟了，说明天帮战决赛要打死我们。怎么办，后天合区，我们凉了。"

两条消息都如此棘手，我不知如何回复。我想了想，先回了餐巾公子："没事没事，凉不掉。即便是二帮，只要我们内部团结，会有翻身的机会。"

至于勿忘那边，只能装傻了。

【私聊】佳人翩翩：嗯？雨哥你在说什么呀？

【私聊】勿忘：别装了翩翩，我知道你是谁。

【私聊】佳人翩翩：曾经是谁不重要，现在我是佳人翩翩。

【私聊】勿忘：ok，我不逼你。

十四日晚上的帮战决赛，雨玲珑没打算参加。我隐瞒了自己的身份联系了《桃花万界》的第一战狼主播，也就是无哥是我的主播，让他帮我开一下雨玲珑的号，他看了战力排行榜，说不可能赢，但还是接了我这一单。

其实有我、冷月和主播在，实力会大大增加，但士气这种东西就没办法改变了。大家都知道帮主没来，又知道面对的是二合一的大帮，这一战打得七零八落。勿忘跟着主播到处拿点，但拿一个丢一个，对面的人头跟蚂蚁似的蜂拥而上，五十九连杀杀到我手软，但我们帮还是输了，比分1900 : 2400。

战败之后，风雨盟第一次拿下一帮，全帮发喇叭道喜、嘲讽怒战。怒战王朝一片低迷，没人说话。大家都知道，合区以后，我们多半是拿不到强帮的联盟了。

七月十五日停服维护后，我被闹钟叫醒。进入游戏，我所在的地图是京城，依然有玉勒避骢马、画阁朱楼，但街道上挤满了人，把京洛风流绝代人的NPC挡得严严实实，甚至连房顶上都有成双成对的小两口在约会放风筝。世界频道上，闲聊刷屏的、发语音的、副本一条龙求组的，更新快到看都看不清。点开战力排行榜，也全都大换血了：

1 凤舞翩然，158974，皇族

2 恶魔代言人，131234，皇族

3 苍雪梧桐，129452，红衣教

4 红衣，128438，红衣教

5 大官人，125224，若如初见

6 无哥是我，124912，若如初见

7 雨玲珑，113968，怒战王朝

8 勿忘，113207，怒战王朝

9 紫衣，107234，红衣教

…………

合区后，上线后玩家才会出现在榜单上。一川寒星还没上线，双雨都快掉出前十了。慕殇从原先的榜七掉到了榜二十一，我直接变成了榜三十八。

【喇叭】红衣：各位天地桃源的朋友，北界之巅欢迎你们。以后大家都是一个区的了，互相照应，愿和平共处。

【喇叭】夏日凉：红衣姐姐，我们终于合在一起了！

【世界】枫叶是我的眼泪：这个红衣是谁啊，怎么讲话跟大区女主人似的，不是合区吗，又不是吞区……再说，榜一不是凤舞翩然吗？

【世界】指鹿为鹿：呃，小姐姐，big胆子，保命要紧啊。

【帮派】阿神：凤舞翩然卖号了，现在死号一个。红衣是灵羽榜一，北界第一女高战，背后又是一帮，还真算是北界女主人了。@枫叶是我的眼泪

【世界】枫叶是我的眼泪：谁知道她是谁啊，践得不得了。翩神都没她这么践吧。

我想叫她不要轻易得罪红衣，结果话还没打完，帮派频道里就出现了一

行字：我帮帮众枫叶是我的眼泪在万妖海中被秋月 MOON 击杀。

【喇叭】秋月 MOON：打扰了，我想纠正一下，凤舞翩然很快就不是榜一了。今天是我们合区第一天，村线的各位可能对我们北界之巅没什么了解，所以我这个卑微战狼小小露个面，让某些人认识认识，以免你们不知情，未来被误杀。今天没关系，说错话不会被打到死，毕竟不知者不罪。

这时，大官人在世界上跟着发了一条语音，用的是《我的滑板鞋》那种腔调：药药药／切克闹／读书时有个假期家人都出去鸟／我在家很无聊／无聊到在客厅自嗨到飘／嗨累了裤子也没穿就睡了觉／我醒过来时候不早／裤子已提好／身上盖着被子周围很吵／我妈大姨二姨小姨在旁边打麻将大笑／两个表妹在嗑瓜子看动画片嬉闹

【世界】无哥我是我：官官儿，十八层地狱里有一层就是专门为你这种人准备的，就在恋童癖和暴露狂的楼下。

世界上的"哈哈哈哈哈哈哈哈哈哈"淹没了红衣教的发言。

合区是真热闹。

过了两分钟，福尔摩斯·爆在帮会空间里传了一张红衣教帮微信群的聊天截图，对话如下：

夏日凉："红衣姐姐，怒战王朝整个帮会的人人品都差，你看到他们今天在世界上怎么说你了吧。他们以前觉得有大佬撑腰就了不起，嘴特别臭。尤其是那个佳人翩翩，才多少战力就跳得不得了，好像所有比她有本事的女人都跟她有仇一样。这个女的以前就是个渣，本来是慕殇的徒弟，什么都靠慕殇，慕殇帮她充值、打本、挂任务，她一点都不感谢，最后还绿了慕殇。最近她还扬言说要当一川寒星的女人，整个区都被她娱乐了。"

白衣："寒大佬看不上她的。"

紫衣："这'奇葩'妹子的 818 我看过，她修为连九万都不到啊，谁给她的勇气那么作妖，梁静茹？红红，咱们去弄她们去？@红衣"

红衣："凉凉，以后不要什么阿猫阿狗都让我来收拾，这种满脑子情情爱爱的小婊女你自己下个仇杀完事。咱们帮的事多，忙。有高战惹了你，找我。"

夏日凉："问题就是我打不过她。"

红衣："那是你号太水，想想怎么把战力弄弄扎实。"

紫衣："我是看出来了，把凤舞翩然打走了以后，我们红红很无聊，合区后连榜单都懒得看了。"

红衣："霸区了，还有什么好看的。凉凉她们区也就两个雨还行，其他人都没法看。"

白衣："如果凤舞翩然回来呢？"

红衣："那就激情了。把她往死里打，打到她再卖一次号。"

夏日凉："红衣姐姐，还是先帮我们打怒战啊，这个帮太讨厌啦。"

红衣："看他们跳不跳，跳就打。"

红衣还是老样子，对自己人很热情积极，对外人狠如蛇蝎。现在红衣教和风雨盟形成了盟友关系，我们孤立无援。晚上五神之战前，我在仙乡小镇钓鱼，琢磨着该怎么走下一步棋。

忽然，红包满屏飞舞，屏幕中央出现了大红色的系统提示：一川寒星将红包雨撒向万界高空，祝大家财源滚滚，欧气满满！

【世界】雷雷雷雷雷：我去，我男神出现了！

【世界】尘中刹海：妈耶，寒老板十六万了，可怕可怕。

【喇叭】大官人：恭喜老寒喜提十六万，成为全万界第一个十六万幻神。

【喇叭】恶魔代言人：恭喜寒哥。

【喇叭】红衣：恭喜寒哥！携红衣教所有教徒恭喜万界第一魔道喜提十六万！

…………

我点开战力榜，看到一川寒星变成榜一了，战力160032。

这一天到底还是来了。我想到以前战力刚到十万的时候，在世界上看到有妹子说："征婚，要求不高，打得过我就可以。"

我觉得有趣，跟风说："征婚，要求不高，打得过我就可以 +1。"

于是有人说："翩神，策划也救不了你了，放弃吧。唯一的可能是整个区的男的全来打你，最后一击喜得凤舞翩然。"

我有些暗爽，跟个土财主家的傻姑娘一样憨笑着说："好吧，我换个要求，征婚，要求不高，能顶住我二十秒就可以。"当时的我自以为酷炫狂跩霸，结果打脸啪啪啪。

快速刷屏的喇叭下，还有飞速刷屏的世界频道。

【世界】社会妞现实姐：令人无法拒绝的魅力，桃花万界的颜值巅峰——一川寒星。

【世界】五亿探长：寒星88就算是后脑勺也是惊人地帅气。

【世界】清爽甜心：不要皮，你们虚伪，我是发自内心的！寒爸爸我爱你！

【世界】番茄我是紫菜汤：翮神还在多好，这样我就上有寒星爸爸，怀有翮总，我一定会是万界最彪悍的儿子。

【世界】宁小白：其实寒老板和翮神好不成是必然的，因为寒老板性格不行，我跟他交往过，就是因为受不了他的性格才分的手。

【世界】慕殇宠爱的弯弯酱：哈哈，小白你皮够了吗？小心寒大佬魔刃绝灭警告。

彩虹屁一个接一个地响，我面无表情地往下翻了翻，忽然看到一条醒目的超长喇叭，滚了半天才滚完全文。

【喇叭】夏日凉：一川寒星大佬看这里！一川寒星大佬看这里！一川寒星大佬看这里！我们区的佳人翮翮说她要当你的女人，一边吊着其他男生，一边等合区和你组CP呢，现在我们终于合了北界，大佬有没有什么表示呀！

世界频道上，北界之巅原来的玩家对此见怪不怪，还觉得倍儿有面子。风雨盟的成员们就是一副看好戏的样子。我看了看私聊，冷月还是没在线，但他的智商一直在线，应该也不用跟他解释太多。

我安静地钓鱼、做暗器和药材。现在是晚上十点刚过，游戏里的时间也是夜晚。仙乡小镇有江南之色，此时梅子熟了，桃花千里，周围有青烟碧树，雨滴碎湖声，钓竿抛掷出的嗖嗖声。这是我最近最喜欢的地图，因为通常副本肝帝没时间来，战力党喜欢打架觉得此处无聊，少有会欣赏仙乡风雅的人，性格也都挺随和。会来这里钓鱼的，又都是一些休闲玩家，他们聊天的内容无关数据，很有趣。成双成对的约会男女，花前月下，浓情蜜意；一些玩孩童体型的玩家，身骑竹马，喜放风筝，跟酒家旁躲猫猫的NPC小孩傻傻分不清。

然而我运气不算太好，遇到了慕殇和他的弯弯酱。他们同乘着马车过来，离我只有 1/3 地图的距离。一个北界之巅的玩家在当前频道说："哇，很出名的大佬夫妻。"

慕殇宠爱的弯弯酱："咦，你知道我和我老公吗？"

"我在你们区有朋友，他们跟我说了你们的故事呢。"

慕殇宠爱的弯弯酱："啊，那你可能对我印象不太好吧，毕竟某人看到我和她前夫在一起，心理不平衡呢。"

慕殇："老婆，不说了。"

慕殇宠爱的弯弯酱："为什么不说？离开你以后，她能找到最好的 CP 也就是冷月了。然而，冷月也看清了她，失望地离开了。一个人玩游戏可能太寂寞，她才发病乱杀人吧。"

周围钓鱼玩家的八卦雷达竖起，都好奇地问是谁，求科普。

她说其他话我没什么感觉，提到冷月，我有些忍不住了："我和冷月好得很。"

"好什么好呀，一合区他干脆不上线，被你树敌无数吓跑了吧。"

我打算换条线避开他们。但刚点了切线按钮，有人在当前频道又发言："我去，邂逅偶像。"

我停了一下，看见轻寒微雨中的酒家前，一个极其醒目的青年迎风而立。他穿着一身黑色华袍，一绺白发遮住单侧眉角脸颊，眉宇英气，其间有隐隐的笑意，水墨腾龙在他周身旋转飞舞，让他看上去像误入烟雨桃源中的天下霸者。

慕殇宠爱的弯弯酱："哇，寒大佬。"

慕殇："走吧老婆，这个地图很无聊。"

一川寒星骑上玄龙，玄龙比人大了三倍，顷刻振翅而飞，却没把他送到太远的地方，而是停在了我面前。他下了龙背，头顶上冒出一句话："翩翩，听说你要当我的女人？"

我揉了揉眼睛，不敢相信他会来参与这个话题："……你觉得可能吗？"

一川寒星想要与你进行双人动作：壁咚[1] 接吻。是否接受？【是】【否】

---

1. 壁咚：网络用语，男性把女性逼到墙边，单手或者靠在墙上发出"咚"的一声，让其完全无处可逃的动作。

这条系统提示吓得我手一抖，差点就点了"是"。我拍拍胸口，平复了自己的情绪，想到可能是他点错了，于是静等提示消失。然而，提示消失以后，又一个对话框弹了出来。

一川寒星想要与你进行双人动作：壁咚接吻。是否接受？【是】【否】

这下我真的蒙了。虽然从某种意义上来说，我也算看着他从小魔头长成大魔王的凤舞姨母了，但我开大号遇到他都尚且会有些害怕，更别说开低战小号第一次面对他的这种要求……我有些担心他抽风开红，又装了一次死。结果提示消失后，他试了第三次。

这次我不犹豫了，点了"否"。

以前从未见过他撩妹，他现在是没对手了所以无聊了吗？

当一个男性人物邀请女性人物做"壁咚接吻"双人动作的时候，会有一个走上前来想推女生的动作。如果女生不给答复，这个动作就会一直暂停到请求结束。如果女生拒绝，就会推开他躲到一边。因此，周围的玩家都知道我们俩在干什么，也都很震惊。

"噗哈哈哈哈哈哈哈！！不敢相信，寒老板是被拒绝了吗？"

"寒老板说，佳人翩翩，你成功引起了我的注意。"

"《万界服霸爱上我》，各位写手安排上。"

一川寒星想要与你进行双人动作：壁咚接吻。是否接受？【是】【否】

我再次点了"否"，纵身一跳，飞到了湖面的小船上。风鸣两岸桃花叶，月照满湖孤木舟。我落在了船头，有了一种犯人蒙赦的舒缓，坐下来继续钓鱼。但不到三秒，一个黑色的身影跟着飞到了我的身侧，也在船上坐下。

"你可以离我远一点吗？"我扭了扭镜头，我人物的头也跟着扭向一川寒星。

一川寒星说："理由？"

"我有 CP。"

"那不介意再多一个吧。"

【世界】狗仔十八号：万界新华社记者为您在线播报，现在在仙乡小镇 4线，佳人翩翩和一川寒星大佬正在湖西侧的小船上私会。

【世界】雷雷雷雷雷：不是吧！！我失恋了……我的男神啊啊啊啊……

【世界】清爽甜心：哈哈，我就知道 P 图女不会放过任何一个抱大腿的机会。

"介意。"我憋着一口气，努力保持着礼貌。

一川寒星说："那先当朋友好了。"

我没再回复，直接切换地图躲开了。打开私信箱，我发现冷月一天都没上线，于是发了一条离线消息给他："暖月月，你去哪里了啊……今天活动都没见你上呢。"

结果我没等到冷月上线，只等到了一个请求：一川寒星请求添加您为好友，是否同意？【是】【否】

九瓣桃花

我大号都没有一川寒星的好友，这个请求实属意外。化敌为友感觉不赖，我有些想通过。但我现在并不是凤舞翩然，而是他刚才试图撩的妹子。想想冷月的感受，我也就忽略了这则消息。

不过五分钟，我被 ABCC 拉入组队。

【队伍】美人爆爆：翩翩，算我求你了，我好想爬塔 100 层啊，100 层塔首通送的武器外观太适合仙念了，我想要！带我带我带我！！

【队伍】云备胎胎：是的呀，翩翩，可怜可怜我们吧……

【队伍】佳人翩翩：我也想爬 100 层，但以我们目前的战力，找操作手打也只能过 40 层。爬 100 层要雨哥雨姐帮忙，再加一到两个十万以上的灵羽或魔道，带两三次，一般都要收费的，我们不太好麻烦他们。

【队伍】美人爆爆：没事，我们会找人来带的！只要你同意就好！

【队伍】佳人翩翩：嗯。

我又打了一句话："爆爆，爬到 100 层是不可能的。要不你们等等我，我叫暖月月来帮我们看看，有他在，有可能可以过 50 层呢。"还没发出去，我就看到了如下提示：

大官人加入队伍。

一川寒星加入队伍。

【队伍】佳人翩翩：？！

【队伍】大官人：晚上好啊小美人们，一起来一场快乐的爬塔之旅吧。

【队伍】美人爆爆：好的大佬！谢谢大佬！

【队伍】云备胎胎：谢谢寒男神和官老板，太感动了……

【队伍】大官人：别客气，我会对你们的终身"幸"福负责到底的。

【队伍】一川寒星：不好意思各位。我这个兄弟，十年前为了救我，脑袋被门夹了，从那以后我走到哪儿都得带着他。

【队伍】大官人：……

秉着无功不受禄的原则，我想拒绝。但看她们俩这么兴奋，退组难免抱愧，我只能先探探情况。

【队伍】佳人翩翩：谢谢两位大佬，请问是本人吗？还是操作手呢？

【队伍】一川寒星：本人。私聊。

【私聊】佳人翩翩：请问这是有偿的还是无偿的呢？

【私聊】一川寒星：有偿。

原来如此，我松了一口气。

【私聊】佳人翩翩：那麻烦寒老板发一下支付宝账号，带完以后我转账给你。

【私聊】一川寒星：不用支付宝，你加我微信。

他把微信号发给我，账号是YICHUANHANXING5588，应该也是游戏专用微信。我加了之后问他多少钱，他说带完再说。

大官人在队伍里开起了语音，和爆爆、胎胎聊天。一川寒星没说话，只是默默清怪。不愧是全万界输出最高的男人，每打过10层就会出现boss层，他打boss层跟打普通小怪层一样轻松。

【帮派】美人爆爆：你们知道我们在跟谁组队吗！！一川寒星！！

【帮派】清书：我看你现在就该去睡一觉，梦里什么都有。

【私聊】美人爆爆：翩翩，现在是不是不能说出来你跟寒老板是朋友的事？

【私聊】佳人翩翩：我和他不是朋友。他可能就是听了传闻，以为我是他的小迷妹吧。

【私聊】美人爆爆：你又想骗我！他可是一川寒星啊，在这个游戏里一川寒星的迷妹一万个都有了吧，怎么可能专门照顾你一个人的感受？刚才他都说了，要带我们爬100层可以，但得带上翩翩。翩翩呀，你真该早点离开慕殇这个渣男。离开他以后你多幸运，先是雨哥的热烈追求，后是冷月的陪伴，现在连大魔王都对你感兴趣，幸福死你了！以后多贴点照片，泡到大魔王，让慕殇渣后悔去！

我才想起这个号的空间里还有很多前号主的照片。前号主头发好，皮肤白净滋润，气质有种少女和女人之间的温婉，胸和屁股不大不小挺得刚刚好，穿着没有金钱的堆砌，却散发着刚完成发育的浓郁吸引力。可能女生看了不是很能get（抓）到她的魅力点，但男生应该都很喜欢。只不过这个人是一川寒星，还是让我有些意外。毕竟爱慕他的高战美女真的不少。16区金乌啼霜的榜一就曾经在战场上对他"一见钟情"，开着小号来北界向他告白。那个妹子的空间头像是黑裙黑发瓜子脸，冷艳撩人型的美女。她发了个喇叭，大致意思是只要一川寒星跟她组CP，她就卖了大号来这边买个佛月，专心当他的绑定奶。

他的回应只有一句："我不需要奶妈。"

世界上当然是一片吃瓜好光景。还有人起哄说："不要怪我KY[1]，但这年代还有人不知道寒哥好鬼炼妹子这一口吗？妹子，奶妈太没挑战性了，要追寒哥就转鬼炼啊。"

事实证明，一川寒星不是不撩妹，只是不喜欢那个类型。对他来说，战力也不重要。

突然，一个坏点子从我的脑中冒出：如果前号主同意，要不我干脆不删除照片，用她的身份继续玩下去，帮她和万界第一大佬组CP，完成她的咸鱼翻生，再公布其实号早换过人的真相，是大魔王的爱召唤回了以前的佳人翩翩，新的翩翩和冷月是一对。如果这个计划顺利实施，我卖了前号主人情，再把雨姐的号收了，一川寒星和前号主也顺理成章成了我方势力人物……计划有点疯狂，但不是不可实施的。

---

1. KY：网络流行词，意思是没眼力见，不会按照当时的气氛和对方的脸色做出合适的反应。

在一川寒星和大官人的带领下，我们全程挂机聊天，首通 100 层就像喝水一样容易。付费请榜一干活的感觉也还不赖嘛。爆爆和胎胎快高兴疯了，在语音里尖叫起来，还刷起了喇叭。

【喇叭】美人爆爆：谢谢寒老板、大官人大佬带我们爬 100 层塔！感动！！感恩！！我终于有这个【武器外观：清音长风】啦！

世界上大片羡慕之声，但也有酸溜溜的言论。

【私聊】佳人翩翩：寒老板，我转你多少钱呢？

【私聊】一川寒星：到时候再说吧，先活动。

五神之战即将开始，我三开着我、冷月和雨玲珑的号，计划用自己的号组冷月，用雨玲珑的号组勿忘。PVP 地图上挤得像沙丁鱼聚集的海域，各种金色紫色强化特效闪得人眼花缭乱。准备的时候，我收到了一条私信。

【私聊】勿忘：翩翩，一川寒星为什么带你爬塔？你告诉他你大号是谁了？

【私聊】佳人翩翩：有偿的。雨哥，为什么你老说我有大号？

【私聊】勿忘：你这个号前号主不弄战力，空间记录除了自拍、秀恩爱，就是秀时装。虽然我没和她说过话，但她和美人爆爆、云备胎胎日常浪世界，浪了一年，说话三句不离慕殇，名字还是很眼熟的。你刚来的时候我以为你是被打击了才不讲话，直到你转鬼炼，我就知道了，凤舞翩然买这个号。

【私聊】佳人翩翩：欸，光看转鬼炼就能看出是我吗？

【私聊】勿忘：当然不是，战场那天我觉得你的打法很眼熟，因为你玩你大号的时候最喜欢站在敌方阵营左右两侧出口蹲人头，一有人出来你就会闪跳，走位的方式也完全一样。你转了鬼炼以后，我想到你来的那天就申请过怒战王朝，刚好那天是二号，也是凤舞翩然卖号的第二天，我一时好奇就去易游网上搜了一下凤舞翩然的 ID。我之前拍过一次你的号，没有买。但拍下时能看到你 ID 的第一个字母、最后一个字母和链接。我点了链接一看，有你购买天地桃源奶妈号的记录，你没隐藏。

我上易游网看了下自己的账号，果然隐私设置里没有勾选，赶紧把它改成了交易记录只有自己可见。

【私聊】佳人翩翩：雨哥，柯南啊。

【私聊】勿忘：只是留意自己的女神而已。

五神之战即将开始，冷月的号突然被顶了，我赶紧发了消息给他。

【私聊】佳人翩翩：暖月月你今天很忙吗？一天都不在……

【私聊】冷月：想我了吗？

【私聊】佳人翩翩：想。

【私聊】冷月：我也很想你，明天开始我会多陪陪你的。

【私聊】佳人翩翩：好啊好啊。

【私聊】冷月：今天合区了吧，发生过什么有趣的事吗？

我用最快的速度把今天发生的事都告诉他，包括一川寒星看上了我的前号主，还有我的一系列神之计谋。

【私聊】冷月：所以，你想撮合一川寒星和前号主？因为你觉得一川寒星喜欢前号主的照片？

【私聊】佳人翩翩：对，这样就顺利搞定了服霸大佬和若如初见不是吗？这主意是不是棒呆了？

【私聊】冷月：很棒。我的翩翩机智又可爱，真不愧是我看上的女孩。

【私聊】佳人翩翩：嗯！暖月月，明天开始我跟一川寒星的对话我都会发给你看的，你是男生，知道什么话更能吸引男生，你也帮我想想办法哦。等我拿这个号跟他结过婚了，我再把号偷偷还给前号主。

【私聊】冷月：可行，但你现在先别告诉前号主这个计划，等我觉得时机 ok 了再说。

【私聊】佳人翩翩：好，都听你的。不过……我们这样对一川寒星好吗？他如果知道是我们俩在搞鬼，会不会觉得被骗了？

【私聊】冷月：不会，男人看上女人的颜以后，才不会管皮下是什么人。

【私聊】佳人翩翩：那……那你呢？你喜欢前号主那样的吗？

【私聊】冷月：我喜欢你这样的。

【私聊】佳人翩翩：你又没见过我。

【私聊】冷月：你现实里长什么样我不关心，也管不着。但在这个虚拟世界里，我不认别的女生，只认你一人。

他这样回复我，我觉得有些放松，因为他和我一样不支持奔现；又有些伤感，因为我们都决定了要开始一段注定没有结果的感情。同时，我又有一些狐疑——通常情况下，一口咬定绝不奔现的男玩家，多半现实都是有主的。

【私聊】佳人翩翩：暖月月……你不会现实已经结婚了吧？

【私聊】冷月：我没有结婚。但即便你现实有男朋友或老公，我也不介意。游戏是游戏，现实是现实，我懂分辨的。所以你尽管放轻松吧。

和他又聊了几句，五神之战开始了。我开着两个号错开打。北界的妖魔鬼怪多，和冷月这一队胜率可能只有一半。勿忘那一队战况也不怎么好，因为初始积分高，匹配到高战队的概率非常大，开局就被红衣队、大魔王队捶了三次。更倒霉的是，我和冷月的队还遇到了大魔王队。开打以后，一川寒星几个技能丢下来，我周围的人陆续躺在了地上。冷月直到死都全程站着不动。看得出来，排到一川寒星他也很绝望。最后他们都死了，就只剩下我一个人还活着。我本以为他又想用普通攻击秒死我，但这一回他久久不下手，站在我面前一动不动，他们队的其他人也没动，有死机断网之吉兆。我蹑手蹑脚地走过去，对一川寒星使用了一套连招，伤害自然是美丽的：MISS（未击中），MISS，MISS，1，MISS，MISS，MISS……

一川寒星说："翩翩，你的命中可以提一下了。"

我说："……你没死机？"

大官人说："为什么老寒撩妹，我们要在旁边围观啊？"

"我在直播呢，寒哥，让四千三百多号人看到真的好吗？"无哥的号又是主播上的。

一川寒星说："重新打打看。"

我又对一川寒星使用了一套技能，还是 MISS 过半，但只要命中，就能打掉他一些血了。我点开他的面板看了看，原来是把装备全脱了，可是他的战力依然有十一万八。

【队伍】云备胎胎：翩翩，要不然咱们还是停手吧……你这样一直打寒老板，我总觉得背上凉凉的。

【队伍】美人爆爆：是啊！他才带过我们，你这傻丫头在干吗呢！

【队伍】冷月：打死他，然后私聊谢谢他就行了。@佳人翩翩

【队伍】佳人翩翩：哦，好，听暖月月的。

就这样，在八个人的围观下，我磨了整整两分钟。这两分钟里，对面还在欢乐地聊天。

无哥是我说："0-9[1]等下去刷 2V2？"

大官人说："不是说好不提 0-9 吗？"

一川寒星说："0-9 这事怕是要说到关服了吧。"

无哥是我说："寒哥你不厚道。官老板不是说了不要提 0-9 吗？我们真的不会再提 0-9 了，再提 0-9 就不厚道了，怎么能老提 0-9 呢？"

大官人说："格老子！梁小邪你是不是欠打！"梁小邪是这个大主播的名字。

无哥是我说："那 0-9 等下去刷 2V2？"

大官人说："不去，我要刷战场。我又没输出，周一不努力，周末做弟弟。"

"寒哥去吗？"梁小邪不打字改换了语音，是那种很有朝气的少年音。一般有一川寒星在，他都会故意跟直播间的粉丝透露出这个信息。

一川寒星说："不去。"

"第一次叫寒哥打架他不去，今天是什么日子？无无，你也第一次听说吧？"梁小邪开始跟他直播间里的无哥号的正主还有粉丝们互动了，"你们不知道，上次寒哥脱了几件装备跟我切磋，我俩胜率五五开吧，他一直邀请我打，打了不知道几十次，反正中间我撑不住了，换了另外两个操作手来上无无号和官老板号，我们三个轮着跟他打了四个多小时，从十点半打到两点半，后来是他俩受不了了，我们才休息的。无无，那天你在，你记得的吧？我一下播，贴着枕头立刻就睡着了，寒哥还不尽兴的样子。"

大官人说："老寒就是雄性激素分泌过度，这是病，得治。"

一川寒星说："小邪，那天我精炼特技没排好，明晚再找你试试。"

梁小邪笑了两声说："寒哥今晚有重要活动，我懂的。"

一川寒星说："嗯。"

---

1. 0-9，指 MOBA 的比分，0 斩 9 死。

"好的寒哥,明天你来了就叫我,我随时开播。哎哟,无无不要再叫官老板 0-9 了,再叫他要怪我了。好好好,给你们开个抽奖,封口费封口费……"

至此,我总算把一川寒星打死了,另外几个人也脱了装备给我打,速度就快多了。当金色大字"胜利"出现在屏幕中央,同时有一行红色字的全区公告出现:斗志昂扬!佳人翩翩队伍终结了大官人队伍的 11 连胜!

之后,我们又在五神之战遇到了大官人队一次,还是他们全程送分。其实吃分吃得很不好意思,但冷月坚持要我这么做,说这才是泡到大魔王的绝技,我也只能听命。

半个小时的活动终于结束,我捏了一把冷汗,总算没遇到他们第三次。

【私聊】佳人翩翩:谢谢寒老板送分。

【私聊】一川寒星:不谢。你这周副本还没清吧,我带你去打副本。

我截了图转发给冷月看。

【私聊】冷月:跟他说:"男神谢谢你,我好开心呀,你怎么这么棒,对我这么好呢,亲亲,么么哒……"

【私聊】佳人翩翩:好肉麻,说不出口……

【私聊】冷月:快去。

我把这段话复制给一川寒星后,只感觉自己要吐了。真的有女生会这么说话吗?直男的思维真是让人难以理解啊。

【私聊】一川寒星:么么。进组吧。

他邀请我进组,队里只有我们两个人。我跟在他身后,朝精英副本 NPC 走去。这一路上,只要是从我们身边路过的玩家,都会停下脚步看一看,或干脆跟在我们身后走一小段。进副本后,清本速度当然是极快,我也就象征性地跟着打打。每次打完一个 boss,都会看到如下提示:

一川寒星放弃了 [诛天链]。

一川寒星放弃了 [血影珠]。

一川寒星放弃了 [明光铠]。

…………

【队伍】佳人翩翩:欸,寒老板,你为什么要放弃啊……我就是个小号,随便玩玩而已。

【队伍】一川寒星：给你留着。

【队伍】佳人翩翩：谢谢，不过你需要的就不要放弃啦。

【队伍】一川寒星：需要翩翩，我就不会点放弃。

【队伍】佳人翩翩：这时候还撩妹。

这时刷到副本最后一关的天谴妖虎，我专心打字的时候不小心挂了。

【队伍】佳人翩翩：好吧，妹已经被妖虎啃死了。

【队伍】一川寒星：在角落里等。

接着，我躲在角落里，看他单挑 10 人精英副本里的终极 boss。也就一分钟完事，所有东西归我。原来躺本这么爽。打完以后，一川寒星说他睡了，人物站在副本 NPC 旁边不动。一个玩家路过，在当前频道说了一句："偷偷脱掉装备，来跟一川寒星大佬合个照……"让我乐了半天。

脱了装备才合照，是因为被玩家杀掉有概率会掉装备。以前一川寒星刚到北界之巅时，很多人不服他，跟他在野外开红打架。他走位非一般骚，还经常一个魔刃绝灭把目光所及处所有人都杀光，很多生活玩家都对此有阴影，但久而久之也就习惯了，被误杀也不吭声，等一川寒星和敌对杀完了，再默默复活继续钓鱼砍柴。

开开心心地睡了一个晚上，第二天起来，我正打开电脑准备登录游戏，接到了叔叔的电话，叔叔的声音听上去很焦虑。

"翩翩啊，看守所的人说你爸爸在里面高血压犯了，叫我们给他送药过去。虽然听上去像故意说的，好逼我们拿钱出来，但我总是很心慌。那个，石天的人问，你妈妈现在是不是还在美国？"石天就是专门针对我爸的公司。

"让他们死了这条心吧。我妈和我爸已经离婚那么多年了，她有了新的家庭，是不可能为前夫掏一分钱的。"我咬牙切齿地说道，"你们也不要去联系我妈，不要打扰她的生活。"

"哦，好吧……翩翩你现在一个人生活，好好照顾自己。"

"叔叔你放心，我很好，一点问题都没有，没人打倒我。"

挂了电话以后，我抱着头在键盘前深呼吸了许多次。爸爸高血压犯了……万一是真的，那该怎么办？他一向脾气急躁，我好怕他在里面吃苦，身体受不了……

我晃了晃脑袋，让自己保持冷静，打了一个电话给奶奶，嘘寒问暖了一阵子。奶奶是聪明的女人，但对于爸爸的事，她还是无法沉住气：“翩翩，你爸爸怎么最近都没给我打电话呢？”

“奶奶，爸爸没事的。”我擦掉眼角溢出的泪水，尽量不暴露自己的鼻音，“他不联系你是因为他还在处理公司的事。你知道的，爸爸做事就是这样，如果他没有把握，就不敢联系你。”

“我就知道你爸那边有事。有好消息他都第一时间汇报给我。其实有什么关系啊，我是他母亲……翩翩啊，你可千万要照顾好自己，不要被这件事影响。就像你说的，妈妈不在身边，你还有你爸呢。我们都相信他能做好的。”

“奶奶您就尽管对我们父女俩放心吧。”

我笑嘻嘻地挂了电话，蜷缩在了转椅上。

我最喜欢的季节是夏天。但现在看着窗外，阳光只是虚伪的面纱，把所有尘埃、旧梦、悲痛，都灼烧成了短暂的金色。等金色散去，剩下的无非是灰烬。打开淘宝帮奶奶买了一些保健品，结算时看了看购物车，里面的大部分商品都是去年勾选的。我清理了不需要的商品，往下拉的时候看到三个连在一起的商品：五份五斤的环保炭、安眠药和红葡萄酒。感觉心里忽然被掏空。

“杜寒川，从现在开始，我要每天锻炼一个小时，你知道为什么吗？”高中时，我曾经这样对杜寒川说。

“嗯？”

“因为我要锻炼身体，要活到一百岁。你知道为什么吗？”

“你怎么这么多为什么，因为你想修炼成老妖婆。”

“才不是。因为如果我三天画一幅画，接下来的八十四年里就能画一万多张画。我从这一万多张画里挑出最好看的一百张拿去发表，你说，我会不会变成当代达·芬奇？哈哈哈！”

我不记得当时杜寒川说了什么，就记得他一脸宠溺地笑着，把我的头发揉成了一团，把我的发夹都揉掉了。

看着淘宝购物车里的商品，我不敢相信自己居然想做这种事。

前年年底，爸爸的公司——辰康科技有限公司陷入了债务危机，当时我并没有太当回事。因为靠画画的收入，我已经可以完全经济独立，不再依赖家里。但年底的时候，我收到了法院的通知书，莫名其妙被追加为执行人，情况就变得越来越糟了。被追加的原因是我是辰康的股东，六年前公司注资了1.2亿的项目，只是为了给公司过一笔账，我占公司49%的投资股份。但最后我并没有真的投钱进去，等同于做了虚假注资，需要履行偿还所有债权人5880万元的义务。

六年前我才十六岁，完全不知道这件事，等找到文件，才发现笔迹是爸爸的。当时他忙于工作，这份协议是辰康副总也就是我叔叔给他的，他代签了字，叫叔叔去注资，只是为了给公司过一笔账。叔叔觉得既然只是过账，就不用转那么大一笔资金，所以没有真的去办。结果，这么久远的一份文件，被爸爸最大的民营债权人找了出来，并以此起诉我，要挟爸爸最先偿还他们的债务。

民营企业都有债权人，债权人大部分都是国家。这是政府为了发展经济给企业家们的福利。这家公司曾经也是国企，但前些年转为私营企业了，资金链断裂，所以开始满世界讨债。前几年辰康的境况一直不好，直到这两年才稍有好转。然而苗子还没长出来，他们就迫不及待地来收割，当然收割不出什么东西。

如果我想摆脱这5880万的债务，要么起诉工商局，要么起诉爸爸。我当然不会选择后者，就跟家里人去起诉了工商局。但起诉无效，因为签字时间已经超过了五年。走投无路的情况下，爸爸暴跳如雷，对这家债权人公司的负责人拍桌子大吼："我女儿还在上大学！她的人生才刚开始，你们还是不是人？！"

"郝总，我们理解您作为父亲的心情。只要履行了你们的义务，这事自然就和令千金没有关系了。"

"问题是我现在拿不出钱来！现在你把我杀了去卖也没这么多钱！企业运营、产品变现是需要时间的，你们不给时间缓和，我怎么还！"

"很简单，把公司债务转为私人的就好，用您的房产、车产、个人资产做担保。"

那时候我还没被击垮，坚持认真读书、画画，告诉自己，你可是郝辰的女儿，是有狼性的女子，不可以被这点小事打倒。因为有那种越挫越勇的精神，还开始准备英语专业四级和准精算师的考试。但才全力备战不到两个月，外公因心肌梗死去世了。于是，我第一次参加了亲人的葬礼。那天的心情太沉痛，以至记忆也变成了碎片。只记得纸钱在寒冬里与雪花混在一起飞舞，唢呐声里泪痕在脸上被风刮得刺痛。看着我长大的外公被推入火化炉，出来的时候只剩下一小团白骨，我第一次知道，原来骨灰并不是一团灰，而是白森森骸骨的碎片。回家以后，我的双膝痛得不得了，卷起裤脚才看到一大片深紫淤青。半天才想起来，这是外公被推进火化炉之前，我和妈妈、小姨、舅舅一家人跪在地上用膝盖前行磕出来的。但当时全家人的心都碎了，我竟没有感觉到一点痛。

葬礼结束后几天，妈妈对这片国土更加没有了牵挂，很快回了美国。也是那几天，郑飞扬跟我说："我们暂时分开一段时间吧。"因为我消极成一团烂泥，扶都扶不上墙。现在是家里最需要我振作的时候，他没办法忍受我如此不成熟的样子。我说："我外公去世了，你要我开开心心的？"他说："外公是你妈妈的父亲，不是你的父亲，你不应该把心思放在丧事上，应该多关心一下你爸爸。"我说："我们三观不合，不用暂时分开了，永远分开吧。"他说："ok。"

一个月后，他找我求复合。那个时候我已经放弃考证了，每天打打游戏，画画练手，状态有点飘。也不知怎么的，糊里糊涂地就同意了。

四月初，我在超市买东西，结账的时候银行卡用不了，打电话问银行，果然是因为官司被冻结了，里面有82万存款——因为我，爸爸签下了用个人资产担保公司债务的不平等条约，但对方出尔反尔。我赶紧联系到中学时照顾我的保姆姐姐，跟她说想借她的名字开个户，把自己小金库里的600万存款全部提成现金，并存了一部分在她的银行卡上。但那家公司让法院寄通知书给出版了我画册的出版社和大学，查封了我所有的稿费和奖学金。

因为这份通知书，我人生的第一次签售被取消了，《画笔尖的灵魂——

郝翩翩五年纪念画册》也取消了出版。因为这些消息，原本打算签我作为首席游戏 CG 图画家的游戏公司放弃了与我的合作。正在发行中的第三本画册的发售渠道从以前的八个变成了一个，还是网络小渠道，地面发行全部取消。

很长的几个月里，我每天晚上都是哭着睡去。记得有一天早上，我看着镜子里眼睛肿成核桃眼泪还不住地往外流的自己，只对自己说了一句话：郝翩翩，你记住现在有多难受，如果有一天你能渡过这一关，你一定一定要比任何时候都珍惜你所拥有的一切。

但不管背后如何痛苦，在爸爸面前，我一直都是一副无所谓的样子。因为我知道，他看上去比妈妈强悍，貌似家里的顶梁柱，其实压力是最大的。从前妈妈不开心了，她会说出来，但是爸爸只会向家人展现最无坚不摧的一面。而现在失去了妻子的支持，他的精神意志也快崩溃了。

"是我对不起你母亲。"他曾经垂头长叹道，"我连一个丈夫的责任都没尽到，更别说做大事业了。活该啊。"

从收到法院通知书，到收到法院执行书，到银行卡被封，到连飞机火车都不能坐……到去年六月十七日，发现自己银行卡上的 82 万被一口气划走，我终于崩溃了——那都是我辛辛苦苦创作得来的稿费，与辰康毫无关系。于是，我只能用提出来的现金和存在保姆姐姐卡里的钱度日。

但这并不是最低谷。去年九月，爸爸因拒不履行合同被带到了看守所，直到现在也没有出来。家里人说愿意配合还款，只要把人放出来就好。石天负责人说，除非一口气还清 5.3 亿债务，不然不考虑庭外和解。经过交涉，他们把要求降低到了 4.2 亿。因此，家里人想帮忙，也爱莫能助。

妈妈在国外，爸爸失去联络。这个世界只剩下我一个人了。

去医院查出自己有抑郁症之后，我向学校提交了休学请求，专心蹲在家里打游戏，渐渐地感到麻醉，也不那么痛苦了。

我依稀记得自己打游戏花钱如流水的日子里，保姆姐姐曾经打电话来问过我，为什么银行卡上出去了那么多笔 648 元的开支，我说是拿去打游戏了。保姆姐姐很担心地说："翩翩你要挺住，家里需要你，不要再乱花钱了，你成熟一点呀。"我说："我的其他存款和辰康一点关系都没有，还不是被抢劫似的划走了，不如我自己用了算了。"她说："那等你把钱全用光了怎么办？"我笑了笑说："我赚不到 4.2 亿，他们甚至不让我赚钱还债，没钱了就烧炭好啦。"当时保姆姐姐急得都快哭了，多次阻止我的上头行为，但似乎又没有立场说我，毕竟巨额的债务确实是无力偿还的。

我早过了情绪起伏最大的阶段，不管别人怎么教训我，都没有用。因为，不知从什么时候开始，我渐渐地忘记了这个世界是什么样子的。

郝翩翩是谁？我不认识。

偶尔路过镜子，里面的女生是谁？我不认识。

孝敬家长、极端自律的女儿是谁？我不认识。

被万千粉丝追捧的知名画家是谁？我不认识。

曾经和男朋友兴致勃勃地讨论几时结婚、几时生子的快乐小女生是谁？我不认识。

我只知道，我的人生原本是一座不断加盖的大厦。而后大厦轰然坍塌，只剩下一片废墟。我那仅剩的几百万存款，是冬季街头小女孩手中最后剩下的几根火柴，每点燃一根，就能让我多看到一些充满希望的幻象。幻象中，我只剩下一个身份，凤舞翩然——在那个世界里，我可以当一只涅槃的凤凰，振翅高飞。

在那个世界里，没有人同情我、嘲笑我、忘记我，或因为命运用响亮的耳光把努力拼搏的我打入沼泽而无限唏嘘。在那个世界里，我是一个强大的人，可以去帮助需要我的人，去拯救被强大势力欺压的人。我可以当一个改变自己甚至其他人命运的人。哪怕每次关掉游戏，世界依然只留给我死一般的寂静与绝望，但只要休息够了回到《桃花万界》的世界，我就会强烈地感到，我还活着。

把电话里的事抛到脑后，回到游戏里，帮里的朋友告诉我，我上贴吧818了。帖子的标题是《桃源心机女王中王怒抱万界第一腿》。

北界之巅和天地桃源合区前，我们谁都以为像天地桃源这种鬼区应该分分钟就被北界吞没。没想到鬼区虽鬼，却盛产奇人。女主角呢，就是各种奇人之一的心机女王中王。我们就简称为王中王吧。王中王之前就是腥风血雨体质，她发的818帖通道在这里——《永别了，已经是别人老公的你……》。

看过上面这个帖子，你会发现，女主角原来早就有过一段情感大戏。但天地桃源鬼炼榜一这种合了区就掉出总榜前十的穷酸鬼炼，能满足她的求关注欲吗？不可能的。所以，虽然王中王和凤舞翩然名字里都有一个"翩"，走的却是和翩神截然相反的路线。男巨佬，不是她的战略目标，而是攻略目标。

这目标说出来都会笑断大部分吃瓜群众的头，毕竟她只是一个穷酸绿茶王，自己连个高战号都没有。但平心而论，虽然照片靠P，虽然穷，虽然是农村出身，虽然空间里照片中的衣服都是29块的淘宝打折掉线头爆款，但王中王是一个考试疯狂挂科的大学生，她有的是野心和时间。有了这两种东西，距离凤舞翩然，她差的也就只有几百万了。

其实，在一川寒星之前，王中王虽然因绿人被反绿，但也再次通过无限修图，成功博得了一个冷某小哥哥的青睐。通过小哥哥的人脉，她勾搭上了雨玲珑和雨勿忘，成功实现阶级跨越，进入了第一帮，并且成为史上最敬业的免费代练婢，嫖到了雨玲珑的号。冷某小哥哥战力和她一样高，按理说两个人应该是天造地设的一对，怎么他俩就迟迟不结婚呢？

原来，她看上了天地桃源的第一奶爸，榜一的男人。如果没有合区，可能雨姐难免得感慨一下："要想生活过得去，头上……"但撞上了合区，第一奶爸也不能满足她。所以我们要说的正题来了。

这一回818的男主角是你们想都想不到的人，说出来都会吓傻各位，你们酝酿一下。

我说了哦，这个人就是——一川寒星，寒老板。

惊不惊喜，意不意外？

这个打破凤舞翩然一年神话的男人，打开《桃花万界》全新时代的男人，开创"回旋输出流"的男人，永远只会出现在打架帖里的男人，这回上了情感818，而且绯闻对象还不是翩神，而是这位心机女王中王。我们前面说过，王中王是个有抱负的王，她早就在天地桃源模棱两可地放过话，要成为全服第一的女人。这句话也成功在合区之后，被她的劲敌刷喇叭公告全区了。劲敌恨得咬牙切齿，却不知道，她早已为王中王抱上万界第一腿做好了嫁衣。

大魔王：女人，你成功引起了我的注意。

王中王：计划成功。

第一楼还算与实际情况有点相似，后面发的全是乱七八糟的杜撰剧情。我查了一下，楼主是红衣教的帮众，贴吧 818 常客，和风雨盟的几个八卦妹妹关系不错。在她的带领下，评论里出现了很多跟风评论，例如：

"为凤舞翩然不值，她才是和一川寒星配的人。"

"不配，一点都不配！！"

"原来寒老板吃死缠烂打这一套，早知道我就脸皮厚一点了。"

"大老板们的眼光还真的都是挺"谜"的……可能漂亮又厉害的女人见多了，腻烦了吧。"

"怀念凤舞翩然小姐姐。"

…………

此时游戏里世界上已经乱成了一片。

【喇叭】夏日凉：哈哈哈哈哈，心机女王中王戳我笑点了！捶地！

【世界】宁小白：凉凉我看你还是少说几句，免得某位代练婶上了雨大佬的号，要你好看哟。

【世界】清爽甜心：雨玲珑虽然自以为是了一点，但也不像某个 P 图女吧。哕。

我点了仇杀令，追过去看到夏日凉、宁小白、清爽甜心三个人居然是待在一起的。很好，省得我跑来跑去。我直接杀了宁小白，然后开红把另外两个杀了，又到复活点去虐她们几次，送她们上电视。她们三个在原地躺着没动，我正准备去追击弯弯酱，忽然有一道身影从天而降。京城外风声猎猎，乔木如烟，一个紫衣男子从城内十里红楼处飞过来，自带毒刃特效，头上的红名是：慕殇。

十瓣桃花

　　慕殇一个俯冲奔向我，用毒刃对我进行四连击，透明的身形看得人眼花缭乱。我连跳两次闪躲攻击，解控切宠，为自己回血，上 buff，飞下去对他打了一套连招，伤害极小。他反击，被我闪躲打空，我再跳了三下，躲到了树上，等 CD[1] 过去，再度下去对他丢三连击，却被他反手控住，一套连招打空我的血。我进入红屏状，听到了溺死的心跳声。刚好解控 buff 时间到，我解开了以后猛拍键盘跳跃键，奋力飞起，精准地落在细细的枝丫上，嗑了一波回血药，总算逃过一劫。

　　慕殇也跳了几下，但枝丫太细，他站不住，两次都是上来又掉下去。这里是个 bug 点，用俯冲技能打我，他只能打到树干。

　　慕殇说："你不是牛 × 得很吗？躲什么？"

　　慕殇宠爱的弯弯酱说："没事，老公我帮你。"

　　弯弯酱也跟着来了，帮慕殇把血补满，使用妖秀的远程技能把我从树上震下来。这时夏日凉、宁小白、清爽甜心三个人也复活组队回来了，但还在京城门口，正开着红，以最快的速度朝我们跑来。慕殇两次技能没打中我，弯弯酱

---

1. CD：cool down time 的缩写，指游戏中物品或技能的冷却时间。

帮他减了我的速度，他终于成功把我逮住，又一套连招打下来，我的血线秒降到溺死状态。

忽然，一阵狂风吹来，把城郊的桑树的残叶震落满地。碧溪迢迢，激起惊浪，眼前也有幻影红浪一秒落下，击中了慕殇、慕殇宠爱的弯弯酱，还有刚抵达我们附近的夏日凉、清爽甜心、宁小白。

屏幕中央出现几个水墨字体：劫灰血雨·破！

慕殇还剩20%左右的血，其余四个人全部扑通扑通倒在了地上。红浪瑟瑟颤抖了一下，化作一把血之剑，再度刺中了慕殇。

劫灰血雨·击！

慕殇也应声倒地。

系统公告：真是奇耻大辱！一川寒星使用仇杀令，将慕殇击毙于京城郊外！

公告出现以后，银发黑衣的男人才从天上徐徐落下，挡在我的面前，既有神的仙风道骨，又有一丝魔的恣意邪气。一川寒星追击的人是慕殇，其他人都是开红杀掉的附带品。而那几个人居然都没复活，还躺在地上集体发起了喇叭，态度也比合区前弱了很多。

【喇叭】宁小白：寒哥，你不要理白莲花啊，白莲花有什么好，之前在天地桃源跟慕殇搞不清，还去勾搭榜五，男女关系乱得不得了。

【喇叭】清爽甜心：寒老板看这里，不要理白莲花绿人精了，我们风雨盟的漂亮妹子不要太多，你看看我怎么样？

【喇叭】慕殇：寒老板，你何苦当这个接盘侠。唉。

【喇叭】夏日凉：狗腿子到最后一无所有！你自己臭名昭著就算了，还拖一川寒星下水，求求你照照镜子看看自己，有什么脸玩下去！

【喇叭】慕殇宠爱的弯弯酱：寒哥，这个佳人翩翩真的不是好姑娘。明明有CP，同时跟另一个男生哥哥妹妹地暧昧，还背着CP开小号和别的男生结婚。这样的女孩不值得你为她背负骂名啊……

我本以为一川寒星不会理他们，毕竟以前他的话就很少，刚开始屠城的时候也没少被骂，他从不参与任何骂战。然而我猜错了。他不仅回了，还是用的金色喇叭。话少，人设不崩。

【喇叭】一川寒星：给老子闭嘴。再多嘴狗窝打散。

世界安静了。这几个人也安静了。几秒过后，他们陆续复活，从地图上消失。

周三更新的是七夕主题活动，新时装是牛郎织女。织女装出预览图时，浑身上下就散发着一股"Oh my God（我的天啊），太美了吧，不要省钱了，买它买它买它！"的气质。因此，维护结束后，我用最快的速度开抽奖，用积分换了一套织女装，搭配了一款超显皮肤白的胭脂。如此，发型是双环望仙髻，把星空银河都戴在了头上，发梢上有炫光跳跃，可四季百搭所有古装华袍；衣服是玄绡之衣，披肩是超高级的豆沙色，颇有书香气息；霜罗之帔是雪白云雾的质地，蚕丝带半透明云雾状，还有起伏动态，满满都是仙女下凡的感觉。总之，超大牌，是上官透牵你的手在福家布坊刷卡的款式。

然而，雷驰是法系女玩家的亲爹，很多时装对近战物理系女玩家非常不友好。我穿着织女装跑了几下，丢了几个技能，颇有一种穿着雪白长裙踢足球的违和感……于是，我把跑步切为走路，在京城逛了逛，随机匹配了个一条龙队伍。

【队伍】紫衣：这不是寒老板的绯闻女友吗？

【队伍】佳人翩翩：不好意思，打扰几位大佬了。

【队伍】白衣：翩翩妹子你别退啊，我们对你们区的八卦不感兴趣，不管她们怎么撕，我们其实都挺喜欢你的。

【队伍】紫衣：你还是别叫她翩翩了，叫佳人吧。不然我老想到凤舞翩然这个惹事精，你看好好一个皇族被她搞成什么样了。

紫衣是最晚出现的，一直有意和我作对，现在我都走了还不放过我，真过分。

【队伍】白衣：过去的事不提了。凤舞翩然心还是好的，只是容易坏事。

【队伍】苍雪梧桐：白白说得对，过去这么久，她也卖号了，多说无益。

【队伍】紫衣：雪儿你是不是还觉得你家白白特善良？感觉她就是白素贞了。

【队伍】苍雪梧桐：没错，我就是喜欢她的善良。

【队伍】紫衣：你们俩现实里还没亲昵够吗，游戏里还要亲昵一下？

这个苍雪梧桐就是我曾经的"未婚夫"。我们认识的时间挺长，但每次他想跟我聊生活里的事，我都会岔开话题，只聊游戏。结果我越是回避，他就越好奇，还多次提出要和我见面的要求，都被我岔开话题。他同时提出要跟我结婚，被我多次拒绝依然锲而不舍。后来北界之巅被我们平了以后，我觉得组个 CP 养老也行，于是跟他说："可以结婚，但我们说好仅限线上，不干涉彼此生活。"他说："奔不奔现结了婚再看，咱们也不说死。"

他这一说，我就知道很危险了。但我确实一点见他的欲望都没有，也不好奇他生活里是做什么的，甚至连语音都不想和他开，于是再次坚决地说："我不是奔现玩家，冲着奔现来的话你别找我结婚。"他很想当我的 CP，但似乎又对现实的我充满了幻想，整日郁郁寡欢。我有些不忍，只能说："我虽然现在有钱，但家里是有巨额债务的，如果成为现实男女朋友，我搞不好会找你借一大笔钱，这多给你添麻烦，你说是不是？"

"你在哪里？"

"广州。"为了保护自己的隐私，我撒了个谎。

"哦，我有个朋友和你情况差不多，不过她和你不同城。不过翩翩，你一直以来都如此光鲜靓丽，没想到实际这么不容易……"

这天以后，他虽然还是时常表达对我的爱意，但也没以前那么积极了。我和红衣撕的一个月后，他也退了皇族，刚到红衣教就跟白衣结婚了。没想到这才一个多月，他俩就奔了现，这让我很意外。因为白衣以前特别在意自己的"名节"，连 CP 关系都不轻易确定。

红紫白这三个老朋友很有趣，战力是依次递减，情商却是依次递增的。在北界之巅，没有一个人看过白衣暴怒的样子。她最大的负面情绪也只是冷漠，大部分时间都是笑呵呵的。所以，哪怕她曾经做过非常无下限的事，现在在众人眼中，她依然是个好姑娘。在我的印象里，情情爱爱在她眼里都不是事，她只会做对自己有利的选择。她的野心藏得如此深，藏到任何人都觉得她是被野心家欺负的可怜小宝贝。我以为对她来说，苍雪梧桐和之前与她暧昧的男生都一样，是她上位的棋子而已，结果她居然就这么定下来了。这是妥妥地遇到真爱了。

现在在他们队里待着，我总觉得自己略显多余。正想找个借口溜出去，突然收到一条私信。

【私聊】一川寒星：来一条龙。

我火速开溜，进了一川寒星的队伍。

【队伍】无哥是我：我了个去，今天寒总居然带队了？

【队伍】大官人：一个结婚七次的女人没什么资格对任何事情大惊小怪。

【队伍】无哥是我：你身边网红妹如流水，还敢挑剔我。再说我前夫那种情况没辙啊，他老吃小邪的醋，说我什么都跟小邪说，不跟他说。可他没有小邪可爱啊，也没有小邪的操作，我和他没有共同话题。好在前夫懂事，知道我压力大，就和别人跑了。

【队伍】大官人：小邪小邪小邪，你满脑子都是梁小邪，像你这么依赖主播的老板也是太少了。我看他操作好是一码事，长得像三浦春马才是重点吧。

【队伍】无哥是我：小邪帅不帅我不知道，你丑我是知道的。所以我建议你停止对我的觊觎，好好撩妹。

【队伍】大官人：啊哈，谁要跟个男人婆在一起。

【队伍】无哥是我：这话你就说得不够周到了。如果我们俩真的在一起，我愿意为你挡风遮雨，纵使粉身碎骨，血流成河，也义无反顾。然后滴血认亲，你会发现，我是你爸爸。

【队伍】大官人：再见！

他们俩互掉到一条龙任务做完就退了，剩下我和一川寒星去做七夕节日任务。京城的街道上，多了很多唐风游伎NPC，她们或提灯游街，或提篮撒花，随机掉落补血的糖果和可以使用的烟花，一群生活玩家、低战玩家跟在后面抢这些掉落物。

人间如梦，年华一瞬。双星良夜中，烟花在高空绽放，银河泻满盈盈一水。我被更新的景色迷住了，跟随一川寒星，想跟他聊聊这次的活动，发现他换上了牛郎装，还跟我一样染成了全白。牛郎装只有一个简单的发髻和一块布，背后还有个草帽，让人怀疑美工熬夜三天设计完织女装后睡死过去换他七岁的儿子上来设计了。这套男装本来毫无重点，但因为他没换掉白发，反而有一种贵族微服出巡的感觉。我的人物这一天也很不一样，髻上有步摇孔雀开屏，珠明如星，有双双遥望飞仙之状，外加蚕丝带轻舞如雾，两个人站在一起，搭。可惜了，要是眼前的人是冷月多好。但打开私聊，冷月还是不在。

头顶的夜空中，烟花开了又落，发出有节奏的砰砰声，在我们俩的身上明明灭灭。

【队伍】佳人翩翩：寒大佬，你看烟火。

【队伍】一川寒星：看到了，怎么？

他转过身来，面容依然冷峻，双眸仍带桃花，倒映着烟火的光。大魔王的人物建模确实很美。只要他不说话，任何姑娘都可以把他脑补到百万字的爱情小说里。一打字，氛围全无。

【队伍】一川寒星：这种节日活动好无聊，我们还是去打架吧。

我本来想打"很美啊，生活里不可能有这么美的景色吧"，也收了手。

【队伍】佳人翩翩：偶尔享受一下游戏本身也是不错的……

【队伍】一川寒星：是吗？

他抱怨过后，我差一点就把"暖月月"三个字脱手而输，好险。是不是PVP型男玩家性格都有点相似，怎么我老觉得一川寒星说话跟冷月说话没区别……

这时，一条滚动字幕出现在画面中央：

百年恩爱双心结，千里姻缘一线牵。恭喜雨勿忘和雨玲珑喜结姻缘，从此永不相负，成为本区第3572对夫妻，请全区的玩家们一起恭喜他们吧！

【世界】餐巾公子：恭喜雨哥雨姐！！！请帖拿来！

【世界】幻巧儿：雨姐你终于回来了，555，想死我了……雨哥名字也改回来了，真好啊。

【世界】风幡未动：北界之巅土著发来贺电，恭喜二位大佬喜结连理！

【喇叭】雨玲珑：谢谢大家的祝福，婚礼我们就不办了。今天就最后回来看看，和我爱的人结个婚，然后要卖号出国啦。

这条喇叭又掀起了一阵波澜。

【私聊】佳人翩翩：雨姐，怎么结了婚反而要走？不是说很喜欢雨哥吗？

【私聊】雨玲珑：翩翩你想过吗，小忘跟我如此暧昧，连情侣名都取了，为什么却还是一直单身？

【私聊】佳人翩翩：难道……他现实不是单身？

【私聊】雨玲珑：嗯，他结婚五年了。他和他老婆从她高中时就在一起，她比他小四岁，所有第一次都是给他的。大学毕业以后，他直接到她爸爸的公司里实习，现在正在努力学习，以后要接管她家的公司。所以，他对我纵使有再多的心动，也不可能给我未来。但我知道，这一年里，我们之间有 real connection（真实的关系）。在他老婆无法理解的一些层面上，我和他是有共鸣的。

【私聊】佳人翩翩：原来是这样……

【私聊】雨玲珑：你这小丫头片子还在读书吧，聪明是聪明，还是单纯。女人到了一定年纪，就不可能再单纯地追求爱了。在《桃花万界》里，我又心动了一次，又用尽全力爱了一次，值了。

【私聊】佳人翩翩：那雨哥怎么说，他挽留你了吗？

【私聊】雨玲珑：小忘知道我们不可能，但他为我破例了。本来他在游戏里是不结婚的。

我想到了雨勿忘向我求婚的事，心中很是疑惑。

【私聊】佳人翩翩：雨姐，希望你在美国工作顺利，能和可爱的小儿子享受天伦之乐。

【私聊】雨玲珑：谢谢你，翩翩。好了，我要去和他在万界夜空里最后浪漫一下了。这次的节日活动挺好，牛郎织女，相爱不守时，适合我们。

过了不到一个小时，雨玲珑又发了一个喇叭："圆了梦，该谢幕退场啦。谢谢《桃花万界》的各位，不悔来过。"

雨玲珑的空间里贴了一张她和雨勿忘的游戏合照：地下是十里红楼，天上是万丈银河，他们俩背对镜头，并肩坐在房顶上。她穿着织女装，有几分小女儿情态地依偎在夫君肩上，与他一同遥望漫天烟花、无垠星河。最美的双人背影，最短暂的瞬间，凝固成了永恒。这张图配的文字是：**谢谢你陪我到最后**。

这个活动总会过去，之后万界的夜空不会再这样璀璨美丽。停留在这里，刚好。

因为雨玲珑的告别，很多人都有些伤感，在世界上说一些煽情的话，诸如"自古深情留不住""情深不悔是弃坑良药啊""又一个因爱跌落神坛的女人",看似悲秋,实则怀春,有的索性干脆起来,刷喇叭跟自己的另一半表白。我也有些伤感,把双雨的故事告诉了一川寒星。

【队伍】一川寒星:渣男怨女的故事,有什么好伤感的。那个雨勿忘不是对女大佬都很感兴趣吗?最喜欢凤舞翩然。

【队伍】佳人翩翩:哈?

【队伍】一川寒星:原来他都结婚了啊。结婚了还这么骚,也是没谁了。

【队伍】佳人翩翩:哈??

【队伍】一川寒星:哈什么哈。你们女人就是这么有趣,明知道男人爱骗人,可听到几句美丽的谎言,还是愿意上钩。

【队伍】佳人翩翩:那你呢,你会骗自己喜欢的女生吗?

【队伍】一川寒星:这不是废话吗,自己喜欢的才要骗,最喜欢的要骗一辈子。不喜欢的骗都懒得骗。

【队伍】佳人翩翩:我觉得,为了以后孩子有脸做人,还是尽量当个好人。

之后,我和雨玲珑加了微信,她说叫我帮她卖一下号。我问了问价格,她的号才卖9万,卖给自己帮的只要6万。但现在我们帮明显没人买,除了我。我让她把号挂上易游网,准备审核一过就把号拍下来。

下午,我和一川寒星去打100级的一个精英副本。打到第二关,我看见他跑到角落里去捡一个紫箱。这个箱子没什么用,里面掉出来的信笺只能卖8个银币。我记得冷月也很爱捡这个箱子,刚认识他时我问他为什么,那箱子里又没什么好东西。冷月说,这是对副本的尊重。这是很有范儿的冷月唯一不像大佬的地方。没想到,一川寒星巨佬也有这个爱好。

【队伍】佳人翩翩:寒老板,你为什么要捡那个箱子啊,里面没什么好东西。

【队伍】一川寒星:这是对副本的尊重。

啥情况?不会是我想的那样吧。不可能,这假设太玄幻了。

晚饭篝火、科举活动后有五神之战,冷月上线。一川寒星说要跟我组队,我想了想,点了同意,然后双开雨玲珑的号,把冷月、雨勿忘拉到了队里，开始匹配。

【队伍】雨勿忘：一年多了，她每次都跟我说会等我先 A 她再 A，结果还是先走了。现在我都不想点开私聊信箱看她的名字。

已婚夫妻的私聊信箱里，另一半的名字前缀会标注"妻"或"夫"。

【队伍】雨玲珑：时间会治愈一切的，希望雨姐在美国一切都好吧。

【队伍】雨勿忘：嗯。谢谢你，翩翩。

但他这句话刚打出来，人就躺在了地上——对面是一川寒星和我自己号的队伍，他就这样被大魔王秒了。我用自己的号在队伍里发了一句话："寒老板你在干啥，他好歹新婚，CP 又没了，温柔点行吗？"

【队伍】大官人：我一直怀疑老寒暗恋凤舞翩然……

【队伍】一川寒星：滚。不可能。

【队伍】无哥是我：0-9 你行不行，在寒哥准 CP 面前提其他女人啊。

【队伍】大官人：梁小邪你再提这个名字我跟你没完。

【队伍】无哥是我：放心，我没开播。

他们讲话时，我发现了一个很古怪的现象：只要一川寒星在动，冷月就一定不动；冷月在动，一川寒星就肯定挂机。我展开了八爪鱼攻势，同时和他们俩聊天，一边问一川寒星五神拿过多少次冠军，一边问冷月这两天在忙什么，他们也都回得及时。终于，等到两支队伍同时排入了战斗副本，双开最手忙脚乱的节骨眼上，我故意错发了一条消息："我的亲亲暖月月，你最近怎么上线这么少啊，知道我有多想你吗，你多来陪陪我啊……我不要跟一川寒星一起玩了，哭唧唧。"

很显然，他很吃这种恶心人的撒娇方式，因为回得非常快。

【私聊】一川寒星：想我了是吗？叫声老公听听，我就多陪陪你。

【私聊】一川寒星：……

【私聊】佳人翩翩：……

【私聊】一川寒星：我去。

【私聊】佳人翩翩：你还好意思去是吗？我觉得我才好意思去。

刹那间，天地凝固。一川寒星不知道说什么，我也不知道该不该继续说点什么。漫长的沉默过后，他率先邀请我进入语音私聊。我犹豫了两秒，点了同意。

"喂。"果然，那边是熟悉的冷月的声音，介于男人与少年之间的腔调，清冽如冰川寒流，但一声冷冷的"喂"后，那一头就只剩下了低低的笑声，和一点点宠溺的问话，"所以，我的翮翮这么聪明的吗？一下就猜出我是谁了，还故意发消息给我大号。"

"谁是'你的'翮翮？"

"对不起，是我玩过头，让我的翮翮生气了。以后我都会乖乖的，再也不犯错惹你生气了，好不好？"

他的声音真好听，优雅而轻佻，加上用这么温柔的语气说话，简直就像自带了微醺萨克斯和钢琴曲配乐一样。等了半晌，没等到我的回话，他又带着上扬音调哼了一声："嗯？"

我有点想笑，但还是努力板着脸说："你知道自己错在哪里了？"

"玩两个号，两个号都接近你，小号老消失，还不说大号和小号是一个人，让我的宝贝没有安全感了。我保证，以后我玩几个号都不隐瞒，账号密码也发给你。"

我选择了沉默。

"翮翮？"

"你平时都这么会哄女孩子？"

他又笑了几声，说："我只想哄好我的宝贝。"

以前我一直以为一川寒星是个高冷大神，跟别人撕×的时候一向刚得不行，言简意赅，没想到私底下会有这样的一面。哪怕是身经百战的三十岁御姐听到这样的语调，很可能都难免有些意乱神迷。可我也一直相信，一个男生能怎么哄你，就能怎么哄其他女生。我冷哼了一声道："你要说的就只有这些？"

"……别，翮翮，你别拉黑我。"本来他还温柔自信得不得了，一听到我说这些，立刻就有点慌了。

我哭笑不得地说："你是不是觉得我是傻子？"

"没有。"他总算正常了点，没再试图撩我了。

"双开好玩？"

"还可以。"

"逗我好玩？"

"还挺好玩的。"

"我可以打死你吗？"

"可以。"说完，他还真的叫梁小邪停止匹配，在游戏里把装备都摘了，开了红，乖乖站在我面前，"来吧，我不还手。"

"你不是说你是新区的榜二吗？"我没动手，只是更加哭笑不得了。

"我没撒谎啊。"

仔细一想，当时我们在天地桃源，北界之巅确实算新区。榜二也没毛病，因为他跟我说这句话的时候，榜一是我大号。我竟无言以对，长叹一声，说："所以，你知道我大号是谁吗？"

"嗯。"

"一川寒星，你在玩我？！"我气得猛拍键盘。

"我怎么玩你了？"

正好这时我们排进了五神之战的擂台副本，对面刚好是红衣队。我一气之下手抖了，横冲直撞杀入敌人内部，被红衣的穿魂箭秒在地上。大官人用复活术把我拉起来，打字叫我后退。黑色水墨腾龙闪在我面前，一川寒星也挡住了我前方的道路。

"专门练个大号来撑你，再专门氪个小号陪你，我玩你，我是吃饱了撑的？"

"你就是吃饱撑的！你以为你这样做我会很感激、很惊喜吗？我只会觉得你精分两个号，幼稚又好笑。"

周围有星宇旋转，冰雪交融。他扔出一套技能，银发随着忽隐忽现的身姿飘动。

"是，我幼稚。喜欢你是我幼稚。"

作为堪称最猥琐的后排输出魔道，他居然破天荒当了肉盾，结果被对面的五个人集火围剿，血条唰唰唰地掉，差点倒地。还好大官人回血及时，才不至于让场面一度变得尴尬。

【队伍】大官人：你们在干吗？老寒你喝了假酒了？

【队伍】无哥是我：红衣队啊，对面三个主播，都认真点。

我一边打字回应说"好的"，一边在语音中说："我先挂了，你认真点。"说完切断了语音。

【队伍】一川寒星：认真不起来。不想打了。

我哭笑不得，正想问他，把我耍得团团转的人是他，他怎么还好意思来脾气，却见他动作行云流水地把敌人杀死后，丢下一句话。

【队伍】一川寒星：换主播上了。

然后，他的队伍头像变成了灰色。

【队伍】无哥是我：……寒哥是真的喝了假酒了？

【队伍】大官人：我看你寒哥是恋爱了。

【队伍】无哥是我：怎么可能，他一直跟我说，只有"沙雕"才会搞网恋。

【队伍】大官人：哈，大型真香现场了。我还是第一次看见老寒举止如此异常，翩翩女神有本事哦。@佳人翩翩

我有点好奇一川寒星生活里是做什么的，公子哥儿脾气这么大。其实我知道他有点委屈，可这一会儿我的倔脾气也上来了，不太想搭理他，自己闷了半天，也觉得心里有点酸酸的。面对大官人的话题我又不知如何回答，于是打了个岔。

【队伍】佳人翩翩：说到下线，大官人，我发现我下线的时候你一直在线，我再上线你还没下线，怎么做到的？

【队伍】无哥是我：赵子龙浑身是胆，咱大官人是浑身是肝。

【队伍】佳人翩翩：那大官人，问你个问题，假如你女朋友得了重感冒，需要你到她家去照顾，这时候争霸赛刚开第一局，你选哪个？

【队伍】大官人：标准答案：佛月。我玩佛月最牛。

【队伍】佳人翩翩：……

雨玲珑的号到手以后，我第一时间叫雨勿忘去离婚。

【私聊】雨勿忘：我做梦都想和你结婚，实现我这个愿望不可以吗？

【私聊】雨玲珑：雨哥，几个菜啊，喝成这样。你现实都有老婆了。

【私聊】雨勿忘：游戏是游戏，现实是现实。

【私聊】雨玲珑：不好意思，我对CP有两个最基本的要求：第一，不奔现。第二，现实没老婆。

【私聊】雨勿忘：既然不奔现，你又管我现实有没有老婆做什么呢？我不会让任何人影响到我们的游戏体验。

强制离婚要花1288元宝，对方还会收到休书，我总觉得不太好。然而，不管我怎么拒绝都没有用，他就是不肯跟我去，最后说不过我还下线了。我只能自行去强离。之后，我用改名卡把名字改成了轻舞翩翩，把佳人翩翩号上的材料和金如风转到这个号上，转职鬼炼，调整了大半天的号，战力排名掉到了雨勿忘下面。去试了试战场，果然这个号的体验好很多，不再需要一直躲躲藏藏。只要不遇到太强的劲敌，可以直接冲进人群里直接刚。

当然，最爽的号肯定还是我辛苦打造出来的全服第一鬼炼号。但凡上号体验过一刀一个小朋友的朋友，玩别的号都觉得寡淡无味。东方不败初成《葵花宝典》时的滋润不过如此。但想要维持那种程度的强，压力也非一般大。玩雨玲珑的号轻松很多，也强得刚刚好。

我把佳人翩翩的号低价转卖给了美人爆爆。等她改好名字，转了职，我把她和云备胎胎拉到队伍里说："其实我有一件事一直瞒着你们，现在说出来，你们切记不要张扬哦。"

她俩都一口答应。但当我真的开了语音说出号已换人的事实，云备胎胎倒抽一口气，美人爆爆直接惊叫出来。我把答应前号主的事交代清楚，她们俩沉默了很久，还是云备胎胎先开口："早该想到了。你们两个人的性格和说话方式完全不一样。而且，玩法我们看不懂，但确实你比她厉害多了……"

"我还没缓过来，让我缓缓……"美人爆爆那边传来了拍胸脯的声音，"不敢相信，弯小三真的把她逼走了！不可原谅！翩翩你为什么不让我们说出来，我们好歹给她讨回个公道啊！"

我想了想说："说是可以说，但经过本人许可比较好吧。她既然让我不要立刻公布号已易主的事，就说明她或许并不想以失败者的姿态离开。"

云备胎胎也沉吟了一会儿，说："是，你想得很周到，有道理。"

"是有道理。翩翩，我们跟那个翩翩有很深的感情基础，但我更欣赏你！

你很独立，很酷！"美人爆爆那边传来一阵噼里啪啦的键盘声，"我正在跟我老公说你的事，他说你超会玩，以前肯定有过一个很厉害的大号！你有大号吧，大号有多少战力啊？"

我看了一下新号的面板："十多万吧。"

"不得了啊，我老公还猜你大号是八九万呢，居然这么高？那不是榜一的水平了吗？"

"我大号的区有比我更厉害的人。"用这种模棱两可的语气说话，我被一川寒星带坏了。

云备胎胎叹道："唉，你说一开始佳人翩翩就是你这样的实力多好，就不会在感情中如此被动了。可惜她和慕殇开始得憋屈，结束得憋屈，走也走得憋屈。"

我没说话，只是觉得，如果前号主一开始就有实力，她可能跟慕殇连开始都不会有。

这一晚，我打算再调整一下新号细节，溜达到天云雪山上去找 NPC 买材料。

朔风四起哭号，撕裂了雪花，如撕碎了天上山间的棉絮。天云雪山顶上，四个与雪山齐高的战神雕像背对彼此而立，每个人双手都扣着一把插地宝剑的剑柄。他们的手背上、宝剑上也盖满积雪。光秃秃的树干随风猛摇，天青色、群青色、白色的水晶环绕天云神殿，TXAA 技术让游戏画面呈现出以假乱真的平滑效果，甩了同类技术一大截。冰河流动倒映出空中的飞雪，将世外的苍凉与神圣融为一体。雷驰做游戏真拼，最近连风雪的实景效果都加强过。

买好材料，我转过身想回鬼炼地图精炼装备，却看见慕殇站在我身后的模糊雪景中，吓得我倒抽一口气。大半夜的，这是玩恐怖游戏啊！我骑着雪麒麟想绕道离开。

慕殇说："翩翩，你觉得有意思吗？"

"啊？"

"为了赌一口气，就这样勒紧裤腰带买了雨玲珑的号，你觉得划算吗？"

"不是赌气。就是喜欢玩高战号而已。"

"别逗我了,你当了一年多的咸鱼,现在突然喜欢高战号?你就是为了气我,我知道。翩翩,我已经把你从黑名单里拉出来了,休战吧。"

"嗯嗯,我随意的。"没劲,这么快就认怂了。但我又不是前号主,可不会因为他认怂而心软,该揍的还是要揍。

慕殇往前走了一步,我赶紧往后退了一步。他没再前进,只是对我说:"再说,一川寒星不知道我们的关系吧。不管他实力如何,操作如何,钞能力好歹是全服第一,你让人家当个接盘侠,不好。"

"什么叫钞能力全服第一?他的战队和个人战绩也是冠军。"

"万界争霸有什么冠军,只有氪军。"

柠檬树上柠檬果,柠檬树下渣男作。这话说的,仿佛一川寒星人傻钱多。我有点不乐意了:"一川寒星的操作是主播级的,你别说话像个门外汉了。"

"主播级操作,哈哈。给他个五万战力的号,他能拿第一吗?"

"兄DEI(弟),咱们玩的是RPG,经济实力、养号实力、组织能力和社交能力本来就是个人实力的一部分。纯粹比操作,你怎么不去玩MOBA啊。"

"你这么帮他说话,难道真的对他动心了?"

原来这家伙不是认怂,是旧情未了。看明白了这一点,我在屏幕前都笑出声来:"放眼万界,哪个高手能挡住凤舞翩然的连招一套,又有哪个妹子能挡住一川寒星的温柔一笑呢?"

慕殇过了很久才回复:"不敢相信,你是只看战力的人吗?你以前不是这样的人,我真失望。"

"慕殇,佳人翩翩已经死了,现在只有钮祜禄氏·轻舞翩翩。但我还是想替佳人翩翩跟你说一句,她是爱你的,全心全意爱你的,是你不好好珍惜。"我很佩服我自己,居然打出这种级别的土味台词。

"不,不是这样。我想珍惜的。"

"原来你喜欢我呀,那弯弯酱怎么办呢?"

"刚才我们大吵一架,我有些受不了她那么任性了。"

"我不任性吗?"

"翩翩，你现在很懂事，我都差点认不出来了。如果一开始你就像现在这样，我们也不至于……你知道吗，弯弯酱想跟我奔现，我连见都不想见她……唉，不说我了，说说你的事吧。现在一川寒星在追你是吗，你要答应他吗？"

"不知道呢，我很头疼。我的心意，或许大家都明白的……"

"是啊，唉，我在说什么呢，你和我早就没关系了，我还跟你说弯弯酱不好，我才是最不成熟的人。翩翩，谢谢你这么善解人意。"

一边欲遮还羞地表露心迹，一边不着痕迹地吸引女生主动告白。我敢保证如果我再前进一步，他又会装作无事发生。我以要弄战力为由开溜了，把和慕殇的对话截下来发给一川寒星娱乐娱乐，缓和一下我俩的气氛。过了半晌才他回我，却是叫我通过一个主播的微信好友申请。我问他加这个主播做什么，他说夏日凉小团体里，除了慕殇喜欢自己玩，其他人都一起出资包月聘请了这个主播帮他们做日常、清副本。

然后，他发了这个主播和他的聊天记录给我：

"寒哥，这两天我看着你和那个翩翩，都不知道怎么开口。天地桃源是鬼区，但她和慕殇那点事闹得很大，外区都知道了。而且合区之前，她一直是低战，在天地桃源也是孤掌难鸣的状态。反正在我几个老板口中，这妹子人不怎么样。"

雷驰游戏的主播圈一直都有互相攀比谁手里大佬号多的风气，手里的大号越多，证明他们在圈内越有影响力。所以，这个主播也和很多主播一样，习惯用战力来划分人群。

"你不是跟他们关系都很好吗？去帮我问问，他们愿不愿意跟翩翩一起玩。他们只要给翩翩道个歉，我可以不跟他们计较。"

"寒哥，我问了，他们不愿意，说跟她不对付。"

"那没办法，只能打了。"

"他们跟红衣教关系好，如果打起来，是不是跟红衣教就有点那个？当然，玩到寒哥这个境界，这些东西都已经无所谓了。我就是不太明白，北界不缺妹子，上次那个金乌榜一不好吗？颜值高，讲义气，神仙富婆，还愿意为哥换区。为啥哥就看中了这一个佳人翩翩呢？"

"千金难买我喜欢。"

"哈哈，好的寒哥，相信你的眼光。祝你跟嫂子久久。"

"以后你也别去帮夏日凉那帮人了，来负责你嫂子的号吧。她太肝了，让她少玩点。"

"好嘞！那麻烦寒哥把嫂子的微信推一下。"

看完这段记录，我目瞪口呆了半天，给一川寒星回了消息："不是吧，夏日凉的主播就这样被你策反了？"

"谈不上策反，本来就是我的人。以前我玩雷驰另一个游戏时，他就在那个游戏当主播，一直在我们帮里开号跟我一起打架。"

"照你这么说，这个主播就这样跑了，夏日凉她们的礼物不是白刷了吗？"

"礼物和嫂子谁重要，他还是拎得清的。"

我哭笑不得地说："我正想跟你说这个呢。谁是嫂子？这些主播真是毫无原则地抱大腿，怎么就猜你一定能追到我？哼。"

"你不是已经被我追到了吗？"

"追到你个头啊。"

"有图有真相。"十多秒后，他发了一张之前用冷月号抱我的截图过来。

"只是双人动作互动而已，这能说明什么？"

"我没追到你吗？"

"当然没有！"

"行，那你明天让主播帮你做日常。你的时间留着和我开语音，我接着追。"

十一瓣桃花

第二天我没睡多久就醒了。主播正在上我的号清任务，微信里有一条一川寒星发来的消息："早。"我回了一条"早"以后，一川寒星也如他所说，给我打了微信语音电话。接通后听到他的第一声"喂"，他的声音明显比以前柔了很多，让人汗毛孔里的每一寸肌肤都能酥掉："翩翩，你在做什么呢？"

"我刚睡醒。"

"睡醒就给我回消息了，这么乖的吗？"

从掉马以后，一川寒星就让我觉得比以前更鲜、更近，让人有和他分享一切秘密的欲望。这个状态好像有点危险。我晃晃脑袋，打了个哈欠："我还想再睡一会儿，晚点聊。"

"嗯，去吧。起来告诉我。"

我挂断语音，起来洗了个澡，让自己清醒一些，然后换好衣服，用浴巾擦着头发，坐在画板前发呆。

撇开一川寒星双开精分的幼稚行为不看，令自己畏惧的劲敌突然和喜欢的男孩合二为一，这份吸引力是有些要命的。他能毫无防备地对我温柔，想必也是感受到了我对他无法抗拒，他是自信的。对于凤舞翩然的魅力，我也很有自信——在《桃花万界》里，几乎所有男生都会觉得娶了凤舞翩然是无上的成就。但是，凤舞翩然并不是郝翩翩。苍雪梧桐只知道了郝翩翩的冰山一角，热情都退散了。

别说游戏里的苍雪梧桐，在我摊上债务之后，连前男友对我的态度都有很大改变。

当时郑飞扬的表现，经常让我想起某个日本作家写的畅销书：女主因精神问题不断换医院，作为恋人的男主除了写信安慰她，就只会和活泼可爱的女二滚床单。最后女主客死他乡，他依然只是沉浸在自己的感动中，继续悲哀地寻找女二。在我打游戏的这一年中，郑飞扬不再试图和我亲近，大大减少了和我来往的频率，经常微信电话都找不到人，温和中总是带着一点嫌弃和挑剔。每次我问为什么联络不到他，他都会有些不耐烦地说，我在努力工作，我们现在需要钱。但他没给过我一分钱。

我无法指责他。因为跟他在一起时我家世显赫，他想要娶的就是白富美。如果白富美变成了白负美，他失去了兴趣也很正常。我理解他，但还是害怕面对他毫无爱意的笑容，害怕他不经意间透露出的阴冷眼神，只能继续沉浸在游戏里，逃避和他日渐疏远的关系。

所以，现在面对一川寒星热带植物般飞速增长的热情，那种害怕的感觉就像条件反射一样又一次出现。

与其以后让他失望地离开，不如不要开始。

看着微信里他发的"早"，我想了半天，发了一条消息给他："寒哥，我们当朋友可以吗？"

他秒回："要交朋友我找谁不好，找你？"

过了很久，我闭着眼发出了一句话："我有男朋友，快结婚了。"

他也过了好一会儿才回复："哦，难怪你玩这么久都没CP。你是那种不会把游戏和现实分开的好女孩。"

"嗯。"

"那好，我们不结婚，就在一起玩。如果你想和我结婚当挂名CP也可以。之前我也跟你说过，你的现实与我没关系。"

"好。谢谢寒哥。"

这并不是能打消他想奔现念头的好借口，但也比告诉他我有负债好。毕竟他是一川寒星。在他面前，我不愿意像对苍雪梧桐那样自降身价，不希望他像郑飞扬那样嫌弃我，更不希望他作为我的对手，觉得我现实情况都这样了还氪金，从而瞧不起我。

我放下手机，去浴室把头发吹干，又回来睡了一觉。

这一睡就到天黑了。窗外有万家灯火，我的房间里却没开灯，沉浸在一片黑暗之中。午睡醒来没有早上醒来时的活力，只有孤独。我在房间里徘徊了一会儿，拿着画笔，试着在画框上构图，但手悬在空中半晌，脑子里一片空白，不知从何下手。这样的情况已经持续一年多了。总是习惯在画板前坐下，却总是头脑空白。

从小自认天赋异禀的郝翩翩，也有画不出画的一天。

而更糟糕的是，头脑空白以后，我总是会反复想起自己和一川寒星的对话。原本以为自己已经被现实打击得毫无尊严了，结果到现在我还是维持着可笑的骄傲。宁可欺骗一川寒星，让他觉得自己太抢手，已经有人捷足先登，也不想让他知道自己其实很差劲，根本配不上他，配不上凤舞翩然在外的盛名。越这么想，就越无法集中精力画画，只觉得自己可怜、可恨、无能。

最后，我放下了笔，把脸埋在掌心里，没有发出声音，但泪水从指缝间流了出来。

我不行。

真的不行。

放弃了尝试画画，我叫了一份外卖，打开电脑，登录《桃花万界》，游戏交易所里的小红点让我心中充满了憧憬。我点这点那又充值，感觉自己活了过来。挂好了拍卖的东西，一个系统公告的出现，更让我热血沸腾：**盘古神挥舞大斧，开天辟地，将七位星神的碎片装入宝箱，撒落于鬼神遗迹！请万界的英雄少侠们速速前去争夺！集齐碎片的玩家将锻造出盘古神武！**

我立刻切换地图。青天之上，金光万丈，两座高耸的巨山相对而立，顶上不是山峰，而是两块威严的石碑。碑上雕刻着上古文字，左右分别有巨大的石翼展翅向天，中间一条羊肠小道蔓延至尽头。从远处看去，在巍峨山崖的对比下，小道变成了一条细细弯曲的丝线。玩家乘着坐骑冲刺进两山之间，随着道路进入遗迹内部。眼前石崖平野上有七个巨洞，洞中银光四射，七把与山同高的银光阔剑悬在每一个洞窟上方，剑锋有火焰猎猎，光亮灼烧了空气；镂空剑身中，有魔神塔上下浮动，颜色分别是赤、橙、黄、绿、青、蓝、紫。玩家们选择他们可以驾驭的领域，依次按自己的实力飞入魔神塔。

我骑着雪麒麟飞到遗迹里的橙色塔中，留下一路风雪。到了门口，我看到了三个极为醒目的图片称号。其中一个是"万界第一女神"，一个是"紫衣清香袭人"，一个是"自是柔情护白衣"，它们分别是红衣、紫衣和苍雪梧桐的 VIP 定制称号，这是消费 1288 万元宝的特权，一般一个区也就一两个人有，甚至没有，北界之巅比较猛，出了七个。

全服第一个获得这个称号的人是我。那时红衣问过我想要写什么。我说，我要叫"一见翩然误终生"。红衣打了一大排省略号说，疯儿，你在逗我。我说，你不觉得很酷吗，可以是被我杀得误终生，也可以是被我迷得花枝乱颤，又美又强简直了。红衣说，被你笑得花枝乱颤。我俩闹腾了一阵后，红衣说，我觉得吧，你最适合"万界第一女神"，这个称号你不用就没人敢用了。我觉得太高调，最后定了"凤兮凤兮舞翩然"。客服刚给我这个称号的那一天，其他区的玩家都来强势围观，我顶着这个称号的截图还上了空间和贴吧热门。

后来红衣消费到 1288 万元宝，却迟迟没有出称号，我问她理由，她说没想好什么内容。结果和我翻脸之后第二天，她就佩戴上了这个称号。现在她一身红衣，站在人群中，身上强化特效又是火莲花，在三个大称号里，"万界第一女神"是最醒目的，火焰和霞绯色绸缎将这几个大字缠绕。我觉得这个称号更适合她。非常嚣张，却是有资本的那种嚣张。

我没有多驻留，直接进入了塔内。塔内所有人的名字都变成了"遗迹英雄"，身上的特效和装备也都变成了默认外观。我在里面轻车熟路地找容易刷箱子的点，杀了几个人，拿了几个小箱子，看见一个死胡同里，有一群人围着巨大的金色宝箱打架——那是很大概率开出神武碎片的箱子！那一群人中，有一个女鬼炼在以一敌众。虽然看不到她打出的伤害，但清人速度让人叹为观止。看来这妹子运气不错，找到金箱子，周围却都不是对手。

我跳起来，飞到她身后，对她展开攻击。打了一套连招后，她站着没动，血条也没怎么动。怎么回事，这时候网卡了吗？我又跳了两下，继续攻击她，还是一样的情况。我退了两步，正想回到电脑桌面去检查 Wi-Fi，却看见这女鬼炼一个俯冲杀过来，锁住我，也打了一套连招。她的攻击速度太快，我都没怎么看到红血，就躺在了地上，画面变成了灰色。

给雨玲珑的号转鬼炼之后，我是这个区的鬼炼榜二了。怎么可能还有鬼炼杀得死我，除了排我上面那个……

系统公告：离超神更近一步了！恭喜凤舞翩然少侠在鬼神遗迹秘宝中开出盘古神武碎片！

原来刚才不是网卡了，是真的打不动这个号。

【帮派】阿神：哇，不是传闻凤舞翩然是死号吗？大神活了？？？

【世界】雷雷雷雷雷：啊！我哭了！我女神！

【世界】江源也：哇的一声哭出来，翩神活了！

【喇叭】恶魔代言人：是翩然本人吗？为什么不回我私信……

【喇叭】紫衣：恶魔大佬啊，凤舞翩然早 A 了，那是买号的。你就别待在皇族痴痴守候了，来我们帮啊。

【喇叭】恶魔代言人：她在哪里，我就在哪里。

【世界】秋月 MOON：榜三真是痴情，但你放宽心吧，号肯定是卖了，你不如带着新号主一起来我们帮。皇族都没人了吧。

【世界】阿神：翩神的号是谁买的啊，好好奇。

【世界】夏日凉：不管是谁买的，翩神号都要 38 万，你们 6 万买下雨玲珑号的代练婢是买不起的，放弃吧。我们可没这脸捡别人剩下的东西，哪怕烧钱，也还是坚持玩自己的一手号。

【世界】阿神：人家买个号也惹着你了？夏日娘你又嘴欠了是吧。

【世界】爱看甜文的受气包：晕死，人家买号也要 diss？天地桃源的女高战情商都这么感人的吗？我也买号，你是不是也要 diss 我。

【世界】夏日凉：我可没这意思，就针对某个抱大腿捡便宜的便宜女孩。毕竟我很贵，不懂她的思路。

因为 RPG 手游账号贬值很厉害，买号玩家和一手号高战玩家之间总有这种隔阂。前者觉得后者自以为有钱了不起，管你充了多少，卖的时候就只值这么多，没资格嘚瑟；后者觉得前者捡便宜，更没资格嘚瑟。因此，很多玩家哪怕有钱也不太喜欢买高战号，因为辉煌是前号主的，要维持榜单位置得玩命烧钱，还不如玩自己破号，也不用被人说是强行挤入高战圈。如果我没有玩过之前的大号，被夏日凉这么说，应该多少有些不舒服。

系统公告：真是奇耻大辱！慕殇使用仇杀令，将阿神击毙于鬼神遗迹！

【喇叭】阿神：慕殇我他妈惹你了？

【喇叭】慕殇：你骂我可以，不能骂我徒弟。而且她也没说错，只看战力的女生确实很便宜。

【世界】安娜_露露：佳人翩翩，就是轻舞翩翩，人品有待商榷，一脚踏两船还不放过慕殇，天天缠着他和他媳妇儿，就是个耐不住寂寞的主。

【世界】公子惊梦：醉了，喜欢这种女生，寒老板什么眼神。

因为慕殇没有特别铁的出轨实锤[1]，佳人翩翩却有，所以渐渐地，舆论都开始对慕殇和弯弯酱有利。为弯弯酱洗白的人大增，说心疼她要被一个劈腿女说成小三云云。

最近我们帮派很团结，也有很多怒战的人出来帮我或佳人翩翩说话。这一闹，北界之巅的土著玩家反而乖巧可爱地看起了热闹。两边对骂刷屏了十五分钟，骂到后来激情四射，主旨都是想和对方的母亲来一场肉体的恋爱。虽然内容重复毫无创新，但双方打字速度都发挥到了极致，错别字还特少。忽然，屏幕中央弹出一段超长喇叭：

【喇叭】美人爆爆：慕殇渣男！既然你喜欢翻旧账，喜欢找存在感，那老娘就帮你把旧账翻到底！她在游戏里找个小号结婚也算绿了你！那你来说说，当初是谁让她千里送到杭州，又是谁让她在浙大附属医院打胎的？还打了两次！我这里还有打胎的单子照片呢，要点脸！

【世界】五亿探长：妈呀，惊天大瓜。一款好好的古风游戏，你们可以玩成约炮游戏的吗？

---

1. 实锤：网络用语，指某些事情有了证据的作用，对某些事物的定性已经不能改变。

【世界】爱看甜文的受气包：小姐姐你这样爆出人家隐私不太好吧……

【世界】清爽甜心：大反转啊。心疼寒老板。

爆爆这个暴脾气，一点沉不住气。这些秘密都是前号主不想说出来的，她不仅说了，还用喇叭喊出来。这下全万界都知道佳人翩翩的过去了。几分钟的议论过去，一直沉默的弯弯酱冒头了。

【喇叭】慕殇宠爱的弯弯酱：慕殇，你竟然骗我。你这样要我怎么做人，你自己怎么做人，还连累了寒哥和佳人翩翩。我居然全心全意相信你，帮着你，我被打脸打得好痛。这样对待一个无辜的女孩子，你的良心不痛吗？

【喇叭】慕殇：我确实辜负了她，但我没辜负你，你不能这样说我。

我从冰箱里拿出一罐王老吉，一边嗑瓜子、喝饮料，欣赏这两口子和风雨盟帮众的精彩表演，一边上传了一张图片到空间，觉得自己也该出来秀一波了。

【喇叭】轻舞翩翩：我知道你们现在表现得很痛苦，其实内心在暗爽。一川寒星看上的女人为慕殇打了两个孩子，你们两口子恨不得全万界都知道吧。

【喇叭】慕殇：就是故意的如何。服霸又如何，接盘接得开心吗？有本事来杀我。@一川寒星

【喇叭】慕殇宠爱的弯弯酱：不，翩翩，同为女人，我心疼你，心疼寒哥。我对慕殇很失望，怎么可以对你做这种事……

【喇叭】轻舞翩翩：不用心疼了。因为佳人翩翩的号是我买的，购买记录见我空间买号截图，七月二日已换人。寒老板早就知道号换人了，我俩都故意瞒着不说，看你们演猴戏呢。

世界上，天地桃源的吃瓜群众还有北界之巅的知情者都一片哗然，也有很多最近和我有接触的人感慨"果然换人了"。

【喇叭】慕殇：老子就说你怎么突然就变得这么惹人厌，以前的佳人翩翩比你温柔多了。

【喇叭】轻舞翩翩：惹人厌到你半夜来找我剖白内心，说喜欢现在的我吗？欢迎大家来我空间吃瓜。

我又上传了几张慕殇和我在天云雪山当前频道的对话截图。很快，点赞评论数量嗖嗖地上来了，把这条动态推上了全服空间热门：

"今天瓜太多，我吃撑了……"

"果然北界瓜巅，合的区也是瓜区，服了。"

"所以贴吧上说得没错，慕殇就是个渣男啊。"

【喇叭】轻舞翩翩：慕殇，你还记得我对你说的吗？我的心意，或许大家都明白的。我的心意就是想告诉你，癞蛤蟆别想吃天鹅肉。不说了，我的手机只有99%的电量了。

慕殇最近心态本来就不好，这下被彻底激怒了，一直骂骂咧咧的，什么脏话都骂，有一半的字被屏蔽了，全是对女性侮辱的词。他的诸多女徒弟也跟他一起来喷我，没骂脏话，但内容尖酸刻薄，直到另一条喇叭出现。

【喇叭】一川寒星：慕殇你这条野狗，吠太多。

系统公告：真是奇耻大辱！一川寒星使用仇杀令，将慕殇击毙于鬼炼山川！

讲真的，一般顶级大佬都很酷，杀人不说话，随便妖魔鬼怪在世界上怎么喷。曾经我也以为大魔王是高冷人设，结果他是暴躁老哥人设。打不够，还要骂。关键是，被他这么喷了一句以后，慕殇竟然真的没再骂人了。于是，我也跟风使用了一次仇杀令，给慕殇来了一套月下之击，送他上公告，顺带发了个喇叭。

【喇叭】轻舞翩翩：渣男还跳吗？再跳，日常仇杀三次，轮杀。

私信箱上出现了一个小红点，我点开看了看。

【私聊】一川寒星：我宝贝就是霸气。

【私聊】轻舞翩翩：……谁是你宝贝？

系统公告：一川寒星送给轻舞翩翩999片爱慕草，倾诉情思，寄予相思，赠言：轻舞翩翩，我的。

【世界】剪刀腿夹爆你的头：活久见？我这是看到寒哥秀恩爱了？？

【世界】狗仔十二号：绿了绿了绿了，冷月真的绿了。

【喇叭】大官人：这游戏玩得很没体验。我本来想当北界第一魔道，为了配合老寒，变成了油腻奶爸。后来我觉得做人还是要有追求，立志要当万界第一情圣，这个称号现在被老寒抢走了。

【喇叭】无哥是我：放心官官儿，你的0-9，寒总是抢不走的。

我被一川寒星这一系列骚操作整晕了，又给他发了一条私信："你在干吗？说好的不结婚只是陪我玩呢？"

"我是在陪你玩啊。"他用语音轻快地回复我,"谁欺负我宝贝,我就要干死他们。"

"寒老板,不管是形象也好,地位也好,声音也好,你都很男神。我觉得一个男神,不管是出于什么心态,也别一天到晚说要干死这个干死那个的。"

"是吗?"很显然,从他的语气中可以判断出来,他并没有一点羞耻之意。他沉默了一会儿,又补充道:"那我不干他们了。我宝贝调教得对,男人是该专一一点。"他说完轻轻笑了两声。

"是啊。"我想了想,觉得他的笑声不对,忽然反应过来,打了一排字,"一川寒星,再见!!!"但知道真发出去了更吃瘪,只能默默删掉这段话,颇有格调地回了一句:"你喜欢打架也没错,游戏最美之处莫过于PVP。"

"翾翾,你没发现最美的东西。慢慢挖掘。"

这句话让我一瞬间回到了过去。

和杜寒川正式交往一个月后的寒假,我在重庆的家里,保姆姐姐递给我一个A4牛皮纸信封。信封右下角印着大红色的艺术字体"美",下面写着国家美术协会的字样。取出信件一看,里面只有一张平整的证书:

20××年中国美术"龙彩奖"获奖证书

郝翾翾的油画作品《瓶中精灵》荣获第十五届中国美术"龙彩奖"评比金奖,特授予"中国美术百杰"称号。

"龙彩奖"和"金奖"五个字是烫金质地。下方有四个艺术协会的名字和盖章。

我握着这张证书,手都在微微发抖。我从三楼飞奔到一楼,开心地把这张证书在我爸面前展开,说道:"啊啊啊啊啊,老爸!!我的画拿龙彩奖金奖了!!"

老爸本来正在看新闻,接过证书看了一会儿,皱着眉把证书上的每一个字都念出来,严肃的脸渐渐被骄傲的表情填满,说:"可以。我家闺女可以的。"

"爸爸,以后我不从商可以吗?我想一直画画,当画家可不可以?"

爸爸认真想了几秒钟，终于闭着眼点点头，微笑道："行，老爸批准了。"

以前他总是期待我当个女强人，把我当公司接班人来培养。难得他那么干脆，我反而有些犹豫了："那……那公司怎么办呢？"

"老爸还年轻呢，等干不动了，会请职业经理人的，你放心做自己想做的事吧。大学毕业了，去法国进修艺术，要做就要做大，才是我的女儿。"

"我会成为闻名全国甚至全世界的画家，不让你失望的！"我兴奋地晃了晃那张证书。

那一天开始，新画画起来，微博运营起来，上传证书，更改认证信息："新锐画家，龙彩奖获得者郝翩翩。"把《瓶中精灵》的原图发到微博上，配文字："谢谢龙彩奖。你好，我的瓶中精灵。"

之前我在网站和杂志上发表过作品，于是，很多粉丝也迅速来关注我，转发评论，还发给我超热情的私信：

"郝翩翩，当年第一次在《青年艺术界》上看到你的画时，我都不敢相信这个小画手才十三岁，你比我还小一岁啊！我尤其喜欢你画的人物肖像，我就很好奇，你是怎样做到把头发画得那么栩栩如生的呢？只是寥寥数笔，就感觉像有空气流动，一个多余的线条都没有，太厉害了！"

"翩翩啊啊啊，一枚来自湖南的小可爱发来获奖贺电！看到你拿奖我一点都不意外，你有天赋又足够努力，如此成就，实至名归。以后我们会一直陪着你，看你一步步走得更远，冲呀！！"

"翩翩太太你真的好棒啊，用同样的笔刷，为什么我画出来又脏又暗，但是你画得却恰到到处，不多一丝笔墨，一气呵成，行云流水。只有心中极其自信，才会出笔果断而准确吧。献上我的膝盖！"

…………

我把证书照发给杜寒川看，他的反应却没我想的那么激动。

"你的粉丝们知道这个小才女在学校是个花痴吗？"

"乱说什么花痴，明明是因为我是个艺术家，有一双发现美的眼睛。"

"你都这么说了多少次，但看到的都是很肤浅的东西。你发现不了最美的东西。"

这句话我怎么都没琢磨明白，但无论如何拷问他都得不到结果。后来开学了，我拽着他的衣袖逼问他，还说，你别跟我说最美的是什么灵魂美的东西啊，太虚无了。杜寒川笑着摇头，低头静静地凝视着我，却还是什么都不说。

那时，我们站在学校最大的银杏树下。旁边是水泥的篮球场，绿树成荫，静候着路过的无数年轻人。那时，我对未知的未来有着百分之百的信心。所以觉得青春是没有尽头的，我与他的恋情也是没有尽头的。

而现在不同了，我知道未来会发生什么。游戏世界那么色彩斑斓，如同回忆里的青春，但它也和我的初恋一样终究会结束。所以我告诉自己，和一川寒星朝夕相处，切记不能迈出游戏模式，不能动情。

马甲掉了以后，一川寒星就把冷月那个号扔了，还带着大官人跑到我们帮的一条龙来"蹭队"，蹭得我们队里的小可爱话都不敢大声说一句，只敢在帮派里小心翼翼地发言。

【帮派】云备胎胎：翩翩，你这是打算跟寒老板组 CP 了吗？冷月怎么办呢，他最近都没上……是不是有所发觉了？

【帮派】雨勿忘：我就说翩翩怎么这么急着跟我离婚呢，原来是心有所属，还是一川寒星。恭喜恭喜，百年好合。

雨勿忘的祝福后面还跟了太阳笑脸的表情，看得我有点发毛。

【帮派】轻舞翩翩：雨哥快别这样说，我只是买了雨姐的号而已。

【帮派】雨勿忘：我算是想明白了。难怪一川寒星玩这么久都没结婚，原来是为了等你。

【帮派】餐巾公子：雨哥你在说什么呢，寒老板以前不认识翩翩吧？

【帮派】雨勿忘：当然认识。冷月就是他的小号吧。

【帮派】美人爆爆：噗！！！怎么可能！！！

一川寒星说过不介意大家知道冷月是他。所以，我直接问雨勿忘怎么知道的。这下帮派频道疯狂刷屏，不是震惊的表情，就是"噗"个没完。

【帮派】雨勿忘：我一早就觉得冷月的玩法和一川寒星像了，没想到就是一个人。

【帮派】餐巾公子：玩法像？

【帮派】雨勿忘：冷月暴击和闪避都特别高，还弄了一只风怒神兽。最开始用风怒神兽的人是凤舞翩然。在那个全民连治疗神兽技能都没几个人能打对的时代，凤舞翩然的号高血高暴高闪，又能打又能扛，玩法很时髦。一川寒星是后来崛起的，那时神兽已经出天赋升级功能了，满天赋神兽奶量赶得上一个大奶，所以一川寒星放了气血，只堆暴击和闪避，靠风怒神兽增加输出和团战秒低战的效率，靠高闪避和操作减少受到的秒伤，靠奶量超大的治疗神兽弥补短命的缺陷。冷月那时候才多少战力，需要风怒神兽吗？明显是之前的养宠习惯没改掉。

【帮派】云备胎胎：……我在听天书吗……讲中文，谢谢……

【帮派】阿神：还真是这样，一川寒星的血比红衣还少。感觉他的号就没什么点是多余的。"回旋输出流"的开创者就是厉害。以前魔道是公认的单挑废柴[1]、被近战完虐，寒大神花了四个月的时间就证明了魔道也可以成为单挑之王。这对整个万界来说都是个里程碑吧，就像霍元甲踢碎牌匾一样。

其实我也早就发现了冷月会玩，但因为以前并没有仔细研究过其他人，不知道这种属性搭配是一川寒星自创的，只知道他开创了猥琐输出流。他一路飞上来的过程中，比他高战很多的玩家单挑遇到他，都是打前雄赳赳，打后灰溜溜。

【帮派】美人爆爆：所以呢，寒老板这个王者为啥要混进青铜区秀操作？难道，是因为爱情！@轻舞翩翩

【帮派】轻舞翩翩：哈哈哈，别闹，他只是无聊了吧。

【帮派】幻巧儿：看了这么多，我只想问一件事，大官人没CP吗？

【帮派】阿神：干吗，你又看上大官人了？劝你打掉这个鬼胎，浪成大官人这样，在我们村发烟都不想发给他。

【帮派】幻巧儿：好了，我们帮又要多个大奶爸了。等我好消息。

【帮派】幻巧儿已经退出帮会！

几分钟后，我点开幻巧儿的信息，发现帮会变成了"若如初见"。

一条龙任务结束后，美人爆爆跟我一起到仙乡小镇找NPC换材料，看见几个风雨盟和红衣教的帮众在附近聊天。红衣教的一个男生带着几个妹子

---

1. 废柴：网络用语，表面上看着很废，其实很有才，总有被燃烧的一天。废柴是一个自嘲式的正能量词语，多用于网友的自嘲，预示具有强大潜力。

走过来，还在当前频道说话。

公子惊梦说："翩翩小姐姐我是你的粉丝，能给我一个粉丝的拥抱吗？"

这个人是以前红衣从其他帮派挖来的高战战狼。往地图上一站，也是一身特效闪闪发亮，颇有架势。他会主动与我搭话，让我有些意外。

折星说："呼叫寒老板。魔刃绝灭伺候。"

滴滴哒哒说："小姐姐我也是你的粉丝，42区情义连云来的。我们都听说了你的事，你真的超酷。"

轻舞翩翩说："谢谢欣赏啊，不过我只抱女孩子。"

我这么一说，女孩子们都在拼命求抱抱。两个女生还特意发语音验证真身。

公子惊梦说："走了，抱个屁，我抱不到的女人，你们也别想了。"

结果他还没消失，一条玄龙从天而降，黑衣白发的青年从龙背上下来，挡在了我前面，水墨腾龙特效转了几圈，哪怕没开红，我也莫名感受到了一股强力威压……

公子惊梦说："慌了。"

美人爆爆说："噗哈哈哈哈，寒哥真的来了！"

折星说："哈哈哈哈哈！说魔刃绝灭就魔刃绝灭，怒气值酝酿完成，哈哈哈哈！"

他们几个迅速溜走，那几个风雨盟的人也消失了。

一川寒星也没多说话，直接进队，跟在我身后挂机。我偷偷发了一条语音给他："你知道我在这里啊，眼线这么多？"

"哼，你最好老实点。"

"凭什么要我老实点，你怎么不老实点。"

"说得有点道理。公平起见，我们俩都老实点。"

我怎么觉得哪里不太对劲……

【世界】夏日凉：哈哈，听说某便宜女孩还有粉丝了。买了一个高战号好了不起。

【世界】阿神：夏日娘你是不是有病？你不都知道号换人了吗，还死缠烂打呢？

【世界】夏日凉：不管她是不是换人了，她来惹我，就是她不对。

【世界】美人爆爆：你有点眼睛好不好，是谁先挑事的！翩翩从买号到现在说过什么吗，还不是你们一直缠着她杀！

【世界】清爽甜心：她为什么一开始不说出号已换人的事实？我真的是醉了，这位新号主，你买号就买号，干吗要冒充前号主来惹事？

【喇叭】轻舞翩翩：是否坦白自己买号的事是我的自由，你们管不着。

【世界】清爽甜心：哦，现在弄得全服都在骂慕殇和弯弯酱你开心了？佳人翩翩或许下贱，但你是可恨！

【世界】宁小白：哎呀，甜心你跟这种不要脸的女人说什么，怒战的女的都这样，为了抱大腿什么事都做。你们没有看到吗？幻巧嫌到若如初见去了，这又是看上谁了，别跟你们翩翩抢一个男人就好玩了。

【世界】紫衣：你们区"奇葩"妹子可真多，我们区的妹子都是钢铁直女，只知道自己充钱，完全不会撩汉。

【世界】夏日凉：紫衣姐，不是我们区这样，是这个帮除了已经A了的雨玲珑，所有女人不是低战就是买号的，都是如此便宜啊。尤其是那个轻舞翩翩，不知道她哪儿来的脸，玩着雨玲珑的号，接受着别人的追捧。

【世界】轩辕包子：大概是这几夜把寒老板伺候爽了吧，什么时候也来伺候伺候我。

【世界】剪刀腿夹爆你的头：真是替这几位风雨盟的萌新捏一把冷汗……你们怕是不知道寒哥做事的风格……

我总算明白了，夏日凉的小团体恨的并不是佳人翩翩，而是恨上了赶超他们的人。所以看他们阴阳怪气地说话，我虽然有些不爽，但也没有再回话。

晚上活动结束后，我看见帮派申请名单上亮起了小红点，还以为是幻巧儿带着大官人凯旋了。结果打开申请名单一看，竟不是他俩。

一川寒星，120级，魔道，【通过】【拒绝】

【帮派】欢迎一川寒星加入帮派！

【帮派】美人爆爆：？？？

【帮派】枫叶是我的眼泪：……天啊！

【帮派】餐巾公子：！！！

【帮派】清书：欢迎大佬！！！

【帮派】雨勿忘：欢迎大佬。

一阵轰动过后，一川寒星才总算说了两句话。

【帮派】一川寒星：各位晚上好。翩翩，给我一个副帮主。

【帮派】海阔凭鱼跃，天高任鸟飞！怒战王朝的帮主轻舞翩翩将一川寒星升为副帮主！

【帮派】一川寒星：所有人进团。

不到一分钟，他就组好了一个团。我有一种不祥的预感。

【帮派】轻舞翩翩：寒哥，别，把他们打过头了，我怕影响你们和红衣教的关系……

【帮派】副帮主一川寒星将帮派模式设置为【屠杀模式】。

【帮派】副帮主一川寒星将帮派仇敌设置为【风雨盟】。

【帮派】本帮【怒战王朝】对【风雨盟】发起了据点袭击，请全帮成员接受召唤，至蓬莱岛击碎镇帮水晶，进行资源掠夺！

十二瓣桃花

　　蓬莱岛是一个高悬在海面上空的仙岛，会随着时间变动出现在不同的坐标。然而，一川寒星两分钟就逮着了它的坐标。我进入他的团，跟随到了蓬莱岛地图，然后退团又开了一组。

　　游戏里薄暮未昏，酱橙色的夕阳从云层中射出，实时全局光照的技术渲染下，岛上仙树的枝叶立体真实，一有风吹过，树叶花草都会朝着与风相同的方向摇曳。而岛上有飞湍瀑流，喷云泄雾，更是连水纹、雾气都栩栩如生又美得不属于人世间。十二个瀑布飞流直下落入海中，草木葱郁，环绕着石制建筑与巨大的蓝水晶。准备时间一秒秒过去，风雨盟的人已经陆续赶到水晶前守护。远远望去，密密麻麻一片红名。

　　【帮派】餐巾公子：虽然大佬很厉害，但雷驰游戏很难一个人打一个帮吧……我开小号看了一下，他们帮现在在线84人。据点高战集火在一起，我们在限制时间里打得下来吗？

　　【帮派】轻舞翩翩：我觉得问题不大。本来咱们就是天地桃源二帮，实力足够的，寒哥又是远程范围攻击大输出。这是水晶袭击战，不是帮战，重在杀人和集火攻击。

　　话是这么说，但其实我也有点虚。最初我是讲究战术的文雅技术流。到后期皇族一家独大，我们打帮战都是在复活点蹲人头直到结束，对面连人都不会出来一个。对于这种毫无章法的开红流袭击战，我没什么把握。

【帮派】烟岚弄影：翩姐，对面高战太多了，十万以上的输出有七个，王子病和幻辰儿没比雨哥和你低多少。幻辰儿对幻巧儿甩了自己的事余恨未了，每次遇到我们都杀得特卖力。寒老板，不是灭我们自己威风啊，我们高战只有你们三个人，现在在线才32人，这种水晶防卫战又是防守方优势的，哭了。

【帮派】一川寒星完成了三连杀！

【帮派】一川寒星完成了五连杀！

【帮派】一川寒星完成了十连杀！

【帮派】一川寒星完成了十五连杀！

【帮派】一川寒星完成了二十连杀！

【帮派】轻舞翩翩：开都开了，打就对了。

【帮派】一川寒星完成了二十五连杀！

【帮派】一川寒星完成了三十连杀！

【帮派】轻舞翩翩：……

【帮派】一川寒星完成了三十五连杀！

【帮派】餐巾公子：我的神啊！

【帮派】一川寒星完成了四十连杀！

【帮派】一川寒星完成了四十五连杀！

【帮派】雨勿忘：大魔道果然是团战之王。

【帮派】一川寒星完成了五十连杀！

【帮派】一川寒星完成了五十五连杀！

【帮派】一川寒星完成了六十连杀！

…………

后来帮里没人再讲话了。就看到一川寒星守在水晶据点门外，对里面蜂拥而出的风雨盟帮众发起攻击，技能像深色的墨水炸弹一样在人群中爆开，红名玩家一片片倒下，帮派频道里同步刷新他拿的人头数。偶尔一两个高战从侧道跑出来，偷走我们几个人头，也很快被我和雨勿忘围死。一川寒星偶尔被偷袭他的妖秀控制，也能第一时间解控闪跳，反手就秒了妖秀，继续清人。

一川寒星没有击碎他们的水晶。当他们的水晶开始掉血，奶妈为水晶加血时，他也没有去杀掉那些奶妈。他就守在门口闪来闪去刷人头，直到刷出系统提示：**一川寒星在蓬莱岛的资源掠夺战中连续击杀一百个万界高手，天下之人皆闻之色变！**

屏幕中央还出现了一川寒星的游戏头像。那是官方请名画师为他画的头像：男子背对屏幕，半侧着脸，长长的银发垂在黑衣上，发梢微微飘起，刘海长长垂落，在窄挺的鼻梁上打了个钩，仙气十足，然而眼神冷漠无情，唇淡无色，颇有一种顶级杀手的气质。

【世界】熊伟：*曾经被寒老板打到小帮养老的人表示，现在看到寒老板这个头像我就条件反射，瑟瑟发抖……*

【世界】撑死的碗：*我们寒哥一直都是这样简单粗暴，说袭击就袭击。*

风雨盟那几个话特别多的，夏日凉、清爽甜心、宁小白、轩辕包子等人，被一川寒星照顾得很周到。他们只有复活保护 CD 那一会儿活着，其他时候不是死着，就是在送死的路上。打架特别厉害的时候，世界反而很安静，连红区也不例外。风雨盟几个人没完没了地刷屏骂人，但粗口就这样飘在世界上，没人接话，没人岔开话题，只有一些佛系玩家平静地收生活材料、发布组队招募信息。

我跟团里的帮众也过去清理了一些抱头鼠窜的风雨盟帮众，拿了五十连杀。慕殇和弯弯酱两口子更是被我满屏幕追杀，一个人头都没拿到。七分钟过去，系统发出了公告提示：**一川寒星在蓬莱岛的资源掠夺战中连续击杀三百个万界高手，真乃传奇战神，名扬天下！**

【帮派】一川寒星：来打水晶。

他点了集合，所有人蜂拥而上，和风雨盟的人在水晶附近对砍。一川寒星不再杀人，而是对着水晶全力输出。对风雨盟这种长期靠嘴发泄情绪的帮派而言，应该是第一次经历这么刺激的突击。他们早就顾不上战术了，所有奶妈放弃治疗队友，挤在一起拼命奶水晶，被一川寒星一个魔刃绝灭全部带走。

系统公告：天下大事，万界之争！怒战王朝对风雨盟成功完成了据点袭击，在蓬莱岛击碎镇帮水晶，赢得大量帮派资金！

世界更加安静了，场面一度十分尴尬。蓬莱岛水晶进入了保护期，怒战大部分帮众都离开了，就剩下几个零零散散的人还在岛上晃悠，开心地抱抱、跳跳、乱丢技能，乘着坐骑飞来飞去。

【帮派】轻舞翩翩：谢谢寒哥。@一川寒星

【帮派】阿神：舒服了。谢寒哥！

【帮派】枫叶是我的眼泪：寒哥威武，哈哈。

系统公告：一川寒星将红包雨撒向万界高空，祝大家财源滚滚，欧气满满！

世界上开始出现各类感谢老板的发言。

【帮派】雨勿忘：他们没大号，寒哥一个魔刃绝灭就没了。谢谢寒哥为翩翩做这么多，冲冠一怒为红颜呢。

看到雨勿忘说的话，我想起现在自己的号是帮主，就把帮主转给他。但他立刻又转回给我，也没解释原因，就自顾自地在当前频道和一个路过的红衣教妹子聊了起来。

【帮派】一川寒星：小意思。如果有需要我帮忙的地方，尽管说。

怒战帮群里，他们早就已经把一川寒星吹上天了，以前以为他是高冷男神，什么都不关心的那种。没想到他待人重义，对CP重情，是个真男人。我看了这些话，半天才留意到自己早已笑得合不拢嘴。然后，我在一个瀑布下找到了一川寒星，在当前频道说："寒哥，真的谢谢你……"

他立刻打了语音过来。接通以后，我有些不好意思地笑了两声，又跟他道了一次谢。

"嗯？谢我什么？"

"以前是我对你误会太深了，以为你是蛮横不讲理、攻击性强、喜欢乱杀人的人，没想到你这么暖。"

"你没误会我啊，我就是这样的。"

他这么坦坦荡荡，反倒把我逗笑了。

"那接下来怎么办呢，我们算是跟风雨盟宣战了，要继续打吗？"

"明天开始，每天打碎他们水晶就是我们的日常任务了。"

"这种玩法会不会强度太大了啊？"

"那没办法，我就是高强度高压型的玩法。他们受不了也得受。要不然就不要打，要打就要打到死。"

这番话让我想到了自己犯过的错。以前皇族的帮主是个好战分子，战力低，老油条，很会搞外交和指挥团战。然而他不擅长守天下，等皇族彻底霸服，他没存在感了，就开始搞那些看他不爽的小帮派。他为帮派付出很多，我们都给他面子，他嚣张浮滑，我们睁一只眼闭一只眼；他看谁不爽，我们也就跟着打谁家的水晶。在他的指挥下，我们经常一晚打碎三个水晶，又被三个帮会联合起来反击我们的水晶。

那段时间，群雄纷争，狼烟四起。我们全帮浪得飞起，全区刷喇叭下战书，天天有架打，天天有资源抢，骂到深处时自然恨，恨到深处时便是野外开红、追击刺杀。我陷入一种什么都无敌的状态，也不想太多，每天就带着大家跟着帮主杀人。有人出重金悬赏我的人头，虽然没人敢接，但走在野外我也是时刻提防着的。榜一都如此紧张，其他人更不用说。帮派频道经常有人吵架，世界上所有人都在喷皇族霸凌，两个女魔头就像邀月和怜星。我总觉得皇族内部氛围不太好，劝他们穷寇莫追，不要再跟那个三合一帮派打下去。紫衣那时是帮主夫人，跟我私下说："翩翩，这种游戏就不要天真了，要打就要打死。"

结果在连续打碎这个帮的水晶三天后，出事了。这个帮出现了一个中等战力的魔道，满世界屠皇族的小号。红衣挂机时被杀了两次，还被千里追击给这个魔道磕头。尽管最后杀回去了，但她对此感到非常暴躁且羞耻。我劝帮主停战，帮主也无能为力。从这件事开始，我和红衣之间就产生了裂痕。她私底下建了一个"皇族闺密群"，把和她关系好的人都拉进去，在群里吐槽我的种种不是和任性行为，并且跟三合一的帮派管理说她很不满意榜一，如果榜一继续这么任性，她就带人合帮过去，跟他们一起打皇族和凤舞翩然。这个帮就是现在的红衣教。

当时我全不知情，还是把她当成最好的朋友，跟她分享我在游戏里的所有小秘密。当有人不满意她的时候，我的火气就跟不倒翁似的怎样都按不下去；当无哥主播越战力打败她的时候，她很愤怒，我一边帮她开红杀无哥，一边跟她一起 diss 无哥。这些话她都断章取义截图下来，盖住她说对方不好的言论，在后来我们正式开撕以后全部公开。当然，我 diss 得最多的是一川寒星，记录也被她发到了空间，其中有一句流传很广："一川寒星法如此猥琐，可见他生活里丑得像空降妖怪，肥得是自由自在，才会在游戏里盯着我打，找存在感。"

北界之巅三足鼎立：若如初见、皇族、红衣教。我得罪了两个，四面楚歌。

其实，我说的那些关于一川寒星的话都是泄愤。因为他从头到尾都没有跟我讲过话。最后他打赢我那天，帮里有人跟我说寒老板有事找我，在京城 1 线桃花树下等我。我情绪低落，也知道他都看过我骂他的话了，只觉得他是想跟我炫耀战果，自然也没有去。

想到这里，有一个风雨盟的帮众来蓬莱岛做帮派日常任务。我还没看清他的名字，一川寒星的名字就变成了红色。他一个闪现过去，两个技能就把那个人了结了。这个人也不复活，就躺在地上，在世界上破口大骂："一川寒星我他妈的惹你了？我看不惯轻舞翩然怎么了，就不许人不喜欢她？我参与过你们的帮派斗争了？你他妈真是他们说的大神？根本就是恶棍、土匪！别给全服第一这个名号丢人了！你看看凤舞翩然，再看看你自己，人品之差，战力无法弥补！你给她提鞋都不配！"

这一番话看得我难受极了。我最怕别人为我出头反而被喷，赶紧在语音中对一川寒星说："别杀他们了，我不想你被骂。"

"骂呗，明天继续虐他们老巢。"一川寒星却丝毫不在乎。

那个人继续在世界上叫嚣着"来呀，杀我呀，你以为我会怕你吗"，他也没有搭理。

【喇叭】红衣：凤舞翩然没黑点？当北界老人都死光了吗？别搞笑了。为了稳住服霸之位，用生命搞一川寒星，叫雷驰策划给她加强鬼炼，我们帮只要有人跟一川寒星他们帮会的组队，她就要参毛，结果自己喝醉酒反而吐露真情，想去和一川寒星组 CP 打我们。利用帮会又弃之如敝屣，找主播轮杀老朋友，她这些破事说出来都觉得丢人。

醉酒事件非常尴尬。

那天是高中同学聚会，一个妹子问我和杜寒川还在一起没有。我酒量不好，那天灌了自己两瓶啤酒，彻底头晕目眩，于是全程没有说话，回家在游戏里跟着帮主到处乱砍人。帮里有妹子问单身的各位有没有喜欢的人，我打了一句话："哪怕他辜负了我，我还是很没出息，还是喜欢他。"

大家都好奇地问是谁。我喝高了，脑子里想的是杜寒川，打出来的名字却是一川寒星。

哪怕后来我说是开玩笑的，也无法阻止截图疯传……

【世界】露露思密达：没办法，谁叫凤舞翩然家里不差钱呢。人家都说了，那是她的零花钱。酸也没用，翩神的高度恐怕在座的各位都没办法达到。

【喇叭】紫衣：呵呵，你还是若如初见的，说这种话，不怕你们寒哥对你心寒？

【世界】露露思密达：我们寒哥自己都是这么说的。

我眨了眨眼，对一川寒星说："你真这么说吗？"

"谦虚的话你也信？手下败将。"

"啊，你这浑蛋！"我拍了一下键盘，"你打败我那天叫我去京城，是不是就是想来数落我的？"

"当然不是。"

"那你要干吗？"

这时，一个对话框出现了。

一川寒星想要与你进行双人动作：壁咚接吻。是否接受？【是】【否】

"我想做这件事。"他轻轻叹息了一声。

过了五秒钟，对话框消失。他没有像以前那样立刻再点双人动作，也没有说话。语音那头传来了键盘打字的清脆声，他才开口说："看私聊，我发给你了。"

我打开私信。

【私聊】一川寒星：我知道你现实里要嫁人的。

【私聊】轻舞翩翩：所以？

【私聊】一川寒星：所以，我只想在虚拟世界里得到你，毫无保留地爱你。

不知为什么，我觉得眼眶微微发热，呼吸也不敢大声。

一川寒星想要与你进行双人动作：壁咚接吻。是否接受？【是】【否】

"寒哥，这没有别的意思，只是表达我对你的谢意。"

在倒计时剩下最后一秒时，我点下了"是"。

这一刻，游戏里，蓬莱岛上，瀑布声哗哗作响，语音里只剩下一片寂静。水珠细如烟尘，弥漫在仙山海岛之中，一川寒星把轻舞翩翩推到了瀑布旁的岩石上，两个人深情对望了三秒，他低下头，轻轻吻了她的唇。

《桃花万界》的画质是国内游戏的顶尖水平。人物眼珠明亮、捏脸表面连水光都能渲染。阳光直射后，环境光遮蔽技术让这两个人物躲在了岩石下，也像真的被阴影笼罩在了密闭的约会空间。他们离瀑布很近，发梢湿润，衣袂如云，草叶红花随风摇摆。一川寒星一只手撑在岩石山壁上，一只手插入轻舞翩翩的长发间，每一个亲吻的细节看上去都如此深情。

游戏做得真好，就像真的一样。

我用双手捧着脸，静静地看着这看似与我有关其实毫无关系的一幕。

这个过程中，一川寒星也没有说话。莫名其妙地，我还有些害怕他说话。被亲吻的明明是一个虚拟人物，眼前的一切也都只是像电视剧一样在播放。但脸上微微发热，心里微微地疼，伴随着疼痛后空空的失落感，也不知道是从何而来的感受。

然而，感性不过三秒，一川寒星就开口煞风景了："这游戏做得还是挺好的吧，有没有感觉真的被我亲到了？嗯？"

"不要说这种让人误会的话啊。"我主动结束了动作。

一川寒星也没再尝试，轻松地换了话题："所以，凤舞翩然大神为什么要卖号？不会是因为输给我，觉得没面子吧。"

"哈哈哈，你只是侥幸赢了我，给你梯子你就上房揭瓦了是吧？是因为帮会里一些事啦，你可能也有所耳闻了。"

"是略有耳闻，我不知道你和红衣之间到底发生了什么。"

其实，我和红衣之间的矛盾，牵扯了很多人很多事。北界之巅开区的时候，我没有像后来玩得那么拼。红衣一开始就打不过我，但战力比我高。后来我因家里的事逃避现实，对游戏也就特上心，战力飞升。红衣被我超过之后，一直有那么两三个开区玩家还记得红衣当过榜一的事，回顾开区往事时，也会时不时提起这件事。

红衣向来对高战女生充满敌意。除了我和梁小邪开的无哥号，这区所有打得过她的女生，不是被她氪金打败，就是被她用排挤的方式搞到卖号。新来的号主不是养老，就是被她收服当了小妹。无哥自己上号是打不过红衣的，红衣是灵羽，团战又特别强，即便如此，她也会经常惦记着梁小邪开的无哥号，说无哥是某大主播的宿主。她不和我作对，但对我也比对别人苛刻很多。她会送紫衣、白衣很多东西，但我们同时打到的珍稀材料，她就要求我让给她。只要她开口，我都不会跟她争。

踮脚努力换来的友谊到底无法持久。玩到后来，珍稀材料已经满足不了她了，我在缥缈寻宝中偶尔出了好东西，她也会要求我低价转给她。我答应了几次，发现她索求无度，之后便委婉地拒绝了她。她也没说什么，就是和我更疏远了，并和紫衣、白衣的关系越来越好，三个人时常不通知我就带着苍雪梧桐打副本。我问她们为什么不等我，白衣会说："翩翩姐太厉害了，都不需要我们，但你如果用得上我们，我们第一时间来打工呀。"我当然不好意思让她们每次都打工，只能跟恶魔代言人那个孤僻儿童组队，跟玩单机似的。所以，红衣对我的不满应该是早就滋生了的，后面那些事都只是导火索。

我把皇族的往事跟一川寒星大致交代了一下，一川寒星笑了两声，说："你知道你最大的问题是什么吗？"

"自私？"

"不。太强，又太不高冷。凤舞翩然是谁，十五万大佬，北界之巅的风向标。玩《桃花万界》的人可能不知道7区北界之巅，但没人不知道凤舞翩然。你为什么要执着于跟她们组队一起玩？曲高和寡的道理是不懂吗？"

"红衣曾经是我在这个游戏里最好的朋友，我们以前做什么都是一起行动的。"

"会对你做出那些事，说明她心里就没有你的地儿。她现在能被人追捧成那样，无非是因为她曾经有个身份'凤舞翩然的闺密'，后来又多了个身份'把凤舞翩然赶跑的人'。她这个人本身，不管是操作也好，号也好，我都从没放在眼里过。"

"谢谢寒哥对我如此肯定，但我还是想说一句煞风景的话……没人觉得是她把我赶跑的，大部分人都觉得我是因为万界争霸输了才卖号的。"

"是这样吗？号是有些可惜了。"

"还好吧，卖了以后挺轻松的，起码不用再承受舆论压力了。"

"你偶像包袱太重了，偶尔输一次，被背叛一次，不是什么很丢脸的事，没必要搞到砍号重来。"一川寒星沉思了一会儿说，"你还真有趣，极度不自信又低估自己，居然还有偶像包袱。"

"我……低估自己了吗？"我也陷入了长久的沉思。

"还不明显吗？我记得有次有人喷你，好像是诬陷你被人包养充游戏什么的，你刷喇叭说'不好意思，老娘花的是零花钱，出身决定一切，你这种阴沟里长大的垃圾不会明白的'，特别嚣张，可我看了忍不住拍手叫好。我一直以为你是个自信的姑娘。"

一川寒星已经美化过那个喷子的言论了。其实那个人在团战中被我杀了两次，恼羞成怒喷出的原话是："凤舞婊你拿你卖×的钱充游戏，你干爹知道吗？"附加很多侮辱女性的粗口。没想到这段小插曲居然被一川寒星看到了，我觉得有些尴尬。本想跟他说，我家境也没有那么好，如果真过得那么开心，也不至于泡在游戏里，但嗫嚅了半天，还是岔开了话题："我当然是有自信的。但那时候红衣已经是我最强的队友了，不跟她玩，我跟谁玩去呢？"

"当然是要跟你实力相当的人。"

"噗，你是说你吗？"

"除了我还有别人？"

"我可是狠狠骂过你的哦，一川寒星大佬。"

"没关系。我心胸开阔，不和你计较。"

我被他逗笑了，说："那我现在战力也没有以前高了呀，号都卖了。"

"这确实是个问题，你现在就是个小可怜。"

"我会加油把战力追上来的。"

"不用，现在我都制霸全服了还要你的战力做什么。"一川寒星干脆利落地说道，"这样，以后你跟着我，抱哥大腿，哥罩你。"

"我去，你有病吧！"

他说的很多话我倒是赞同。很多人包括怒战帮众都只看到了一川寒星以一敌百很爽，但不知道一百连杀一时爽，养号一年火葬场。可能一般人觉得他就只比后面十二三万战力的人多付出四分之一，可一分钱一分战力，三分钱两分战力，十分钱三分战力。他又是这么短的时间里冲上来的，实际投入可能都比后面的人多好几倍。我一直不想跟红衣计较谁的号比较值钱、谁更该优先获取那些稀有道具的事，但实际上，我的大号比她的号难养多了。她没有追求过极致，自然也不会知道她的要求有多么不合理。被一川寒星这么一说，我忽然觉得豁然开朗。

"对了，寒哥，你当初为什么会想玩魔道的？是不是因为魔道是登顶以后比较适合远程范围攻击的职业。我一直觉得刺客流战士流不适合我们这个战力的，团战输出太集中，都溢出了。"

"是的。所以我也不懂你怎么这么爱玩鬼炼。"

"我有鬼炼魂。"

"什么鬼炼魂，是因为鬼炼单挑比较厉害吧，你想打败我。"

"……你这样拆穿我，让女孩子没有面子，你会被打的，我跟你讲。"我觉得脸上有点发烫。

"然后你还是输了。"

我使劲一捶键盘，说道："啊！！我杀了你啊！"

一川寒星又笑了起来。他的笑声和平时说话温柔清冷的感觉不一样，特别爽朗率直，带得我也忍不住笑了起来。这样的笑声在南方城市是不常听到的。我好奇地说："寒哥，你是北方人？"

"对。"

"北方哪里？河北？"

"为什么觉得是河北的？"

"嗯……因为我河北的同学普通话都特别标准，但又没有明显的地方口音。你是河北的吗？"

"不是。"他说完就没了下文。

我有些奇怪，认识他这么久，他很少有这么被动的时候。换其他话题，他都会直接给我问题的答案。于是，我试探着问："那你是哪里的呀？"

"北京的。"

"哦……那你说话京味儿还不是很浓呢。"

真巧，名字都有寒川两个字，都是北京人。虽然我记不住杜寒川的声音了，但我记得他说的也是标准普通话，以至我一直都不知道他老家是北京的。这样想想，除了长得帅个子高学习好，杜寒川的生长环境、家庭背景、亲人状况，我一无所知。

"我也可以说出很浓京味儿的。只是工作需要，我尽量不带口音。"一川寒星说道。

"哇，你已经工作了？那你是做什么工作的呀？"

"在互联网公司工作。"一川寒星笑了一声，"你不会还在读大学吧，翩翩大佬。"

"我……我在啊。"

"大几了？"

"大三。"我撒谎了……明年能不能接着回去上课还不知道，唉……

"浪荡不羁爱自由的大三妹子嘛，难怪你不仅氪，还这么肝，游手好闲的大小姐。"

"我看你在线时间也很多啊，你可没什么资格说我。游手好闲的公子哥儿。"

他理直气壮地说："我是为了陪你，不是为了陪你这游戏我上都不上了。不过你不是有男朋友吗？为什么还有这么多时间玩游戏，不用陪男朋友？"

"不用啊，他工作忙，我们见得很少。"

"男朋友做什么工作的？"

"游戏策划。他自己也玩游戏。"

"哦，策划是挺忙的，聚少离多也正常。你俩还真是绝配。你为什么不去玩他负责的游戏？"

我当然不能说这就是郑飞扬负责的游戏，只能含糊其词地说："他策划的游戏我也玩。但玩了这么多游戏，我还是最喜欢《桃花万界》。"

"本来想说在虚拟世界里我是你的唯一，既然如此，你在别的游戏里如何我也不管了，在万界里你只属于我就好。"说到这里，他换了一个长着羽翼的花车，邀请我一同乘坐。我点了确认，他朝我伸出了手，把我牵上了花车。

"……寒哥，你的三观还好吗？"

"我一向没什么三观。"

他带着我在蓬莱岛的海上飞舞，穿过厚厚的云雾，迎来了如梦似幻的雨珠和仙岛上飘来的花瓣，同时秀操作般用花车翅膀滑翔，然后温柔地说："翩翩，当我的 CP 好吗？"

他既然这么遵守游戏规则，也没有奔现的风险，那……

"可以啊。现在我大号没了，还树了敌，有个大佬罩着也不错。"

后面那句话我自己说着都觉得有点过分，好像我只是看上他的号。可是，一川寒星非但没生气，反而坚定地说："嗯。我会保护你的。"

最近发生了很多事，我整个人都处于一种戒备状态。他这么一说，我觉得心都化了……但我一点也不想表现出来，还是没事人一样说道："玩了这么久的《桃花万界》，不知多少男孩子对我说过'翩神求罩求保护'，从来没有一个人反过来说，他们也不敢说。寒哥，你还真是唯一有能力这么说的人，感动了。"

"现在你知道女生玩游戏有多轻松了吧。不管再强的男生，只要对你动了心，立刻变成手下败将。"

"哈哈哈，你走开，我可是勇于战斗的女人，才不要通过这种方式取得战绩呢！"

话是这么说，但面对他的积极，我已经有点招架不住了……算了算了，游戏而已，这种类似恋爱的感觉，就当是游戏体验的一部分。就这样，我和一川寒星在游戏里开着语音逛地图、看风景，聊了一整夜。我们俩对抗了这么久，之前在语言上完全零交流，没想到这一聊，话匣子彻底打开，根本停不下来。

关于他的玩法，我有很多很好奇的地方。

例如神兽。其实这个游戏里神兽的天赋技能有很多用不上的，属性点的搭配也有讲究。风怒神兽可以根据自身最大血量和攻击力增加主人的攻击力，但大部分玩家却是把所有天赋都平均点了。我以前推过神兽给主人增加的 buff 攻击力公式，用灵石升级神兽攻击力和血量的性价比是 1：5.7。神兽血量升到满级的时候，需要 2200 颗灵石，同时攻击灵石等级只需要升到 27 级，也就是说，只要 385 颗灵石就够了。再往后不是不可以升，只是性价比会越来越低。但商城折扣活动总会赠送大量宠物灵石礼包，让玩家把宠物所有天赋都点上去。就算是在天地桃源，氪金玩家还是会选择看到礼包就买买买，战力提得很高，却都比较虚。

第一次看到一川寒星的神兽攻击、血量灵石等级分别是 27 级和 100 级时，我受到了惊吓。我不怕土豪，也不怕平民优等生，但是有学问的土豪，就让人很郁闷了。

我问他："是不是早就算过灵石的性价比？"他跟背书似的秒答："嗯，神兽 1：5.7，普通宠物 1：4.2。你不也算出来了吗？"

果然，我们俩是这个游戏里最了解对方的人。以前我跟别人讲这些东西，他们都说我玩得太认真。队友也只会等我总结出新玩法，直接告诉他们结果。

"寒哥读书的时候成绩肯定很好。"

"我宝贝也很聪明。还好大部分高战都没你这钻研精神，不然梁小邪就要失业了。"

提到梁小邪，我们自然聊起了无哥。他跟我说了一些关于无哥的趣事。

一川寒星的号只要不遇到凤舞翩然，即便挂着自动，在战场也不可能会死。我不在的时候，他的号在战场总共被人杀死过两次，两次都是要求开号爽爽的无哥弄死的。第一次他以为是意外，第二次后，一川寒星被终结连杀的截图在各种《桃花万界》群里被疯传，他立刻改了密码再不让她上。

对大官人来说，出强化满级特效几乎是不可能实现的事，但他依然有追求腾龙的梦想。因为强化是按基础属性提升百分比，每次他算过强化最高级需要的元宝，都觉得对他的战力而言性价比太低，直接放弃。于是，无哥对他说:"这样,咱们定一个简单点的目标——打造一个你无哥玩不死的号。"大官人发了一大排流汗表情说:"等等,我再打开装备看看强化好了……"

"哈哈,你这么黑她她知道吗?"听到这里我乐了。

"反我和老官默认队友是小邪,老无本人佛得很,上号就只会买时装、买坐骑,在京城瞎逛。"

他说完这句话,我们刚好逛到了京城,就看到一个扎着高马尾、唇色红艳的天云美少女站在坐骑兑换商面前发呆,头上顶着"无哥是我"。我扑哧笑出声来,说:"她这是在纠结选什么坐骑吗?"

"这个点她应该在挂机,人在小邪直播间。"

我说过去看看,于是登录直播 App,找到《桃花万界》梁小邪的直播间。梁小邪操作着新区的榜一号打 3V3 单人排位,同时解说打法。挂着一排闪闪发亮粉丝牌子的"无哥哥哥哥哥"果然在置顶会员中。

视频里的梁小邪还是那张轮廓分明而骨感的小脸,眼睛秀气,眉毛英气,说话方式和私底下有点区别,稳一些、硬气一些,有大牌主播的架势:"啊,寒哥来了。欢迎寒哥和寒嫂。"

"小邪,明天也给你嫂子的号调一调。"一川寒星给梁小邪刷了一份礼物。

"没问题。"

梁小邪话音刚落,直播间又传来一个北方妹子的声音,声音清脆,语气豪爽:"已经叫上嫂子了?寒总你速度够快啊!"

"对,快叫大嫂。"

"不。叫大嫂多生分,要叫翩姐,你才是姐夫。"妹子的声音瞬间变萌,"翩翩姐,我是可爱的无无。"

我在聊天频道打字说:"咦,无无你怎么在麦上?"

一川寒星说:"她和梁小邪每天都连麦,这里快变成双主播直播间了。"

已经深夜一点半了,我却毫无睡意,不是和一川寒星聊几句,就是在直播间里和各种水友聊天,气氛十分愉快。我从一川寒星那里得知,梁小邪人如其名,是有点个性的。他二十三岁,曾经是 MOBA 专业竞技选手,后来因为需要钱被雷驰重金买到《桃花万界》。他操作好,正义感爆棚,可以无视业内潜规则,不用其他主播放水,也能帮老板把各种 PVP 排名打到第一。

很多有固定社交圈的大叔主播都不是他的对手。也是因为这样，他得罪了不少同行。毕竟 RPG 不是 MOBA，光靠技术是很难混出头的。好在他长得很好看，女粉无数，人气还是稳在《桃花万界》主播的前三位。

梁小邪的老板里有很多氪金量和操作成反比的人，无哥是最严重的一个。她玩得比较晚，游戏第一周就氪了 3 万，结果 1V1 时被一个 98 元基金加 30 元月卡的玩家打死，简直是《桃花万界》开服以来最大的奇迹。战后，这个对手帮里的人嘲笑她说："这位大佬花 3 万？钱是大水冲来的吧。"对方还录屏发到视频网站上，起名为《基金党反杀 3 万氪金大佬》，备注是："《桃花万界》还是一个很精致、讲究公平和操作的游戏，遇到这种用脚打游戏的土豪，我们平民玩家也有出头之日。"

无哥曾经也是好战分子，视一川寒星为劲敌，曾经一掷千金，为帮会请了九个主播来操作他们帮的号，结果惨败，堪称《桃花万界》最惨的老板。之后她就放弃挣扎了，被大官人劝了几句，归顺到若如初见。于是，一川寒星把她介绍给了梁小邪。梁小邪早就看过她被血虐的视频，觉得无哥不是他老板里最有钱的，却是最需要他的。他揽下了无哥的活。最初，他慢慢教她，细心解说。她假装听得很认真，很崇拜他，但其实根本没听进去。他每次让她练操作，她都在小红书上买化妆品。总之，有了梁小邪，她就再也不努力了。他干脆放弃了教她好好玩的念头，跟她共号玩。每次她发了一大堆爆哭的表情后喊："小邪，救命呀！"他连回都不回，顶号帮她揍人。

梁小邪是全能型主播，除了单挑，他还会搞 PVP 外交、做战略部署、指挥、5V5/3V3 配合、最快通关五星难度副本、抢野外 boss 的 MVP……连装修家园和时装搭配都比女孩子强，强到雌雄难辨。无哥早期得罪叛帮的平民玩家、小资玩家，也被他用带本拿奖励等福利拉拢回了帮派。换句话说，她这种宫斗活不过十分钟的战斗渣能混到今天，有一半以上都是梁小邪的功劳。

无哥如此依赖他，一点也没把直播间当成别人的地盘，一直跟他提出各种不怎么靠谱的问题和要求：

"小邪，你看看我新买的坐骑，是不是特适合七夕节？"

"小邪，你开我号去暴打 0-9 啊，他今天又说我嫁不掉。我要看你用上次那个自杀刀弄他，弄死他！"

"小邪你是不是又瘦了？饿了吗？"

每一个问题梁小邪都宠溺又耐心地解答。服务太专业，对得起无哥名字旁边金光闪闪的V25。问到最后一个问题，直播间里有老板说要给主播叫外卖，梁小邪说已经把地址发他微信了。这个老板说："不对啊，小邪你不是家在苏州吗，怎么跑到北京去了？"

梁小邪有些尴尬地说："喀，这是无无的地址。"

"小邪你要干什么？"无哥倒抽一口气，"难道你暗恋我，用这么俗气的方式讨好我吗？"

结果梁小邪"喊"了一声，在视频里面无表情地看着摄像头说："想太多。明明是美食留给你，苗条留给我。你就安心地当个小胖妹好了。"气得她爆炸，倒是逗得大家刷了满屏的"哈哈哈哈哈"。

我在直播间说："无无也是北京人吗？"

"对啊，我跟寒总是老乡，但他一点都没有我们北京汉子的爽快。"无哥咂了咂嘴，"每次叫他出来面基[1]，他死活不要。小邪来北京出差都看过我好几次了。"

一川寒星："是我不爽快吗？我很爽快地拒绝了好吗？"

"是是是，理由是'我不见女网友的'，翩翩姐你看看他，他对我的定位就是女网友。心凉了。"

这时，有人在直播间聊天室里问："寒老板的CP是谁呀？"

---

1. 面基：网络用语，指网络上的好友线下见面或者朋友之间的聚会。

十三瓣桃花

梁小邪立即朗读了一遍问题，专业地完成疑难解答："嫂子是轻舞翩翩，他们区的鬼炼榜二。"

其他人也跟着纷纷响应：

"哇，寒老板真的有CP了？？？恭喜寒老板！"

"我失恋了。真的，曾经在小邪这里听过寒老板队伍里的声音，沉迷他磁性的嗓音至今不可自拔，没想到他这么快就被攻略了……不说了，A了，各位江湖不见。"

"楼上的是不是脑子坏了，你个男的沉迷个什么劲啊，有病。寒老板我们男人明人不说暗话，还要小三吗，我愿为你弯成蚊香。"

"寒哥就是寒哥，组个CP都传得全万界都知道了。寒哥和嫂子什么时候办婚礼？"梁小邪选了几个人的发言念出来，笑了半天。

一川寒星说："宝贝，小邪问你问题呢。"

我说："嗯嗯，我也没想好呀，亲爱的你来定。"

"直播间的小伙伴们好，我是民政局，我顺着狗粮的味道，自己飘过来了。"梁小邪严肃地皮了一阵，又真诚地补充道，"恭喜寒哥和翩翩，结婚记得通知大家，你们的婚礼一定是全万界最热闹的一场。"

同时，一川寒星在语音里说："来，把亲爱的叫出来我听听。"

"我才不要，在直播间这么叫是给你面子。"

然后，我们俩挂在直播间里，接着聊天，从游戏聊到现实，又从现实聊到游戏。直到梁小邪都下播了，窗外的黑夜已经渐渐被晨曦抹去，车辆增多，路灯熄灭，沉睡的上海市开始苏醒为灰紫色，我才打了个哈欠说该睡啦，挂了语音，倒头就睡。

美美的一觉睡过去，我被下午一点的阳光唤醒。我起身把窗帘拉上，倒头想重新接着睡，但看着屏幕亮起的手机，忽然睁大眼。

天啊，昨晚我跟一川寒星都做了什么……

玩了这么久游戏，我一直都挺理性的，和每个玩家都保持距离，从来没跟人交代过我现实的任何信息。我是怎么做到跟他聊这么久的，还聊到了天亮。怎么办，我们是不是进展太快了，他会不会觉得我很不矜持，是那种很容易上钩，跟哪个游戏里认识的男生都这么亲近的女生？完了完了完了，我想哭。我趴在床上，把脸埋在枕头里，深吸一口气，只露出两只眼睛，担惊受怕地拿过手机。微信上显示"3个通知"。我闭着眼把它拉开，再次鼓起勇气睁眼看。

前两条是一川寒星早上十点发的消息：

"早。"

"起来跟我说。"

第三条是刚才发的："想你。"

我再度把整张脸埋进被窝，想把满脸害羞的笑容藏起来，但笑出来的声音还是没办法欺骗自己。我翻了个身，裹着被子，回了一句话："我醒啦。"

看见"对方正在输入中"，我想了想觉得不够，又打了一句："我也想你。"跟了一个笑着亲亲的表情。

我是不是太主动了……可是我们已经是CP了，主动一点……没什么吧？啊啊啊，不管了，只是游戏而已，又不是现实，喜欢就喜欢，不矜持就不矜持，想那么多干吗！发了！

消息刚一发出去，"对方正在输入中"消失了，微信画面切换到了语音通话邀请页面。心跳剧烈到胸口都有些疼了，可是我好激动。外面的阳光真灿烂，今天真是美好的一天。

我接通了语音。

"想我了是吗？"他悄悄说着，像在耳语一样，温柔得令人骨头都酥了。真是令人难以置信，这是游戏里冷酷残暴的一川寒星。

"嗯！"我起身拉开窗帘，让阳光照满卧房，微笑着说，"下午好啊，寒哥。"

那边静了两秒，他似乎有些错愕，但也没多问，只是很快适应了进一步的相处模式，语调变得更温柔了："下午好，宝贝。你才醒吧，快去吃点东西。"

我和一川寒星公开关系后，外区把我们的感情描述为神仙爱情。但在区内情况就没那么"仙"了。一川寒星的玩法确实很高压——除了日常袭击风雨盟的水晶，他把风雨盟的所有帮众都拉进黑名单，每天带着我、大官人、无哥蹲在一条龙 NPC 旁开红挂机，遇到顶着风雨盟帮会会标的人，直接杀掉。一些风雨盟的人开小号私聊他瞎嚷嚷，他不回，直接拉黑。我觉得不由分说屠帮不太好，问他要不要放过佛系玩家。他说不放，无解释。

大官人发语音说："翩翩小天使，你相信风雨盟会有真正的佛系玩家吗？他们的水晶天天被敲碎，佛系玩家早就跑到小帮养老了。留下的人要不是对风雨盟有感情，就是帮内高战给了他们福利，让他们舍不得走。那还多说什么，打就是了。"

我思索了一会儿，觉得长知识了。

以前一大拨去红衣教的老朋友私底下跟我打感情牌，说他们其实觉得我人挺好，希望以后不管帮派如何，能继续维护好和我的感情，我还觉得挺感动的。印象里有一件挺有趣的事：红衣教的四个男生组队到野外来围攻我被反杀，其中战力最低的那个人跟别人说："这个帮会我待不下去了，一群大男人打一个女生，关键是还没打过，我都替他们丢人。"我看了以后再次觉得，哪怕四面受敌，还是有人心中有正气。

于是，我打架时真的左顾右盼，对谁都下不了手，只能把号委托给主播。主播跟一川寒星一个风格，在打全区大副本时开红，把整个红衣教、半张地图的玩家都屠了。好多私底下跟我说要维护感情的人刷喇叭骂我，帮红衣说话，说他们错看我。那个为我打抱不平的男生尤其愤愤不平，说："凤舞翩然我对你真的'呵呵'了，本来看你一个女生被欺负不容易，现在觉得你好人脸孔都是装的，根本不值得同情。"

我丢出了自己的疑问："十五万战力需要你来同情？"

对此，红衣教更是找到了反击说辞，诸如"富婆又开始用战力欺负人了"，试图带动群众对我的仇恨情绪。群众并不傻，两边都不帮，反倒是我们皇族的小伙伴很伤心，有一个姑娘还被气哭了，说替我感到委屈。我觉得前后不是人，下不了手杀老朋友，又不想再看自己帮的小伙伴被他们针对，有了退缩的念头。但树倒猢狲散，我让帮主去跟小帮谈合帮的事，连小帮都不愿意收我们，帮主说："翩神要来我们帮，我们帮当然蓬荜生辉，但我们帮的人都不相信翩神是真的想养老，只是想利用我们消灭红衣……说服他们合帮需要花很长时间，还是等风头过了再说吧。"

恶魔代言人听了这个说辞都笑了："他们这群咸鱼鸟蛋能有什么利用价值。我也不知翩然你到底在想什么，我们虽然人少，但也不怕他们。我唯一担忧的就是现在红衣在拉拢一川寒星，如果他们联手，皇族就很弱势了。"

直到和红衣教抢野外 boss 那天，我的犹豫才有了结果。当时，红衣顶不住我火力全开地输出，看她倒在地上，系统提示"红衣已被您击杀"，我愣住了。她复活，带人回来反击，我的脑中也是一片空白，操作变得迟钝。当"我帮副帮主凤舞翩然在神秘幻境中被红衣击杀"出现在帮派频道时，帮里的朋友们也都蒙了，发出各种惊叹和疑问——好战分子都走了，留下来的人佛到认为红衣他们只是出去玩玩。而我没有 CP，只有帮会和闺密。既然两者都失去了，我走了反而能带给大家平静，何乐而不为。榜一不仅是战力第一，责任感也该是第一。

对比一下一川寒星这个熊孩子开红怪，我强烈意识到自己和他有多么不同。

这时，一支风雨盟的队伍从我们身边走过。一川寒星丢了两个技能，那个人就倒在了草地中。有一个不是风雨盟的被误伤杀死了。大官人在当前频道说："不好意思不好意思，我们只杀风雨盟的，误伤的兄弟可以来若如初见领福利箱子，当是我们给你们的补偿了。"

被误伤的那个发了个害羞的表情，一溜烟跑了。而风雨盟那个人在地上躺了一会儿，就在复活点活过来。一川寒星过去想再杀他，停了一下又回来了。我点了一下那个人的角色，发现所属帮派变成了"无"。他拉回其他几个队友，继续做任务。果然如大官人所说，真正的佛系玩家遇到战争立刻就走人了，会留下来狡辩的、想要以理服人的，都不怎么佛。

【队伍】轻舞翩翩：对了，寒哥，为什么当时红衣教刚成立，他们拉拢你的时候，你没给任何回应？@一川寒星

【队伍】一川寒星：红衣给我们发了很多你的私聊截图，我想多看看。没想到818还没看完，你就卖号了。

【队伍】大官人：……我是不是漏掉了什么重要信息？

【队伍】无哥是我：我去，我没看错？

【队伍】大官人：你真没看错，一川寒星跟凤舞翩然在一起了！吓得我一巴掌拍在我的法拉利上，一下蹦出八节南孚！

【队伍】无哥是我：真的？翩翩姐是凤舞翩然？？？

【队伍】轻舞翩翩：嗯嗯，是的。

【队伍】大官人：让我冷静一下。我就说老寒怎么会这么痴情，原来他追的就是翩神！本来他对一个外区姑娘如此执着，我不服气！现在彻底服了！

他们俩闹腾了半天才能好好讲话，说会帮我保密，但都带着大量感叹号。

过了很久，一川寒星回复了我。

【队伍】一川寒星：掉了。谁说我是吃瓜群众，我是打算来皇族的，可约你见面你不见，我也在想怎么开口跟你搭话。直接过来太没姿态了。

【队伍】轻舞翩翩：掉线了？现在还在外面吗？

【队伍】一川寒星：嗯，想我了吗宝贝？

【队伍】轻舞翩翩：想。

【队伍】一川寒星：亲亲。

【队伍】无哥是我：多撒点狗粮，反正我也不想活了。

【队伍】大官人：战力上我是刚不过老寒了，但女人方面老寒休想塞我粮。接招。

【队伍】幻巧儿加入队伍。

【队伍】幻巧儿：咦，老公，你想起我啦，亲亲你，蹭蹭你，爱你爱你，么么哒。

【队伍】大官人：哈哈，我艳福不浅，我老婆好主动呀。

我点开幻巧儿的信息栏，配偶栏里果然出现了大官人的名字。这姑娘出马就是十拿九稳，这才多久，两个人就进入了这种甜腻的状态。

【队伍】幻巧儿：嗯嗯，老公，女人的爱比男人更有兽性。男人的爱体现在呵护，女人的爱体现在想睡他呢。

【队伍】大官人：真的？第一次听说。女人的喜欢等于睡？

【队伍】幻巧儿：是的呀，老公。

【队伍】大官人：那老婆想喜欢我吗？

【队伍】幻巧儿：啊啊啊，我这是给自己挖坑跳了吗……老公你好坏……

【队伍】轻舞翩翩：…………

【队伍】一川寒星：。

【队伍】无哥是我：我了个去，你大爷啊0-9，老子昨天的早餐都吐出来了……

大官人和幻巧儿本来正在你侬我侬，忽然有一个红衣教的女生刷起了喇叭。

【喇叭】阮希希：汉子婊无哥晚上好，你可真是够"奇葩"的，一川寒星帮自己媳妇儿杀人就算了，风雨盟跟你什么仇什么怨，你要跟着一川寒星凑热闹杀他们？你的七个前夫还好吗，是不是现在北界好男人都被你渣光了，你要杀天地的男生来找存在感，为自己物色第八任老公？

这个女生刚才在风雨盟帮众带队的一条龙队伍里，但她并没有被误伤，而且动手的人是一川寒星，并不是无哥。我觉得奇怪，就提出了自己的疑问。

【队伍】无哥是我：她闺密的现任CP是我的第七任CP，他吃小邪醋所以跟我翻车，跟她闺密跑了，这两口子在红衣教没少说我坏话，忒点背。你们都当没看到，搭理她是恶心自己。

虽说如此，我却觉得无哥为了帮我而背锅，有点过意不去，于是掏出包裹里的传音令，想着怎么才能条理清晰地维护她，忽然，另一行滚屏徐徐出现——

【喇叭】听风：你们真是爱多管闲事啊，无儿爱帮谁帮谁，你不爽就来跟无儿打架啊，说这么多废话做什么？

【喇叭】阮希希：我还以为是谁，原来是汉子婊的听风狗腿子。我爱说什么就说什么你管得着吗？你以为你是杜驰，雷驰你家开的？

【队伍】轻舞翩翩：咦，有正义使者出现了，太好了。

【队伍】无哥是我：一点都不好。这是我的第六任CP。

原来，这个听风是部队上的男生，但不是我们印象中的那种干脆利落型的兵哥哥。他也吃梁小邪的醋，而且老要跟无哥奔现。无哥不同意，他各种往死里作、闹。她和他离婚，和第七任结婚后，听风卖号。过了一段时间，无哥和第七任CP离婚，听风又买号回归，有意复合，无哥拒绝。无哥告诉他，留在帮里可以，她的三个小姐妹不能撩。于是，听风谨记她的话，其他女生一个都没撩，就把这三个人挨个撩了一遍，正在翻船进行时。

这瓜还在轰轰烈烈进行中，另一个瓜就雨后春笋般在微信群里炸开。"叮叮咚咚"接连不断的微信提示声响起，我打开一看，美人爆爆和云备胎胎在小群里发了一堆截图。

第一张是易游网上的截图。雨勿忘的号卖99999元。后面都是福尔摩斯·爆不知从哪儿弄来的红衣教内部聊天截图。

白衣："雨哥也要A了吗？有点可惜。我一直觉得他人好温柔的样子。"

红衣："小白你都有桐叔了，怎么还这么容易对陌生男的产生好感？控制一下你的爱意，小心遇到跳区炮王。"

紫衣："还好凤舞翩然走了，如果她在，还不知道会搞出什么乱七八糟的事。"

红衣："紫紫，我一直不懂，你当时为什么那么费尽心思要把她赶走？现在都没人可以打了。其实，她留下来被我们打，打又打不过，玩得不舒服，才有意思。彻底走了就无聊了。"

紫衣："你啊，就是闲不住。对了，白白，你朋友圈最新照片里的项链在哪里买的啊，真好看。"

白衣："是这一张吗？"

我放大白衣发的图片，仔细看了好一会儿，在小群里说："她们为什么要叫苍雪梧桐'桐叔'？"

云备胎胎："因为苍雪梧桐年纪比较大，才刚过三十岁生日，他和白衣还在线上庆祝过。"

再度盯着那张白衣的照片看了很久，我确认没认错人。她是郑飞扬的女朋友。

这一刻，我觉得，次元壁[1]破了。

红衣带人叛变后，我和苍雪梧桐就互删好友了。我打开游戏微信的朋友圈，翻出很早以前发的一条动态，在评论中找到了苍雪梧桐，点开他的头像，查看信息。地区果然是上海。郑飞扬的生日是七月二十一日，这个月满三十岁。苍雪梧桐也才过三十岁生日。苍雪梧桐曾说他一个上海的朋友和我遭遇相似。搞了半天，那不是朋友，而是前女友。

等等，苍雪梧桐和白衣在游戏里的结婚时间是六月中旬。但朋友跟我讲过，郑飞扬五月就跟白衣在一起了。那不是苍雪梧桐还在要求跟我组 CP 的时候，已经和白衣见面确定关系了？为此我还特意找朋友确认了一下，她说："我确定时间是五月，但郑飞扬的朋友圈并没有晒过现任女友，还设置了半年以前内容不可见。半年以前他经常晒你的照片，这些照片估摸着也没删。"

我没再问下去。过了几分钟，朋友发来一张朋友圈手部特写照片：外滩英迪格酒店门口，一双男女的手牵在一起。配文字：最爱的扬，五月与你在此相恋，转眼已经过了快三个月，希望一生一世与你相伴。

"这是他女朋友的朋友圈，今天发的。"朋友如此解释。

我默默地关掉了图片，有一种浑身上下都被蚂蚁爬过的不适感，但又不致痛。

我和郑飞扬是工作时认识的。他老家在西安，父母离异，母亲性格强

---

1. 次元壁：网络用语，指二次元（动漫）和三次元（现实）之间的墙壁，即二三次元的代沟。

势，在当地是个小有名气的地产商，对他要求极端严格。游戏公司经常需要CG 插画师，我帮他当时负责的游戏画插画时，他对我展开了猛烈追求。最初鲜花珠宝浪漫惊喜不断，他个性温柔幽默，很会讨女孩子喜欢，这家伙还是有点手段的。

记得我们第一次约会那天，他开着他才买的 SUV 来接我，跟我聊起了车子，就问了我一个问题："你爸爸开的是什么车？"得知我爸开的是宾利，还不止一辆，郑飞扬对我家里的事就越来越上心了。有一点好或不好，他都会追问很多细节。所以，我对郑飞扬难免有些防备，总觉得会有另一个大小姐出现把他抢走。结果分手后他找的新欢是个淘宝店网红。我们的共同朋友都觉得奇怪，以为他们是在 chinajoy（中国国际数码互动娱乐展览会）这种类型的活动上认识的。

再回顾一下白衣的游戏历程。开服时，她是一个佛系帮派的帮主，嫁过一个操作挺强的平民优等生，因受不了对方对自己管束太多，最后离婚。在当佛系帮主期间，因为声音软糯受欢迎，经常开直播为帮派招人，从一个小帮挖走了一对开服就挺恩爱的 CP。不到两周，男方离婚，送爱慕草向白衣求婚，女方退游。但她只是和男方天天腻在一起，不同意结婚。这期间，男方说她跟皇族大佬有暧昧，多次觉得她在骑驴找马，想和她死 CP，都被她安抚下来。

这个大佬是香港大学的高才生，长得帅，家境好，情商低，战力不算太高，但操作是主播级的，兼任皇族的战略军师和战斗指挥。他有个刚烈奔放的 CP，从他们的 CP 名就能看出来：男生叫长生殿，女生叫七月七。出处是《长恨歌》里的"七月七日长生殿"，此处"日"是动词。

白衣跟长生殿说帮战她的帮会被别人打得落花流水，自己好无助，羡慕长生殿那么强，又能把皇族管得那么好。长生殿是热情洋溢的男孩子，被她这么一说，胸腔中自然有一股浩然正气腾腾升起。他发誓要保护好这个白吟霜般的柔弱女子。于是从那以后，每次帮战我们都不见他人。他去白衣帮会帮她殴打她的敌对去了。没过多久，长生殿和七月七就凉凉了。七月七连续刷喇叭，上空间撕了白衣整整十四天。

但和之前的情况一样，白衣依然不肯结婚，也不肯来皇族。她的理由是她太弱了，不想让人觉得她在抱长生殿和皇族的大腿，也不希望婚姻把他们俩的感情囚禁住。直到后期我们帮帮主搞出那一堆破事，和三个帮派搞起来，白衣才等到了最重要的一次机会——她是这三个帮派的帮主之一，三帮合一后，她成了副帮主，并且以副帮主的身份，与皇族一个副帮主谈判。这个皇族的副帮主就是苍雪梧桐。

她多次向苍雪梧桐表达过对凤舞翩然大佬的崇拜和喜爱，希望能成为我的得力助手。我一直知道她是个好帮主、渣 CP，犹豫了很久要不要用这个人。

优点不用多说，她这么咸鱼的一个号，能混到长生殿动用全帮资源为她付出的程度，能混到跟苍雪梧桐直接谈判战局的程度，不是全靠运气。

缺点也很明显。一个人对 CP 都能如此无情，对朋友和帮派就更不用说了。我希望皇族始终是一个温馨的大家庭，以她和长生殿的关系，来了肯定要管事，我不想被这样的人影响了氛围。最后我决定不杀她，不收她，把她晾到一边，专注跟帮主打三合一帮派的其他人。这期间，白衣很快赢得了苍雪梧桐的好感。毕竟苍雪梧桐在我这里听到了太多类似"我是战力玩家""你要我跟那些傻子一样恋爱那是不可能的""奔现绝无可能"等杀马特言论。此情此景，在战火纷飞的境况下，遇到这么一个会哭会笑、会示弱又懂爱的敌对女孩，他那颗死掉的心大概早就枯木逢春，倍感浪漫了。他们俩天天待在一起，虽然没公开，但大家都觉得长生殿绿成了青青大草原。长生殿嘴上什么都没说，默默卖号，专心读研。长生殿的亲友退帮，许多人敢怒不敢言。

红衣觉得很恶心，因为在她的理解中，苍雪梧桐迟早是我的 CP，长生殿又是个可爱的弟弟。她想踢掉苍雪梧桐，但紫衣说这时候应以帮会大局为重，不管梧桐在外面怎么浪，反正他只是玩玩，也没认可白衣的存在。

我觉得白衣这样对长生殿很过分，但想想长生殿自己也辜负过七月七，所以没对白衣赶尽杀绝。这反倒让白衣趁红衣开小群吐槽我的时候，偷偷混入了那个群，策反红衣，和红衣一起来对付我。结果皇族四分五裂，苍雪梧桐也不像紫衣说的那样只是玩玩，他和白衣结了婚。

皇族落难，我总想如果长生殿还在就好了。开区我们实力第二的时候，只要是他指挥，团战都能拿下第一。别人追杀他，他越两万战力反杀对方。

这么一个人才，要是对感情没这么轴该有多好。但他的这些优点白衣是看不到的，她看到的只有苍雪梧桐的好。现在她当上了红衣教的帮主，这个游戏她花最少的钱玩出了最高的体验，还收获了一个优质男朋友，值了。

红衣教的这段聊天记录，我都转发给了一川寒星。但他的关注点非常奇怪："跳区炮王是什么意思？"

这是以前我和红衣一起造的词。开区那会儿我们敌对帮有个男的提战力挺快，到处约妹子见面。有一个上当了，和他当了一段时间游戏夫妻、现实床伴。等游戏进入中期，大R（游戏中高氪金玩家）的优势以肉眼可见的趋势加强，再玩下去他和皇族对抗的成本会大幅度提高，于是把号丢给CP，让CP背他的锅，他自己跳到新区又把同样的故事演了一遍。游戏里有很多这样的男生，大部分是小R玩家，我们管他们叫"跳区炮王"。

我把这个典故告诉了一川寒星，他发了一堆震惊的表情过来。

"一个游戏可以玩出这么多名堂的吗？"

"这么意外？你以前都没组过CP吗？"

"在前一个游戏里有过CP，但女人太麻烦了。我去杭州出差，那个妹子知道我在杭州，喝得烂醉，说什么也要见我。我拒绝以后，她就在游戏里刷喇叭单方面和我死CP。第二天又找我道歉和好，我想都公布了还和好干吗，不和。她就闹着要卖号，骂我渣男，一群疯女人什么情况都没弄清楚，跟她一起骂我。那以后我再也不想找CP了。"

"你为什么不见她呢，外形拿不出手？哈哈哈。"

"别想骗我的照片，我是你这辈子都得不到的男人。"

"自恋狂，谁想看你照片啊。"我拿着手机笑了半天，渐渐地不笑了，又小心地提出了一个问题，"对了，你不是说你再也不想找CP了吗？为什么要找我呢？"

"对方正在输入中"持续了最少五分钟，我才收到了他的回复："翻翻，你和我认识的所有女生都不一样。我觉得能跟你在一起一天算一天，能和你互相喜欢一天算一天。一生就这么长，这是最后的机会，我不想再错过你了。"

这段话看得我眼眶都湿了。我抹了抹眼角，正想问他为什么突然这么煽情，他又补了一句话："你们女生就喜欢看男生说这种让人起鸡皮疙瘩的话，对吧？"

"啊？"

"我为什么要跟你组CP，当然是因为你是凤舞翩然。还用问吗？能泡到凤舞翩然多有成就感，比单挑打赢三个恶魔代言人加十个苍雪梧桐还爽。"

"……"

"想想看，我不仅打败了凤舞翩然，还把她强势占为自己的女人，宗教级的游戏体验了。"

"你蛇精病（神经病）啊，我大号已经没了，谁知道你CP是凤舞翩然。"

"我自己爽了就行了，管别人怎么看干吗。"

"……"

这家伙到底是怎么做到让人一会儿哭，一会儿笑，一会儿又被气得半死的？

聊了一会儿，他跟我说他妈来了，要去做家务。因为在家里他妈地位最高，最喜欢对他说的话就是："你这个叉烧包，再让我看到你吃饭不收碗，我立刻带你离开这个美丽的世界！我能带你来，就能带你走！"

我被他模仿妈妈的口吻逗笑了，让他快去忙，然后关掉手机屏幕，望着头顶的灯发呆。

和一川寒星认识的时间不长，但我们俩就是如此投缘，能一个晚上把别人可能一辈子都说不完的话都聊完。

这两天我从他那里得知，他和我一样，从小就喜欢玩游戏，学生时代不知换过多少台电脑，经常带小伙伴到家里来玩电脑，伴随着我们童年成长的都是仙剑系列和光荣的三国系列。他和我一样有一个成功创业的父亲。但他爸在感情上比我爸靠谱多了，始终对老婆专一，疼儿子，陪儿子打游戏时发现了互联网的蓝海，于是从酒店式公寓转行做互联网行业。

仅仅是跟他聊天，我都能感觉到他对父亲的崇拜。这一点上，我们俩也很相似。如果在家里出事前遇到一川寒星，我一定会觉得我们很般配，并且更加积极地处理我们的感情，而且会认真考虑见面的事。可是现在，我的人生已经这样了。我觉得自己连郑飞扬都配不上，更别说是光辉万丈的一川寒星。所以，在游戏里扮演一个与他般配的女生，假装我还是从前的自己，和他谈一场王子公主般的恋爱，已经是在一起最好的方式。

他微信的头像是多塞特郡的侏罗纪海岸和天然石灰岩拱门，我曾经也到过那里。我和他连最喜欢的海滩都是一样的。再看看我们的聊天记录，我真觉得他离我很近，近到好像两个人没有任何秘密，只要伸伸手，我就可以碰到他。可是，他又特别遥远，远到我连他长什么样、叫什么名字都不知道。

忽然，手机振了一下。无哥发了一条微信过来："翩翩姐，我好气，梁小邪太过分了，你说他是不是大姨夫来了？"

"怎么了？"我直觉梁小邪不会无理取闹。他懂事得让人心疼，一看就知道是吃过苦的孩子。

"你不知道，以前我那些 CP 吃他的醋，有黑粉不爽他，我都是无条件帮他干他们！他现在居然跟我站在对立面，气死我了！"很显然，她这句"干他们"是被一川寒星传染的。

其实，无哥的前任吃梁小邪的醋算是进入了灰色地带。

无哥是顶级号的拥有者。她在游戏的生物链里属于食物供应者，打交道最多的对象并不是单个玩家，而是战队、所属势力和游戏公司的高级服务。所以，大佬的 818 总是以势力纷争为主，很少以狗血爱情和多角恋为主。

主播是游戏公司高级服务的一部分。梁小邪和老板们相处的方式人情味十足，既让老板觉得他是朋友或战友，不多不少地参与到游戏中，又不介入老板私事太多，好让老板得到最高的游戏体验。因此，梁小邪和无哥的相处模式应该是典型的服务和被服务的关系。

主播属于服务方，是现实里的人；CP 是游戏里的伴侣，是虚拟世界里的人。二者本不应该有任何冲突和交集，敬业的主播也不会把感情投入游戏里。

无哥大女子主义严重，在游戏里谈的是跨阶级恋爱——七个前夫每一个战力都远不如她。他们玩不起权力和战力，只能把重心放在爱情上。所以，他们不会理解她对爱情的超低需求度，才会连主播的醋都吃。这就很好地验证了雨玲珑曾经说过的话：就算在游戏里，也是要讲门当户对的。

我点开雷驰游戏直播 App 首页，找到并进入梁小邪的直播间，发现他已经下播了，历史聊天记录里有很多粉丝留下的言论：

"小邪别难过了，你不播了我们会伤心的啊……"

"无老板只是一时间情绪来了，你又不是第一天认识她，她的脾气来得快去得也快。"

"发生什么事了？怎么老邪今天这么早就下播了？"

"唉，小邪和无老板有些不愉快，你们快去粉丝群安慰安慰他。我叫他半天了，他都没吱声。"

我打开直播回放，无哥一个晚上都在，刚进直播间和梁小邪连麦，她还自己放起了洗脑神曲《大哥欢迎你》："大哥大哥欢迎你／感谢你来我这里／大哥大哥欢迎你／等风等雨等着你／他来了他来了他带着礼物走来了／他来了他来了他脚踏祥云进来了／大哥天大哥地大哥能顶天立地／大哥风大哥雨大哥能呼风唤雨／这是我的好大哥／他有房又有车／来再次欢迎我大哥／刷点礼物不用说……"

她一边自嗨放着音乐，一边给梁小邪猛刷礼物，逗得直播间的粉丝都哈哈大笑。梁小邪打断了她："无无，你今天收到快递了吗？"

"你怎么知道，今天傍晚我收到了一条 LV 的白金碧玺手链。这这，这是你送给我的吗？"

摄像头里的梁小邪笑了一声："不是送给你的，只是拿给你看一下。"

"我了个去，小邪你居然会送我礼物？好开心，吼吼吼！"她发出了一阵实在没什么女人味的笑声，"但是为什么啊！你才是主播，我收你的礼物好像不太对劲？"

梁小邪眼睛弯弯的，笑意跟水墨似的在清秀的脸上晕开。

"感谢无无当了我一年的老板，今天刚好是我们认识一周年的日子。大家都知道的，无无给我刷了很多礼物。多亏了她，我妈的病才好得那么快。所以，这只是很小的礼物，不成敬意。还有谢谢直播间的各位，最近我妈出院了，我在家给她做了很多她最爱吃的蜜汁豆腐干。当时想到了大家，就做了很多，你们在微信上把地址发给我，我给你们都寄一些过去。"

有粉丝提问，梁小邪把问题念了一遍："'蜜汁豆腐干，噗，小邪果然是苏州人。无老板不是北京的吗，你们是怎么见面的啊？'我和无无是在雷驰举办《桃花万界》线下活动时见到的。"

　　"'无老板漂亮吗？'"梁小邪怔了一下，随后大方地笑了，"当然漂亮，我们无老板能不漂亮吗？"

十四瓣桃花

"小邪小邪，豆腐干有我的份吗？"无哥完全没留意到他们在讨论她的外貌，兴奋得像通了电一样。

"有的。无无，你太瘦了，多吃点。还有少熬夜，身体发冷就多喝点热水。"

"多喝热水，你不如叫我多喝硫酸。"无哥大叹一声，"我跟你们讲，小邪做饭太好吃了，隔一段时间就要弄一堆吃的给我们，还喜欢半夜把别人点给他的外卖送到我家，我都被他喂成球体了，他还说我瘦。"

"怪我咯？"梁小邪笑出声来。

"就怪你就怪你。"

他更是笑得一脸阳光，满满都是宠溺意味地说："好好好，都是我的错。"

本来氛围一片大好，但四十三分钟前，红衣教那个女生在游戏里刷喇叭喷无哥，无哥就在直播间里吐槽这件事，叫梁小邪开她的号去揍那些喷子。梁小邪沉默了片刻，收敛了笑容说："其实无无，虽然你说过CP就是陪你玩的伙伴，你对谁都不上心，但我还是觉得以后你结婚还是挑一挑，别什么歪瓜裂枣都给机会。"说完之后直播间一片寂静，他又试探地喊了一声：

"无无？"

又过了十多秒，无哥才轻声说："你嫌弃我？"

梁小邪慌了："我怎么可能嫌弃你。我的意思是，很多麻烦跟你过去CP太多是有一定关系的……"

"我CP太多？"

"无无，你误会我了。那些男生配不上你。你想寒哥和嫂子，挺配吧。我觉得你要找CP，应该找个寒哥这样靠谱又有能力的男生，而不是跟那些……"

无哥愤怒地打断了他："哦，你现在还觉得我应该跟寒总在一起了？"

"不不不，我不是这个意思……"

无哥再度打断了他："小邪，咱们就不说我的事了吧，说说你的事。你和你死对头主播竞争的时候，我是怎么对他的？把他往死里撑，帮你刷到人气第一名。你跟我说你特别感谢我，砸钱事小，我的心意事大，知道我对你这么仗义，以后无论如何你都会站在我这边。而你现在是怎么对我的？害怕得罪其他玩家，甚至还帮跟我敌对的人说话，觉得我是个朝秦暮楚CP不断的女的？"

梁小邪本来想说什么，但笑了笑，最后也只是无奈地说了句："在你眼中，我就是一个只会收你礼物的势利眼主播，对吧？"

无哥给他的答案是漫长的沉默。

"我连朋友都不是，对吧？"梁小邪垂着眼，看着键盘的方向。

无哥还是不说话。

等了好一会儿，梁小邪抿了抿唇，深呼吸几次，又抬起头对着摄像头淡淡一笑说道："我当初就不该跟雷驰签约。对不起各位，这游戏我不想播了。"

无哥冷笑几声道："哦，好，很好，现在全是我的错了是吗？我把梁大主播给逼到不播了！"

但她没有得到任何回复。梁小邪下播了，视频回放到此结束。

虽然梁小邪能火成这样与颜值有关，但这些都只是对他技术的锦上添花。无哥的号是他一手包办的，他赚的是技术钱，她却强调为他疯狂刷礼物的额外付出，仿佛把他拉到了颜值主播的档次，太伤人了。但现在她在气头上，我也不能多说什么，只能尽量安抚她的情绪。

八月一日深夜两点半，我在游戏里看到了一条系统公告：

二心不同，难归一意。弯弯酱与慕殇解除夫妻关系，此后一别两宽，各生欢喜。

【世界】人中龙凤肯德基：这个这个，确认一下，是名字在前面的点离婚的对吧？

【世界】弯弯酱：呵呵。都不知道他怎么有脸说我想跟他奔现的。他想奔现我拒绝的聊天截图我已经贴在空间了，大家自己去看吧。

我点开扫了几眼，无非是他们俩感情正浓时男的某虫上脑、女的半推半就的内容。离婚过后，弯弯酱退帮去了红衣教，慕殇还留在风雨盟。

这一夜过去后，我在帮派申请人列表里看到了一个熟悉的名字：

君风云，120级，仙念，【通过】【拒绝】

君风云是以前天地桃源的榜五，现在排名靠后了。进帮之后，他在帮派里跟大家打招呼、叙旧，很快打成一片，还聊起了大家感兴趣的话题。

【帮派】君风云：最近风雨盟很多人传翩姐大号是十二万以上的，都在猜测她是别区哪个大佬。弯弯酱说难怪新号主像变了个人，她师父没翩姐这么狠毒，翩姐肯定也不漂亮。我是真不懂，她为什么恨翩姐比恨佳人翩翩还多。

【帮派】轻舞翩翩：哈哈，她师父讨厌她的程度，很可能比我讨厌她的程度多。

【帮派】餐巾公子：翩翩你没get到风云兄的点。他说你不漂亮，意思是叫你发照片来验证真身。

【帮派】轻舞翩翩：你先问问你寒哥给不给看。

【帮派】阿神：寒哥说，给你看魔刃绝灭。

【帮派】餐巾公子：呃，我错了，我不想看了。

然后，君风云给我发了私聊信息。

【私聊】君风云：谢谢翩姐愿意让我回怒战。

【私聊】轻舞翩翩：别这么说，本来你跟幻辰儿去风雨盟，也只是因为他和幻巧儿的感情私事，就我看来，你什么都没做错。

【私聊】君风云：我也有错的地方，唉。在风雨盟待的这段时间，我发现老殇人不坏，但我曾经和佳人翩翩暧昧不清，一直感觉愧对他。

【私聊】轻舞翩翩：慕殇人还不坏？他和佳人翩翩的事你都知道吗？

【私聊】君风云：老殇一开始是想给佳人翩翩未来的。但他家里人觉得他们也不是大富大贵，佳人翩翩是农村的，还有一个弟弟和两个妹妹，老殇照顾不过来，不同意他们在一起。老殇把实话告诉了佳人翩翩，说要带她见自己家人，看看有没有办法调节。佳人翩翩不同意，一天到晚都在哭，说慕殇轻视她。

【私聊】轻舞翩翩：慕殇对她认真过？那他们是怎么搞成后面那样的？

【私聊】君风云：因为她跟我说，她可以给我千里送。

【私聊】轻舞翩翩：啥？？？

【私聊】君风云：是真的，聊天截图我都还有。当然，在对我说这些话之前，她也说了她是被老殇气的。

这番对话颠覆了我对这两个人的认知。我一直以为慕殇很过分，结果一个巴掌真是拍不响的。

这一天我又玩到第二天早上。下午三点半起来，看到手机日历的提示：明天八月三日百年校庆。

我眨了眨眼，又眨了眨眼，发现自己早八辈子就已经忘了这件事。现在重新收到提醒，只觉得窗外的阳光好刺眼，一头把自己埋到了被子里，有一种世界末日即将到来的痛苦。

因为长期熬夜，凌晨三点前要睡着几乎是不可能的事。想到可能会遇到杜寒川，我就更睡不着觉了，一直在床上滚到快早晨五点才勉强睡着。早晨九点开始，我调整了起床闹钟十二次，才总算捂着沉重的头从床上爬起来，去洗手间洗漱、化妆。

校庆日还是到来了。

如今距离初次踏入这片校园的那一日，已经过了快七年。但即便是七年后的今日，再重新看见这一片欣欣向荣的景象，我依然能记得最初的悸动。

春日的霏霏轻雨是冰冷的，夏日的绵绵细雨是温暖的。这几日的小雨未能带来半点伤感，反而将炎炎夏日的灰尘洗净。暖风带动叠红泄粉的花朵，延绵起伏在通往教学楼的小坡上。碧空寥廓，薄云万里，天壁是最美的眼睛，望向尘世间的芸芸众生，给予莘莘学子最宽容的凝视。校园里的栏杆和塑胶跑道翻修过，篮球场周围还添加了秋香绿色的钢丝网。返校毕业生的着装与举止为他们贴上了社会的标签。但高一到高三的学生还是那么纯粹，都穿着校服，打闹成一片。

我在约定的地点见到了高三12班的老同学。

"哇，翮哥，才多久没见，你现在变得这么没有男人味了？""校花"穿得越来越像个时装设计师了，石榴红色的牛皮短靴搭配眼线，举手投足也比高中时更像女孩子了。

"那是因为你太有女人味了，所以看谁都没男人味。"我哈哈一笑，换来了他一个骚到极致的白眼。

"时间过得可真快，现在我们大学都快毕业了。你们想好以后要找什么工作了吗？"小包子变漂亮了，短发染成了亚麻色，笑起来就像日剧里的都市女主角，"翮翮，我最好奇你想做什么。是继承家业呢，还是接着画画呀？"

"这个等毕业了以后再看吧。"我笑得勉强。

我和他们嘘寒问暖了几句之后被老师带到学校为我搭建的画家展示区合照，接受学生们对我作品的各种赞美。忙了一个半小时，我才总算闲了一些，坐在角落里休息。展示区搭得很漂亮，后方有一个石制的伟人雕像，经过几十年的风吹日晒，它的白色混杂着些许混浊。像是受不了暴晒的炎日，一只咸菜色的细长蜥蜴钻入雕像与地面之间的缝隙里。这种古老的情景与我的诸多画作放在一起，别有一番艺术的气息。我扭了扭脖子，正想伸个懒腰，却远远看到教学楼里走出来一个高高的人影。

三只麻雀被嬉闹的学生从草坪里惊起，"扑棱扑棱"展翅冲入碧空。风在树海中卷起绿色的浪花。我的脑中先是一片空旷，然后似有蜜蜂在头颅里疯窜一样，散杂得无法思考。双腿突然麻痹，大脑缺氧，我扶着画墙稳住身子。

那是一个穿着开领白衬衫和运动鞋的男生，皮肤白，气质干净，额前的刘海抓过造型。与身边人讲话时，45 度的脸部轮廓就跟画出来的一样。他是衣着最简单的人，却使周围正装人士和盛放的夏季植物黯淡了。

杜寒川……

发现他和一行人朝我的方向走过来，他还不时左顾右盼，好像是在寻找什么，我赶紧晃晃脑袋，顾不上头晕，溜到了教学楼里。我心里空落落的，拿出手机给一川寒星发微信说："在无聊的活动上，想早点回家。"一川寒星隔了很久才回了一句："等你。"

"我想你了。"发完这句话，与杜寒川重逢的伤感依然退散不去，我又发了一堆哭泣的表情给一川寒星，"寒哥，我还是适合宅在家里。这个活动好没意思，我想回家。"

"我也想你。等你。"

"我是不是有社交恐惧症了，好想哭。"

"乖乖不要难过，我一直在，会等你回家的。"

在校庆活动正式开始之前，我都躲在教学楼里玩手机。胸腔中像有开水在滚动，分分钟都能冲上来，从眼中夺眶而出。我小跑进了洗手间，背对着一群学生在角落里擦眼泪鼻涕，我已经尽力忍了，但还是有一滴眼泪顺着眼角滑落，在打了散粉的脸上勾出一条细细长长的水痕。我用手背按了按那抹泪痕，觉得更加难受。早上出门太急，妆也化得不精致，粉还打得又厚又不均匀。

校庆开始后，杜寒川是第一个发言的学生代表。操场中是上万名师生观众，他站在高高的讲台前，一上台就把双手撑在麦克风两侧，丝毫不怯场。

"校花"捂着脸，露出了分外娇羞的表情："翩哥，你当时是怎么跟他分开的。要是我，冲着他的颜值也舍不得放手啊。"

"长得帅有什么用。不合拍就是不合拍。"

小包子噘着嘴说："就是，何况我们翩翩也是超级大美女，杜寒川还未必配得上她呢。"

杜寒川没有准备稿子，直面上万双眼睛，自信而稳重地对着话筒说："尊敬的各位领导、来宾，亲爱的老师们、校友们，我是杜寒川。在我们的母校中，一百载流金岁月，流淌着知识的源泉，高举着品德的旗帜。一百年教育的足印，深沉而久远……"

我原本用手心撑着下巴，没精打采地看着地面。听到这个声音，我猛然抬头，再次看向杜寒川的方向。他徐徐说道："昨天我还跟父亲聊到咱们学校的光辉历史。父亲说，很羡慕我们如今有如此完善的教育。走在这所学校里，我们可以见证中国教育的历史变迁，这是多么荣幸的事。古诗云，十年磨一剑，霜刃未曾试。咱们学校这是磨了十把剑了。"

所有人都被他逗得笑起来了，我却依然很蒙。他的声音跟一川寒星也太像了吧？只是比一川寒星的声音更低、更沉稳一些，但还是很像。记得第一次听到冷月的声音时，我立刻想到了杜寒川，那不是错觉。

我狐疑地打开微信，给一川寒星发了一条消息："寒哥，你在做什么呢？"

我们所坐的位置右侧刚好是在校生。一个高中女生指着杜寒川的方向说："哇，你快看你快看，这个演讲的小哥哥好帅，他是我们学校毕业的吗？"

"你不知道吗？那是杜寒川，杜驰的儿子。"一个男生插嘴道。

如果看见杜寒川像是被天雷劈中，那么现在就像是被惊雷劈中了——我和杜寒川认识这么久，怎么从来没人跟我说他爸是杜驰？那我游戏玩到现在，都是在给他家送钱了？

好不容易熬到了演讲结束，台下掌声如雷。我的一颗心像八级地震时的日本房屋，极其动荡。手机忽然振了一下，我打开一看，是一川寒星发的牛排照片，附言："在做吃的。刚做好。"

"哦哦……"

"怎么了，你在干吗呢？"

"没事，我在校庆上遇到一个人，声音和你很像，但这个人我不喜欢。还是寒哥你最好了。"

过了半天，一川寒星才回了一个"哈哈"。

漫长的一天过去，我和同学们一起去附近的海底捞聚餐。小包子叫了十二扎啤酒。我的酒量拿不出手，但在她热情的招呼下，同意少喝一点。但和老同学喝酒这种事，是没有一杯两杯这种说法的，只有零杯和无数杯。他们热身还没结束，我已经觉得胃里一阵阵翻滚，借着上洗手间的机会想去吐一下。

可真去了洗手间，蹲在马桶旁边干哕了半天，又什么都吐不出来。我跑到洗手池前理了理头发，撑着池子大口喘气，只觉得头晕目眩，世界都在晃动。而且不管我怎么强行让自己清醒，都没有办法改善当下的醉酒状态。

我不能再玩了，还是得赶紧回家休息。

我摇摇晃晃地走出洗手间，撑在门口又休息了几秒，看见一个男生迎面朝我走来。

我抬头，微微怔住。他也怔住了。

是酒喝多的原因吗？心里好难过。

"翩翩。"杜寒川看着我，低低唤道。

他背光而站，眼眶深邃得很严峻，眼眸却是漂亮的浅棕色，有一种恰到好处的反差美。而他的外形一向如此 ok，着装简单轻盈，只需要一款腕表来彰显经济实力，其他装饰一概不需要。

我尴尬地回避他的视线，笑了笑，扶着墙壁往自己桌子的方向走，却被他叫住："郝翩翩，你喝酒了？"

"与你无关。"

我继续往前走，手腕却被一只强有力的手抓住。这一抓害得我一个踉跄，几乎要摔倒在地上。杜寒川赶紧用双手扶住我，有点责备意味地说："为什么要喝这么多酒？"

"都说了与你无关！放手！"

我拼命想挣脱他，用手扶着墙壁，却被他反手封在他的双臂和墙壁之间。一时间无路可退，我伸手去推他的胸口，他力气大到丝毫不动弹。

而在这个本来应该愤怒的时刻，我却如此懦弱，立刻回想到的不是他曾经的决绝和狠心，而是我们第一次在日落后的牵手。我记得他背对着我大步往前走，有点大男子主义地清嗓子、怪我路痴，看上去好像跟平时没什么区别，却没留意到握着我的手是多么小心翼翼，好像稍微用力我就会碎掉一样。有车过来，他也很着急地护着我，挡在车道那边，那一刻短暂的轻拥，刹那间让我觉得眨眼便是永远……

我记得我们俩一起去吃海鲜，他皱着眉头剥了满满一盘虾，命令我全部吃掉的样子。

我还记得，他曾经为了更有男子气概一些，故意运球想在手心磨出茧子，结果磨出了血，我捧着他的手细细观察他的伤口，轻轻触碰问他疼不疼，却被他垂下头来吻得心跳都快停了……

这么多年来，我觉得他已经是过去式了。只是稍微闲下来，或在意志力稍微薄弱的时刻，杜寒川才会侵蚀掉我大部分的时间，像复发的顽疾一样。

这样的时间并不会持续很久，最多一个晚上，但顽疾不知什么时候来，也不曾治好过。

朋友不是没有安慰过我，失恋初期可以哭天喊地地让所有人都知道，反正刚失恋嘛，被安慰也是正常的。但过了这么久还记得，是自己的问题。在这个快节奏的时代，告诉别人自己心里有一个永远忘不掉的人，还是十多岁时的初恋，很羞耻，还会被贴上不洒脱、不独立的标签。尤其是交了新男朋友以后，再想着前任，那就是对后来者严重的不尊重。所以，后来杜寒川变成了一个秘密。我无数次安慰自己，时间会让人忘记一切的。作为一个新时代的女性，我也不觉得有谁离了谁是活不了的。

可是谁都知道，有的人就和伤疤一样，一辈子都无法消失。

此时此刻，他就站在我的面前，把这个伤疤又狠狠揭开了，鲜血淋漓。

如果周围没人，我想大哭一场。

虽然心里早就溃不成军了，但我还是使出浑身的力气推他。

"杜寒川，放手啊！我们俩早就没有任何关系了！离我远点！"我用力咬着唇，和眼眶中滚动的眼泪做斗争，想要摆脱他蛮不讲理的束缚。路过的客人偷偷投来了异样的眼光，眼前的他垂眸漠然地看着我，一直在摇晃。

"你和我没有任何关系？"他淡淡地说道，"你现在的反应没有说服力。"

一瞬间，我失去了所有的力气，抬头木然地看着他。

"杜寒川，我很感谢你到现在还在关心我的死活。"我一字一句地说道，"但是，我不想再和你有任何关系了。"

杜寒川强颜欢笑了一下，慢慢松开了手。

"你这么讨厌我。可是，这些年，我一直都……"

"对，我不想再看到你。"我打断他。

我说得特果决，然后绕过他，从包里翻出手机，想发消息给一川寒星，结果拿反了。我想把它调过来，没有拿住，它掉在了地上发出刺耳的巨响。我蹲下身去捡起手机，不适感再度涌上来，身体晃了两下。杜寒川上前强行扶着我的胳膊，把我拖走。

"你一个女生在外面喝这么多酒，真的太胡来了。我送你回家。"

一路上昏昏沉沉，不知不觉我就上了他汽车的副驾。他替我系好安全带，把车开了出去。我打开手机，本想开游戏做一下任务，却发现一点力气都没有，就打开了微信，胡乱发了一大堆东西，然后沉沉睡去。

爱也是他，恨也是他，亢奋激动是为他，筋疲力尽也为他，却还是没办法毕业，我好累，只想好好睡一觉……

当年，高考出成绩之后，我把作业拿到英语老师办公室，听到她和高三老师聊到了杜寒川，说他高考发挥不错，英语满分，总分超了北大录取线23分。我问："那他填的是复旦还是交大呢？"高三老师说："他填的北大。他家就在北京，来上海读书是因为父母的工作关系，现在他父母要回北京了，他也会回去。"

当时我的第一反应是老师弄错了，因为他和我约定好要考上海的大学，他不可能反悔。我毫不怀疑地发了一条消息给他，恭喜他高考发挥不错，问他第一志愿是不是复旦。因为他曾经提过以后想当医生、开医院，复旦医学院很强。过了近半个小时，他才回复我："是北大。但我不去北京，我要出国了。我在跟家人商量要去哪一所，我们晚点再说。"但并没有所谓的"晚点再说"。从那天起，他就跟人间蒸发了似的，再也没有和我联系了。

后来我听菠萝学长说，杜寒川去剑桥读了几天，但在入学登记那一天放弃了，转去了伦敦政治经济学院，理由是剑桥他读不下来。末了他还补充了一句，杜寒川最近状态很差。我了解的杜寒川从来不会因为"读不下来"这种理由放弃，所以特别担心他。于是，趁着十一国庆放假，我跟爸爸说要去英国旅游，他安排了姑姑带着我和表弟一起过去玩。

到了伦敦，我打了无数通电话，直到下午三点，我整个人都快担心死了，电话那头才传来一声倦怠的"hello"。我几乎不敢相信那个宿醉的声音是他的。

他总算同意了和我见面，却是在一家大排长龙的夜店。令当时的我印象深刻的是，门口有两个英国女性抽着烟，裙子短到露出小半截臀部。三个西装革履的男士眼带笑意地靠近，时不时低下头和她们耳语，换回她们轻佻的眉和暧昧的笑。然后，杜寒川出来找到了我。他和其他人不一样，白衬衫，暗紫灰长裤，白色运动鞋，简直就是这个夜店里唯一的清流。

他把我拉到夜店里玩了一圈，里面闪烁的灯光晃得我眼睛疼，house music（一种电子音乐类型）吵得我脑袋里都有了嗡鸣声。有个微胖的白人女性和黑人男性跳贴身舞，腰部以下像被胶水粘在一起一样，扭来扭去看得人胃酸直往喉咙冒。我看着杜寒川在里面喝酒，不适应极了，没待几分钟就想转身走掉。然后，他拽住我的手，单手把我推在角落墙壁上，低头就想吻我。我愣了一下，别开头，闭着眼一口气冲出了夜店。

街上不时有锃亮的跑车飞驰过去，带走一片震耳欲聋的摇滚乐。我在路边大口大口地喘气，看见杜寒川从里面走出来，没事人一样对我笑着。但他刚走了两步，刚才疾驰而过的红色跑车就停在他面前。车门打开，一双踩着十二厘米大红高跟鞋的细腿踏出来。接着出镜的是缠着丝巾的鳄鱼皮包、豹纹超短裙和白色皮草披肩。穿着这套衣服的女生和我差不多年纪，眼睛因粘了太厚的假睫毛而半眯着，挽着一个和她有着相同穿衣风格的女孩子走向杜寒川，约他在里面见。等她们进去以后，我不可置信地指了指他身后的夜店，问道："你在搞什么鬼？这就是你出国留学的目的？"

杜寒川耸耸肩，说："我高中学得够多了，现在是时候享受了。"

"那些女生呢，和你是什么关系？"

"朋友关系。"他拽着我走向停车的地方，"走吧，我送你回去。"

他把车开过来，载我回酒店，一路上我们都没有说一个字。到酒店以后，他对着我这边车门的方向抬了抬下巴，示意我下车。

"杜寒川，你是不是遇到了什么不开心的事？我听菠萝学长说你最近……"

"你们戏太多了，我好得很。"杜寒川打断了我。

"那你跟我回去。"我冷冷地说道。

"你别试图管我。我最烦别人管我。"他的态度却更加冷硬。

"我再问你一次，要不要跟我回去。"

他与我静静对峙了一会儿，低声说："不回。"

我握着双拳，气得浑身发抖，最后打开车门，轻描淡写地说："那我们分手吧。"

他笑了一声，无所谓地等我关上车门后扬长而去。

后来，我听朋友讲过一个关于伦敦留学生的段子。一个女生采访伦敦街头的留学生："请问你是做什么工作的？"留学生说："我的工作是'杀光'伦敦留学生里的好男孩。"女生说："可是伦敦留学生里没有好男孩啊。"留学生神秘一笑，说："你以为他们是怎么没有的？"

杜寒川在国外学坏了，这还只是开始。

虽说如此，我知道他心中是有苦闷的，所以回国后打电话鼓励他，却没有效果。他没再提我们分手的事，却始终沉默寡言。如果我说太多，他还会用不耐烦的口吻说"所以呢，你说完了吗"。我的承受力也到极限了，最后在电话里说："我累了，快放弃了。"

"翩翩，我给不了你你想要的爱情。我也累了，就这样吧。"他的声音听上去也很疲惫。

"你给得了的，你知道你给得了，而且绰绰有余啊。只是你不想而已，你不想！"

"我给不了。"

"你给……"

"真的，翩翩，对不起，我给不了。"

听到他疲惫地喘息，我紧绷的神经忽然像断线了一样。

"好，你给不了。那就这样吧。再见了，我真希望从来没有认识过你。"说完之后我挂断电话。

我们俩的结束方式其实很和平。没有撕破脸，没有删好友、拉黑，每天看着他灰色的 QQ 头像都像是有一块巨石压在胸口，无法喘息。这种痛苦持续了两个月，我放不下，决定重新去找他谈谈。

最后一次飞到英国，我联系不上他，只能通过他的室友给出的 pub（酒吧）地址找到他。然后我就看到了他的新女友。大红低胸紧身裙裹着成熟的身材和少女的皮肤，她眼神魅惑，长发浓黑且有着生机勃勃的光泽。他们在 pub 的角落里勾肩搭背，做着我和杜寒川从未做过的各种亲密举动。这张脸我看着一点都不觉得陌生，因为经常在 facebook（脸书）上看见她给杜寒川留言，但并没有跟他填写彼此是恋爱关系。

从 facebook 上的信息我得知她二十九岁，比杜寒川大了整整十岁，是他的学姐，MBA 在读，黑龙江人，之前定居北京，出国前从事金融行业。然后，通过种种蛛丝马迹，我摸索到了她的微博，发现她已经结婚六年了，和杜寒川约会前两日还在微博上祝她老公生日快乐。

我的梦中情人居然在当其他女人的小三。当时我完全震惊了，没敢往前走一步，落荒而逃。

之前的不舍和胆战心惊都在那一天烟消云散，我对杜寒川彻底死心，删掉了他所有的联系方式。

带着这份玻璃碴记忆，我从醉酒中醒来已经是第二天下午，我起码用了五分钟时间才顺利睁开眼睛，发现自己已经在家里了。我躺在床上，没有穿外套和袜子，被子盖得严严实实的。床头有一杯已经凉了的茶和一些醒酒药。

我把掉在地上的手机捡起来，打开微信，发现自己昨天居然给一川寒星发了微信。

"寒哥，我喝了点酒，现在可能说话不清楚啊，你要原谅我。你知道吗，我在现实里曾经爱过一个男生。是他让我相信爱情，又让我彻底不相信爱情。和他分手以后，我决定以后直接结婚，再也不谈恋爱了。但是，我这样的姑娘，没有担当，一无所有，真的可以经营好一个家庭吗……"

"你肯定可以的。"他如此回复。

"可是我很糟糕，你不知道我有多糟糕……你不懂，我很喜欢你，可是我也好怕。"

"害怕？"

"有一句话说得好：如果不想经历大悲，就不要体验狂喜。我觉得跟你在一起的每一天，心情上上下下，很可怕……"

"翩翩，我看你是有点醉了。这些话我们明天聊吧，早点休息，明天联系，安。"

我不忍再看这些愚昧的聊天记录，犹豫了几秒，打了一通语音电话过去，对方秒接了。

"翩翩，你醒了？"

"嗯……"

"身体感觉还好吗，起来吃东西了吗？"

听见他温柔的声音，我越发觉得他的声音跟杜寒川的很像，他们俩的重合点也有点多。但昨天杜寒川演讲的时候，一川寒星说他在家里。我还是有些怀疑，问他："寒哥，你在哪里？"

"北京，家里。"

"可以打开视频给我看看窗外的景色吗？不用给我看你的样子。"

一川寒星挂断了语音，重新拨打了视频电话。我按住摄像头不让他看自己，就看见他把摄像头对向了窗外。一川寒星的手很稳，画面都没有晃动，可以清晰地看到窗外的景色，与我这里的绵绵雨天截然不同：窗外阳光很大，普照在一个小公园中，院子里稀稀拉拉地种着几棵槐树。他家住的楼层不高，可以看到院子里有人正在遛狗。远处有一条河横穿城市，阳光洒在河面上，由于摄像头的缘故，只能看见一片雾蒙蒙的蛋壳色。

我没去过北京，但很显然，这是一座在炎炎夏季都散发着苍茫大气之感的北方城市，不是过分精致的上海。我有了一种难以言喻的失落感和陌生感，但同时也松了一口气："环境不错呀。你们小区还配套一条河的吗？"

"这条河其实是配给国家的。"

"啊，那是北京的护城河是吗？"

"嗯。"他把镜头微微往上抬了一下。

我看见护城河的对岸有一片茂密的树林，惊讶道："可以啊，北京现在还有这么多树吗？"

"那是玉渊潭公园，我小时候经常去那边玩。那时候门票只要五毛钱，里面很大。我最喜欢吃里面的烤火腿肠，每次最少都要吃两根。以前我也喜欢在护城河边看里面的鱼，也有很多人在那边钓鱼。我看得眼馋，有时候自己会用小树枝系上线，做成小钓竿，但是从来没钓上来过。"

"嗯？是因为没有耐心吗？"

"因为没钩。我以为把鱼饵挂在绳子上就能钓到鱼。"

"原来我家寒哥也有很傻很天真的时候。"他用一本正经的口吻说着这件事，让我忍不住笑了起来。

"以前很傻很天真，现在呢，很黄很暴力吗？"

我不由得想到一川寒星在游戏里各种杀人不眨眼的画面，哼了一声："哟，对自己的定位挺准确。原来你这样的大佬也有这样萌萌的童年啊。我以为你从小就是含着金汤匙长大，会带头欺负小朋友的那种呢。"

"如果那时候我就认识我的翩翩，有人欺负你，我一定会带头欺负回去的。"不等我回答，他带着手机在房间里走了一段，到了客厅的阳台上，再次把摄像头对准了窗外，"给你看看这边。那里也是我小时候很爱去的地方……"

我们聊了一个多小时，我们俩都很自觉地遵守游戏规则，没有在摄像头中露脸。但他跟我讲了许多儿时的事，让我觉得离他越来越近了。

最后，一川寒星清了一下嗓子，声音低低地唤道："翩翩。"

"嗯？"

"这些话可能说出来有点越界，可我觉得还是需要告诉你。"他叹了一口气，"虽然我们不会奔现，但我会一直陪着你，直到你结婚生子，直到你不再需要我。到那时，我就会默默离开，为你送上祝福。"

我有些惊讶："为……为什么突然冒出这么一段话？"

"你什么时候结婚？"

我想了想，随便给了个答案："等我毕业之后吧。"

"等你毕业之后啊，那也就一年多时间。等你结婚了就不会再找 CP 了吧，毕竟要跟丈夫住在一起。"

"嗯。"

"我们还有一年多的时间可以在一起。挺好的。"他顿了顿，像是在说服自己一样，"一年的时间挺长，不短了。"

十五瓣桃花

他说得很平静，我却只能感受到满腔的悲凉。我咬了咬牙，让自己用轻松愉快的口吻说："寒哥，游戏 CP 超过三个月都算老夫老妻，能坚持到半年的都很少很少，更别说一年。你现在考虑一年以后的事，不如先想想我们怎么才能坚持一年。搞不好那时这个游戏都没人玩了呢。"

"那如果你想去玩别的游戏，我就陪你一起去。"

"好啊好啊，我们玩《桃花万界》的时间错开了，都没有过和你开荒的体验。到时候我们可以一起升级打副本，一起建立帮会，一起去新地图拍照……想想都觉得很棒呢。"

"嗯。"

"我们会有很美好的回忆，会变成最般配的 CP。到时候，可以再创一次凤舞翩然和一川寒星的神话。"

"嗯。"

"……怎么突然话这么少？"

"我会陪你到你结婚的。如果你丈夫对你不够好，大不了以后我们谈黄昏恋。"

"哇，你不要诅咒我离婚好不好。"

虽然是开玩笑的语气，但泪水早就流了出来。我赶紧用手背擦了擦脸，憋着气不让自己发出鼻音，继续打起精神说："以后的事以后再说啦。我们刚在一起，你对我一头热很正常。但游戏节奏很快，玩三个月可能比现实谈三年还容易腻，到那时我们可能就像朋友一样了。"

"我没法想象自己会有把你当朋友看的一天。对你，我觉得就算五年、六年，甚至一辈子，热情都不会退散的。"

"热情会退散的，相信我。时间会冲淡一切。"

"我不相信。"他说得很坚决。

语音就是好，这边我已经泪流满面了，但还是可以伪装出快乐的语调说："咱们先想想怎么才能维持 CP 关系一年吧，这个似乎是最难实现的事。"

"只要你不放弃我，一年之后我一定还在。哪怕你和别人结婚，只要你不放弃我，我也会一直在。"

"是吗，你会一直陪着我吗？"

"嗯。"

其实我知道，他之所以会对我如此热情，仅仅是因为凤舞翩然的光环。

在《桃花万界》，凤舞翩然是怎样的形象？无忧无虑的富家千金，众人口中的战斗之神，永不服输、正义感爆棚的女大佬。在这样的光环下，产生浓烈的爱情一点也不奇怪。但是，一川寒星原本就是冲着"击败全服第一"这样的目标接近我。一旦神秘的面纱被揭开，知道我离他的幻想很远，他的热情会消退的。

我不想让他失望。既然不奔现，也就不存在拆穿，让他爱着这个假象挺好的。

虽然口头上说我们还有一年时间，但其实一年之后我不知道自己在哪里，是否还能理智地、好好地活着。

我认识一个重度抑郁症的姐姐，发病时会产生幻听。记得我们通话时，她第一次发病，跟我说在卧房里看到了初中喜欢的男孩，而那个男孩早就车祸身亡了。吃药期间她不会产生幻觉，药却会让她失去生育能力，如果停药幻觉就会复发。

我只是中度抑郁，药量不大，医生说只要积极配合治疗，可以痊愈。可是一停药，我就有轻生的念头，而且会狂热地去找自杀的方法，好像比这个姐姐的幻觉还要危险。

从发现自己有抑郁症开始，我已经很久没期待过未来了。

然而，跟一川寒星聊过这一次，虽然哭得很厉害，但我突然有了期待。

我开始期待明年了。

一年后，我应该还是可以好好的吧。如果不打起精神来，就不能跟他去下一个游戏开荒了。

晚上回到游戏里，一上线我就收到了无哥的27条私聊轰炸。留言大部分是关于前夫的，小部分是关于梁小邪的。虽然她有努力吐槽前夫最近有多极品，但我还是精准地抓到了重点：她最在意的是和梁小邪冷战的事。因为和他吵架，她这几天很少在线。但上线就会发现号上就像有田螺姑娘来过一样，日常本、周本、PVP活动、限时活动、积分活动等等，都一个不落地被清了。只是梁小邪不再像以前那样帮她提力，而是把打到的材料放在包裹里，让她自己决定。两个人就这样冷冰冰地隔空相处到现在。

"哈哈，无无啊，和小邪吵架其实也没什么，可以锻炼锻炼你的独立性。你想，如果哪天他和游戏公司签约到期，你怎么办？"我打下这番话，想了想不对，又补充了一句，"不对，你可以换个主播。"

【私聊】无哥是我：他不会走的，他跟雷驰签了五年合约，而且规定每天最少播五个小时。就算他大牌一点，公司对他的要求没那么严格，但最少也得三个小时。

【私聊】轻舞翩翩：你跟他的关系不是挺好的吗？每天都在聊语音，这种矛盾说开了就好了吧？

【私聊】无哥是我：何止语音，我们每天视频的。

【私聊】轻舞翩翩：视频？是面对面的那种视频，还是对着游戏画面，他教你怎么玩的那种？

【私聊】无哥是我：面对面的。

【私聊】轻舞翩翩：……你俩真是太太太神奇了。

【私聊】无哥是我：为什么神奇，我俩都见过面了，视频很正常啦。

【私聊】轻舞翩翩：不是，无无，我也用过主播，也和主播闹过矛盾，但我的主播就是做他该做的事，做完了也不会都联系的。可能因为你是他最大的老板吧，他对你真的不一样，直播间里放的音乐全是你喜欢的，做什么事都先考虑你，现在还在非工作时间内陪聊，还开视频，这是顶级 VIP 服务了。

【私聊】无哥是我：优先考虑我才有鬼！他现在根本不理我！

我安慰了她半天，她嘴上说着没事，其实我知道她的心情一点也没好起来。我一时好奇，用手机登录了雷驰游戏直播首页，想去看看梁小邪那边的情况。

最上面人气最高的几个直播间都没有梁小邪的名字。随手往下滑了两页，正想关掉页面，却发现他的直播间在很靠下的位置。以前他直播间的标题是"邪邪君：顶流近战小能手，激战吧，万界争霸！"，现在却改成了默认的"桃花万界 - 梁小邪的直播间"。

我点进去一看，发现开播时间快三个小时了，但他没开摄像头，也没讲话，只有游戏页面。他开着四个号，一个在帮新区的老板打战场，一个在帮老区的大老板打副本，另外两个在挂机。直播间聊天频道里没人讲话，除了他那边噼里啪啦操作键盘的声音，没有做任何讲解。过了几秒，他低声说："欢迎嫂子。"然后，又不说话了。

他在战场上疯了一样虐杀敌对阵营的玩家，打出了万界争霸顶级操作手的技术。如果可以打分，每一个走位、背袭、连招节奏、闪避技术，都可以打 9.5 分以上，看得我都想拍手叫好。外行可能看不出他操作如何，但从被他杀掉的敌对玩家的反应，应该也不难看出他的水平：他们个个恼羞成怒，满屏追着他杀，还想控他、夹击他，都被他反杀在地。

主播就像《阿拉丁神灯》里的精灵，拥有秒天秒地秒空气的力量，但因为有神灯主人的控制，它们并没有为所欲为的自由，也并不会享受杀戮的快感。遇到心情不好还被老板默许开杀戒的梁小邪，对面是倒八辈子大霉了。然而不管操作再厉害，大部分直播间的粉丝还是喜欢主播活跃一点，听他开口说话，有一个粉丝说："主播怎么不开摄像头啦，想看帅脸。"

这时他的一个大老板进了直播间，说："小邪你直播间人气是 bug 了吗？居然没人，我找了半天才找到。"

"欢迎竹哥。"梁小邪机械地说着，又没了后文。等直播时间到了三个小时整，他说了一句"下播了"，就退出了直播间。

我把自己在直播间看到的一幕告诉了无哥，无哥发了一大堆愤怒的表情过来："自甘堕落的家伙，博取同情在我这里是没有用的！他可是羞辱了我！！说我 CP 太多！！这件事老子是过不去了！！！他不道歉就随他凉凉吧！！！"

就他们俩这状态，我放弃劝和了……

晚上九点，我带着一川寒星去京城做七夕活动任务时，看见了系统公告：苍雪梧桐送给白衣 9 朵七夕花束，愿彼此白首同心在一起，浓情真纯甜如蜜。

七夕花束一朵 188 元宝。要想上系统公告，最少要刷 9 朵。苍雪梧桐为白衣刷了很多次，每次都是 9 朵。

【队伍】一川寒星：苍雪梧桐不是喜欢你吗？现在跟这绿茶秀得挺开心。

【队伍】轻舞翩翩：不要理他们啦，我们不要秀就好。

【队伍】一川寒星：为什么？

【队伍】轻舞翩翩：怎么说呢，人在做一件事的时候，如果目标是得到别人的认可，旁人的参与影响力就会变大。情侣希望别人认同他们的爱情，秀的恩爱越多，别人的言论能影响他们感情的程度就越大。我觉得真的爱一个人，不要说，不要允许真爱以外的人进入他们的世界比较好。

【队伍】一川寒星：有点道理。

【世界】番茄我是紫菜汤：柠檬树上柠檬果，柠檬果下只有我。桐叔壕啊，这都送了多少轮了？这爱情的味道，我酸了。

【世界】餐巾公子：有钱人终成眷属，没钱人亲眼看着。

【喇叭】白衣：谢谢你，老公。你不知道有你，我有多幸运。愿在这七夕佳节，你与我，我与你，我们……

她的话刚滚到"我们"这里，突然全屏出现金色烟花和粉色鲜花的特效，闪得我下意识闭了闭眼。然后，白衣那段话被另一段浅桃红色的大字滚屏顶了下去。会把玩家的喇叭挡住，是全服紧急公告才有的优先特权。这次七夕节还有一个官方的秀恩爱活动，也有这样的效果——《桃花万界》所有区服、所有平台都能看到的送花公告。因为价格昂贵，又伴随着诸多818，每次这个滚屏出现，每个区的玩家都会屏住呼吸，认真看看是哪个大佬这么壕。

然后，我看到了系统公告：一川寒星送给轻舞翩翩999朵七夕花束，愿彼此共度鹊桥情无边，一生一世永爱恋。

此时游戏里也是晚上，烟火四射，把整座京城照得斑驳绚烂，渐次染成七彩的颜色。一川寒星就站在我的面前，身姿挺拔，器宇轩昂。晚风轻轻吹过，扬起他的长发和黑色衣摆。城内有红楼错落，世外有寒川千里，他是人间星光。

滚屏大概持续了一分钟，世界爆炸出了无数"我去""寒老板出动了"，和一个相对不那么起眼的系统公告：苍雪梧桐送给白衣9朵七夕花束，愿彼此白首同心在一起……

这段话没能成功显示完，金色烟花和粉色鲜花再次出现。

系统公告：一川寒星送给轻舞翩翩999朵七夕花束，愿彼此共度鹊桥情无边，一生一世永爱恋。

好不容易等到一川寒星这个送花效果结束，那个相较不太起眼的系统公告再次出现：苍雪梧桐送给白……

系统公告：一川寒星送给轻舞翩翩999朵七夕花束，愿彼此共度鹊桥情无边，一生一世永爱恋。

苍雪梧桐干脆不送了，只剩下一川寒星和我的名字飘在屏幕中央。

我脸上一阵冷一阵热，羞得连字都打不出来，特想假装自己已经掉线了。一川寒星送了半天，没得到我半点反应，刷了两个喇叭。

【喇叭】一川寒星：轻舞翩翩，我的。

【喇叭】一川寒星：轻舞翩翩，我爱你。

我立刻发了个队伍语音给他："少年，你是不是逆反心理太重了，非要跟我反着干？"

立体音箱里传来夜市的喧哗声，是独属于这座京城的大雅之乐。他还是站在飘着旗帜的华楼下，就在离我这么近的地方。好像我们之间的距离，不再是上海与北京间的一千一百二十公里，不再是世俗与命运的阻碍，而是近在咫尺的几步之遥。我们是如此近，近到上前一步，就可以拥抱他。

他的回应是999朵七夕花束。当那句"一生一世永爱恋"消失之后，他又刷了一个喇叭。

【喇叭】一川寒星：翩翩，我爱你。

【世界】剪刀腿夹爆你的头：我们这帮会名字取得好啊，人生若如初见……寒哥陷进去了。心疼。祝久久。

【世界】大官人：老寒，我被那些奇怪的女生写和你的同人文这么久，都快绝望了，以为会跟你捆绑到关服呢。咱翩姐是我的救星啊。不说了，祝久久。

【喇叭】轻舞翩翩：亲爱的，我也爱你。不好意思各位，寒老板喝了假酒，我拖走了。祝大家七夕快乐。

一川寒星这几个全服公告吸引了很多外区玩家。没过多久，世界上就出现了刚注册的小号。

【世界】32区观光团：我想知道，轻舞翩翩是怎样一个传奇女人，居然可以吸引到一川寒星。所以，我来了，我带着小本子来学习了。

【世界】千秋碧血鬼区前来围观：肯定长得可以，有照片吗？

【世界】烟岚弄影：翩翩是我们区鬼炼榜二，快十二万战力哦。她是靠实力吸引寒哥的。

【世界】弯弯酱：这鬼炼榜二号确实可以哦，前号主雨玲珑卖号时这号就差不多毕业了，号换人以后战力几乎没动，还是这么强，赚呀。

【世界】32区观光团：我就说怎么以前没在天地看到过轻舞翩翩，原来是雨玲珑的号，大战狼啊。

【世界】弯弯酱：雨玲珑大佬以前确实是战狼，还是天地桃源榜一，但现在这号转鬼炼啦，大概这样就不容易被发现号是买的了。

【世界】幻巧儿：称呼前号主是"雨玲珑"，对现号主没有称呼，只有"这号"，鄙薄之意藏都藏不住，不会是嫉妒翩翩有寒老板疼吧。

【世界】夏日凉：不就是抱上了大官人的大腿嘛，你还不知道你家大官人是个伪土豪？还以为抱到了什么神仙。都嫁了几次了，还不长记性。我也真羡慕榜一夫人。我都花了20万了，还打不过她。求助：如何才能以6万块捡漏一个大佬号？在线等。

【喇叭】无哥是我：你们这群风雨盟的小贱人，帮会都没了，一群狗东西作鸟兽散，还废话什么？水晶碎得还不够爽是不是，要不要老子给你再打打爽？

【喇叭】无哥是我：夏日凉不买号看把你给能的，老子也是一手号，为什么捶你就像捶一只乡下野鸡？

一群女生叽叽歪歪说了半天，不如无哥两个喇叭。世界安静了。

系统公告：百年恩爱双心结，千里姻缘一线牵。恭喜慕殇和弯弯酱喜结姻缘，从此永不相负，成为本区第 3721 对夫妻，请全区的玩家们一起恭喜他们吧！

【喇叭】慕殇：余生多指教。

【喇叭】弯弯酱：老公，谁都可以不相信你，唯独我不可以。不管别人怎么说，我都不会再放手了。余生多指教。

帮里自然对他们俩的事津津乐道起来，但我对这两个人的琼瑶剧已经看腻了，不想关注，只是认真阅读着才收到的官方邮件，主题是"《桃花万界》插画比赛，送大礼"。这次比赛的二等奖、三等奖和参与奖的奖品都列出来了，一等奖的奖品却卖了个关子，说随后揭晓。我把邮件截图发给一川寒星，问他："你说这个一等奖会是什么呀，我好好奇。"

"不知道，该不会是金色符文吧。"

"雷驰应该不会这么大方吧……其实所有符文我都收集到了，也不是那么执着了，我就特想要一套绝版时装。"

"天官云影？"

"啊，你知道？"

"女生都想要这套。"

天官云影太美了，除了腰部以外的地方都很蓬松飘逸，就像天官中的仙女们洗衣服不小心放多了洗衣粉，吹出泡沫云朵，又把它轻轻摘下来放在身上。而配套的发型是有曲线的黑发，一条云雾状高亮灰色发带从耳根穿过，在后脑勺上系住，发带末端垂在肩头，烘托着右耳后侧软绵绵的卷曲发结，宛如国画中的写意蜡梅。这套时装是一次声优活动的一等奖奖品，整个游戏只有三个人有。他们都是低战玩家，其中两个人高价卖号给喜欢这套时装的玩家，但因为已经激活的时装不能交易，卖掉之后也没见人再穿过。

"官方不会送这套时装吧，一般都不会送重复东西的。"我打开时装页面，又看了看梦寐以求的天官云影，"如果一等奖真的是它……我想试试。"

…………

可能寻常人都会觉得，跟我、一川寒星、大官人，还有幻巧儿两对CP组队，会觉得孤立无援，承受双重狗粮袭击。但真相是，我、一川寒星，还有无哥一起组着那一对，我们三个人都感觉孤立无援，彷徨无助。

【队伍】大官人：你好笨。得抱抱。

【队伍】幻巧儿：那可以再笨一点。

【队伍】大官人：那不行，得亲亲。

【队伍】幻巧儿：再笨是要喜欢我了吗？

【队伍】大官人：猜到了，老婆不笨啊。

【队伍】无哥是我：……

【队伍】幻巧儿：不给喜欢！

【队伍】大官人：放心，我也不会喜欢。我爱你，所以不会轻易喜欢你。

【队伍】无哥是我：我他妈的……

【队伍】幻巧儿：呜呜，老公你好棒，感动得不行了……

【队伍】大官人：不过老婆可以喜欢我。

【队伍】幻巧儿：啊啊啊啊啊，你好坏啊！

【队伍】无哥是我：我他妈妈的……

【队伍】轻舞翩翩：你俩自己去民政局吧，它累了。

这时，帮派管理放了一个新成员入帮，我看了眼名字，居然是幻巧儿的前夫幻辰儿。又回归了一个，我们大家都很开心，一起欢迎了他。然而，他的开场白却很劲爆。

【帮派】幻辰儿：幻巧儿那条花蛇[1]是又缠上了大官人，不肯回来了是吧？我有办法让她回来。

---

1. 花蛇：在韩语中意思和"捞女"差不多，这种女性喜欢靠美貌接近有钱男性，像蛇缠住猎物一样把对方钱财榨空，才会放手离开。

过了七八分钟，刚好一条龙任务做完，幻巧儿、大官人和无哥都退队了。

【帮派】欢迎幻巧儿加入帮派！

【帮派】幻辰儿：怎么回来了？你不跟你大官人老公恩恩爱爱了？

【帮派】幻巧儿：老公？什么老公？

系统公告：二心不同，难归一意。幻巧儿与大官人解除夫妻关系，此后一别两宽，各生欢喜。

全帮都跟商量好了一样，发了无数问号。我私聊了幻辰儿，问他做了什么事，他说："大官人没什么钱的，只要告诉幻巧儿实话就可以了。"

对于大官人被秒甩这件事，一川寒星一句话都没说，只是站在原地调整他的战力。我开启了队伍语音聊天，他接受了。我无奈地说："大官人是一手号，玩到这个战力怎么可能会没钱。幻辰儿这样挑拨一下，幻巧儿就上当了？"

"老官确实没什么钱。"

"就算是这样幻巧儿也不能这么现实吧，说离婚就离婚。"

一川寒星轻轻笑了一声，似乎觉得我的义愤填膺有点孩子气。他对我伸出手，把我拉上天马背，带我飞入高空。森林的翠绿、瀑布的雪白、苍穹的碧蓝在我们眼前交织成一幅会动的水彩画。

"没有开始就没有结束。我觉得 CP 还是不要结婚的好，就像我们这样。"我试着让自己平静一些。

我自顾自说着，却没留意到一川寒星已经把我带到了三生崖前。

三生崖一直是结婚胜地、约会热门景点。此处有玉红云雾般的三千里桃林，桃花下是潭水，潭水中有赤橙色锦鲤。高高的三生树树枝上，叶子橙翠相交，乍一眼看去，让人以为水中的锦鲤是橙叶的倒影。

一川寒星下了坐骑，走到了月老面前。

我有些失措了，说道："你不会又逆反了吧？"

清风徐徐，轻轻吹起我们俩的衣袍。桃花花瓣与他身上的水墨龙特效缠绵舞蹈。

我面前跳出了一个对话框：少侠，一川寒星希望与你结为夫妻，并在桃花灼灼天天的万界中永世相爱、不离不弃，你愿意吗？【是】【否】

十秒等待的时间里，我脑中一片空白，最终也没有做出回应。

他在语音中平静地说："这和壁咚是不一样的，我没勇气尝试那么多次，因为结局我们都已经看到了。我肯定会受伤，但还是要走出这一步。"

系统公告：一川寒星送给轻舞翩翩9999片爱慕草，倾诉情思，寄予相思，赠言：嫁给我。

他不再说话了。

当那个对话框再度弹出来时，我没再犹豫，点下了"是"。

系统公告：百年恩爱双心结，千里姻缘一线牵。恭喜一川寒星和轻舞翩翩喜结姻缘，从此永不相负，成为本区第3723对夫妻，请全区的玩家们一起恭喜他们吧！

同心结为背景的结婚证出现在我们面前。上面写着：

夫：一川寒星

妻：轻舞翩翩

结婚纪念日：八月五日

下面有成亲誓词：

结发夫妻，恩爱无疑。执子之手，与子偕老。谷则异室，死则同穴。谓予不信，有如皦日。

和一川寒星刚才填写的结婚赠言：

至爱吾妻，今三生树下完婚，此生足矣。

私聊中，一川寒星的头像旁边也出现了红色的"夫"字。

虽然是很开心的事，但他刚才说的那番话始终让我没能缓过劲来。我看着我们的结婚证，觉得百感交集，还有点想哭。正想开口说点什么，一川寒星却先开口了："略施雕虫小技，老婆骗到手。不愧是我。"

"……"

第二天起来登录游戏，我看到邮箱里躺着一封信——《万界绘画大赛一等奖公布：天宫云影》，我揉了揉眼睛，差点以为自己还没睡醒。

很多游戏公司都体谅玩家。不管出什么限量时装、坐骑、饰品等等，过个半年一年，会让玩家通过充值的方式得到它们。而雷驰的游戏，绝版就是绝版，分分钟治好玩家的收集强迫症。所以，看着放在邮件里的天宫云影预览图，我觉得不可置信——从何时开始，雷驰变得这么好心了？

当然，各个聊天频道里，大家都在讨论这套时装，一些老板已经开始研究如何请原创画手帮忙参赛了。

我给一川寒星发了一条私聊消息，问他有没有看到邮件，他立刻发了语音过来。

"真是天宫云影吗？"他咂了咂嘴，"这公司完蛋了。居然这样偷懒，出重复的设计。我看《桃花万界》要凉凉。"

"才不会凉凉呢，这是天宫云影啊，再次开放我高兴都来不及。我可是会画画的哦。"

"哼，我不信。我的翩翩就是个不学无术的宝宝。"

"居然瞧不起我……你等着！"

我离开电脑桌去削铅笔，对着已经空白的画板速写了一张我游戏里的人物，然后拍照发给他。

"看到了吗？"

"嗯，对业余选手来说，可以了。"

我惊诧道："什么?! 业余？画画我可是从小学到大的！"

"那可真是深刻到让人难以察觉的功底啊。你是学这个专业的吗？平时都在打游戏吧。"

被他这样训了一通，我觉得郁闷极了。因为这两年，了解我家情况的人都没对我说过一句重话。一川寒星这家伙知道我都经历了什么吗？居然对一个受到那么大心理创伤的人说出这种话。我气鼓鼓地说："不好意思啊，寒老板，常态下我是不打游戏的，现在是在特殊时期，所以才打游戏打发时间。"

"哦？什么特殊时期？"

我本来想说"我家里在打官司"，脑中忽然浮现了一个场景：第一次在学校收到法院文件的那一天，郑飞扬刚好在学校门口等我。虽然早就猜到了是什么事，但当白纸黑字的公文出现在眼前时，我还是傻了。以至我拉开车门，拿着沉甸甸的牛皮纸信封在副驾上坐下，郑飞扬在旁边叫我，我也没能及时应答。他伸手在我面前晃了几下，我才把那封公文递给他，问他："这……这都是什么……"

郑飞扬一脸轻松地接过公文，看到标题的刹那瞳孔骤然变大。他接着往后一页页地看，举起公文摇了摇，严肃地跟我说："翩翩，这是执行书，不是通知书。你欠了石天五千多万。"他的脸色惨白，声音都有些发抖："这笔债务是算在你个人名下的，不是你爸爸公司名下。"

我抓紧裙摆，浑身发抖，过了三四分钟才崩溃，提高音量说道："为什么会是在我个人名下，我明明什么钱都没有得到过！"

"可是法院就是这么判的啊，你没有办法改变的！这笔债务你是背定了！"郑飞扬也很激动，"已经定案了！"

我整个人都蒙了，一个字也说不出来，只是望着前方来来往往的人发呆，整张脸好像都被沸腾的血液填满，眼泪决堤而出。郑飞扬平息了怒气，抱住我，拍拍我的背说："没事，翩翩，不要哭不要哭，总有办法解决的。就算天塌下来还有我在呢。一切都不会改变，我会娶你的，别难过……"

我相信那时郑飞扬是爱我的。也因为见过他爱我时是怎样的，所以我清楚地知道，后来他已经不再爱了。

想到郑飞扬当时惨白的面孔、震惊的眼神，现在我还是没办法把实情告诉一川寒星。最后，我轻松地说："就是大姨妈时期。"

"你大姨妈是我梦想中的员工，三百六十五天无休假的。"

我被逗笑了。而他的笑点那么高，不管我怎么笑，他都非常淡定。于是，我笑了半天，平静了一些，轻声唤道："寒哥。"

"嗯？"

"谢谢你陪在我身边。我觉得能在这个游戏里遇到你真的太好了。"说到这里，我觉得眼眶又有点发热，"和你在一起的每一天都很开心，很满足，真的。"

"哦，是吗？"他的声音颇有磁性，又刻意压低了，感性地说道，"那你满足了，是不是该让我满足一下？以身相许好不好？"

我呆了一下，惨叫一声："啊！你在说什么啊！"

他委屈兮兮可怜巴巴地说："你真的爱我吗？这么凶……"

"那你就爱我吗？我这么感动的时候，你跟我耍流氓！"刚才好好的感动氛围到哪里去了，这个浑蛋。

"爱啊。不信你过来看。"

他把我拉进队伍。我跟随过去，看到他站在炎炎烈日下，一身黑衣依旧散发着霸者之气，头上顶着醒目的海蓝色图片称号，却是四个巨大而飘逸的字：我爱翩翩。第二个"翩"后面还跟了个小翅膀，就像要带着这两个字飞起来一样。称号虽然是浅浅的冷色调，但因为字少，字体也就比更多字的称号更大、更醒目。不知道他在原地站了多久，周围一群玩家在围观，讨论着大佬新出炉的狗粮。

【队伍】轻舞翩翩：一个消费百万的大号只有一次定制称号的机会，你就拿来做这个了？

【队伍】一川寒星：这个称号怎么了？直接且点题，我很满意。

【队伍】轻舞翩翩：不是，你的称号难道不应该是"我若成魔，佛奈我何"或"人挡杀人佛挡杀佛""万界第一大魔王"这类吗？

【队伍】一川寒星：那太高调了，不行。

【队伍】轻舞翩翩：你从哪里看出现在的不高调了？

过了一会儿，无哥说她在梁小邪的直播间，但没有登录，叫我也偷偷跟过去看。我也匿名进入了直播间，发现梁小邪正在调整一个新区的战狼号。号主叫欧皇小草莓，才90级，战力已经快九万了。他一边调整战力一边解说，没开摄像头，但声音明显比之前轻快多了。

"这个是新区的榜一号。"无哥发来微信消息，"她是梁小邪的新老板，最近一直是直播间礼物榜一。"

"刚玩就找主播，是大老板啊。小邪最近生意不错。"

欧皇小草莓在聊天栏里说："帅邪邪，我今天充了20多万元宝呢，你帮我买下活动道具可不可以呀？我都不太会玩，要你教我哦。"

梁小邪不无耐心地说："好，现在就去帮你弄。"

欧皇小草莓说："谢谢帅邪邪老师。"

无哥又发消息给我："你看，她很会撒娇，在小邪直播间的时间比在游戏里还长。最近我一直没进他直播间……刚才听到他的声音，我他妈居然特别心痛！然后这个小草莓就黏上来了。梁小邪这个王八蛋，但见新老板笑，不闻旧老板哭！"

"他还在上你号做任务吗？"

"嗯。但刚才别人提到我，他也跳过去当没看到。"

"其实小邪肯定是很关心你的，就看你怎么想。"

"对了，翩翩，有个事我总觉得有点怪怪的……这小号是你吗？"

她发了一张截图给我，一个叫"翩翩小马甲"的 30 级小号在游戏里私聊她说："无无，我是翩翩。我的号主播在玩，现在不方便打字，想问问你，你知道我大号卖给什么人了吗？"

【私聊】无哥是我：不知道呀。

【私聊】翩翩小马甲：你说那个号好歹也有快十六万战力了，放着这么长时间不动，都快放坏了，看得我好心疼。

【私聊】无哥是我：怎么了，你想把它买回来吗？

【私聊】翩翩小马甲：有点想。我现在这个号配不上寒哥。

【私聊】无哥是我：哎呀，你放心好了，寒哥不是看战力的人。他一开始可能是被你大号的名气吸引的，但现在专心爱你这个人，哪怕你用 1 级小号和他组 CP 他也会非常乐意。

之后这号没再回复。

我看得浑身直冒鸡皮疙瘩，有了一种不祥的预感。还没来得及回复无哥，我的微信已经在短短几秒内弹出了九条消息。点开一看，全是 ABCC 和帮里其他朋友发来的消息：

"啊啊啊啊啊！！你是凤舞翩然？？？！！啊，我死了！"

"翩翩你不是在逗我吧，你的大号是凤舞翩然？？"

"翩姐，我被你吓哭了。真的假的！"

"我就说你为什么这么能氪这么会玩，果然百闻不如一见，震惊……"

…………

我切换回游戏。私信箱上小红点的数字是 43，而且战后物价般持续增长着。世界频道上光速刷屏：

【世界】爱看甜文的受气包：翩神？！

【世界】风幡未动：翩翩姐回来了？？？

【世界】剪刀腿夹爆你的头：言语难以描绘我的震惊……

【世界】清爽甜心：等等等等，红衣姐说的这些都是真的吗？我的妈啊，买贱人号的是凤舞翩然？我就说她怎么玩得这么好，大佬我错了，我给你跪下了555。

【世界】轩辕包子：这游戏玩不下去了，Ａ了Ａ了……

【世界】煮酒听雨：凤舞大佬，我现在亡羊补牢当你小弟还来得及吗？

【世界】弯弯酱：你们这么急着抱大腿的吗？反正我一个字都不信。红衣姐肯定是弄错了。

【世界】夏日凉：我一直掉的人居然是我女神，而且我一直是寒凤CP粉，现在好想死。

十六瓣桃花

　　无哥在私信里一个劲给我道歉，但我觉得世上没有不透风的墙，这些都不是问题。我翻了翻喇叭频道，果然源头都在这里：

　　【喇叭】红衣：凤舞翩然，我真的是小瞧你了，假装卖号只是欲擒故纵啊。当初你人品败坏被大家孤立到玩不下去，卖了一个大号博同情，现在玩个小号回来，勾搭上了一川寒星，既省钱又省事，我是服气的！

　　【喇叭】红衣：说的就是你，轻舞翩翩！瞧你改个什么名字，披马甲也不披严实。你那些丑事还要我全区科普一次吗？

　　【喇叭】红衣：轻舞翩翩，凤舞翩然，你哑巴了？出来把你的丑事说出来给大家听听啊。你怎么威胁策划改鬼炼的？怎么一边背着大魔王喷他，一边假装暧昧酒后告白的？怎么利用整个皇族完成霸区野心的？然而你这个废物，失去了群众的支撑什么都不是。花的钱比我们所有人加起来都多，却被我们按在地上各种暴锤！还榜一呢，我呸！

　　【喇叭】夏日凉：什么鬼。轻舞翩翩是凤舞翩然？

　　【喇叭】紫衣：对。她假装卖号，其实买了个小号，带着一川寒星去别的区私奔了一圈又回来了。现在准备积攒资源打我们。

　　【喇叭】红衣：我告诉你，你以为投靠了大魔王好了不起是吧，我们红衣教根本没在怕的！

【喇叭】恶魔代言人：我只想知道轻舞翩翩是不是凤舞翩然。请出来给个答复，不是的话我继续潜水了。

【喇叭】红衣：凤舞翩然，你有脸回来怎么没脸说话啊？都点名骂你了，你居然不反击，不太像你的白莲花人设呀。@轻舞翩翩

其实红衣说的这些黑点都站不住脚。首先，叫游戏公司加强自己职业是很多玩家都会做的事，我也只是其中一员；其次，酒醉告白的事不管是不是乌龙，跟她都没有任何关系；最后，他们一群人围攻死我一个人没什么好骄傲的，围攻不死才丢人吧。但这些都没必要说了。

【喇叭】轻舞翩翩：红衣，我想问问，榜一不霸区谁霸区？"万界第一女神"吗？一群离开我什么都打不下来的皇族叛徒，还有脸刷喇叭叫嚣。你搞清楚，我卖号是为了保皇族太平无事，不是因为怕了你。

【世界】向日葵的种子：围观了半天，目瞪口呆。大佬的世界果然腥风血雨……

【喇叭】红衣：呵呵，你现在总算愿意承认想霸区了，早这么坦率多好，打就是了，还需要卖惨吗？北界的各位，不好意思让你们见笑了，但这个凤舞翩然人品真的有问题。

其实对我大号来说，霸区就跟呼吸一样平常。顶级玩家团体荣誉感不会有那么重，只有保护低战帮战的责任。在那个位置，我需要担心的从来不是能不能稳住第一帮，而是如何才能保持在巅峰状态不被人超越。但这些事情红衣不会懂的。她始终没到过顶峰，目光始终停留在区内恩怨中。

【喇叭】轻舞翩翩：红衣，我俩确实玩不到一起去。别废话了，你好好带帮会，我好好养老。你的实力恐怕 hold 不住你这么硬气的态度。

【喇叭】红衣：我硬气？你现在算什么东西，号都卖了。

【喇叭】紫衣：哈哈，抱上大腿真的是把这前榜一给牛 × 得不行。没有一川寒星，你敢说这些话吗？

【世界】南冥糯米糍：其实我不怕死想弱弱地说一句……即便号卖了，她还是凤舞翩然啊。

【世界】五亿探长：+1。凤舞翩然自己就是老板，她需要抱其他老板的大

腿吗……

【喇叭】轻舞翩翩：我说的就是现在，你和我。以前我战力比你高，和你打是不公平。但现在我比你低，欢迎你来仙乡小镇，我们单挑看看。

红衣没有响应。我的喇叭像空房间里的手机铃声般悬在频道里，无人接茬。我等了一会儿，又发了个喇叭。

【喇叭】轻舞翩翩：人呢，来单挑。

【喇叭】轻舞翩翩：万界第一女神还在吗？

遇战不应战，不太像是红衣的个性。她虽然操作很一般，但充钱从不手软，遇到打斗也从来不尿。

以前跟她聊天得知，她和我同龄，爷爷是地方军区高官。她从小跟爷爷奶奶一起长大，有个成功创业并罩着她的哥哥，所以她既有红三代的嚣张跋扈，又有富二代的骄傲自恋。她还在读书，用钱方面没有其他高战那么自由，但大家都知道她有这样一个家庭，所以对她唯命是从。她平时还是很清高的，现在发这种连环喇叭，也是因为地位受到了威胁，所以有点坐不住。

【喇叭】红衣：来万妖海。

我明白了她的意图，笑了一下，去了万妖海。

万妖海正中央是一座被沧海淹没的废墟古城。在这里，海面青蓝透亮，半掩着海草丛生的街巷、破损的城墙、被洪水和雷电劈开露出顶梁柱的宫殿。昔日神族供奉的黄金祭坛周遭早已被海水腐蚀，爬满章鱼和妖物。这个游戏水战和空战的操作都很麻烦，需要跳起来打。万妖海地图就像分裂的岛屿一样，对远程输出有利。

我关掉聊天频道，把最贵的药品和暗器都拖到快捷键上，放出神兽。检查一遍宠物顺序、技能顺序、战斗快捷键，吃好料理，在地图上寻找红衣。她站在远处对面的房顶上，半腰长裙血荷叶般在风中飞舞，柳腰依依，香肩半露，半袖从手肘垂落，宛如两朵红色百合花。她的捏脸一直都是浓妆美艳款，手拿金羽烈焰弓，配上这套衣服和头顶的"万界第一女神"，在广漠的大海之上，再是夺目不过。

我的人物穿着高衩深紫长裙，头上系着同色发带，一头浓密的黑发垂落至臀部。眉毛轻微飞扬，肤色白到略微病态，额心的血色桃花盛开，小巧饱满的唇却是偏深的草莓红，带着点高级细闪。雪白的长腿上有一枚金环，与手中的金色双匕相映生辉。

离我们较远的房顶上，密密麻麻站满了资深瓜众——那是不会被刀光剑影误伤的最佳围观地点。红衣没有开启切磋模式，名字直接变成了红色。她选择了会爆装备、丢道具的仇杀模式。她往前走了一步，举弓朝我射出箭雨。

被击中的第一下，万妖海荒凉的笛声停止，激昂的鼓声、急促的琵琶声交错奏起。与此同时，闪电劈开乌云，惊雷响起，冰石般冷酷。我跳起来，朝她的方向飞过去，这一路上一直挨打，等落在她面前，血都掉了四分之一。大雨倾盆而下，把手里的冷兵器照得熠熠生光。我一把抓住她，一套连招带控制，让她动弹不得。她疯狂掉血，但无退意，顶着我的致命攻击和我硬撑。

我的血掉了很多，她的血掉得很快。但我有按伤害百分比回血的技能，她有攻击时回血的金色符文，又都带了治愈神兽，我们两个人的身上都在不断冒治愈绿光和红色伤害数字，双方血条上上下下，就跟心电图似的。

灵羽的特点是攻击距离越远，伤害越高。几秒过去，我的控制失效，她对我丢了一个沉默暗器，跳到了对面的房顶上。我看了下自己的血条，还顶得住。我的药可以一口气回满血，所以，我打算等掉到一半以下再吃。于是，我跳远了一些，想拉距离，却中了她的远程眩晕。这个技能的概率只有8%，这都能中，脸也太黑了。

看到自己所有技能变成灰色，头上有眩晕的星星旋转，我算了一下，她这三秒应该打不死我，但看着血条唰唰唰地往下掉，我还是很有使用解控技能的冲动。但我克制住了，只是拼命敲ctrl键吃回血药，敲得键盘噼里啪啦作响。最后只剩一丝血时，终于吃上一口药。

我再度飞到高空，从上方往她身后绕。她也跳了起来，但速度没我快，半天没找到我，又大概心知鬼炼是爆发型输出，不敢站着发呆，只能往水里跳。我精准地落在她身后，水花溅落。我跳起来丢了一个幻影三杀，再跳起来丢第二个技能一字快刃。大雨倾盆而下，为水花声、金属碰撞声铺垫着背景乐。然而灵羽水战完全没伤害。她终于对我释放了第二个控制技能。她应该是想控我跳到房顶上，我却立即解控再次抓住她，依次丢出所有技能，把她最后一点血也打空了。

我所有技能都在 CD 中，我跳起来，一次平 A，双匕首突刺两下，红衣死了。

我松了一口气，跳回屋顶坐下来回血。这还是我第一次跟红衣打得如此激情，以前打她都是一套技能带走。果然势均力敌才有趣。

【喇叭】无哥是我：哈哈，打完了吗？我想知道刚才哪个瞎吹牛 × 的把自己吹死了！

我走到饮水机前接了一杯水，回到电脑前坐下。看到红衣满血回来，顶着红名跳到我对面的房顶上。她使用了一个下次攻击增加 50% 伤害的输出 buff，拉开能输出的最远距离，对我放了一个眩晕技能，叉腰举起弓箭，头顶冒出一道强烈的青光。

我吓死了，放下水杯，水溅到键盘上。然而解控 CD 没到，没法隐身。五个碧色大字在她头顶闪过——"翠羽穿魂箭"。这是灵羽的怒气大招。我被秒杀了。

【帮派】我帮帮主轻舞翩翩在万妖海中被红衣击杀，失去神仙桃 ×10。

这是哪门子的竞技，这是脑残开红传送战啊！

我复活了，嗑着药冲回红衣所在之处，把我的大招也送给她。只见水墨大字"炼狱无影"从天而降，绛紫火焰从地面喷薄而出，七个扭曲的骷髅头在她头顶旋转，转化为匕首刺向她，画面快速黑白闪烁七次，她也躺在了地上。接着，她又复活来报复，我俩在房顶上来来回回跳跃、对砍、嗑药、控制、解控、反击……轰雷闪电之中，兵器碰撞声没停过。一红一紫两道身影快速闪跳，踏遍了整张地图，连海面远处的孤岛也没放过。围观的玩家被多次误杀。我杀了她七次，她杀了我三次。

【世界】BIUBIUBIU：风里雨里，北界等你。翩神屠东，魔王霸西。神仙打架，没你关系。欢迎来此，当条咸鱼。

【喇叭】轻舞翩翩：都打了十次了，行了吧。可以认命了吗？

红衣不再追击我。战斗结束，大雨也逐渐停止。密布在深灰色天空中的乌云中央，一缕阳光穿刺而出，照在波光粼粼的海面，把古城废墟正中央的龙头雕像染成了柠檬黄色。

【喇叭】紫衣：九大职业里，灵羽单挑最渣，谁都知道的事。知道红红是灵羽还跟她打，不也是拣软柿子捏。

【喇叭】大官人：红衣战力比翩翩姐高，而且对战地点你们都懂的，说这些只能忽悠萌新。

【喇叭】红衣：单挑技不如人，我无话可说。但凤舞翩然，你会打架又如何，大家惧你，躲你，却没人会服你。

【世界】煮酒听雨：红衣大神，咱们不打架了，咱们还是做点符合大佬气质的事。例如，给我们看看腾龙？

【世界】早早子：是啊，红衣大神那么高战力，昨天出了金龙强化特效，也就差最后一级到水墨腾龙了吧？

这个煮酒听雨原本是风雨盟的人，现在已经退了帮会，申请了怒战王朝。他会有这番言论，明显是因为知道我的身份，一秒倒戈到了我这边。但我不喜欢两面三刀的人，把他拒了。

从金龙到水墨腾龙，比前面 23 级强化需要的材料还要多。水墨腾龙有多难出，别说普通玩家，就算高战也没人能懂的。除了我和一川寒星，也就只有红衣会去倒腾水墨腾龙。然而红衣还是没变，极端好强，不如人就是不如人，也不多解释。

我叹了一口气，打下了一行字，算是留给她最后的善意。

【世界】轻舞翩翩：水墨腾龙很难出，硬掉的话，300 多万元宝就加八百多战力。

【世界】早早子：穷限象[1]。

【世界】雷雷雷雷雷：啊啊啊啊啊，翩神请收下我的膝盖！

【世界】煮酒听雨：大佬，我申请你们帮会了，给通过一下呀。

我没再冒头，只是私聊大官人和无哥，谢谢他们刚才为我说话。

【私聊】无哥是我：小意思！翩翩你听我倾诉这么久，我帮你刷刷喇叭喷一下红衣小贱人，举手之劳啦。

---

1. 穷限象：网络用语，意思是贫穷限制了我的想象力。

【私聊】大官人：我是最近才被甩，所以没什么精力讲话，不然啊，红衣得被我骂得哭出来。

【私聊】轻舞翩翩：幻巧儿为什么会甩你，这件事我一直想不明白……

大官人发了一条语音过来，普通话夹着点东北口音，也不像之前发世界那么骚气了："哈哈，翩姐，我跟你、老寒都不一样，你们俩是真有钱，是富二代。我呢，是个拆二代。幻巧儿喜欢的是真土豪，我不太符合她的标准，也没辙。"

然后，他跟我讲了一下合区前的事。他最早是 6 区的，战力很低，是技术流平民优等生，因为在神秘幻境抢了苍雪梧桐帮会一个妹子的箱子，帮派水晶被打碎。大官人被掉出了火气，到世界上骂苍雪梧桐的帮会，结果从那天之后，每天水晶都会被打碎一次。大官人又很讲义气，一口气把战力掉到了榜二。

苍雪梧桐他们帮是一帮，一直碾压大官人的小帮。但不管他们怎么袭击大官人的帮会，大官人和他的兄弟们总能通宵爆肝把被抢走的资源肝回来，义愤填膺地反击。反击成功的次数不多，但他们却从没放弃过，各种斗智斗勇，例如在帮派水晶附近放了两百个炼药鼎，卡得苍雪梧桐全帮疯狂掉线，一直跟他们搞到和我们合区。有趣的是，苍雪梧桐他们仿佛怕了，和皇族几乎没怎么打，就放弃所有主权合并到了皇族，一个帮派职位都没要，但我们还是给了他一个副帮主之位。

据苍雪梧桐描述，他们以前的敌对方是欺负妹子的无赖，没想到换个人讲，故事变成了这样。北方人讲义气，可以为了兄弟充那么多钱在游戏里。说实话我不是很能理解，因为大家都只是网友而已。换成苍雪梧桐这个有小资情调的男人来看，肯定更不理解。

ABCC 知道我是凤舞翩然以后，态度比以前恭敬十倍，完全变成了小迷妹状，让我有点无所适从。但她们也很快调整状态，发了三个帖子的链接给我：

《凤舞翩然和一川寒星结婚了！！！》

《报！！凤舞翩然回归了！！一川寒星的老婆就是凤舞翩然！！》

《翩神和万界第一女神在北界之巅万妖海干起来了》

这三个帖都是贴吧飘红帖，就在我和红衣打架的时候，已经直播了几百楼。我看了看评论，有新区的玩家被红衣喇叭的截图带节奏了，回复说：
"大佬叫策划改鬼炼？这么滥用特权不好吧。"

结果一群老区玩家占领了评论区，表达的意思基本都是"让策划加强自己职业怎么了，充钱不就是想为所欲为吗。不然充钱干吗。雷驰迅速听翻神安排，加强鬼炼不解释，我们所有鬼炼支持你！"或者是"哇，我也要去转鬼炼了。"

我抹了一把汗，到帮派频道发言："关于红衣说的那些黑料，我还是想澄清一下……"

【帮派】餐巾公子：翩姐，不用解释。随便他们怎么说你，我觉得一点不重要。你是凤舞翩然，这就够了。

【帮派】贝伦希尔德：没错，我就是慕名而来的。我只知道翩神就是正义，别的都是歪门邪道。

【帮派】轻舞翩翩：不是，我想说的是，说我利用朋友什么的……

【帮派】阿神：凤舞翩然需要利用朋友？凤舞翩然是一个人打一个帮的女人。

最近小号玩多了，我差点都忘记了玩大号的体验有多爽：曾有妹子买号来北界之巅，冲上榜，进帮会，说慕翩神名而来，为此帮主送爱慕草给我，说感谢女神让我们帮发光发热；被人告白是日常，站着发呆也有人合照；去战场总有外区的男生说，翩神，我是我们区的区帅，你介意在我们区开个小号和我结婚、收我为妾吗，偶尔来看看我就可以了……还好我是女生，异性的告白没那么大吸引力。男榜一就不同了，诱惑太多，需要有很强的自制力。现在一川寒星的私信箱是怎样一个精彩盛况，有何等美妙的宫斗画面，不带脑都能猜到。可他为什么对我这么执着呢？如果是我的话，很可能更愿意去开后宫，去享受妹子们嘤嘤嘤的包围，也不要跟一个想干掉他的强悍女榜一在一起……

我看了看好友名单，一川寒星没上线，应该还在上班。我给他留言把今天的战况简单描述了一下。

这时看见一条系统公告：雨勿忘送给红衣99片爱慕草，倾诉情思，寄予相思，赠言：红衣小姐姐很酷。

我想起雨勿忘是知道我的大号的，想私聊问他是不是他跟红衣她们扒了我的马甲。点开他的头像发现他已经退帮，去了一个小帮派。

【私聊】美人爆爆：翩翩翩翩，红衣教和风雨盟合帮了！就刚才，一分钟之前！

【私聊】恶魔代言人：翩然，你回来了，为什么不告诉我……是为了一川寒星吗？

小恶魔这个家伙很不合群，酷爱变性，喜欢玩萝莉体型。现在变回了男生，但也是正太体型。他打架很厉害，但说话一点气势都没有，一直独来独往，空间里的动态全都是他跟 NPC 的合照。我一直以为他玩的是单机游戏，没想到他居然这么黏我。我望着前方泛着水光的瓦片发呆，不知怎么回复这个被抛弃的孤僻孩子。

忽然，瓦片上多了一道黑影。还没来得及旋转画面，一个红名女鬼炼从天而降，背对着我，落在我的面前。在辽阔沧海之上，残垣断壁之中，她黑衣金焰，银发飘飘，黑裙的金色绣线反射着阳光与水光。水墨腾龙在她周身环绕一圈，又渐渐晕染般消失。这样的造型和身姿全服仅此一人，因而即便我看了这个号无数次，也能感受到她身上散发着遥远而冷漠的王者之气。

她双臂抱在胸前，整个人消失在一片紫雾中。我刚感到不妙，一招背刺就杀掉了我一半的血。我跳起来躲开她后面两个技能，却被她光速锁定，一套快而狠的连招打下来。连残血画面都没看到，我的游戏页面就变成了灰色。

【帮派】我帮帮主轻舞翩翩在万妖海中被凤舞翩然击杀。

【帮派】云备胎胎：？？？

【帮派】餐巾公子：？？？

【帮派】美人爆爆：？？？

我躺在地上，看着我的大号在原地站了几秒，就跳起来骑着龙飞向了复活点的方向。这是想在复活点虐我吗？我迟疑了一下，抱着测试的心态点了复活，但没补血。果然，保护时间过了以后，又一道黑影出现在地面，我又吃了一个背刺。

系统提示：您已被凤舞翩然击杀。您的经验损失 1%，装备耐久度损耗 5%，您的装备【血魂镯】已破损。

【帮派】我帮帮主轻舞翩翩在万妖海中被凤舞翩然击杀，[血魂镯 +16]已破损。

我大号跳了几下，飞到了树上，一溜烟就看不到人影了。但我知道，她应该躲在某个地方，等我复活，会再给我一个背刺的。

【帮派】阿神：这买号的大兄弟怕不是有毛病吧？买了人家的号还杀人家小号？

【帮派】美人爆爆：应该不是大兄弟吧，应该是大姐妹！很明显是红衣教的人买的啊！翩翩刚杀了红衣几次，她就迫不及待开翩翩大号来报复了。"你杀我，我用你的心血号杀你！"真狠！

我却觉得这不太像是红衣的作风。红衣若一口气花 38 万买了一个号，不可能不宣扬，更不可能把我杀了还不讲话。而我的号从售出到现在也有一个月时间了，这一个月里，新号主低调到一句话都没说过。我更倾向于买号的是个男生。

【帮派】枫叶是我的眼泪：很显然，这个买号的人心态不平衡了。本来人家想买个全服第一的号装 ×，没想到本尊开了个小号回来，存在感都比她强那么多。她不爽，所以杀翩翩姐泄愤呗。

【帮派】阿神：既然如此干吗不改名？一直叫凤舞翩然，大家肯定惦记着凤舞翩然啊。

【帮派】美人爆爆：咦，你们快看！那个号投靠了红衣啊！

我点开排行榜，果然，凤舞翩然后面跟的帮会名字变成了"红衣教"。看来确实不是红衣或红衣亲友团买的。如果是他们买的，不会到现在才加入红衣教。

其实如果不是新号主追杀我，我还真不好奇是什么人买的。现在可好，变成悬案了。不管怎么说，被自己大号杀，还是很郁闷的。早知今日，悔不卖号。赴一川寒星的约，京城桃下见，情定三生树，投奔若如初见，圆满嫁人，当北界雌雄双煞……

随后，我在排行榜上看到弯弯酱的排名上升了很多。点开她的面板看属性，发现这是慕殇的号，只是改成了她的名字。打听才得知，慕殇和弯弯酱复婚后就没再上游戏，把号丢给了弯弯酱。风雨盟的人在微信上问他为什么不玩了，他说这个游戏没意思，玩到最后钱没了，时间没了，工作没了，女朋友没了，无聊透顶。今后他会好好经营现实生活，去把前两年没考下来的证考好，帮父亲管理公司。弯弯酱哭得天崩地裂，说会帮慕殇玩着他的号，等他回归。但登上慕殇的号，她发现他有两个小号，一个叫"最爱佳人翩翩"，一个叫"佳人の记忆"，他的大号还停在了佛月枫林。那是他和佳人翩翩第一次约会的地方，曾经被佳人翩翩在游戏空间里贴了二十六张图。弯弯酱气得像肚子胀气的青蛙，在帮派里爆粗口，恨不得把慕殇和佳人翩翩的骨头捏成粉，但又耐着性子磨慕殇，让慕殇把账号的手机号、邮箱绑定换成她的，这号也就归她所有了。她改好名字，投靠红衣，以泪洗面后又是一条好汉。

说实话，我并不觉得慕殇有多喜欢佳人翩翩。只是在我的轻视下、在弯弯酱的折磨后，佳人翩翩显得很善良。她是一道照亮在《桃花万界》里留给他诸多回忆的白月光。但即便让他们现在重归于好，他们还是走不到一起的。

【帮派】欢迎恶魔代言人加入帮派！

【帮派】云备胎胎：？？？

【帮派】餐巾公子：？？？

【帮派】美人爆爆：？？？

【帮派】阿神：我去，大佬！

【帮派】轻舞翩翩：欸，小恶魔，你在做什么呀？

【帮派】恶魔代言人：在呼吸。

【帮派】轻舞翩翩：我是问你为什么会来我们帮啦。

【帮派】恶魔代言人：我不喜欢你这么笨的样子。

【帮派】轻舞翩翩：好吧，谢谢小恶魔在我最需要帮助的时候如天使般降临，给了我最大的关爱与帮助。

【帮派】恶魔代言人：嗯，翩然还是很聪明的。

小恶魔一直话不多，我们没说上几句，他继续潜水了，跟人不在帮里一样。

没过多久，无哥给我发了一张小群的聊天截图。其中一个人说："欧皇小草莓送礼物都是几万几万刷的，名正言顺头号粉丝，最被小邪重视也正常，就不要为无哥打抱不平了。"

无哥给我发了语音，声音听上去很低落："翩翩，开始我也和欧皇小草莓一样，对小邪一头热地给他刷了很多礼物。今年我给他刷的礼物是比较少了，我觉得维持着昔日的友谊也不错，但对我来说这是一份友谊，对他来说，这是一份工作吧……"

我想了想说："要不要我去跟小邪聊聊？我觉得他还是有点介意上次争执的事。"

"别别别，千万别。我已经找了新主播。你是对的，翩翩。主播就是主播，他们是替我们干活的，不是陪我们解闷的。太依赖他们是浪费自己的时间，也是对他们的不尊重。"

"你的新主播是谁呢？"

"我找了三个，做事都挺有效率的。就是都不太满意。第一个主播只擅长玩魔道，打副本都不知道先加攻击 buff，抓 boss 仇恨也抓不牢，走位还行，但连招什么的都是我教他的——这就很窘啊，因为这些连招都是小邪教我的。第二个主播会玩战狼，但只擅长单挑，团队配合一塌糊涂。buff 是会加，但不知道要在特定职业的特殊状态下加。"

她发了几张她和"桃花万界主播冉冉"的微信聊天截图给我。

"老板好，请问老板需要什么服务？"

"我想找人帮我打 PVP，日常任务托管。"

"没问题，老板，这些我都包。《桃花万界》我播了一年了，擅长战狼、天云、妖秀、仙念。战狼玩得最好。一个月托管三千块，还行吧？"

"挺合理的，可以。那我把号发给你，你上手看看我这个战狼号能不能玩好。"

"好的老板。老板尽管放心，基本上我们这个水平的主播操作都差不多，胜率也都差不多。能不能打赢，主要看号如何。号只要板子不坏，我基本都可以越战力帮你赢 PVP 的。"

过了五分钟，主播回复："呃，原来你是无老板……梁小邪肯定比我打得好啊，让我接手他的活儿，压力有点大，打不好千万别怪我啊。"

"你不是说主播操作都差不多的吗?"

"这个,我指的是我这种水平上等比较有操作经验的主播……梁小邪是职业选手转过来的,我们跟他没法比。你这个号我还是可以托管,PVE什么的都没问题,就是PVP可能打不出他那种效果。"

无哥给我发了一段语音:"这是最好的战狼主播之一。然而只是刚上我的号,他就发了这些话过来。我好无语……"

"认真的,我去帮你跟梁小邪说说?"

"不!真的别去,是我朋友就别去!我是绝对不会向这个瞧不起我的浑蛋低头的!"

过了一个小时,我在帮里喊七夕节日活动,恶魔代言人第一个申请入队。通过他以后,申请名单里出现了一川寒星的名字。一川寒星进队后,我再喊人,就没人再申请了。结果变成我们三个人在队伍里。

【队伍】一川寒星:老婆,听说有人开着你大号来杀你?我找人去打听新号主是什么来头了。队长给我,我来带吧。

他突然叫我老婆,是因为有点在意小恶魔吗?本以为他会把小恶魔踢掉,结果他只是迅速地带队做任务,还主动和小恶魔搭话。

【队伍】一川寒星:恶魔兄也来我老婆这里帮忙了啊,多谢。

【队伍】恶魔代言人:不谢。翩然是我老朋友,帮她应该的。如果能助寒哥一臂之力,我也很荣幸。

【队伍】轻舞翩翩:哇,你们俩居然认识。

【队伍】恶魔代言人:寒哥盛名在外,万界无人不识吧。

【队伍】一川寒星:恶魔兄是全服第一罗轮,能把这么冷门的职业玩成这个水准,同样久仰。

【队伍】恶魔代言人:我其实很早就想问了,寒哥,你神兽的洗练是早就和人物智力算好的是吗?最近刚好人物智力提上去,好像天衣无缝了。

【队伍】一川寒星:魔道智力744就够,再高溢出。你的敏捷搭配得也很好。

【队伍】轻舞翩翩:咦,鬼炼的敏捷临界点是732,并不是越快越好的,难道所有职业都是一样的?

其实这个话题我非常感兴趣。然而，他们俩并没有人回答我的问题。

【队伍】恶魔代言人：我的敏捷其实偏高，因为单挑还是要重视闪避，团战要那么高敏没什么用的……如果以后能帮寒哥打帮战，我会重新洗点。

【队伍】一川寒星：你考虑到团战了，可以。我们现在可以组出三支精英队了。

【队伍】轻舞翩翩：三支精英队，是指我们三个人一人一队吗？

【队伍】恶魔代言人：寒哥不打算合帮吗？

【队伍】一川寒星：看看红衣教接下来的动向，还得看我老婆的意思。

好尴尬。一个是我CP，一个是我老朋友，明明好像是在为我考虑事情，但他俩都把我当透明人一样，自顾自地越过我的问题继续聊天。然而，私信箱里又是另一番情况。

【私聊】一川寒星：宝贝，来亲个。

【私聊】恶魔代言人：翩然，你以前不是很讨厌一川寒星吗？为什么现在要跟他组CP……

我先回了一川寒星一个"么么哒"，又回了恶魔代言人一句"他其实人不错，对我很好"。

【私聊】恶魔代言人：我觉得你们结婚太快了，应该再考察一下他这个人人品怎样……一川寒星在男生里口碑是还不错，但女人这块我不太了解。我总担心他会对你图谋不轨……

【私聊】轻舞翩翩：没有没有，他什么都不图我的。我们俩约好了不奔现。

【私聊】恶魔代言人：嗯嗯，也是，毕竟是寒大佬……应该会比一般男的高冷吧……

我"是的"两个字还没打出来，就被一川寒星的新私信弄得头大了。

【私聊】一川寒星：我上班的时候一直在想你。想听你的声音，想和你睡觉。

【私聊】轻舞翩翩：你在说什么啊啊啊！臭流氓！！！

【私聊】一川寒星：只是睡觉，又不是要睡你。

【私聊】轻舞翩翩：你的尺度越来越大了！打住！！

【*私聊*】一川寒星：你这就知道我尺度大了吗？

【*私聊*】轻舞翩翩：啊啊啊啊啊！！！

真是被一川寒星的名字和声音欺骗了。没有人告诉过我，他私底下这么骚。我捂着发烫的脸，心疼我自己。然而，不管私信里说的是什么，队伍里的他俩，聊的始终是一本正经的帮战和战力……

十七瓣桃花

活动任务做完后，恶魔代言人自觉退了队，我跟一川寒星到妖秀地图看七夕银河。

妖秀在一轮月牙的照映下，有十五里水，十五里月色。一座拱桥横跨两座爬满紫树的山坡，往下看便是漫漫银河。拱桥上，亭台里的灯火在野草莓色的夜里忽明忽暗，从桥梁上往远处看去，亿万星斗平缓地流动，流成了一道极光闪烁的平原。我们坐在巨大芭蕉叶制的小船上，荡漾在银河上方。一只灯笼挂在船头，顽皮地轻微跳动。我在队伍语音中指挥一川寒星怎么站、怎么摆动作，同时划着小船截图。他对游戏合照显然没什么兴趣，于是我试着找话题："刚才我们组恶魔代言人的时候，你是不是有点小情绪了？"

"没有。"

"胡说，你肯定吃醋了。以前你从来没叫过我老婆。"

"没有吃醋。"

"你就是吃醋了。"

他沉默了几秒，说道："有男生专门为了我宝贝追到怒战来，我当然会有点防备心。但我相信你，所以不吃醋。"

"相信我？"

"嗯，相信你对我是一心一意的。就像我现在对你这样。"

我微微一怔，笑了起来："是，是啊……两个人相爱是会有心电感应的。我也相信你现在只喜欢我一个人，也不担心其他女生会抢走你。"

"没有女生可以抢走我，翩翩。我的整个人和心都是属于你的。"

他说得很诚恳，语气中又有一种认命般的深情。我心跳得特别快，一时间不知该如何回答，只是长长叹了一口气，趴在键盘前，闭着眼静静听着他的呼吸声，享受着这一刻快要把人融化掉的甜甜时光。

然后，他俨然地说："所以，你看我都这么爱你了，你是不是应该……"

"不行，我不会以身相许的。"

"好吧。"

【世界】雷雷雷雷雷：啊，榜一换人了？

【世界】子箫的腿毛：寒哥居然被超了，翩神一回归就重夺服霸地位吗？这是被老婆碾压的节奏吗？

我点开排行榜，果然。

1 凤舞翩然，164183，红衣教

2 一川寒星，163428，怒战王朝

3 恶魔代言人，133432，怒战王朝

4 苍雪梧桐，131734，红衣教

5 红衣，129317，红衣教

6 无哥是我，126138，若如初见

7 大官人，126103，若如初见

8 轻舞翩翩，120983，怒战王朝

9 雨勿忘，114212，一只马甲的小花园

10 紫衣，110774，红衣教

"买我大号的那个人是魔鬼吗？这么快就提了四千战力？"我惊叹地眨了眨眼，"不对，这一个月的时间她几乎没怎么上过号，很多东西都没点上去。现在重新回来，想提一大波战力很容易。"

"可能之前在忙别的事，现在总算想起来要玩了。"

就在这时，我们俩的船穿过桥洞，但我也看到了桥上站着一个开着红的

女鬼炼。我不由得坐直身子说："寒哥，快看桥上。"

"她在找你。宝贝你待在这里别动，我去跟她打打看。"说完他轻轻一跃，从船上跳到桥上。

等小船徐徐穿过桥洞，我听见刀剑飞驰声，大片技能光闪得人眼睛发疼。桥上的凤舞翩然和一川寒星已经打了起来。

鬼炼会隐身、三段位移，移动速度仅次于战狼。一川寒星上桥以后，新凤舞全力追击他，躲掉了他一个控制，中断了他一个连招。两个人都是蛇皮走位，接招、拆招、躲技能，你打不到我，我也打不到你，最多被擦伤一下，很快被激活的符文补满血。一川寒星一套输出技能丢完了就开始跑，新凤舞追着他全力控，他又留了两个保命技能撤退，飞天落地，上亭下水，不让她碰到自己。等他的技能 CD 回来，新凤舞打了一套技能被他躲掉，她也猥琐逃跑，位移隐身，时隐时现，出现时总是精准地停在很难被抓住的地方。有一次两个人的 CD 都满了，各自后撤，等过了十多秒，再度颇有默契地回来，试探对方的底线。语音那一头只有快而简短的键盘敲击声。就这样，他们打了四分钟还是满血，但其实次次试探都比前一次凶狠，拆招越来越危险，招招毙命。

一川寒星的玩法一直是强势进攻型，很适合这个游戏，因为雷驰游戏的技能很看概率，不管战力高低，都可能因对手技能 buff 激活而被秒杀。新凤舞的玩法和我有点像，都是以退为进型，但打法比我稳太多了，显然不是一个新手。

"这个买你号的人不简单。"一川寒星终于说了一句话。

"我也觉得……操作比我好。你先别说话了，专心打。"

五分钟过后，一川寒星丢了一个技能连招，闪现两次。新凤舞追上来，技能震伤他。他平 A 两下，闪现两次，不贪输出，等 CD 到位后再度控她，丢出劫灰血雨破、击二连杀。新凤舞掉了 40% 的血，不慌不忙，稳住位移，击破他的护符，使他处于虚弱状态，隐身于紫焰中。再次闪现时，背袭、控、鬼龙洗巷二连、暴击，最后还放了个大招，一套下来打得一川寒星只剩了一丝血。一川寒星咂咂嘴，有些火大了，但稳当地使用保命连招躲避，走位不慌不忙，连躲了对方几个技能。

我捂着眼睛，从指缝间看。

他们俩的身影来来回回闪了几次，一川寒星放了几次炼狱火，耗了新凤舞很多血，还在她身上叠加了增伤 buff。忽然他挥了挥法杖，双眼冒出冰蓝光芒，白发长旗般抖动，铿锵有力的几声冰冷的兵器声响起，四把黑焰之刃从天而降，快速而果决。新凤舞惨叫一声，倒在地上。

紫云阴冷，新凤舞从桥上落入水中，弯月在桥梁下的冰河中被打碎。一川寒星头顶上的"魔刃绝灭"这才慢慢散去。

这个绝地反杀太精彩了！我忍不住拍手叫好，但也有种不祥的预感。记得我卖号前战力比他高一大截，被他各种摁在地上摩擦。现在他和这个新凤舞同战力，比以前跟我打要累得多。

仅过了十分钟，我的预感就实现了。因为新凤舞回来了，却没和他正面刚，而是绕到小船上把我秒了。一川寒星低声骂了一句，冲过去追杀她，却因为动怒操作失误，被她连杀了两次。他想要反击，新凤舞切线跑路。他被击杀的提示出现后，帮里的小伙伴们都像开水壶一样疯狂冒泡，刷各种感叹号、问号表示震惊。

【帮派】恶魔代言人：打得这么激烈的吗？

【帮派】餐巾公子：我居然看见寒哥和翩神的决斗提示，此生不悔入万界了。

一川寒星忽然说："刚才开你大号的人是主播，老板自己培养的。我已经让梁小邪打听到了，这个主播叫却阳，以前和梁小邪都是电竞俱乐部的，只不过和梁小邪是竞争关系。"

"杀我的人也是他？"

"很可能。他玩鬼炼喜欢用背刺。"

"那是谁买了我的号呢？"

"他不加自己老板外的任何老板，也不愿透露是谁买了你的号。除了红衣教的人，你以前还得罪过其他人吗？"

我冥思苦想，摇摇头道："除了红衣，我没有回应过任何敌对的喇叭，只是打架而已。怎么会有人专门买我的号来打我呢？再说，这个老板买我号的时候也不知道我还会继续玩。"

"不一定是想买你的号来打你，可能是希望你不要玩了。但除了红衣教，我想不到谁不希望你继续玩。"

"实在想不出来是谁。"

"如果是却阳玩你这个号，新老板又持续跟进养号，那就不太好打了。"

"是啊，本来我大号和你的号就势均力敌，红衣教的人又比我们多。"

一川寒星冷笑了一声："我们俩的号才不是势均力敌。你号的板子比我的号好多了。"

"啊？我一直觉得你的号比我的强……"

"怎么可能，很多东西都没跟上的。你比我多玩了一年，细节比我的强多了，还有那么多黑龙符文，我是上一届争霸赛赢了才拿到黑龙符文。而且你玩了一年多还保持高度热情，和后面的差距越拉越大，你知道我追你的战力追得多辛苦吗？你氪就算了，还肝，整得我还得跟你一起肝，累死了。"

"哈哈哈哈哈哈哈哈，你为什么要追我的战力啊，安心当个榜二不就好了，真是好强宝宝。"听到他的话，我开心死了。

"不打赢你，不成为国服第一战力，能泡你吗？"

他说得理直气壮，我却笑得合不拢嘴。

"我还是不相信你的号没我的好，后面我根本打不过你。"

"那是操作的问题。你上我号看看就知道了，我就玩了不到半年的时间，有很多细节跟不上。"他说完我的微信响了两声。他把游戏的账号密码发给我，切断了游戏语音，用微信给我拨打语音。

"你居然会给我你的号……"我诧异道。

这么大的号可以随便给人的吗，即便我们俩是CP。我玩了这么久游戏，除了主播，从来没有把号给过任何人。他的语气带着一点点谴责意味："在说什么呢，你是我老婆，我的账号当然要给你。账号也是我手机号，你存一下。"

"嗯嗯……"

我把那个陌生的号码存下来，用自己的手机打了一个电话给他，然后说："这是我的号码。"

结果他回拨过来了。看着屏幕上的"一川寒星"，心像被捏住了一样。

我接通电话，小声"喂"了一声，问："怎么啦？"

"没事，我就打打看。不到万不得已的时候，都会用微信联系你。"

"嗯嗯，好。"我特别想说"打电话也没关系的"，可还是克制住了。

"还有，对不起，我用你这个手机号搜到了你的微信大号。"

"啊！"

"别担心，我没加。就是想说一下，我的翩翩长得还是很漂亮的。"

"是，是吗？"

"嗯，我很喜欢。"他说得很平静，但我能感觉到他压抑着自己的热情。

真的不想承认，可是我高兴得眼眶都有些湿了。如果没有休学，没有官司，那该多好。电话里虽然还是他的声音，但是和微信语音还是有明显差别的。以至挂了电话以后，我的心都还在怦怦乱跳。看着他的号码，我知道没事我们不会打电话，但我想了想，还是把他放进了个人收藏的第一个。

我没有男朋友，把他当男朋友来喜欢，不算犯规吧……

然后，我登上他的号看了看，满屏小红点看得我强迫症都要发作了，而且确实是有很多东西没弄：奇遇一半没做，万仙符漏了三分之一，交易所关注的东西只有两个PVP特别需要的道具，生活技能全是1。理财方面也是一塌糊涂：仓库没有任何存货，别说做药的材料，连药都没有，想来东西都是现买的；元宝和游戏币都很少，应该是缺钱直接充，充好全部用光；神兽天赋比我的还高，明显没等活动，是用元宝直接点上去的……

以前主播开过我的号直播看过仓库，粉丝看过我号上东西的评价是："现在我知道凤舞翩然这个ID的分量了，一个人养活一个区。"我一直以为一川寒星和我一样。现在看了他的号我算是知道了，男生的号就跟男生宿舍一样，散发着一股让人无从下手的醉人之气。

我哀叹一声："能用出去的东西绝不留在身上啊。"

他丝毫不觉得羞耻，反而宠溺地说："我知道，我宝贝是只小仓鼠，仓库里宝贝可多了。"

"你怎么可以做到这么多细节都完全无视的？奇遇呢，仙符呢？"

"没时间啊，都打架去了。这些你都做了吗？"

在这个游戏里我也算是他的前辈了，于是把他的问题全部跟他细致地说了一遍。他温柔地"嗯"了半天，说道："既然如此，这些我宝贝帮我做好了。"

"我这是被套路了吗？"

"就这么定了，以后你帮我上号，我负责充钱和亲亲你就好。"

"寒老板，你为什么背着品如的衣柜在跑？"

"因为男人可以不高，不帅，没钱，但一定要骚。"

"……"

这时，出现了一条系统公告：*牙牙儿送给雨勿忘99片爱慕草，倾诉情思，寄予相思，赠言：愿我如星君如月，夜夜流光相皎洁。*

我搜了一下牙牙儿的信息，战力六万多，是雨勿忘这个小帮会的帮主。而雨勿忘的称号改成了"乱世中为你归田解甲"。我好奇地说："咦，这是雨勿忘的新CP？"

"可能只是备胎。"一川寒星笑了一下，"我早跟老官说了，被离过一次婚没什么的，别太执着于这段闪婚史。但他脸皮薄，就是介意，还放不下幻巧儿。看看雨勿忘，雨玲珑这才走了多久，他满血复活多快。"

"噗，大官人还会脸皮薄？"

"他表里不一，很精分的。其实在这个游戏里，我遇到生活里最惨的高战就是他了。"

"最惨？因为他是拆迁户吗？"

"对，他家拆掉的房子是他母亲留给他的遗产，而他是无业游民。"

"啥？！"

原来，大官人老家是蛟河的，父母早年离异，父亲跟着一个年轻女人跑了。母亲在上海工作，有一套房子，常年情绪不稳定。他大学毕业后在北京找了一份销售的工作，交了一个比他大两岁的上海女友。女友花钱如流水，他初入社会，收入甚微，跟她吃一顿饭都要省吃俭用好久，但还是甘之如饴。

一年后的中秋，他母亲回老家探亲，他因为女朋友留在了上海。结果母亲回去以后跟娘家人发生口角争执，冲动下喝农药自杀了。大官人从此一蹶不振。老板给了他一笔钱，以休假为由劝退他。很快他得知母亲的房子即将拆迁，他为了拿提前搬迁奖励光速配合搬迁，租了房子在上海继续找工作，却没有一份工作能做超过半年。女朋友家里不欣赏他，女友本人对他也要求苛刻，要他要么找一份月薪 3 万以上的工作，要么买房子得写她的名字，婚后上交所有财产，不然就不结婚。母亲的娘家没几个人关心他，也只是在向他变相索要财产。最后他自暴自弃，在家玩了七个月游戏，谁也不管。女友没有和他分手，但一直嫌弃他。

去年《桃花万界》开服后，他在 6 区结识了一帮同在吉林的兄弟。线下见面喝酒畅谈人生，线上会武厮杀快意江湖。这群兄弟里有两个小资玩家一直很照顾他，在游戏里白菜价卖东西给他。他回吉林看他们，他们把他招待得特别好。他记得这份恩情，所以当兄弟们被苍雪梧桐的帮会袭击时，他火气上来了，拿出拆迁费把自己氪成了高战，替他们报仇。

兄弟们一直以为他身无分文，看他忽然来了这么一出，都很震惊。得知他的经济来源，他们全部拼命阻止，说这笔钱千万不能动，游戏只是游戏而已，不要上头，不要为此影响生活。但他们越阻止，他反而越觉得游戏世界比真实社会温暖多了，毅然决定要出面罩他们。

女友查账时发现他花了钱，和他吵得天翻地覆。他终于发现了，他一个人在上海，没有朋友，没有家人，唯一留下来的理由就是女友。而一夜之间，她已经不再那么重要。他决定放弃和他格格不入的上海，回吉林生活，最后也和女朋友提了分手。但女朋友很不爽他，经常来电话怪他浪费自己青春。因为这些经历，不管他在游戏里如何骚断头，对于父母这个话题他总是特别敏感，只要有人提到他的父母，哪怕只是随口问问，都会换来唇枪舌剑的结果。

一川寒星叹气说："我们都劝过老官，让他不要用游戏麻醉自己，但他听不进去。他的事也没有人会理解的，所以你别跟外人说。"

"我理解。在世俗的眼光中，大官人确实做得很不好，很不对。但有时你对生活无能为力，也只有到这个梦一样的世界里来，体验梦一样的幸福人生了。"

"少年不识愁滋味，为赋新词强说愁。翻神，你暑假作业写完了吗？"

"寒哥，我就是喜欢这个游戏。"

后面的话我没说出来——不是因为这个游戏，我不会认识你。能在依然年轻的时候认识你，和你互相喜欢，我已经很满足了……

过了好一会儿，一川寒星也轻声地说："我也是。我也喜欢这个游戏。"

不知为什么，可能是最近情绪有点敏感，我的眼眶又湿了。

随后，世界上有女生发语音打断了这一点点伤感的情绪。我仔细一听，居然是红衣的声音："哈哈哈，你们是不是傻，现在的榜一可不是以前的凤舞翩然了。凤舞翩然的操作也就那样了。"

但她这段语音被大官人的 rap 抢了风头：*我就看到彩衣教的傻子笑得像蛤蟆 / 这群山鸡笑声叽喳 / 喷人模样还不如当个哑巴 / 多缺存在感才如此蹦跶 / 代替雷驰爸爸问候你全家 / 我唱着 rap 喊你一声人渣 / 就问你们七彩姐妹花敢应吗 / 寒哥说别跟老子杠战力吧 / 你们就是一群玩我玩剩下的烂西瓜 skr*[1]。

我破涕为笑，把这段 rap 放给一川寒星听，他习以为常地说："两边都坐不住，要打架了。宝贝，在这之前，我们是不是该办个婚礼？"

"嗯？还要办婚礼……"

"就定在这周日，十一号，可以吗？"

"好啊好啊。"

"那我安排他们去通知其他区的朋友，你也把你认识的都叫来吧。"

晚上十点刚过，那个牙牙儿妹子在世界上喊大家为她的空间动态点赞。我点进去一看，是她和雨勿忘在灵羽地图共乘花船的截图。每一张角度都抓得很好，景色分外优美，看得出来小姑娘对雨勿忘很上心。她的几个生活玩家小姐妹也都纷纷起哄，说牙牙儿要嫁入豪门了。

【私聊】恶魔代言人：翩然，雨勿忘跟你们怎么了，为什么会突然跑到小帮去？

【私聊】轻舞翩翩：开始我以为他是对我们有意见，现在看来，好像是看上了这个叫牙牙儿的妹子。

【私聊】恶魔代言人：我看到她发的空间了，花船那几张挺美的。

【私聊】轻舞翩翩：花船是很适合拍照的，你加我微信，我发给你看我拍的。

---

1. skr：网络用语，嘻哈音乐中的拟声词。

我把微信号给了恶魔代言人，然后在文件夹里找我和一川寒星的花船合照。

【私聊】恶魔代言人：……微信可以加，你拍的不看。我去睡觉了。晚安，翩然。→_→

【私聊】轻舞翩翩：你这胳膊肘往外拐的。别人的就好看，我的就是你去睡觉了，拔刀吧，少年！

【私聊】恶魔代言人：我又不喜欢牙牙儿，再见。

看到这句话，我内心一凛，后面的字打了又删，删了又打，过了一分钟才顺利发出去一句话。

【私聊】轻舞翩翩：！！对不起，是我神经太粗了……对不起啊，小恶魔，早点休息……

【私聊】恶魔代言人：没事，早点休息。

恶魔代言人的头像是一个头上长角、红瞳的恶魔少年，有些病娇。等他的头像变成了灰色，眼睛变得黯淡，我的心也拔凉拔凉的。我真是个笨蛋，输出玩多了，神经也粗得跟个糙汉子一样……

我在鬼炼完成当日的任务，正准备下线睡觉，忽然阴风阵阵，震颤了四周的草叶。一道黑影在我面前从小变大，随即凤舞翩然从天而降，在我面前落下。她出现后一直是红名，这是第一次白名，没有动手杀我，只是跟我一样在做任务。这一回，她还顶着我的定制称号：**凤兮凤兮舞翩然**。

看见她在面前跑来跑去，我又不自在，又有些害怕。她那身顶级的装备、连大R玩家都只敢仰望的水墨腾龙特效、那一头象征着全服地位的定制白发，还有状态栏里的天文数字十六万，都看上去特别熟悉，又特别遥远。

凤舞翩然。好像是我，又好像不是我。确切地说，她是从前的我，开服大号，光芒万丈，高不可攀，起点和顶峰强势到连现在的我都能感受到十足的震慑力。

看到这个号，我想起了那个多才多艺的、无法超越的人生赢家郝翩翩。

她在巅峰，且永远在巅峰。而我在低谷，好像这辈子都爬不上去了。

就在这时，凤舞翩然的名字变成了红色。一秒之内，她隐匿在一团紫焰中。然后，我听到了自己被刺杀的声音，血条疯狂减少。

系统公告：真是奇耻大辱！凤舞翩然使用仇杀令，将轻舞翩翩击毙于鬼炼山川！

看见自己的人物惨叫着倒地，游戏页面变成一片灰色，我发现自己整个人都像被控制住了一样，连逃跑、反击的动作都没有。于是，我的整个世界也都跟着崩塌了，就像我二十二年的人生，就这样被轻易地放弃了。而她站在我面前灰色的视域中，没有嘲讽，没有怜悯，只是用她的淡然嘲笑着地上狼狈的我。

终于，我知道了，没有人将我击倒，命运更不曾将我击倒。不管是游戏还是现实，打败我的人只有一个，就是过去那个强大的自己。她让我畏惧，让我自卑，让我深陷泥潭中，再也抬不起头来。

【喇叭】无哥是我：我了个去，买号的是不是有点过分，买人家大号杀人家小号？

【世界】秋月MOON：她可以不卖的。号主已经不是她了，人家新号主爱怎么玩怎么玩，轮不到路人多嘴。

【世界】无哥是我：彩衣教再废话犯傻，你妈买菜必涨价。

【世界】白衣：无无你是女孩子，这样讲话不太好吧……

【世界】无哥是我：白莲花你再废话你妈买菜也涨价。

【世界】白衣：无语。粗俗。

【世界】彩衣教NMSL：白莲花这是好了伤疤忘了疼的节奏啊，这就敢上世界蹦跶了。优秀。

【世界】苍雪梧桐：开小号叽叽歪歪你真的有本事，有种开大号出来。

【世界】小龙：被自己的大号杀，这就真的尴尬了。那到底哪个才是翩神，是人还是号……

我被我大号杀掉的事很快上了贴吧。关于新号主的身份，什么猜测都有，但新号主始终没有透露出一点风声。然而，我只觉得自己像神魂分离了一样，很难全神贯注地打游戏，早早地就上床准备睡觉，结果接到了一川寒星的语音请求。

"今天这么早就睡了，被打自闭了？这么看来，却阳和他的老板也不算作恶。"过了一会儿，一川寒星那边传来了脚步声、水声，还有被褥摩擦的声音，"我也刚洗好澡，今天有些累了。我们都早点休息吧。"

"好啊。今天你都忙什么了？"

"就正常上班。我一个手下犯了错，就有 team head（组长）来跟我领导告状，扯了一会儿皮。但问题不大，我会罩着他的。"

"你应该也没工作多久吧，这么年轻就有手下了？"

"那是因为有父母撑腰，没有他们也不可能升职这么快。"

"这么坦率承认靠爸妈的人也不多，你寒哥依然是社会寒哥。"我"噗"的一声笑出来。

"这是事实，出身高度决定人生高度上限。他们给了我那么高的起点，让我不用从基层开始做起，我还是很感谢他们的。"

"好好好，你是诞生在终点线的小少爷。"我清了清嗓子，"其实，我觉得优秀的父母能给孩子的东西倒不是直接的金钱或平台，而是宝贵的人生经验。像你父母获取巨大成功后，可能跟你聊天一个小时就能让你少奋斗十年，让你无限接近他们，甚至超越他们。"

"嗯，超越，那我还差得远呢。老爷子还是很厉害的，这辈子做了不少事。"

"你爸爸妈妈是做什么的我不知道，也不好问。但我觉得他们人生的最大成就之一就是教育。到底是怎样优秀的父母，才能培养出你这样一个积极乐观又内心强大的孩子。"

"啊，哪儿，哪儿有……"

我这是听错了吗？这个厚脸皮骚孩子居然害羞了？我强忍着笑意说："每次我情绪低落的时候，跟你聊聊天，都会觉得心情变好了。寒哥，你真的很有感染力，像个小太阳一样。"

但很快他就调整状态，又跟没事人一样继续说道："我是乐观，但也不是什么好人吧，一天到晚都在杀人喷人。我爸要是知道我在游戏里都做了什么，会被气到进医院的。"

"哈哈哈哈，你也知道你在游戏里像个蛇精病啊。"

"那不然呢，生活里我得花心思去维护人际关系，在一群比我年龄大的同事、下属间周旋。要是游戏也一样累，还玩什么游戏。"

原来他跟我一样。我们都戴着面具，在游戏里扮演一个不一样的自己。我开始好奇生活里的他是什么样的，长着什么样的脸，有着什么样的习惯和小动作，当他用那么好听的声音说话时，又搭着怎样的表情……可是幻想该到此结束了。我没再打听他的家庭背景，换了个话题："你的工作能力这么强，喜欢你的女孩子应该挺多吧，生活里也没遇到喜欢的人吗？"

他有些来气了，说道："翩翩我跟你讲，你别以为把自己置身事外，仿佛我们只是游戏里的 CP，就可以撇清和我的关系。我现在就喜欢你，游戏生活里都只喜欢你，你问我有没有遇到喜欢的人是不是有病。"

他说得那么理直气壮，反而让我有些畏缩了。我很想说："我们一开始不是讲好的吗，游戏和现实分开。"但又实在顶不住被他喜欢的诱惑，只能强打精神，翻了个身，轻轻说："谢谢你喜欢我。我好开心。"

"那给我一个麦吻。"

"……"

以往我们语音通话时一般都开着游戏，这是第一回这样专注地聊天。聊到后来我们都困了，但也没有挂断语音，而是连着语音睡着了。

半夜我醒过一次。高楼灯光把城市点成了一片星海。微光斜射入卧室，车声被隔离在玻璃窗外。我听见一川寒星均匀的呼吸声，看着空荡荡的床，我紧紧抱着枕头，脑袋离电话更近了一些。

之后我睡得特别安稳，一觉睡到天亮。醒来以后，我发现自己和一川寒星的语音因其他应用程序而被迫中断，通话时间八个小时。我也没再像以前那样睁眼就打开游戏，而是在床上躺了整整一个小时，搜了搜最新画展的动态，回了几封拖了三个月的工作邮件，回复了生活微信里朋友和家人发来的消息。

这期间，一川寒星起床给我发过"早安宝贝"的消息，然后应该是去上班了。

我在洗手间对着镜子站了很久，发现了不知多久没发现的一些细节：黑眼圈很重，皮肤干到起皮，颜色是毫无血色的惨白。头发长到腰下面，黑长直宛如贞子，刘海早就没有造型了，现在是中分吹到脸颊两侧，贴着脸颊，让人只想把整个头剃光。睡衣和睡裤不配套，而且已经穿了四五天。因为本来就没什么胸，所以几个月不穿 bra（内衣）也觉得毫无影响。

我紧闭眼睛十多秒，再次睁开，只觉得身上粗糙的缺点变得更加醒目。这也太邋遢了……

我把号托管给了主播，洗了个澡，从冰箱里翻出去年八月就再也没用过的面膜，贴了二十分钟，补水、护肤、擦隔离霜，气色看上去好多了。然后，我到理发店把头发剪短了一些，烫刘海、发梢，染了个英国灰咖色，在理发店满意地转了一圈，自拍了几张。刚好在朋友圈看见两个闺密在附近喝下午茶，跟她们打过招呼后，她们把我拉过去聊了一个下午。接着我们三个人去商场买了新裙子，摆出各种全智贤式 pose（姿势）拍照，PS 一个小时，朋友圈发发发，看着点赞和评论暴涨，刻意等两分钟再回，捧着双颊再把九宫格挨个看一遍，沉浸在自己的美貌中。

这期间一川寒星一直在和我聊天，我回他消息的时候，两个闺密笑得让我毛骨悚然，我问："干吗……"

"这个男生是谁啊？"

"你们怎么知道是男生？"我倒抽一口气，"女人真可怕！"

"别的我们不知道，我们只知道你谈恋爱了。快招了，这个男生是谁？"

我仰天长叹道："啊，没有啦，游戏 CP 而已……你们知道游戏 CP 吗，不见面的那种。"

"翩翩大美人你太疯狂了，长成你这样需要网恋吗？"闺密用手背试了一下我的额头，"你是不是发烧了？"

"我跟你讲，你要网恋可以，不要奔现！我前男友，你懂的，《英雄联盟》认识的——"说到这里，另一个闺密用手做了一个割脖子的动作。

我们聊到晚上才散伙。回家时我觉得好放松，躺在床上继续欣赏自己的照片，但还是觉得差了点什么，于是把照片发给了一川寒星。

"今天的自拍，美不美！"我假装不经意，但其实知道自己又往前迈了一步。

"我宝贝太美了。"他回得很快，"完了，中毒了。"

我幸福得在床上直打滚。直到这一刻，一天才圆满了。

　　第二天早上起来，阳光很温暖，我看着镜子里焕然一新的自己，只觉得心情特别好，于是换了一套漂亮的衣服，抱着画架、画笔、调色盘和颜料到楼下画了一些花花草草。画到中午时天气太热，我便抱着画到一半的植物写生回来了。

　　我登录游戏玩了一会儿，试穿了天宫云影，却总觉得有些不尽兴。于是让我的人物站在京城的楼台顶，仰望着烟火凌乱的星空。我被她优美的姿态打动了，对着新画框构图，一次性完成线稿。下笔没有一丝犹豫，因此构图干净利落。

　　中国古代女子的眼总是别具一格的，妩媚玲珑，欲语还休，也是需要投入画者的深情。上色后笔刷轻扫，晕染出的肌肤明暗变化是朦胧的，楼房与星空又是详尽精细的。云雾虚写，人物实描，披在身上的天宫云影烟一般地将二者糅合在一起。草丛是花青渲染，细节、边缘重色勾勒，树枝白描。

　　我画画一向有个毛病，就是不太喜欢盯着一个地方勾细节，作画方向也有些跳脱，喜欢哪里就画哪里，小时候曾经被老师批评过无条理，一直死不悔改。今天这个老毛病犯得更严重，哪里都想画，哪里都画不够。结果就因为这满腔的焦虑与热情，我画得特别投入，连洗手间都忘了去。等被尿憋得有点受不了的时候，我起身扫了一眼，竟然呆住了——这幅画快画完了。

　　我把画拍下来发给一川寒星，问他这张画怎样。过了两分钟，他回复说："雷驰请了功底这么强的插画师？我怎么没见过。"

　　"这是我画的！！"

　　"我才不信。我宝贝就是个不务正业的宝贝。"

　　"是真的！我画的！"我本来想把线稿发给他证明，但想起刚才画得太急，根本没有存线稿，只能再次强调是自己画的。

　　"真的吗，你这么厉害？"

　　"为了天宫云影啊！"

　　"……你有点出息好不好。"

　　直到婚礼前，我都没怎么上游戏，而是跟闺密一起约出来吃饭、研究彩妆和时装搭配，没事就带着画架去公园画画，度过快乐的暑假——我向学校提交了申请，打算九月开学就去上课。

家里的事我确实没有能力去解决，但起码可以放平心态，把自己的小日子过好。而且在这期间，我一直和一川寒星用微信和电话联系，聊的话题和游戏的关系也越来越不密切了。想到未来的日子里还有他陪伴，我就越来越觉得，现实生活也是充满希望的。等家里的事能够完全解决以后，说不定，我和他也可以见面看看……

十八瓣桃花

　　周日晚上，怒战王朝与若如初见宣告合帮，帮派频道一片欢天喜地。婚礼举办前半个小时，我在住宅中等待 NPC 和花轿的到来。世界上更是各种热闹，大量玩家跨服来北界之巅参加婚礼。

　　【世界】赵公子：33 区铁血丹青一帮青云阁为寒老板和翩翩大佬送上祝福，新婚大喜！百年好合！

　　【世界】苏清茉：神仙眷侣送上全区祝福，恭喜一川寒星、轻舞翩翩两位大佬喜结连理，祝久久！

　　【世界】雷雷雷雷雷：我的妈啊，刷屏都看不清字了，果然是我偶像的婚礼。

　　【世界】荧蓝：41 区来晚了，祝翩姐新婚快乐。

　　【世界】大官人：确认过眼神，你遇到对的人。加油啊，翩翩、老寒。

　　【世界】凉溪：金乌啼霜发来贺电，我们榜一曾经追求大魔王失败，哈哈哈，她就是个丑角，恭喜翩神终嫁大魔王，祝久久。

　　【世界】萝卜呦呦呦呦：11 区发来贺电，祝万界最强男神最强女神幸福久久，日日如新婚！

　　【世界】无哥是我：婚礼现场卡爆了，这些人还在放烟花和爆仗，老子都掉了一百次了！我去！

很多来宾都是从前跨区认识的老朋友，榜一就有七个。看着他们的祝福，我心里很开心，但也有些慌乱——现在他们的祝福这么真，这么动人，以后我们真的能久久吗？我把这份担忧告诉了一川寒星。

【私聊】一川寒星：翩翩，放轻松，我们会长久的。现在我已经不只把你当成游戏 CP 了，你是我虚拟世界里的女朋友，网恋对象。我们不是说好了吗？哪怕你去玩别的游戏，我也会跟着你，我们还有很多很好的未来呢。

我没有回复。很显然，这不是我想要的答案。我是不是想要的太多了？明明一开始讲好了不要奔现的，是我贪得无厌了吗？

【私聊】轻舞翩翩：如果我不想玩了呢？如果我想好好经营现实生活呢？对不起，现在讲这些有点不合时宜，可是，我现在真的很慌……

他过了很久才回。

【私聊】一川寒星：你害怕了？

【私聊】轻舞翩翩：嗯。

其实，我更希望他能说出那句"翩翩，我们可以见面看看，我会试着给你更多未来的"。但是，他的回复却让我大失所望——

【私聊】一川寒星：你放心好了。我不会强迫你奔现的。

【私聊】轻舞翩翩：是吗？我不信。

过了很久他才回复。

【私聊】一川寒星：如果我想奔现，你会给我机会吗？

这句话翻译一下意思是：他想奔现。我感到欣喜若狂，又想起了一直以来的矛盾。好想敲碎自己展现在他面前的面具，直接告诉他我其实是个 loser（失败者），能不能试着接受我，我会认真面对人生的。但是，手放在键盘上，总是缺乏那么一点最后的勇气，半天也没能把冲动打出来的话发出去。

又过了两分钟，他发了消息过来。

【私聊】一川寒星：我知道你不会给我机会的，所以也没有期待过。你尽管放心，其实我也不是单身，我有未婚妻。

这句话我反复读了很多次，都没能回过神来。文字无法转化为有实际意义的信息传入大脑。

【私聊】轻舞翩翩：嗯，我相信你了。但我很奇怪，既然你有未婚妻，为什么我随时都可以找到你呢？你不怕她发现我的存在？

虽然文字写得很冷静，但我一直头皮发麻，不知道是什么精神动力支撑着我把这些话打完的。

【私聊】一川寒星：我和她的婚约是家里安排的，但我们之间没感情，私底下几乎不联系。

【私聊】轻舞翩翩：没有感情也可以结婚？

【私聊】一川寒星：不是和自己喜欢的人结婚，跟谁都一样。娶她也没什么不好，好歹门当户对。

看到那句"门当户对"，这几日积攒下的所有能量都被瞬间抽空。现在我的家庭情况连郑飞扬都觉得是烫手山芋。我到底是有多认不清自己，才会觉得自己和一川寒星还有可能……

【私聊】轻舞翩翩：原来如此。那你现实里打算什么时候结婚？

【私聊】一川寒星：不说这些了。

【私聊】轻舞翩翩：我告诉过你吗，我找CP没有太大要求，就只有两条：一、不奔现。二、现实单身。

【私聊】一川寒星：翩翩，你也不是单身。

事已至此，我不想再跟他解释没有男朋友的事，说出来只会让我更加狼狈。我闭着眼切换地图，穿着凤冠霞帔，骑着最快的坐骑飞到了三生树下。用最后的力气，轻轻对他说："现在，我什么都不在乎了……"

我点开NPC的选项，看见提示框，竟然还懦弱地犹豫了十多秒。

即便是恨死他的现在，我依然是喜欢他的。甚至可以说，已经有一点点爱上他了……

可是，爱是无底线的吗？爱一个人，就可以放弃尊严去当第三者吗？我知道游戏里很多女孩子都不介意CP现实有女朋友、老婆甚至孩子，她们总是看似清醒地申明："游戏是游戏，现实是现实。我只关心游戏里的他，现实不过问。"但其实她们都知道，她们的CP会在游戏里承认现实有老婆，到了现实肯定不会说游戏里还有一个。

一川寒星跟我说，哪怕我现实有男朋友，他也可以给我当小三。他是个三观不正的情种，我佩服他能为爱情做到这一步。但我没办法跟他一样。

世界上的祝福还在红红火火地刷着屏，我知道现在点下"确定"，他颜面扫地，我们就真的没有回头路了，甚至可能反目成仇，但我没办法为他放弃自己的原则和底线。哪怕现在心痛得想死。

我闭上眼睛，点下鼠标左键。

系统公告：**二心不同，难归一意。轻舞翩翩与一川寒星解除夫妻关系，此后一别两宽，各生欢喜。**

三生崖上，有九十春光，桃花轻舞。花瓣无声落入十里云间，鸟语雀鸣声清脆地响彻崖边，悬崖风景看得我浑身发冷。我没有看世界，当有人喊出"我去，这是什么反转瓜"后，我屏蔽了世界语音。

微信上，语音请求不断响起，我拒绝接听，拉黑了一川寒星。他打电话过来，我挂断电话，发了一条短信给他："永远不用联系了。再见。"然后把他的手机号也拉入了黑名单。

世界清静。

明明是八月酷暑，我却冷得手指都在发抖。

三生崖周边，轻灵的鸟声足足响了十五分钟，是关掉游戏前我最后听到的声音。

过了一会儿，我收到了无哥的消息："翩翩，你怎么了啊，小邪和各种主播在直播间打广告，准备全服直播世纪婚礼。你们搞这一出，到外区发请帖的小弟们都很尴尬。寒哥是最尴尬的，他直接下线了，红衣教的开心死了。"

"原则性的问题，不多说了，唉。"

"原则性的问题？"几秒后，无哥补充道，"那你没做错，有家庭的男人就是不能要！真没想到寒哥也是个有家庭的油腻大叔，他声音好年轻。"

我不太想再提起一川寒星，索性转移了话题："无无，你见过很多这样的事情吗？"

"我之前玩的一个游戏，榜一大叔三十七岁，孩子都会跑了，他还在游戏里找了个大学生妹子当CP——生活中已婚又在游戏里找CP的男人，不知为什么，提到自己老婆，总是有点得意扬扬，完全不知道这种事他还是闭嘴比较好。那个大叔经常一边带他 CP 打副本，一边说他老婆给他煲粥了，每次和 CP 吵架都会像神经病一样在空间里贴他儿子的照片，把我给恶心的……"

"太'奇葩'了吧，没有人骂他吗？"

"他是榜一啊，周围全是狗腿子。还有一些渣男觉得他是人生赢家呢。"

这种事在高战玩家里很常见。因为高战几乎都是富二代和创一代。前者在生活里是被网红妹子环绕的宝宝，一般不会对游戏里的女生感兴趣，甚至有一些皮到接近猎奇的癖好，例如装女生博取男生的怜爱、用限量坐骑当赏金让大家追杀骂他的人；后者往往有个外形不出彩但陪他奋斗过来的老婆，所以，游戏里的各种小美女就会很有诱惑力。又因为游戏里大叔也拥有俊美年轻的建模，小姑娘们沦陷起来比在生活中快多了。

最初看见已婚大叔和少女高调秀恩爱、双双沉沦在自我感动中，我还开红杀过好几对，后来因为撞到太多次，有时候连己方战友也这样，我慢慢学会了把眼里的沙往外挤一挤，但绝无可能忍受自己也陷入这样的感情中。

这时，一个陌生手机号发了一条消息过来："翩翩你好狠，把我所有联系方式都拉黑了。你怎么可以这么狠。我的婚约是父母安排的，而且是发生在我们成为 CP 之前。你自己不愿意奔现，还要我一直为你保持单身，你觉得对我公平吗？"

"或许你不知道我这么狠，一开始才那么放心地骗我吧。"

"我已经提过很多次退婚了，对方自我麻痹不接受而已。只要你给我机会，我愿意再提一次，被她爸妈恨也无所谓。是你不给我机会。"

"我的天，她做错了什么，你要这样对她？"

"想和不喜欢的人解除婚约也不行吗？我连她的手都没牵过！再说这和你有什么关系，你在为她打抱不平个什么！"

我憋着呼吸，最后一次尝试打出真心话："在事情变得难堪之前，把美好都停留在游戏里吧。只有凤舞翩然、一川寒星，只有《桃花万界》，好聚好散吧。"

"是啊，你就是凤舞翩然，你不是翩翩。翩翩不会轻易放弃我们的感情，不会在我们婚礼前一刻把我强离了。我的翩翩只喜欢我一个人，什么都听我的，什么时候都黏着我，她是绝对不会舍得我伤心的。你说对了，我确实一点也不想认识现实里的凤舞翩然，毕竟不知道她什么时候会睡在谁的怀里。我放下了。再见。"

明明已经下定决心要断得干脆利落，但我还是觉得很难受，而且能切身感受到他的痛苦。他发这条消息的时候，说不定在哭……不行，不能心软。

我把他这个陌生号码也拉进了黑名单。

关掉了游戏和游戏微信，我躺在床上，又有了一种被世界抛弃的感觉。然后，我打开手机视频 App，刷了七八个搞笑视频，觉得情绪缓解了很多。直到我看到一个短视频小故事。

一个女孩子嫁人的那一天，拿起自己和父母的合照看了看，回忆起小时候爸爸试穿一件西服，说女儿嫁人那一天他要穿这一件。妈妈说，你都穿了好几次了，就这么期待女儿嫁掉吗？爸爸严肃地望着镜子，整理领口袖口。

画面切回到结婚当日，一个人也穿着这件西服，正在打领带，但只有背影。女儿挽起这个人的手，婚礼现场，司仪对外宣布："现在有请新娘和新娘的父亲进场。"酒席上的人都很惊讶，偷偷议论说："新娘的父亲不是已经过世很多年了吗？"

大门打开，从门后面走进来的人，是新娘和穿着爸爸旧西服的妈妈。妈妈一脸慈爱地回头对女儿笑了笑，示意她往前走，新娘泪流满面。画面变成黑白色，从女儿的角度，她看到了对自己露出同样微笑的父亲，穿着那件西服。

看完视频，我愣了几秒，眼泪毫无预警地汹涌而出。

我上初中的时候，曾经和爸爸妈妈一起饭后出门散步。爸爸对着布满星辰的夜空感慨道："女儿，以后总有一天你会嫁人，会离开爸爸妈妈。但老爸跟你保证，一定会为你打造最舒适的平台，让你和你未来丈夫一生都不用为生计奔波。"

"哼，你想得也太远了。我才不嫁人，就赖着你和妈妈。"

"老婆你看你女儿，真是一点都不懂事。"爸爸说这句话的时候，脸上却挂着藏不住的笑容。

现在距离那时已经过去了九年。我遇到了自己喜欢的男孩子，又和他分道扬镳。

今年的父亲节依然没有可以打电话的对象。爸爸他现在情况怎么样了，身体好不好，高血压有没有发作，有没有人给他送药，每天有没有好好吃饭，有没有被里面的人欺负……每次询问家里人，我什么都不知道。我只知道石天今年就要 4.2 亿，一分不能少，不然爸爸就要被判刑了。

现如今，财富、爱情、地位、未来，我什么都不想要了。我甚至可以不再画画了。我只要爸爸回来，只想看见他平平安安、健健康康的。

我不知道我是什么时候睡着的，后来醒过来，还是因为有人摸我的脸和额头，用被子帮我把肚子盖上。随即，我闻到了熟悉的香水味，听到了熟悉的声音："天，幺儿，哪个勒段时间你嫩个瘦了哦。"

我缓缓睁开眼，用手背挡住灯光，含混不清地说："妈？你怎么回来了？"

妈妈坐在窗前，她留着干练的及肩黑发，身穿纯白 OL 装，依旧眉目明媚，神采动人，一点都不像是四十六岁结过两次婚的女人。她摸了摸我的脸，拧着眉说："幺儿，你太瘦咯……是因为你老汉儿勒（的）事迈（吗）？"

本来多年的分别让我对妈妈有些陌生了，但这一刻看到她，还是跟小学时被老师拿尺子打手心后看到妈妈的感觉一样。我的眼泪在眼眶中打转，我含着泪摇头。妈妈抱住我的头，温柔地拍着我的背说："可怜我幺儿，你在屋头（家里）过得嫩个（这么）不好，他们还都跟我说我们幺儿乖得很。本来我和你邹叔叔是回来跑你老汉儿的事，要不然我还是留到勒（这）边多陪你摆哈龙门阵（聊天）嘛。唉，都是妈妈的错，妈妈太忙到果（个）人的事了，没有陪到你。"

邹叔叔就是妈妈现在的丈夫，我们三个人出去一起吃了顿饭。

邹叔叔出国前学的是法律，上海大律师事务所里全是他的熟人，所以陪妈妈回来看能不能帮上爸爸的忙。因为爸爸不在，墙倒众人推，无数债权人纷纷跟着起诉。原本这种情况走破产清算就好了，可是石天一直在我身上做文章，强势地要求爸爸卖掉公司来还债，而且要求分到的资金远远多过第一和第二的国企债权人。国企对此比较佛系，但其他私企债权人就完全不能接受了，怒骂他们凭什么，而且坚决不肯在出售公司的提议文件上签字。但他们比石天有良知得多，只有一家公司模仿了石天起诉我，又因遭到了旁人的指责而没再咄咄逼人。然而，其他债权人无法达成一致，公司也卖不掉，这事一直搁浅到如今。三个人聊到最后也没点结果，毕竟那么一大笔钱不是说拿就能拿出来的。妈妈和邹叔叔只能看看有没有办法通过法律手段或找熟人和石天谈谈，再把数额压低。

晚上邹叔叔住在酒店，第二天他就要开始请人吃饭了。妈妈过来陪我住，帮我洗衣服的时候突然冒出一句："不对头。幺儿，你是不是背到（着）郑飞扬耍其他朋友了？"

"为什么这么说啊？"我差点把喉咙里的水呛出来。

"昨天我还是第一回看到你哭起抱到手机睡着了。你没有为郑飞扬嫩个（这么）哭过，当初你和他谈恋爱都是为了结婚。但现在勒（那）个男娃儿不一样，妈妈感觉得到，你们是撒子（什么）情况，老实交代。"

"撒子（什么）情况都没得（有）。"

"是迈（吗）？"她看着我的表情，用学姐的话来说，就和论文答辩时答辩老师看你的表情一样，"你一扯谎都喜欢说重庆话。"

"……"

和妈妈吃过晚饭，无哥发微信跟我说她心态爆炸了。

"梁小邪开其他老板的号，在战场把我的主播打成了狗！这王八蛋！"

"他为什么要打你的号？是看不惯你有新主播吗？"

"谁知道啊，他肯定是针对我的号！你不知道，以前他就特小肚鸡肠。他手里不是有特别多老板的吗，他一些小主播朋友没有他的热度和资源，找他求助，他都会把这些老板号分一些给他们。我看他们挺可怜的，把我的号给了其中一个人玩，梁小邪知道后就开别的号把我的个人战绩掉到了三十名以后，简直有毒！"

"怎么听都觉得你是在秀恩爱，这狗粮我不吃。"

"秀恩爱个头啊！我现在就要改名叫'黑丝17P+7V加马化腾XIAOXIE_LEICHI'到他直播间卖片。"后面还跟了一个微笑的表情。

等这阵大波动的情绪平息以后，她总算想起交代另一件重要的事：雨勿忘去了红衣教，还跟红衣结婚了。

本来我一点也不想上游戏，看见这个消息，忍不住登录游戏，同时回复她："前两天不是有个妹子和雨勿忘挺暧昧的吗？就是雨勿忘愿意为她解甲归田那个？"

"牙牙儿。"

"对，牙牙儿。他们俩没在一起？"

"红衣横刀夺爱了啊。其实这几天雨勿忘和牙牙儿暧昧，只是想刺激一把红衣而已。对了，你掉马也是雨勿忘跟红衣打的小报告，爆爆帮你拿到了内部实锤截图。"

"他都要娶红衣了，说就说了吧，对我也没什么损失。只是我有些好奇，红衣知道雨勿忘生活里已经结婚了吗？"

"天知道知不知道，他俩现在肉麻得不得了。"

进入游戏，我深刻体会到了她所谓的"肉麻"是什么意思。世界上，一个女生用话剧腔感情充沛地朗诵道："啊，汪汪，我亲爱的汪汪，我们的爱是充实的生命，是盛满了爱之浪潮的酒杯。我心尖的叶儿在爱你时开成花，在与你结婚时结成果。一切都是那么令人期待，就像我的十三万。啊，我的汪汪。"

如果不是看到说话人的头像，我真不敢相信这是红衣。看清了她的名字，我才反应过来她念的不是"汪汪"，而是"忘忘"。我不由自主地抽了抽嘴角。红衣开服一直单身到现在，没想到有了 CP 后是这么个德行。

【世界】无聊王子病：噗，万界第一女神，注意一下形象啊。

【世界】小龙：这游戏什么都好，就是没有包办婚姻，没老婆。请问 CP 在哪里领，雷驰客服统一发？

【喇叭】雨勿忘：下周我和红红婚礼，欢迎大家来参加。

【世界】轩辕包子：这游戏节奏可真快，昨天 you know who（你知道谁）才刚离婚，今天这一对就赶上了。怎么你们大佬是商量好的吗？

红衣像没看到任何人说话一样，自顾自地继续发语音："哎，你们不知道，忘忘的声音多有磁性，多动人。我听到他唤我红红，我整个人都快融化了……啊，忘忘，用我们的爱情浇灌这北界的领土吧。"

我下意识去翻了翻牙牙儿的号，发现她已经退了帮会，称号改成了"无聊的游戏"。

【帮派】听风：翩翩宝贝。@轻舞翩翩

【帮派】无哥是我：听风你再乱叫，老子打得你全家螺旋升天。

【帮派】听风：哎呀，这么大火干吗呀。翩神现在可是单身，怎么只允许大佬对她有意思，还不允许我对她心生仰慕吗？

【帮派】轻舞翩翩：闺密CP，不管过去现在还是未来，都在我的CP黑名单上。现在合帮了，大家一起玩可以，其他的想都别想。

【帮派】听风：改个名字，换个身份，又是另一个人。

【帮派】轻舞翩翩：你再说一个字我就退帮。

【帮派】听风：哇，好凶，怎么你和无无一样凶，可怕。

我没再理他，随意在京城逛了逛，不经意间走到了大片桃花树下，和冷月初见的地方。树下空空如也，只有满城飞花，一地落红。唐风游伎NPC提灯走过，却因七夕活动接近末期，不再有玩家跟随其后。因此，京城的街道有一丝人走茶凉的寥落气息。也不知道自己来这里寻找什么，我叹了一口气，想去做今天的任务。

结果刚一回头，就看到一个熟悉的青年身影。红尘闹市中，他是一道出尘的风景线：他留着一头象征着顶级战力的银色长发，紫袍轻垂在翘头短靴两侧，手旋贝色弯月轮，又把它们收回去，玉树临风用来描述他再合适不过。因为这个发型，我差点认成了一川寒星。直到看见他随机亮出的武器，我才反应过来这个人是罗轮，不是魔道。青年的头上写着"恶魔代言人"。

我眨了眨眼，在帮派频道快速打字。

【帮派】轻舞翩翩：咦？？？小恶魔你怎么变大了？

【帮派】撑死的碗：是的，啊啊啊，恶魔底迪（弟弟）真的正太转成男了！好帅！

【帮派】云备胎胎：恶魔大佬，你缺备胎吗？

【帮派】恶魔代言人：你不是不喜欢正太体型吗？@轻舞翩翩

【帮派】轻舞翩翩：没啊，正太很可爱。

【帮派】恶魔代言人：但你不想嫁正太。

我这才留意到，他的衣服和我的是情侣装，色系都一样，顿时觉得这个问题有点尴尬。

【帮派】餐巾公子：翩翩姐对恶魔哥和对听风的态度真是肉眼可见的天壤之别……

【帮派】听风：喊，不跟大佬抢了，是我自讨没趣好吧。

【帮派】蜂鸟：今天是撞了鬼了，开服玩到现在，第一次看见恶魔大佬转成男体型，第一次看见寒老板改名卖号。

我愣了一下，点开排行榜。

1 凤舞翩然，165783，红衣教

2 我爱翩翩，163435，若如初见

3 恶魔代言人，137419，若如初见

4 苍雪梧桐，131813，红衣教

5 红衣，130001，红衣教

我爱翩翩的号不在线，战力时装都没动过，空间里也没有发动态，只有一句个人签名：喜欢就像乘法，只要有一方为零，结果就为零。打开易游网，按价格排序，果然第一名写着"万界第一魔道脱坑出号，价格乱写的，要买的带价私"，价格是 5201314 元，账号还在审核中。

我拼命遏止自己去挽回他的冲动，把注意力集中在其他事情上。

八月十四日早上维护过后，七夕活动结束，更新了中元节活动，时装主题叫"奈何"，暗指奈何桥，又有人鬼情未了的无可奈何，男女装都是鬼魅红袍子，前者名为罗刹，有些像白素贞和王祖贤版《倩女幽魂》里小倩的混合体；后者名为画皮，头发更长，衣服红得更纯粹。

相比较七夕的仙，中元节的浓墨重彩又让很多玩家眼前一亮：天上的烟花消失了，夜空被一片深深的矢车菊蓝取而代之。万界所有城镇都点满了大红灯笼，京城的流水中满满都是玩家放的荷灯，荷灯静静漂流，远远望去，就像一片燃烧的星空掉落在凡间。

我平时最喜欢活动更新，本来是冲着时装去的。但也不知是怎么了，看见那么好看的时装，很快就抽出了全套，却连穿在身上都嫌麻烦。和小恶魔组队把一条龙任务做完，顿时觉得没事做了。我看了看时间，才上午十点，正准备下线，发现系统邮件里出现了两个新的未读邮件。

《第四届"桃花杯"全服绘画比赛出结果啦！》

《您已获得新时装》

打开邮件，点了躺在附件里的两个盒子，果然，第一个上面写着"天宫云影两件套"，第二个上面写着"《桃花万界》线下周边展示会电子门票"。

我激动地叫了一声，激动万分地把天宫云影穿在身上，各种旋转镜头、拍照、花式做动作。玩了十分钟后，我打开公布获奖结果的邮件，按照链接，点进了雷驰官网的插画比赛页面。我那张画顶上戴着带数字"1"的金色王冠，评论量也是最多的。

"啊啊啊啊啊啊啊啊我死了！这居然是翩神的画作，天啊啊啊啊啊啊啊，有钱又有才，还让不让人活，啊啊啊啊啊！"

"说到翩……只有我一人觉得翩神这个画风很像郝翩翩？"很多人对这条回复"+1"，还有人补充说我模仿得惟妙惟肖。

"怎么这么多吹彩虹屁的粉丝，我感觉画得一般啊。"

"我不要你觉得，我要我觉得。听我的，我觉得好看就好看。"

…………

刷了半天评论，我觉得很受鼓舞，可是当我重新坐到画架前，想试着化悲伤为创作动力，却发现我的老毛病又犯了。画不出来。这样反反复复的情况也不是第一次了。

我一头倒在床上，麻木地和无哥聊天。从她那里得知，听风撩的妹子中，有一个是若如初见的副帮主，战力低，职位高，话语权大，从平时老妈子的说话方式感觉得出年纪不小，在帮派里负责协调人际关系、照顾人。副帮主结过三次婚，每一任CP都在和她结婚没多久后长期消失。被第三任抛弃之后，她曾改名"三姓寡妇"。现在她有一个CP，是个刚工作的低战小伙子。

这两天，三姓寡妇怯生生地来问无哥，是否允许她和听风组个任务CP。无哥把她俩的聊天记录发给我看。我发现无哥还是石块般的硬脾气，要火龙的胃才消化得了。

"只是想做任务的话，你可以开个小号跟自己结婚，跟渣男结婚不明智。"

"无无，他不渣的。你不了解他。"

"我和他结过婚，我不了解他？这都算了，两个好姐妹一前一后跟同一个男的组CP像什么样子，都在一个帮会不尴尬吗？何况你和你CP还没离婚呢。"

"我这么做，也只是为了把高战号留在我们帮，毕竟寒哥才走，你说是不是？无无，相信我，我能拴住他。"

"既然你说是为了帮会，那你俩如果真要在一起，我就退帮。"

"无无，你这样做是用战力威胁我们吗？如果你要他，我立刻退出。可是你不要他啊，你不要的人怎么还不让人家再找新的 CP？你怎么可以这么过分……我只是想要你的祝福而已……"

其实，明眼人都能看出听风的"第一志愿"是无哥，不管做什么事都只是想得到她的关注。而所有人都知道，无哥的原则一向是"能用力气尽量用力气，用什么脑"。她们俩争了半天，无哥大概动脑动累了，用劈头盖脸一顿喷结束了对话："听风这个渣男同时撩三个妹，你只是其中一个，她俩都没理他，怎么就你饥渴地贴上去了？你没见过男的？"三姓寡妇发了一排省略号。

之后，无哥打了语音过来："我不知道她为啥开口闭口就是战力，我跟她提这些原则的时候，没有一句和战力有关。"

"在这些被听风骚扰的女生里，她是唯一没有属于自己高战号的人，和你们相处久了，难免缺乏自信。对你来说，听风是个买号的狗腿子，但对她来说可能是个高战男神。"

我只是随口聊聊，没想到她立刻把听风损了一通，以至他在帮派里原地爆炸。

【帮派】听风：你说其他姑娘只是喜欢我的号吗？我没有人格魅力？前妻，你太酸了吧，是不是有点失态了？@无哥是我

【帮派】无哥是我：哈，这个游戏里只有一个男人会让我失态，然鹅（而）他不是你。

【帮派】大官人：哦豁，是什么人？

【帮派】无哥是我：就是有这么一个人，不管他和哪个女生关系好我都怒不起来，只会很难过，变得非常不理智。但这人肯定不是听风，所以你们俩别再自作多情了，乖啊！

【帮派】大官人：有这么一号人？我怎么不知道？

看到这里我乐了，发了一条私聊消息给无哥。

【私聊】轻舞翩翩：说实话，你说的这个神秘男子不是游戏里的玩家吧。

【私聊】无哥是我：……你怎么知道？？？

【私聊】轻舞翩翩：我怎么不知道。

【私聊】无哥是我：骗人，你肯定不知道！

【私聊】轻舞翩翩：梁小邪啊。

【私聊】无哥是我：！！！你怎么知道的！！

感觉自己被当成傻子对待了……

周末我打印了雷驰送的电子门票，去参加《桃花万界》的周边展活动。

以前我就参加过一次雷驰北京总部的线下活动，这还是我第一次到雷驰的上海分部。写字楼盖得很有格调，楼前有一片修剪整齐的长条形绿地，中间放着不规则的茄子色长条大理石，面向街道这一面大量留空，只是为了展示正中央几个象牙色字体：雷驰 Thunderchi。它的背后，写字楼的落地窗跟彩绘玻璃似的，反射着高级的光，将对面的写字楼在镜面扭曲成幻象。

雷驰内部的装修和它的 logo 一样，以对比双色为主，充满了新型产业公司的气息。经过前台小姐的指路，我找到了周边展示厅。展示厅比我想的大，天花板大概离地面有十五米，宽阔的墙上挂满了铺满墙壁的巨幅游戏海报，其中，《桃花万界》的海报最多，也是最吸引我的。我沿着墙壁往前走，观赏了一会儿，看到前方有一张最大的海报。一个高挑的年轻男人背对着我，正抬头仰望它，似乎已经看了很久。

海报上，一个鬼炼姑娘站在鬼神遗迹两座巨山之间，身着万界争霸冠军金线玄袍，将双匕交叉在胸前，后踢一条腿，银发流云般飘逸，衣袂与缠绕她周身的水墨腾龙翩翩共舞。我感到一阵愤愤不平——这是在抄袭我的时装搭配创意。但走过去发现海报右下角印了：《桃花万界》全服争霸赛冠军得主：凤舞翩然。

我释然了。咱的 VIP 待遇不错，可以给客服加鸡腿。我不由自主笑了笑，又下意识地发现旁边的男生好像是挺高的，随意抬头看了一眼，然后视线就再也挪不开了。

展示厅安静得宛如夜间的教堂，有一种神圣的孤寂感。男生的皮肤白到会发光，袖子挽到手腕，珍珠灰衬衫扎进裤子里，双手插入裤兜，腿简直有两米长。

年少时我喜欢过很多情歌，他是每一首歌的男主角。曾经只是看着他的侧脸，都会让我先是甜甜地笑，再是涩涩地哭。

时光却那么会捉弄人，它没能温柔地治愈我的伤，反而让如此近距离的重逢带来了尴尬与刺痛。

更糟糕的是，他也在看着我。

"杜寒川……"我抓住自己牛仔短裤的边缘，声音微微发抖，"……在这里，也遇到你了啊。"

"嗯。"

"最，最近你过得好吗？"

等等。我在干吗，为什么会这么胆怯？上次喝醉以后那个泼辣劲呢，使出来啊……

"还行吧，刚 A 了我们公司出的游戏，准备专心工作。"

等等。他的声音怎么回事？我每天都和一川寒星聊语音，世界上真有声音这么相似的两个人？我试探地说："你玩的什么游戏啊？"

"这个。"他对着面前的海报抬了抬下巴，目光却锁定在我身上。

我紧张得把双手交握在背后，只觉得心跳快要撞破胸膛了。

"……你是哪个区的？"

"北界之巅。"

"叫什么名字……"我心里真的要炸了。

他低下头，轻蔑地笑了一声："当然是你认识的人。"

我摆摆手，完全不愿接受事情的荒谬性。

"不可能，这世界上哪儿有这么巧的事。"

"当然没有这么巧的事。"他又一次看向我，扬了扬眉，"从一开始到现在，我都是有计划地到北界之巅的。建立了一个帮会叫若如初见，冲到了全服第一，建立了万界最强战队，追到了自己喜欢的女生，只是到最后计划彻底失败了而已。"

还是熟悉的声音，清清冷冷的，满不在乎的，傲气的，挫败的，连梦中呓语都让我感动到珍惜每一秒的声音，就在离我不到两米的地方响起。

不是在一千一百二十公里外的城市中。不是我触碰不到的地方。

可是，即便他就在我面前，也依然不是我能触碰的人。

我爱过的人，我恨的人，我恨过的人，我爱的人，这一刻都重叠在了一个人的身上。

我吸了吸鼻子，止住了不太体面的鼻涕，却没止住泪水在眼眶中打转，于是连眼睛都不敢多眨一下，问道："一……一川寒星？"

"现在叫我爱翩翩。"他又抬头看了一眼那张凤舞翩然的海报，叹了一口气，"号还没卖掉。"

"啊，原来是这样……我早就该发现了。"

这样想想，一切都对得上号。可太晚了，已经结束了……

日光透过雪白的磨砂窗照入展厅，让这片人间有了天堂的美丽与平和。他朝我走了两步，用食指擦了擦我的眼角。

"翩翩，哭什么呢。"

我抬头看向天花板，又看向四周、地面，试图分散注意力。不行不行，我要潇洒点，不能在他面前哭，更不能让他看到我被 400 块的睫毛膏涂成熊猫的惨状！想点搞笑的事，想想无哥的粗口，想想老妈语速飞快地用重庆方言骂人，想想大官人的 rap……可最后我能想到的只有一件事：我和他之间的距离，并不能改变任何现状。不管是巅峰时的从前，还是低谷时的现在，杜寒川这个人，和我都是没有缘分的。

就这样，转身走吧，我不想再受伤了……

可是，我刚抬起头，嘴唇就碰到了柔软的东西。

意识到那是他的唇，受惊的情绪还没来得及传递到脑海中，他已经捧着我的脸，再一次地重重地吻了我。

不是游戏里可以静静坐在电脑旁观望的亲吻，不是海市蜃楼般的游戏画面中两个完美人物的双人互动，他充满香味的气息就在鼻息间，他的呼吸声粗重急促，他的心跳在我抗拒地推他胸膛的手掌下剧烈起伏，他个子高到需要我抬头抬到后颈发酸……

他是真实存在的杜寒川。真实到我再也无法置身事外。

我好没用。这一刻只想忘记所有的负担与差距，放弃所有的原则与底线，钻进他的怀里大哭一场，告诉他我什么都不要了，可不可以要他。

但我也很争气。最后我什么都没做。

"我知道你爱我，也知道你不会再给我机会了，所以什么都不要说。"杜寒川皱着眉，在我唇边轻声说着，又偷偷啜了一下我的下唇，"我和你一样，试着解脱过很多次，但我没你洒脱，每一次都像这一回一样一败涂地。"

"杜寒川……"

"实在不行，就像之前约定的那样，我等你谈黄昏恋。"他眼眶红红的，自嘲地笑，"我早就不想再等了，但我知道结果还是不得不等。"

他又吻了我两次，一把将我揽入怀里。

真是很奇怪的感情。分明没有得到，却像是失去了一百次。

我握紧双拳，没有回抱他，我第一次知道，一个人可以哭到天崩地裂也不发出一点声音。

拥抱原本是安慰人的动作，却也可以如此刺痛。

然后，他像是放弃了挣扎，放开我，头也不回地走了。

还没有到正式开展的时间，展厅里人不多，工作人员的数量多过顾客。杜寒川走了以后，没有一个人说话，但都默默向我或他投以好奇又讶异的眼神。

我这才狼狈地用指尖擦了擦眼角，却发现手心很疼。张开手掌，发现两个手心都各有四个深深的月牙指甲痕。用大拇指按揉指甲痕，它们被抚平了一些，但就像岁月无法带走的疤，深深的痕迹恢复不过来了。

不管是游戏还是现实，我都很感动他来过。

但如果没来过，那就更好了。

十九瓣桃花

当习惯了天堂，哪怕在凡间生活，也会像活在地狱；而经历过地狱的磨难，再回到凡间，也会觉得自己身在天堂。一天后，我收到了一封系统邮件，他们说策划和美工看中我的画风，问我有没有兴趣为明年进入制作流程的《桃花万界 2.0》画 CG 图，我的心情别提有多激动了。

同时，杜寒川的号交给了梁小邪托管。于是我去了梁小邪的直播间。

"今天真是有缘，我正开着寒哥的号，他的万年老对头就来了。欢迎翩姐。"梁小邪知道我和一川寒星离婚，如此介绍，避开了尴尬。屏幕上，角色名和称号都是高度一致的我爱翩翩，但操作方式、快捷键排序都变了，这让我顿时感到有些惆怅……

梁小邪操作着一川寒星的号，念出一位粉丝的问题："'翩姐是老区那位土豪凤舞翩然吗？她玩的是什么职业呢？'直播间有很多新区的朋友，我来跟各位说一下。翩姐就是凤舞翩然，她玩的是鬼炼。你们发现了吗，几乎所有游戏里，全服顶尖的高手练的都是物理系近战职业，如刺客和战士……"

这个过程中，欧皇小草莓一直在聊天框里刷屏，小邪长小邪短，小邪老师好，小邪老师棒。梁小邪到底是见过世面的主播，被老板如此追捧也是淡定而友好。但是，当那条"无哥哥哥哥进入直播间"的 VIP 铁粉专用彩色弹幕出现后，他就没那么淡定了，十五秒内口误了三次，最后才说了一句："欢迎无无。"

也不知是因为听过梁小邪和无哥的传说，还是梁小邪太不自然，或是女人有神奇的第六感，无哥进来之后，欧皇小草莓再也没说过话。无哥一开始也没说话，听见梁小邪主动和她打招呼，她总算打了一句："小邪你好。"

梁小邪继续解说："近战扛揍，对装备要求最高，一旦到达极致，虐杀别的职业就是小菜一碟。通常在同战力的情况下，鬼炼攻速快、回避高、输出高，还有强力破甲技能——啊，谢谢小草莓的铁粉爱心一百连发——看鬼炼，他们还有强力破甲技能，能把天云这种盾型职业都克得死死的，可以说是最完美的职业——谢谢无无的铁粉爱心两百连发……"

欧皇小草莓和无哥一前一后送完百连爱心之后，居然莫名其妙掐起来了。不管欧皇小草莓送梁小邪什么，无哥都会按照比她多一倍的数量也送一份。作为玩得正激情的新区土豪，欧皇小草莓当然不会轻易认尿，又送更多的礼物给梁小邪。

开始梁小邪还感谢她们，开玩笑说："这周我的人气已经是第一了，两位小富婆，你们这样给我刷好浪费，不能留到下周吗？"但她俩还是默默互掐，根本没人理他。直播间的人数飞速增加，很多其他主播的粉丝也过来强势围观。梁小邪居然有点沉不住气了，正色说："好了好了，谢谢小草莓和无无，你们不要送了，你们把大家说的话都刷没了……"依然没人理他。

不出二十分钟，两个老板都砸了好多个一线品牌包包进去了。这期间，有一个叫"欧皇小苹果"的网友说："我真是看不懂无大佬的骚操作。上次在直播间喷小邪的人不就是她吗，现在怎么又没事人一样跑回来了？感情这不是在请主播，是在谈恋爱吧。"

"你他妈的还是闭嘴吧。"无哥哥哥哥哥停下来说了一句，赶紧又把礼物补上。

欧皇小苹果说："无大佬居然说脏话，不怕被人说你不是好女孩？"

无哥哥哥哥哥说："老子 × 了你这个好女孩。"

梁小邪的声音沉下来了："无无，不要刷了。"

无哥率先停手，过了半晌才打了一句话："你为什么要阻止我，而不是阻止她？"

"因为是你先开始刷礼物的。"梁小邪的声音很平静，却莫名其妙传递出一种焦虑的情绪。

"是因为她才是你现在的大老板吧。给你刷礼物你还不要，呵呵。"

"你要是真这么想，我也没办法。我只能说，我不喜欢你这么给我刷礼物。"

"不想欠我了，是吗？"

"不是，你怎么什么事都喜欢曲解成……"

他话没说完，因为无哥退出了直播间。场面再次陷入了极度尴尬中。除了梁小邪一声微不可闻的叹息，就又只剩下了他敲击键盘的声音。我在雷驰直播的私信中找到了他，给他发了一条消息："小邪，我记得以前你都不开摄像头直播的，你开摄像头就是为了无无吧？"

"嗯，她说喜欢看我的脸。"他秒回。

"然后现在你不开摄像头也是因为她。所以，你们这样有什么意义呢，明明都很重视对方，真心把对方当朋友的……"

"翩姐，就是太重视了，才会搞成现在这样。我已经忘记她是我老板了。"

"怎么说？"

"年初我和前女友分手后，前女友找我要了一大笔分手费，我又留了一笔钱给我妈治病，我就彻底穷了。直播这边的礼物打赏和工资又都是一月一结算的，我不想让领导觉得我太缺钱，所以什么都没说。刚好那段时间，无无过来苏州玩，然后，我就做各种好吃的给她吃。她走了以后，我吃了两周的酱油咸菜，直到发工资。"

"然后，你一点都不觉得难过，反而很开心？"

"嗯。那时才刚结束一段谈了一年半的恋爱，你说我是不是很薄情？"

"你喜欢上无无了？"

"不。"他回复得很快，"不是你理解的那样。无无是我老板，是我朋友，我是绝对不敢对她有什么想法的。而且，我已经因为赚钱太拼失去了女朋友，如果再跟无无闹出点818，那真是为了赚钱连职业操守都不要了。虽然她最近对我过分了点，但这点度我还是知道该怎么把握的。"

"哈哈，好的。但我想跟你说的是，无无刚才说了一些话……"

我把无哥对他的描述告诉了他。

他隔半分钟才回复："……真的？她真的这么说？她只是情绪上来了，想撑听风吧。她的脾气我知道的，不用当真。"

我们聊了一会儿，梁小邪就下播了。我回到游戏里也准备下线，却发现一川寒星的号在线，还因为一发入欧[1]上了系统公告。

【私聊】轻舞翩翩：小邪？你不是说下了吗？

【私聊】我爱翩翩：不是。

我呆了一下，想到是什么人在上就忍不住笑了。可是再多想一下，又有些想掉泪。还好虚拟世界有最佳的保护网，可以用文字掩饰情绪，他完全不用感觉到我的难过。

【私聊】轻舞翩翩：……原来是你这个狗托本人上线了。

【私聊】我爱翩翩：放你的×，老子是充了钱的。你要看我苹果商店的充值记录吗？

【私聊】轻舞翩翩：是是是，钱都进了你爸的口袋，然后你和你爸一吵架，你爸就会对你说："老子每个月就给你10万，老子看你怎么活！"对吧？

【私聊】我爱翩翩：那你爸还不是从别人那里赚钱，最后把钱给你了！

【私聊】轻舞翩翩：托就是托，还找这么多借口！还有，校庆后第二天你为什么一大早就在北京了？

【私聊】我爱翩翩：不能坐早班飞机赶回去吗？

【私聊】轻舞翩翩：为什么绘画比赛的大奖是天宫云影？

【私聊】我爱翩翩：我让策划弄的。

【私聊】轻舞翩翩：那CG插画师聘用，也是你安排的了？

【私聊】我爱翩翩：不是，我只是把你的画丢给了美工，他们毫不犹豫就说要聘用你，这没什么好意外的吧。

【私聊】轻舞翩翩：杜寒川，你现在还好意思跟我说这些，是谁给你的勇气，梁静茹吗？

【私聊】我爱翩翩：反正我们俩都离婚了，现实中你也早晚是别人的老

---

1. 一发入欧：游戏中因为一次性抽奖等活动变成运气极好的玩家。

婆，我不需要在你面前演。

这几天我一直情绪低落，羡慕他可以用这么无所谓的语气说出来。但也是因为他的满不在乎，我觉得情绪放松了很多，叹了一口气，琢磨着字句继续回复他。

【私聊】轻舞翩翩：其实，我没有男朋友。我们俩早分了。这两年我们全家都处在危难的阶段，我自己的状态也不是特别好，所以和前男友的关系渐行渐远，今年上半年彻底分了。

【私聊】我爱翩翩：具体发生了什么事，跟我说说。

【私聊】轻舞翩翩：你能先把名字改回来吗？

【私聊】我爱翩翩：不能。我现在爱上这个名字了。

也不知道为什么，家里的事我几乎没跟外人提过，老同学问起近况，我都说一切都是老样子，不太愿意外扬家丑。但是，对杜寒川我有一种无条件的信赖。我向他交代了所有情况。

【私聊】我爱翩翩：其实听你说了这么多，我觉得你爸爸是一个很好的领导，但身边缺一个懂金融的人。董事长不能什么事都管，他这算是被人坑了。这样，你来雷驰的时候我们详谈。明天就来吧。

我不想见他。因为上一次的吻，我连续几天心神不宁。现在还没完全调整过来，就又被要求见面，我心情很烦，很想装作没看见他说的话。然而人心烦时想不被察觉，是个难事。妈妈问我是不是来大姨妈，眉毛都是竖着长的。

"妈妈，你还记得杜寒川吗？"关掉游戏后，我在妈妈面前坐下。

"安？啥子安？勒个你高中时候喜欢的男娃儿？他现在在哪点儿哦？"

"嗯……最近我们又联系上了，而且都在玩同一个游戏。"

妈妈露出了一副"老娘早就料到"的表情，深沉地点点头，说道："所以妈妈都说你最近哪个嫩个神游天外，一哈（会）儿哭一哈（会）儿笑，晓得咯（知道啦），是同一个男娃儿。"

"我也是最近才知道的，然后……"除了他亲我的事之外，我把最近发生的事，还有他今天在游戏里叫我见他的事都告诉了妈妈。

"幺儿，你老汉儿真勒是把你惯到起了哈。妈妈和你说，不要当个憨包。在中国社会关系中，家里头遇到危难，不管有啥子恩怨情仇，是前男友、前妻、劈腿的前夫，还是不要孩子的前妻，都要把果人情感放到脑阔后头。你看哈，妈妈和你老汉儿当年闹成得嫩个凶，现在还不是屁颠儿屁颠儿回来帮忙咯。遇到勒种事，大气点儿。"

"也是……和他见面不代表就要和他谈感情啊，我是为了爸爸，对吗？"我恍然大悟。

"对头。而且，妈妈一直觉得杜寒川勒个娃儿看起来还阔以噶，不是你说的勒个样子。"

"妈妈，我觉得你说的'还阔以'，只传达了一个信息：你就是颜控。"

"是萨，个子高，皮肤白，确实长得嘿（很）乖。"

重庆话里"乖"一般是用来描述女孩子的。我不晓得妈妈怎么会用这个字来形容杜寒川这个暴躁老哥。

虽然并不想见到他，但我觉得妈妈说得也对，感情归感情，办事归办事，哪怕只有1%的希望，能解决1%的问题，也不应该放弃。所以，第二天我又去了雷驰。

上海最近总是保持着三十五摄氏度的恒温，偌大的尘世虽然炎热，又如此孤独。从陆家嘴往对岸看去，外滩人来人往，却像是另一个世界的生命。这一边，冰冷得就好像只剩下高楼、江中汽轮的鸣笛。这次和杜寒川的会面是在会议室里。他换了一件白衬衫，还是习惯性地解开领口前两颗扣子，把袖子挽到手臂上，露出骨骼分明的手腕和腕表。他让我挑了茶水，给自己倒了一杯红茶。

"我昨天一直在纳闷，这些事你为什么不早告诉我？"

"不想说。"我看了他一眼，有些不爽地看向桌面。

"是死要面子吧。"他嗤之以鼻地笑了笑。

"是为了尊严。"

"尊严是用努力换来的，而不是藏着掖着憋出来的。乞丐若能早起，就不至于当乞丐。你看看这一年你都在做什么，都没钱了还氪游戏，你脑子进水了？"

被人戳中痛处的感觉不太好，我强词夺理道："有钱还需要氪吗？有钱我就不会沉迷游戏给你家送那么多钱了，谢谢你啊，杜托。你这个生活在云端里的公子哥儿懂什么？"

"拜托，我也是有过低谷期的好吧。"

"那你又是怎么做的呢？你做得比我好？"

"比你糟多了。"

"那你还说我！"

"就是因为知道自己曾经怎样虚度光阴，失去了什么重要的东西，所以才会苦口婆心地劝你。情绪失控对解决问题是没有任何帮助的。一般人我才懒得说。你得感谢我。"

"你这自大的毛病一辈子都改不掉了吧。"我哭笑不得。

"算了，你比我那个时候惨多了。那个时候我女朋友好歹是坚定不移要跟我在一起的，你前男友就不一样了，真不是个东西。"

"都跟你说了，我没有怪他。他已经尽力了，而且他现在有了新女友，对新女友也挺好的，他们俩不会再遇到我们家这样的坎坷。"

杜寒川笑了笑，身体微微前倾，用手背轻撑着下颌说道："有趣，这样的坎坷为什么不会发生在新女友身上呢？为什么你就遇到了呢？"

"他新女友没我家这么多波折吧。"

他闭着眼点点头，说："你说对了，有多大的摊子就要背多大的锅。一般家庭的姑娘不可能二十二岁背 5000 多万的债务。而你前男友经受不住更大的打击了，5000 万可能会让他前半生的努力都付诸东流。以前他娶你，爱情和理想都有了。遇到这样的事，他就得在爱情和理想中做选择，也是经历过一番痛苦挣扎的。你信吗？如果他是在这个阶段遇到你，肯定不会追你。"

"信。"

"但我不一样。我见惯了风雨，不怕做风险投资。如果当时我是你男朋友，你越惨，我反而越不会放手。"他耸了耸肩，"不过算了，你早就已经不打算要我了，我们还是聊点有用的东西吧。你今天回去以后，记得找辰康要齐这些资料。最好让财务做一份资产负债表，打印一份公司银行流水单。"

说完，他推了一张手写的清单给我。是我曾经迷恋得直发花痴的字体，神韵超逸，骨力劲健，但字体比当年潦草了一些，应该是在国外久居的缘故。

1. 所有债权人的名称。

2. 本金是多少？利息是百分之多少？

3. 借款的初始日期。

4. 借款的到期日。

5. 借款已付利息是多少？

6. 罚息是多少？

7. 公司账上还有多少冻结资金？

8. 每个银行还有多少现金？开户行是什么？

9. 资产情况？有什么器械、车辆等设备，设备的买进时间、价格、数量？

10. 公司是否抵押给银行了？

11. 公司无形资产有多少？

12. 公司是否有应收账款／应付账款，是多少？

…………

看完这些，我有些蒙，问道："你在雷驰具体是做什么工作的……"

"职位嘛，大概是打杂的。"他淡淡地笑了笑。

我无奈地摇了摇脑袋，起身推好椅子，往门外走去。

"好了，谢谢你，我这就回去问问看。"

可是刚拉开门，门就被一只手按住了。我下意识抬起头。他背光而站，看不清楚表情，只有声音变得温柔了很多："翩翩，多陪我一会儿吧。这段时间我真的……"

他似乎还在酝酿着后面的话，这时门外有人敲了两下门，问道："杜经理，请问获奖画手轻舞翩翩在这里吗？"

我听出这是郑飞扬的声音，和杜寒川对望一眼，眼见他正要开口说"在"，我赶紧上前一步，捂住他的嘴，拼命摇头。杜寒川微微错愕，点了点头，等我松开手，顺势握住我捂他嘴的那只手，按在他的胸膛上，然后说："这里没有这个人，你去别的地方找找吧。"

他的手比我想的还要大，体温比我的略高些。我想把手抽回来，他却伸开手掌与我十指交握，再把手滑下去，紧紧握住。郑飞扬应了一声，脚步声渐远，门外只剩一片寂静。杜寒川疑惑地说："这个人是《桃花万界》的项目负责人，为什么不告诉他你在这里？"

我再度抽了抽手，他紧握了一下，停了停，又像是想明白了一样放开了。我后退一步，压低声音说："是前任啊，而且是苍雪梧桐。"

"苍雪梧桐？我们区那个苍雪梧桐？"他抱着双臂，垂头思索了一会儿，"等等，你是被绿了还是被绿了？"

"他想在游戏里跟游戏里的我绿现实的我没绿成，我们现实分手之后他放弃了游戏里的我转而跟白衣奔现，他跟白衣应该不算绿我，因为他们俩奔现之前没多久只是游戏里想跟我在一起。"

杜寒川皱了皱眉，撑着下巴点点头，也不知听懂没听懂，对我说："有件事情我猜对了。"

"什么事？"

"你这个前男友果然小门小户，也没什么出息。"

"还可以吧，他家在西安好像还挺好的啊，开了个小公司。"

"水果摊挂个营业执照也可以算公司。如果他在老家真有他说的那么好，就不会这把年纪还在这里打拼了。"

"什么叫这把年纪，就你年轻。"

"那是必须的，我才二十四呢，是小鲜肉。"

看着他漂亮的脸蛋上露出神采飞扬的笑容，我承认体内遗传自我妈的颜狗基因在蠢蠢欲动。但想到他是为什么事而如此得意开心，我又忍不住抽了抽嘴角："杜寒川，我怎么觉得你婊里婊气的？"

"有吗？没有吧。"

"你在婊郑飞扬吧。"

"没有没有。我们二十四岁小鲜肉，不需要婊三十岁大叔，毕竟没体验过三十岁的感受，想婊也婊不了……"

这时，"咔嗒"一声响，会议室的门被推开。我和杜寒川同时朝门口看去。

门口站着一个高高瘦瘦的男人，身穿爱丽丝蓝色的 T 恤和黑色西裤，手腕上戴着我姑姑送的那块手表。他脸颊窄长，鼻梁和眉骨高得像混血，鼻子微带鹰钩，原本面露微笑，与我们面面相觑以后，惊愕的笑容像夏天呵在玻璃上的气般转瞬消散。

"郝，翩，翩？"

"啊，嗯，郑飞扬，你好啊。"

"杜经理早。"他看了看杜寒川，露出了柔和的微笑，又看了看我，"郝翩翩，你怎么会来雷驰？你还认识杜经理？"

我用眼角的余光看了一眼杜寒川，他也一脸迷茫地看着我，像是在等我发号施令。可郑飞扬到底是一个通过智慧改变命运的男人，还没等我们开口，他已经微微张了张嘴，恍然大悟道："你是轻舞翩翩。"

我短暂地犹豫了一下，知道郑飞扬一点也不好忽悠，所以干脆放弃了挣扎，挤出了一个笑容。

"嗯，我是轻舞翩翩。你是负责签约插画师的吗？"

虽然他的表情不夸张，但我已经从他的眼神中读出了他脑中正在进行的各种跑马灯的表演，同时应该还在回忆他有没有在我面前掉过马甲。还好他并不知道我知道他是苍雪梧桐，不然现在应该会想挖个地洞钻进去。

他清了清嗓子，露出了嘴笑眼不笑的英式假笑，说道："是的，我们去楼下谈签约的事吧。"

我们一起走出去，他把我拽到一边悄声说："你不是在打官司吗，玩游戏还砸出一个凤舞翩然？还有，你认识我们太子爷？"

"你怎么知道凤舞翩然是我的号？"我甩开他的手，和他保持距离。

"拜托，这是我负责的游戏，凤舞翩然是我们最大的客户，我当然知道她是谁。你实名认证用的是谁的身份证？都三十七岁了。"

"你别管这些啦。我这情况，总不能用自己的身份证。"

郑飞扬是跟白衣奔现前那段时间跳槽到雷驰的。在那之前他在游戏里猛追我，后来突然放弃，原来还有可能是看到了我的实名认证信息……

"那你跟杜寒川是怎么回事？"这个问题他问了两次，可能是因为太好奇了，以至杜寒川出现在他身后都没察觉。

"当然是游戏奔现。"杜寒川从他身边绕过，走到我身侧，自然地搂住我的腰，"我和她在游戏里结了婚，现实里也快追到了。"

被他这么一搂，我心跳很快，但还是像哭肿的眼睛怕光般躲开了他。

"谁跟你结婚了？早离了好不好。"

郑飞扬不愧是表情管理专家，他一边听我们讲话，一边露出一脸慈爱的笑，从脸上丝毫察觉不到情绪波澜。

后来，我们三个人直接就在会议室里谈起了合作的事。

游戏公司果然都很有钱，一张精细的人设图稿酬5万块。但郑飞扬准备去打印合同之前，杜寒川又把电子版改了一些地方，删掉了几条限制画手的条款，增加了几条保障画手利益的条款，还把单幅作品价格从5万改成了10万。然后他亲自把它打印出来，拿给我签。我嗫嚅着没动笔。

"这个……太贵了吧。10万都是那种极致精细、用来做游戏CG都太奢侈的程度了……"

"当然不是只要你画画，你的粉丝那么多。等你画好了还要你打广告宣传。这笔生意我们不亏。"杜寒川对协议扬了扬下巴，"你还在犹豫什么，赶紧签吧。错过这村没这店了。"

"哦……好。"

我正想动笔，他用手挡住合同，说道："你先把我的所有联系方式从黑名单里放出来。"

合约签好以后，我一个人走出了雷驰大楼，郑飞扬却跟了下来，拍拍我的肩把我叫住。一阵嘘寒问暖之后，他进入了主题："翩翩，我看太子爷现在追你追得这么猛，也不好打扰他的雅兴，但还是想给你一句忠告，他不是一个让人省心的男生。他爸有多有钱，他就有多少风流债。他之前有一个未婚妻，两个人连订婚宴都办好了，因为在《桃花万界》线下活动上看到一个漂亮的女生，就到游戏里去氪金猛追，也不知道追到了没，反正那之后没多久，他和杜董就在公司因为要退婚的事吵起来了。"

"线下活动？"我冥思苦想，"是……今年情人节那个活动？"

"对，我同事都说那天他在活动上就跟丢了魂一样，别人跟他讲话，十句里有九句他都听不进去，特别反常。"

"那个女生长什么样呢？"

"那时候我还没到雷驰工作，就只听说她个子挺高的，穿了一条大红色的冬季长裙。"

那条裙子是我最喜欢的一条，所以都不需要回忆就有了答案。如果郑飞扬所言属实，那很多事都说得通了。我试探着说："那之后，他就要求退婚了？你确定？"

"嗯，两件事靠在一起的，肯定是为了那个红裙子女生。"

"那是我。"我轻声说道。

郑飞扬愕然道："你？可是我同事都说那次活动客服邀请过你，你没同意啊。"

"我不太想露脸，所以自己偷偷买了门票去。"

"哦，这样看来，那个女生就是你吧。那他知道你家里的情况吗？"他的脸色一下变得不太好看了。

"他知道。"

"我还是觉得他不太可靠。"郑飞扬撇撇嘴，摇了摇头，"他到游戏里追你之后是很专一，愿意为你花那么多钱，也很有诚意。但翩翩，这些钱只是他的零花钱，根本说明不了什么。他太年轻了，还喜欢新鲜事物，包括女人。"

"你知道吗？郑飞扬。"我微微一笑，"与你无关。"

回家之后，我联系了辰康的财务，将杜寒川需要的清单发过去。不到两个小时，就收到了所有的信息，然后转发给杜寒川。随后，我的手机振了几下，提示收到了新的微信消息。

杜寒川把我和另外三个人拉到群里，又分别把他们艾特了一遍，说："事情就是刚才我在电话会议里说的那样，我女朋友的官司麻烦各位了。@翩翩，这三位是全国前三事务所的律师，以后你有什么疑问都找他们好了。"

我和三位律师分别打过招呼以后，杜寒川开了群聊语音通话，和我们一起讨论了一个半小时官司的事。最后他们问清了公司的具体情况，找我要了各种文件的扫描件，就各自去忙了。挂了群聊语音后，杜寒川又重新给我拨了语音。

"你干吗在群里说我是你女朋友啊？"还不等他讲话，我先质问道。

"不说你是我女朋友，怎么让他们给你降低诉讼费？他们很贵的，平时就算咨询都要提前两周预约。他们现在这么给面子，也是因为和雷驰有合作关系。"

"是这样吗？那谢谢你哦。帮了好大的忙。"

"你这突然变软萌的语气是怎么回事，一听到不是我女朋友这么开心的吗？其实，我都不知道郑飞扬在想什么，为什么会这么短视地选择离开你。即便还不清所有债务，你的部分靠你的一己之力也可以还掉。"

"我？不可能啊，我只是个画画的……"

"这你就不知道了吧，现在大部分人都不在温饱线上挣扎了，对精神层面的追求远超过以往，所以艺术家也越来越值钱。打个比方，你在微博上发的幻想中的古风世界可以卖给游戏公司做概念图，你再加入部分设定当世界观，自己投资，打上郝翩翩的标签，广告费都省了。还有，以前你连载的那些四格漫画，都是可以改编成动画片的，跟 × 站合作，连载到一定集数，拉赞助做电影，电影你投资一部分，到时候分票房，再同步推行你自己投资的游戏。要还清你的债务，不说要十年吧，三五年总是能还掉的。"

"电影？"我不由自主歪了歪脑袋，感觉像在听天书，"我随便画的漫画，做成电影？说实话，我完全没概念，而且也并没有这样的合作方找我。"

"这就是我存在的意义了。"

"啊，你要帮我吗？"想到接下来要说的话，我觉得更窘迫了，但出于好奇心理还是忍不住问道，"你……你现在对我这么好，是因为有初恋光环在，是吗？"

他沉默了一会儿，说："有。但最多占了 10%。如果过了这么多年，你变成了一个满脸横肉、满脸痘痘的大胖妞，即使是初恋也无济于事吧。你其他方面得多优秀，我才能接受你长成那样……"

"这么说，你是觉得我好看吗？"我问得风平浪静，其实很忐忑。

"不然呢，不好看谁跟你谈恋爱啊。"

我想了想，拧起了眉道："咦，不对啊，我记得以前你跟我说过，跟我在一起不关心我是不是漂亮，你不在意外貌什么的……"

"那是因为我知道你漂亮啊，都知道了干吗还要说出来。"

"你赢了。"我一头倒在床上，叹了一口气，"我早点遇到你就好了。也不用浪费整整一年的时间，痛苦整整一年。"

身体里散发着太多想要依赖他的冲动，我晃晃脑袋，告诉自己这可是杜寒川，不再是游戏里的一川寒星。我努力地开启其他话题："对了，你那么快发现佳人翩翩的号被我买了，其实不是因为看见我调号做出的改变，而是通过后台查的数据，对吗？"

"当然啊，总不能直说我找技术帮忙了吧。"

"我要去打游戏了，不跟你说了。"我气得差点一口鲜血吐出来。

挂了通话，登上游戏，本来我的心情还挺好的，一边进入游戏场景一边点外卖。但点好外卖回来，人物已经死了。

系统提示：*您已被凤舞翩然击杀。您的经验损失1%，装备耐久度损耗5%。*

没事。常规操作。我转了一圈画面，发现新凤舞没出现在我周围，就点了复活。结果刚站起来，又有一道黑影从天而降，落在我的面前。我赶紧跳跃起来想逃，她锁定我，毫无章法地打出一套技能。风动竹林，枝叶轻响，我们两个落入月下池塘中，你来我往地打了十多个回合。这一回很奇妙，这个人完全不会操作，连勾魂血影的基本玩法都不会。我居然打掉了她三分之一的血，又躲过了她七个技能一个大招，最后轻轻松松地跳上房顶，用我的"who is 万界鬼炼第一人"凌空逃跑技能躲进了家园。

【*私聊*】*轻舞翩翩：今天不是却阳上的了？*

【*私聊*】*凤舞翩然：偷别人的未婚夫，感觉还不错，是吗？*

我心中有了不好的预感。还没等我回复，已经有连续三条喇叭出现在滚屏位置。

【*喇叭*】*紫衣：一川寒星到上海找你开房，你约得开心吗？*

【*喇叭*】*紫衣：现在他回北京了，你是不是还在回味最近连续的激情一周、夜夜笙歌？*

【*喇叭*】*紫衣：在叫你呢，轻舞翩翩，装什么小白菜。*

二十瓣桃花

【世界】夏日凉：所以我最近粉上的 CP 连现实都在一起了是吗！！是不是马上就生小包子了？

【世界】ELVA：这样 8 人家现实好像不太好吧……也与你无关呀。

【世界】男神大妈：连续一周，我服了，你寒哥真是龙马精神。

玩了这么久的《桃花万界》，对于牵扯现实的狗血 818，我早就见怪不怪，但一直以为自己永远只能充当围观群众，万万没想到还能过一把主角瘾。当大家讨论得沸沸扬扬之时，我被美人爆爆拉入队伍。

【队伍】美人爆爆：报！！！翩翩，我们刚才发现一个好大的秘密！红衣发现自己被紫衣坑了，但还是撑着，死要面子没有说！还记得当初你和她们闹掰后，红衣教的人对你做了什么吗？

【队伍】轻舞翩翩：当然。红衣下手特别狠，简直像我抢了她老公似的。

【队伍】云备胎胎：你虽然没抢红衣的老公，但你抢了紫衣闺密的老公。

【队伍】轻舞翩翩：白衣？

【队伍】云备胎胎：不，是榜一，就是买你号的那个人。她是寒哥的女朋友，早就派间谍来游戏里盯着寒哥了，这个间谍就是紫衣。劲不劲爆。

美人爆爆二话不说，发来了红衣小群的聊天记录，时间是六月。

红衣："总感觉凤舞翩然没我们想的那么糟糕。我们走了以后，她都没怎么反抗。会不会……是我们误会她了？"

白衣："我们红红大姐头就是善良呀，被人卖了还帮着数钱，我无话可说。"

红衣："小白你和她是半个情敌，别做评价 ok？我想自己判断。"

紫衣："你想自己判断是吗，那你看这个自己判断吧。"

随后，紫衣发了一张聊天截图出来，是我和皇族军师的对话。军师说："翩翩你去勾引一川寒星啊，合帮若如初见，我们就翻身了，干掉红衣教。"我说："好主意。"其实后面我还跟了一句"但凡有一粒花生米你也不会说出这种话"，这句却没有被截下来。

红衣："亏我到现在还念旧情，还真的把凤舞翩然当朋友看过。这个女人真是让我太失望了！"

紫衣："你懂了吧，她只想当万众瞩目的女神，我们都只是她走向称霸全服终点的踏脚石而已。包括万界争霸，包括区内帮战。红红，你太傻了，你以为和她是好姐妹，其实在别人看来你只是她的小婢女。你被她利用了。"

红衣："我？？婢女？？她配吗？？"

紫衣："红红你的称号不是还没做吗？不如你用'万界第一女神'好了，我们会一起送你上神坛的。小白同意吗？"

白衣："嘤嘤嘤，我不怕被人说闲话，红红本来就很强，我愿意当红红的小婢女。"

红衣："既然如此就用拳头说话吧。谁还不是个小公主了。"

红衣好样的，人设没崩过，双商稳定地处于一个低于普通成年人的状态。白衣和紫衣一柔一刚，专截她的爽点和痛处，把她安排得明明白白。我曾读过一本只看书名就够了的书，叫《别让情绪失控害了你》。现在特想送给红衣。

【队伍】轻舞翩翩：所以，一川寒星的女朋友很早就有打算。等我被逼走，挂号，她立刻把我号买了，是这样吗？

【队伍】美人爆爆：聪明啊，翩翩，就是这样！

紫衣个性尖锐，我一直觉得她不太会做步步为营、机关算尽的事。现在想到她有一个幕后主使者，这人不太情绪化，买号时还用了一个疑似粉丝的邮箱换绑我的号以骗取我的好感，我顿时觉得豁然开朗。

这时，世界上有小号刷屏叫大家给他点赞。我有种不祥的预感，点开了他的空间。

轻舞翩翩（原凤舞翩然）没钱氪金，怒卖大号，买小号与新服霸一川寒星组CP，但因为作天作地在大婚前一天强离寒老板。离婚后，听闻一川寒星到上海，轻舞翩翩主动上门，二人酒店激情一周，现寒老板拔 × 无情甩手回北京，轻舞翩翩独守空闺，以泪洗面，悔不当初。

这条动态上了热门，又以迅雷不及掩耳之势扩散到了贴吧。情况和我想的差不多，818里没有提到杜寒川现实女友的事，只让人家觉得我是个廉价的作精。我关掉页面，发消息给杜寒川让他上线，等了十多分钟他没回消息，只是梁小邪上了他的号。

【帮派】露露思密达：翩姐都百口莫辩了，寒哥怎么还没上线呀？急死我了。

【帮派】恶魔代言人：这种事一看就是假的，现在的网民智商堪忧呀……

【帮派】听风：那也因为是寒哥的818才会闹得这么大。这种情况其实很常见不是吗，男方用出差当借口到女方所在地，尽个地主之谊，喝点小酒，气氛暧昧一下，啪啪啪。唉，现在的女孩子怎么这么不自爱，见一次就要滚床单。我只想说，如果有这样的女孩子，请联系我。

【帮派】我帮帮众听风在灵羽之境被无哥是我击杀。

【帮派】听风：老无你脑子进水了吧？！动不动就杀人，你在心虚什么？你和梁小邪天天二十四小时连麦，你敢发誓你们见面没发生什么？

【帮派】无哥是我：对不起，还真没有。你再内涵老子，老子天天杀你。

【帮派】听风：那你敢发誓你不喜欢梁小邪？

【帮派】无哥是我：不敢。老子就是喜欢他怎。总比看到你好。看到你的示爱，老子就想出家。

【帮派】我爱翩翩：……

【帮派】无哥是我：翩翩，寒总来了！@轻舞翩翩

【帮派】*我爱翩翩：不是，我是小邪。*

【帮派】*无哥是我：……*

【帮派】*我爱翩翩：吓死我了，还好我没开播，不然刚才你们的聊天内容整个万界都知道了。*

【帮派】*无哥是我：……*

【帮派】*我爱翩翩：无无。*

【帮派】*无哥是我：你想笑我是吧，滚蛋。*

【帮派】*我爱翩翩：我也喜欢你。*

后来无哥没有再回复，两个人应该是去私聊了。

我刚好看到杜寒川发起的语音通话邀请，立即接通了："杜寒川，你这个坑货。"

他却格外冷静地说："我知道我前未婚妻的事了。紫衣是她安排来把你逼退游的，你的号是被她买走的，合区是她找人干的。"

"等等，前面的我听懂了，合区是她找人干的是什么意思，她还能控制游戏合区？她在雷驰上班吗？"

"不在，但合区是她安排人做的，她已经承认了。她找的那个人在后台查出我在天地桃源开了小号，也不怎么上大号了，所以她就安排了合区，想用你的号来跟我组 CP。"

我笑着说："听上去还挺浪漫挺体贴的呀。"

"还在这里说风凉话！她想和我结婚是有目的的，这锅我不想背。这一次我退婚态度最坚决，他们想让人撤资就撤资、想取消合作随意，老爸打断我的腿也随意。她父母提出要和我父母见面详谈，我本来想等事情处理好了再来找你，没想到她先找上门来了，而且是早就准备好的，政治家的女儿真是沉得住气。"

他在说什么我根本听不进去。看到越来越多的人讨论八卦，我的心情烦躁得像有蚂蚁在爬。

"我不想听这些了，我们已经没关系了。"

杜寒川很久很久没说话。如果不是听到他深深的呼吸声，我还以为是网络信号不好。最后，他有气无力地说："你觉得我不够爱你，为你付出得还不够多是吗？即便现在是单身，你也完全不考虑跟我在一起，是吗？"

"对不起，我……"我提起一口气，长长叹了一口气，"我是很喜欢你，但对不起。"

"好，我知道了。"他笑了两声，如释重负地说，"我放下了。就这样吧。"

不等他挂，我已经先行结束了通话。

他发了一条消息过来："删好友吧。朋友是不可能当了。"

"好的。"

我把他的好友、电话号码都删了，疲惫地松了一口气。

挺好的，我好洒脱。说断就断，就跟上次一样。一个人如果没有自制力，还谈什么成就人生。我陷入游戏太久了，是时候重整旗鼓面对生活了。我无所谓地笑着，一头倒在床上，把脸埋在枕头里，告诉自己，睡觉睡觉，明天又是新的一天……但没过多久，枕套就湿透了。

好难过，想强撑都撑不住的难过，想掩饰都掩饰不了的伤心。只要想到未来的生活里没有他，就一点都不期待明天。

这时，我收到一条陌生号码发来的短信："叫你删你就删？叫你当我女朋友你怎么不当呢？还口口声声说你喜欢我，其实你就只爱你自己。"

我愣住了。

杜寒川这又是什么骚操作？

我吸了吸鼻子，破涕为笑，瞬间有一种看见暴风雨后第一抹阳光的感觉。但又像大雨的尾声一样，强烈情绪带来的眼泪还是止不住地哗啦啦地流。我赌气地擦擦泪水，回道："奥斯卡影帝。不想删就不要叫我删啊。"

很快，又是"叮"的一声，来了新的短信："我不会放弃的。我要娶你回家，和你生宝宝，和你有以后的生活。等我。"

我久久不知该怎么回复。等回过神来时，发现自己已经捧着脸在傻笑了。我晃了晃脑袋，回复他："这些东西都太远了吧，就看看眼前，他们这样散布谣言，我该怎么办啊？"

"简单，我去处理。"

不到十分钟，他又发了一条短信过来："好了，空间和贴吧的谣言都删了。"

"找技术人员删的吗？不太好吧……"

"删这种名誉侵权帖不需要用特权，我找我二十四小时客服举报删掉的。你看看我空间那样说行不行。"

我点开他的游戏空间，只有一条动态，但点赞已破两千。

我是北界之巅的一川寒星。我和翩翩现实并没有在一起，只当过游戏CP，而且离婚了。现在我想和她复婚，她说还需要时间考虑。大家说我有没有可能追到她？谢谢你们的提前祝福。

因为点赞数在飞速增长，很快上了热门，来自全服的各种评论更是沸腾了。

"我看到了什么！！寒老板居然发空间了！！还是秀恩爱！啊啊啊啊啊，这是什么神仙爱情我哭了！！"

"我就知道那个818肯定是假的！寒大佬亲自发空间辟谣了，某些键盘侠能不能不要再上蹿下跳了？翩神怎么可能会是那种人，某些人不要用狭隘的眼光看待我们北界第一女神行吗？"

"这名字已经喂了我一吨狗粮了，但没关系，既然是凤舞翩然和一川寒星，嗯，爱了。"

"祝福两位巨佬（破音）！！！"

"翩神寒老板久久，啊啊啊啊啊……"

…………

我给杜寒川发了一条消息："寒老板，你为什么又穿上了品如的衣服？"

他秒回："因为我好骚啊。"

"……"

与此同时，无哥告诉我，她和小邪在帮派频道告白后，听风和三姓寡妇又闹着要结婚。无哥总算不反对了，只要求听风别到处讲他曾和自己是CP。然而她同意之后，听风反倒对结婚的事犹犹豫豫，跟三姓寡妇说他很害怕无哥。三姓寡妇察觉到自己不过是听风用来气无哥的道具，伤心欲绝地退帮，去红衣教找前CP复合。她在若如初见喜欢聊天、照顾人，有一拨中低战玩家是很信服她的。她这一走，他们也跟着跑路了。听风退了帮会，把号挂在易游网上。

【帮派】大官人：这听风真的可以，回来搞了一波，把帮会都快搞散了。

八月二十四日的赛季帮战决战，要被摁在地上猛捶了，合帮也没用。

【帮派】长生殿：走一个三姓寡妇又如何，我回来安排彩衣三姬了。这一战有寒哥的全服第一战队、恶魔大佬，还有翩神坐镇，我们全力以赴，必胜！

【帮派】无哥是我：我了个去，你这是诈尸了吗？

【帮派】恶魔代言人：有寒哥在就行了，我就是打酱油的。

【帮派】无哥是我：小恶魔，我一直以为你是小狼狗，没想到居然是只小奶狗。

【帮派】恶魔代言人：我可以当个人吗？

【帮派】我爱翩翩：老无你这话说得就没水平了，有一句话说得好：被狮子保护过的女人，是看不上一只泰迪的。恶魔兄是大男人，他要当其他女生的狮子，怎么可以当翩翩的奶狗。

【帮派】恶魔代言人：我相信全万界的男生都不会介意当翩然的奶狗。

【帮派】我爱翩翩：说得对，毕竟是榜一，所以她现在还没 CP。不如恶魔兄散发一下魅力，把她收了，调教好了，我们帮战也就好打了。

【帮派】恶魔代言人：一点都不想调教红衣土包子帮派的女人……

【帮派】轻舞翩翩：红衣为什么是土包子？

【帮派】恶魔代言人：称号啊，太没格调了。大红色写那种字，太土了。

【喇叭】红衣：某罗轮大佬管好你自己吧，你的五字名字就不土，全北界之巅就你是最洋气的。

这时，屏幕溢满了爱慕草的特效，并出现了系统公告：

雨勿忘送给红衣 99 片爱慕草，倾诉情思，寄予相思，赠言：红儿，别跟他们计较，做好你自己就好。

红衣送给雨勿忘 99 片爱慕草，倾诉情思，寄予相思，赠言：爱你，我的忘忘。

雨勿忘送给红衣 99 片爱慕草，倾诉情思，寄予相思，赠言：任凭北界沦陷，任凭世界崩塌，任你疯，任你闹，我只爱你，我的红儿。

看到这里，我差点笑喷了。曾经不管雨玲珑怎么逼婚，雨勿忘都是不情不愿的样子，有几分油腻，有几分清高。现在面对红衣，他居然可以展现如此一面，不愧是靠入赘走向人生巅峰的奇男子。

等他俩腻歪够了，世界从热议变成了宁静，杜寒川来找我了。

【私聊】我爱翩翩：翩翩，我们再去领个证吗？

【私聊】轻舞翩翩：可以啊，不过只是游戏CP，现实我还没答应你哦。你要给我时间，让我好好考察一下。

【私聊】我爱翩翩：行，我接受考察。

然后，我们俩重新去月老那里结婚。

之后，我又收到一条私聊。

【私聊】凤舞翩然：翩翩妹子，周末你有时间吗？我想约你出来聊聊。

我在微信上把这个聊天截图发给了杜寒川。杜寒川发了一个微笑的表情，说："如果你有时间和她吃饭，不如和我去吃顿饭。这个周末我要到上海出差，刚好想跟你聊聊工作上的一些事。"

"好啊。"我快速答应了下来，整个人都快因这个消息幸福死了。这么好，这么快又可以见到他了。

"我要过去待两天，猜猜我要带你去吃什么？"

"日料？泰国菜？本帮菜？"

"那就日料吧，周六晚上见。稍后我发你餐厅地址。"

巧合的是，这个周末梁小邪也要到北京出差，想请无哥和寒哥吃个饭，没想到杜寒川刚好人不在。无哥说自从两个人在帮派里互相表白后，其实私底下他们聊天跟参禅似的，没变得更亲昵，关系反而比之前复杂了。她担心见面气氛会紧张，习惯地甩聊天截图给我。

无哥是我："小邪，你是不是和那个欧皇小草莓也天天聊视频语音？这个VIP服务我要买回来。"

梁小邪："我只跟你视频。"

无哥是我："独家VIP服务吗？没问题，我买。"

梁小邪："不用，以后我的时间都是你一个人的。"

无哥是我："不行，我不能挡你财路啊。"

梁小邪："我不想要钱，想要别的东西，所以应该是我付出多一些。"

对于以上聊天记录，我想了想，只回了她四个字："狗粮端走。"

周六晚上七点半，在一家装潢静雅的日料店包间里，我和杜寒川碰头了。几天没见到他，和他对望的那一瞬间，我难以遏制地心里"扑腾扑腾"乱跳起来。但坐下来聊了一会儿《桃花万界2.0》的设定和概念，我就忍不住看了看墙上的时钟——游戏的活动时间到了。

杜寒川也往墙上扫了一眼，会意一笑道："你真是肝帝，去玩吧。"他在生活中和游戏里差别很大，不但不暴躁，还有一种公子哥儿的贵气。

我掏出手机，光速打开游戏，但刚一上去，就看见系统提示：您的夫君一川寒星已上线。

【帮会】大官人：老寒，你今天不是要出去浪吗，被放鸽子了？没事，还有媳妇儿陪着你呢。是吧，翩神？@轻舞翩翩

【帮会】轻舞翩翩：嗯嗯，是……

【帮会】一川寒星：我宝贝最好了。

我偷偷瞄了一眼杜寒川，看到他在专心玩着手机，眼神温柔，嘴角还带着淡淡的笑容，实在是……有点迷人。他以前在游戏里跟我聊天时，也是露出这样的表情吗？明明很喜欢偷看他，却很怕他看过来，于是我又低下头玩手机。

【帮会】轻舞翩翩：哈哈。

【帮会】无哥是我：怎么今天翩翩反应这么僵直？

【帮会】大官人：老无你这铁憨憨，明显老寒说要出去浪，翩神吃醋了啊。老寒，你结了又离离了又结，明显分不开了，奔现算了。

【帮会】一川寒星：狗东西，少管闲事多做事。我和翩翩约好的不奔现。

【帮会】大官人：啧啧，妻管严。

【帮会】无哥是我：寒总不是妻管严，是宠妻狂魔好吗？这方面我要给他疯狂打 call[1] 了，奔现对女生伤害多大啊，他这么尊重我们翩翩，说明是真爱。

【帮会】大官人：少来，你怎么知道翩神不想见老寒。老寒是高富帅你不知道吗？@一川寒星 把你照片发给大家看看呀。

【帮会】一川寒星：我和翩翩忙，勿扰。

【帮会】大官人：啧。

---

1. call：网络用语，最早指 LIVE 时台下观众跟随音乐的节奏，按一定的规律，用呼喊、挥动荧光棒等方式，与台上的表演者互动的一种自发的行为。后广泛指对某人的喜爱与应援。

【帮会】一川寒星：宝贝，我们把夫妻任务做了？@轻舞翩翩

他就坐在我对面。这条艾特看得我啼笑皆非。我收到了他的组队邀请，进队后他带着我接了夫妻任务。

您的夫君一川寒星想要与你进行双人动作：拥抱。是否接受？

我闭上眼睛，点下了"是"。

以前他抱我的时候，我总是会窃笑着把场景拉近，看着自己依偎在他怀里的样子，今天脑子里却只有嗡嗡一片响。他在游戏里把我横抱起来，一跃而起跳到空中，轻盈飘逸地在云中翱翔，我连用眼角余光瞄杜寒川的勇气都没有，只觉得这一分钟的任务有一年那么长，恨不得一头钻到餐桌下面去。不知道过了多久，突然，对面的杜寒川讲话了："宝贝，交任务了。"

我吓了一跳，抬头看见他举着手机，是在对手机讲话，没在看我，我低头看了一眼游戏队伍频道。

【队伍】一川寒星：宝贝，交任务。

【队伍】一川寒星：宝贝？

接着是一条三秒的语音消息。我点了一下语音消息，一川寒星冷冷的低沉的声音响起，刚才他说的那句话又从手机里放了一遍。我差点当场晕过去。这到底是什么情况！！

我再也忍不住了，把手机倒扣在桌面上，长叹一口气，望着对面的杜寒川。感应到了我的目光，杜寒川也看向我，扬了扬眉，说道："怎么了？"

"……没事。"我拿起手机，把任务交了，正想脱离队伍，又收到一条消息。

【队伍】一川寒星：宝贝，我们去把夫妻副本打了吧。

【队伍】轻舞翩翩：我回家再说吧，现在……没什么心思打……

【队伍】一川寒星：好。

【队伍】一川寒星：宝贝，我爱你。

我耳朵烫得仿佛都能把头发烧了。我操纵着人物走到他的人物面前，又被他的人物搂住，小鸟依人地靠在他的胸膛。同时，对面的杜寒川单手举起手机，另一只手背撑着脸颊，一脸满足地看着手机屏幕，完全陷入热恋的沉醉模样。他也没看我，对着手机说："宝贝，我们要是能永远这样多好。"

我看着游戏里他发出来的语音消息提示，终于受不了了，把手机放下，问他："杜寒川，你在做什么啊？"

"怎么了？"杜寒川愣了一下。

"不尴尬吗，不要闹了行不行？"

"我可没违反约定，只是当游戏CP而已。你要是觉得尴尬，去看不到我的地方玩？"

他这样理直气壮，确实也没说错。我拿起手机，转身走到了包间外的走廊上。接着，一川寒星又邀请我牵手、背着奔跑、抛向空中、原地拥抱旋转……我很好脾气地配合着他，脑中却纷乱得如同飘雪的寒空。

【队伍】一川寒星：这个游戏里动作真少，来来去去就这几个，我都看腻了，如果策划多出点双人动作就好了。

【队伍】轻舞翩翩：我觉得已经很齐全了，还要什么动作啊？

【队伍】一川寒星：我想到了一个，如果截屏肯定好看，我可以演示给你看，不过你要配合我。

我想到一些玩家想出过的一些稀奇古怪的借位截屏，例如跪下抱大腿、扇子挑下巴、打耳光，甚至还有两个男号只穿着短裤在床上借位，我就忍不住笑。

【队伍】轻舞翩翩：好啊好啊，怎么做？

【队伍】一川寒星：这么做。

我盯着手机屏幕，等他做动作，但他站在原地，半天没反应。忽然旁边的门被拉开，我回了一下头，还没反应过来是什么情况，已经有一只胳膊搂住了我的腰，强有力地把我揽入了年轻男人的怀中。

"你做什……"

阴影落下，微微张开的嘴唇被另一个人的嘴唇碰了一下。我呆如雕塑地看着他，只听见他在我耳边温柔地说："这么做。"

那双唇再度覆上了我的唇。我下意识推了他一下，手腕却被他另一只手握住，压在他的胸口。我听见自己细微地呜咽了一声，浑身就失去了所有力气。"砰"的一声，是手机掉在木制地板上的声音。杜寒川微微歪着头，错位轻吻，轻轻挑逗着我的舌，他每多试探一次，我的力气就被抽空一分，直到他把我完全封锁在走廊小小的角落里……直到他确认了我不排斥，终于不再试探，而是捧着我的头，手指插入长发间，缠绵地与我深吻……

最后，无人的走廊中，静谧的空气里，只有我们俩交换着亲吻与呼吸……

不知过了多久，我突然推开他，狠狠拍了一下脑门，说道："我们在做什么啊。"

"翩翩……"他眼中有被拒绝的受伤神情。

"我要回家了。"我快步回到包间，拿起我的包包和外套，想要直接往外走，但手腕很快被拉住。

"等等，还没吃饭，你就回家了？"

"我不想看见你了。"

"你考虑一下我的感受啊，我跟自己喜欢的女生在一起，怎么把持得住自己。"

"喜欢有什么用，我们说好现在只当游戏 CP 呢。"

"我们是游戏 CP 啊。"

"无赖！狡辩！"

虽然我一直在谴责他，但之后回到包间里，我一直没办法从刚才的亲吻中走出来。头脑越来越混乱，想拥抱他的情绪越来越浓稠，我这是怎么了……之前在游戏里，即便不知道他是杜寒川，我和他相恋的感觉也是真实的，每一次情浓对话时的甜蜜都是真实的，听见他声音时心跳加速的感觉是真实的，思念他到浑身发疼的感觉更是真实的。可是，这些真实感和真正见到他、真正触碰到他比，不值一提。

他嘴唇与舌尖的触感，他身上淡而特殊的香气，他衣料摩擦的声音和体温，他结实的胸膛……都比第一次匆忙的接吻更加令人悸动。而且，这好像是第一次张嘴……

他在看菜单时，我抱着菜谱，从菜谱一侧偷瞄他的侧脸，只觉得耳根都快烧起来了。

"怎么了？不点菜，盯着我看。"他翻了两页菜谱，头也没抬就轻轻哼了一声，"嗯？"

　　我把头摇得像拨浪鼓。

　　他笑了一下，对我勾勾手指。我还没想好要不要靠过去，他已经主动低下头，又吻了吻我的唇，眼睛里满满都是似水柔情。

　　"不要生我的气了，我只是在给你示范我想在游戏里做的动作。都怪策划不给力，炒了他。"

　　我的整颗心都快化了。哪怕他再次靠上来，试探着吻了我，我也没再排斥地后退，反倒有一种被电击的眩晕感。于是，手里的菜谱滑在了膝盖上，我从抓着他的衣领到搂住他的脖子，用了超过五分钟的时间。

　　后来，他一边吸吮我的下唇，一边悄悄说道："宝贝，别忘记等下还有活动哦。"

　　"好啊……"我酥倒在他的怀里，有些头晕目眩，有些自暴自弃。

　　话是这样说，游戏早就被我忘到九霄云外了。

二十一瓣桃花

后来杜寒川开车送我回家，一路上举止都相当自然，还是跟我一直聊一些工作上和游戏里的事。我表现得很从容，心里却一直七上八下的。车停在家门口后，他也下了车，又把我摁在车门上亲了好一会儿。

虽然我们曾经是男女朋友，但高中时他对我是礼貌而克制的。现在不同了，他对我特别主动，就算最后我推开他，说时间不早了要回家，他也是把我紧箍在怀里，在我的发梢和颈项间深呼吸着说："翩翩，我不想放你走。"

本来就很喜欢他的声音，如今近在咫尺的耳语，更是下了蛊一般让人心醉神迷。

活了二十二年，我第一次知道什么叫耳鬓厮磨，难舍难分。

道别了七八次才彻底成功，我耳根发热地进入电梯，在镜子里看到自己的脸红成了一颗红富士苹果。因此，回到家后我避开老妈"老娘一看就知道你为啥晚回"的视线，一头钻到卧室里，给闺密侯曼轩打了一个电话。

"所以，你现在的问题是什么，不喜欢和杜寒川的恋爱状态吗？"听完我的描述，侯曼轩如此说道。

"没办法，我高中时的心理阴影太大了。"

"那为什么不试着跟他沟通一下？是害怕相信他的甜言蜜语吗？"

"……我不知道。"

"对了，翩翩，昨天你都做了什么呢？"

我重复了一下她的问题，开始回忆："昨天早上排线练习，画了两张草稿图，看了两个小时《悲惨世界》，下午到楼下闲逛，在精品店买了一个花瓶，回来以后画了一会儿画，就玩游戏去了。"

"很充实啊。为什么要看《悲惨世界》？"

"雨果的文字画面感很强、感情浓烈，能给我的创作带来一些启发。"

"所以你又重新开始画画了是吗？"

我不由自主笑着说："嗯，自从上次参加《桃花万界》的插画比赛，画画好像就不再是障碍了。"

"不仅如此，你还买了花瓶。会买花瓶的人一般都是热爱生活的。你发现了吗，翩翩，其实你的生活并没有发生巨变，家里的事也没有太大进展，对吧？"得到我的肯定以后，她接着说道，"你生活唯一的变化，就是多了一个杜寒川。"

"恋爱的影响力会有这么大吗？可是，在安慰我这方面，杜寒川做得还没有郑飞扬好。"我被这个结论惊呆了。

"因为你需要的不是安慰，而是坚定不移的帮助和陪伴。"

跟她聊过以后，我觉得清醒了很多，到客厅去和妈妈也聊了一会儿。听到最后，妈妈只是意味深长地点点头说："妈妈觉得这个闺密黑（很）懂你，她说的都是妈妈想说的。妈妈都是喜欢小杜勒个男娃儿，支持你们两过耍朋友。"

在游戏里，长生殿号召大家准备帮战决赛。对他来说，这无疑是一种颇有挑战性的尝试。他向一川寒星提出了自己的方案，一川寒星说自己只会打架，让他直接来找我。

于是，我和长生殿讨论后，他把帮里中低战玩家的号都上了一遍，挨个帮他们调整号属性和宠物属性，整理好每个号缺的材料，向大官人提交资源申请要求。大官人再转达帮内高战，一川寒星带头把低价材料转卖给中低战玩家。账号调整结束后，帮派的战斗力上升了一大截。长生殿又做了一次战力统计、战队分配，用 excel 做出了初步军团编制，为每一个小队安排小队长，让他们带领队员过难度副本，尽可能拿下可以升级装备的材料。接着，他安排他们每天进行 5V5 战斗练习。我认为加强帮派凝聚力的活动志愿参加就可以了，他提议用奖励的方式鼓励大家。果然帮众的参与度很高，尤其是男生，听到马上要和红衣教打架，都摩拳擦掌，跃跃欲试。

红衣教很快得到了情报，帮会管理和高战在世界上频繁冒头，收各种装备和材料。美人爆爆跟我说苍雪梧桐也在低调地整顿帮派，做战略部署。整个北界之巅都处于风雨欲来的寂静之中。

在这期间，官方发布了新的公告：新一届万界争霸赛即将开始，等级达到 120 的区服都可以参加，区内积分赛从九月初开始，月底进行淘汰赛。我、杜寒川、恶魔代言人、无哥、大官人组队报名参加。红衣教的队伍成员是新凤舞、苍雪梧桐、红衣、雨勿忘、紫衣。我们的登记结果出现后，讨论北界哪支战队会夺冠的帖子很快上热门了。

讨论得同样激烈的是另一个帖子：《来来来，都来押注啦，猜猜下一届服霸将花落谁家》。一部分人表示结果不重要，反正都是这两口子在打。另一部分人表示新凤舞请了主播，还挺能氪的，实力未必比前凤舞弱，她和一川寒星的对战还是值得期待的。

游戏里热闹非凡，现实里我的心情也不错。刚好打完帮战过一周开学，可以重回校园生活。然而还在帮战准备期间，榜一大佬就找上门来了。是字面上的找上门来。

周一早上我下楼买早餐，一辆一尘不染的黑色 A8 停在我面前。车窗缓缓摇下，露出一个二十岁出头女子的面孔，说不上美丽动人，但五官端正、气质优雅。她黑发及肩，身着苔绿色连衣裙，着装没有任何年代感，就是保守且大方得体。

"郝翩翩是吗？我是你大号的新买家，姓韩。有空吗？我们坐下来聊聊。"

"家人还在等我，改天吧。"我摇了摇头。

"你爸爸不是还在看守所吗，哪儿来的家人？你妈妈从国外回来了？"她微微一笑，摆摆手说，"你放心，我只想和你聊聊天，并没有伤害你父亲的意思。"

想到杜寒川提过她是政治家的女儿，其实我心里已经很没谱了，只能假装从容地回了她一个礼貌的笑，说："韩小姐有备而来，再不给脸就是我不识趣了。那咱们就在这附近聊聊吧。"

她也没否认，下车关门，带我去了附近的一家星巴克。她踩着高跟鞋，走路颇有姿态，从我身边走过时，她停了停脚步，看了一眼我的鞋，说："你穿平底也这么高？"也不知道是不是因为我有防备在先，她的笑容让我感觉冷冷淡淡的，挑不出毛病，却很难让人产生好感。

"我一米七二。"我这才留意到她比我高了一截。

"我也一米七二。真不容易，遇到一个不用低头都能讲话的女生，而且家境好，长得还这么漂亮，又多才多艺，真不知道什么样的男生才配得上你。等下加个微信吧，我觉得我们一定能变成很好的朋友。"

我父母从政的朋友性格两极分化严重，要么特别清高难搞，要么油得像泥鳅。这位韩小姐很神奇地同时拥有两种特质。而她这种句式的奉承我从小到大不知道听了多少，以前一直习以为常、心安理得地享受，并且觉得自己配得上这样的赞美。这一两年我却不太想收到这种赞美了。她的赞美我尤其不想要。所以，我没有表现出开心，也没有表现出不开心，只是敷衍地嗯了两声。

在星巴克里点好咖啡，我俩抢着买单，最后她强势取胜，我只能跟着她到窗边坐下。她把咖啡递给我，并贴心地送上吸管和纸巾。

"你现在有男朋友吗？"

"谢谢。"我接过她递过来的东西，"我有没有男朋友，韩小姐说不定比我还清楚吧。"

她有些尴尬地笑了一下："确实，翩翩，我对你很关注，因为上一次看见杜寒川这么迷恋一个女生，还是他在英国读大学的时候。不过那个女生已经结婚了，还比杜寒川大了快十岁——对了，那个女生是破坏你和杜寒川的第三者吧？"

"不是，那个时候我和杜寒川已经分手了。"

"不管怎样，杜寒川很喜欢你，我心里是清楚的。可不管是他父母还是我父母，都不同意他解除和我的婚约。"

"韩小姐，现在已经是二十一世纪了。"

"翩翩，古代那么多女人婚前可能连男人都没见过几个，只是听从父母之命嫁到和她们般配的丈夫家里，但还是得到了丈夫一生的承诺，并且在晚年成了子孙满堂、德高望重的老太太，不是吗？"

"那是以牺牲自由为代价换来的高枕无忧。"

"自由恋爱正好就是当代离婚率如此高的源头。过分崇尚自由，打破门第观念，结果被不值得的男人骗得失了心，丢了身，多羞耻。"

"如果韩小姐在影射我和杜寒川，那我得说实话了，你们在游戏里发的喇叭纯属造谣，我可以告你们诽谤的。"

"那是紫衣性格冲动乱说话，我已经教训过她了。我从头到尾对你也没有恨意，包括让主播来杀你，也只是为了让你远离这个游戏，远离杜寒川，达到我的目的——"她搅拌了一下咖啡，将视线从纸杯上挪到我身上，"我的目的也很简单，就是告诉你，对你而言杜寒川不是什么好男人，我希望你远离他。"

看着她如此坚定的眼神，我忍不住笑着说："杜寒川是不是好男人我不清楚，我知道你是个好女人了。好到让别的女生离开这个坏男人，让你来拯救苍生。"

"我说了，'不是好男人'只是对你而言。为什么女人会觉得男人坏，是因为她们付出真心又被伤害。我不需要他的感情，只需要和他的婚姻，我们双方的父母也一样。翩翩，你懂吗？我不爱他，所以在我这里，他永远当不了坏男人。你爱他，所以哪怕他只犯一点小小的错误，都足以让你感到天崩地裂。一段感情建立在如此不理性的基础上，是不可能长久的。"

"你都不想试着去寻找自己的真爱，就打算跟一个自己不爱的人结婚？"

"是的。"

她回答得如此果决，竟让我无言以对。

我望着窗外阳光照亮的高楼，喝了一口咖啡，告诉自己，我没穿越到古代。

韩小姐优雅一笑，自信地说道："翩翩，你我都接触过很多有社会地位的长辈，应该知道食物链顶层的男人只爱一个女人的故事只有偶像剧里才有。你现在爱杜寒川，只想一心一意跟他在一起，但你做好了他出轨的准备了吗？以后即便他跟情妇在我面前上床，我也可以笑着请他们继续，然后关上门不打扰他们。这样的觉悟你有吗？"

我想了想，只能伸出大拇指对着她说："你真的厉害。"

"为了和你在一起，他和他父母吵了多少次架你知道吗，雷驰即将损失多少亿的市值，多少人会因为他的一时兴起丢饭碗，你考虑过吗？你家里已经背着好几亿的债务了，你还能承受更大的压力吗？翩翩，你是这么善解人意的姑娘，考虑考虑我们的立场，现在政策如此紧迫，互联网行业早已过了上升期，寡头打压的局势下，游戏行业更是处于寒冬期。我们两家能维持这样的关系，真的很不容易。现在他父母已经做出了退让，说会再次说服他，可他还是为了你倔着。你真的要这么残忍吗？更重要的是，考虑到他曾经对你做过的事……你真的觉得他值得重新拥有你吗？"

作为一名资深游戏玩家，本来我打算跟她进行长篇大论，演讲一下关于游戏行业的前景，但她提出最后一个问题后，我哑巴了。那件事一直是我心里的疙瘩。

"我知道你的意思了，给我时间想想。"

她面露喜色，语气欢快了不少："我只要和他的婚姻，只要两个家庭的利益。这番话是代表我们两个家庭对你说的。所以，如果你和他真的相爱，即便我们新婚当夜他和你在一起，我也不在乎。只要雷驰不倒，你家里的债务也不会是问题。哪怕他不同意，我也一定会帮你。"

这个承诺有些冠冕堂皇。我家一旦恢复过去的状态，对她产生的威胁就更大了，她会壮大敌人削弱自己吗？所以，我只是静静听着。

"但是，如果他坚持退婚，他父母会对你有多大成见，你想象得到吗？你可能这辈子都进不了他家的门，后半辈子也只能在家里打游戏，还可能永远见不到你爸爸了。这样的结果，并不是我们想要的。翩翩，答应我，再好好想想，好吗？"她露出了真诚且担心的眼神。

听到她提起我爸，无名火在我心底燃烧了起来。我扬了扬眉，笑着说："韩小姐这是在威胁我？"

"我只是告诉你太过遵循本能的结果。"

拿父亲威胁我，确实是掐中了我的七寸，但从小到大我爸对我说过最多的一句话却是，真有威胁力的人只会做，不会说。如果她真有她说的那么厉害，可以用行为把我逼上绝路，等我主动找上她，再跟我谈让我离开杜寒川的事，那时，我没有和她讨价还价的余地。既然她没有那么做，说明她压根就没这个本事。她说这么多，反而暴露了一个事实：尽管比同龄人更油更会洗脑，但她从小到大都过得挺一帆风顺的。而现在，她可能快要没有那么一帆风顺了。所以，她还有关键的信息没有透露给我。

"韩小姐，我觉得你说的特有道理，也特懂你们两家的难处。爱情是最不可靠的东西，今天我可以因为爱情跟一个男的结婚，当他明天把爱情给了其他女生，我就会陷入很被动的局面了，对不对？"看她点头如捣蒜，我叹了一口气，"活在这个世上，我们女生真是太不容易了。我是该变聪明一点了，谈恋爱不能太上头。我回去会好好想想的，一切以大局为重，非常感谢。"

比油嘛，我爸也挺油的。只是平时我不喜欢学他那一套。毕竟我是个艺术家，这样有点没艺术家气质。

"翩翩，我就知道你是个有远见的姑娘。"韩小姐一副深受感动的样子。

"哪里哪里，韩小姐才是眼光独到，深谋远虑，很有大家闺秀风范，我应该多向你学习。"

结束了这场鸿门宴，我回家和妈妈一起吃了早餐，没多久就接到了杜寒川的电话，但对话内容却与韩小姐无关，跟我预期的完全不同。

"我一个叔叔最近投资了一个室内游乐中心，邀请我们明天去玩。"

"我们？"

"他问我有没有女朋友，我说有。"

"女朋友？不是未婚妻？"

"解除婚约的事他早就知道了。我还有事要忙，先不跟你说了。"

"等等，你不是只在上海待两天吗？怎么明天还不……"

　　我的话没能顺利说完，他已经挂了电话，把游乐中心的地址发给了我。

　　这个室内游乐中心在一座购物中心的三楼。临近九月，最热的时节刚过，翌日下午阳光明媚，不急不躁地温暖着上海，把大厦前面的喷水池勾勒得跟动态油画一样光华夺目。

　　杜寒川站在喷水池前，穿着工装七分裤和雪白运动鞋，一条长长的白金项链在黑 T 恤上醒目闪耀。因为括号刘海、高高瘦瘦，看上去就像行走的衣架。有一个女孩经过他身边，接了一个电话，站在原地讲了一会儿，忽然一道闪光灯照在他身上。他抬头看了她一眼，她的脸憋成了生牛肉色，看上去无比窘迫。他笑了笑，试图缓解尴尬的气氛，她低着头跑了。

　　哪怕他没在看我，那个笑容都快把我融化了。我正陶醉在欣赏他的外形中，我俩的视线忽然相撞，他朝我勾勾手。我晃晃脑袋，压了压头上的鸭舌帽，小碎步跑到他面前。他上下打量了我一会儿，说："我总感觉今天去错地方了，你打扮得这么萌，在室内有点浪费，我应该带你去迪士尼。"

　　"啊，还好吧。"我低头看了看自己的打扮，也就是普通的樱桃色 T 恤、牛仔短裤、高帮帆布鞋。

　　他笑了笑，没接话，很自然地牵住我的手，带我朝商场里走去。作为一个有颜值有身高的姑娘，我平时多少是有点回头率的，但跟他走在一起，我第一次感到目光太多也是有压力的。他一点没觉得不自在，反而收了收胳膊，把我揽入怀里，还在我的帽顶上亲了一下，说："翩翩，你跟韩蓉说打算不对我们俩的恋爱上头了，嗯？"

　　这话题转的，我想了一下才回过神来，说："是。"

　　"我宝贝这么厉害的吗？对一个人可以想喜欢就喜欢，想不喜欢就不喜欢。"

　　我推开他的手，微微一笑道："不能，是我自己不太愿意和你走太近。"

　　杜寒川愣了愣，恍然大悟道："你是想说当年我们分手的时……"

　　"我去英国找过你，看到你和那个已婚姐姐在一起了。"

　　"翩翩，我们不提这段过去了可以吗？"杜寒川捂着额头，叹了一口气。

　　"可以啊，那你永远不要再跟我讲话了。"说完我转身朝商场外走去。

　　他赶紧上前两步，抓住我的胳膊，为难地说："这该怎么说呢，我和她的关系比较特殊，高于朋友，低于恋人，算是陪彼此走过人生一小段旅途的伙伴吧。"

"为什么你未婚妻说你特别迷恋她？"

"前未婚妻。"他加重了语气。

"ok，前未婚妻，为什么说你迷恋她？"

"我不懂韩蓉为什么这么说，但我和那个姐姐一开始就说好的，只是暂时陪伴彼此，互不干扰彼此的生活，不发展成男女朋友。"

"你们在一起多久？"

他带我进冷饮店点了两杯香芋冰奶茶，若有所思地答道："三五个月吧。"

"三个月和五个月跨度很大你不知道吗？"

他用拇指摸了摸下巴，思索了十多秒，说："应该是四个多月，我和你分手之后第三个月开始的。"

"为什么不跟她好好交往，因为她不是单身？"

"嗯，一开始她说她有男朋友，没告诉我其实她结婚了。"

"结婚就不可以，有男朋友就可以？什么三观啊。"

"当然不一样，我对婚姻很认真的。"

"晚点再来聊你的三观。你如果跟她提出来要认真交往，她很可能会为你恢复单身，为什么你跟她在一起四个多月却不提？"

杜寒川可怜兮兮地看了我一眼，仿佛在问"我可不可以不说"，被我狠狠瞪了一眼以后，只能乖乖地半垂着脑袋，像个犯了错的孩子一样说："后来她慢慢地认真了，问我能不能当我女朋友，她可以和她男朋友分手。我觉得很对不起她，但还是拒绝了。"

"为什么拒绝？因为她有男朋友吗？"

"嗯。她经常当着我的面给他打电话，跟没事人一样。我不太想和这样的女生谈恋爱。所以后来我跟她明确说了，你要动真情我们就散了吧，我不爱你。她就说可以继续维持之前的关系……再后来我发现她男朋友其实是老公，就果断和她分开了。"

这时店员把奶茶递给我们，他递给我一杯，然后伸手护着我走出冷饮店，乘上电梯。我转过头，孜孜不倦地问道："真的果断分开了？"

看着他才发现他矮了一截以后，和我离得很近很近。视线和他可可色的漂亮瞳仁相撞，我的心跳快了几拍，赶紧往上站了一级。他却无所谓地也往上跟了一级，认真地看着我说："真的。"

"之后呢？"

"之后大二下学期我重新交了个女朋友，大三分手了。回来以后就跟韩蓉订婚了。"

聊了一会儿，我大致得知，后面的女朋友是他的同班同学，香港人，学习好，在学校很低调，家族跨越到了台湾。回国前杜驰问杜寒川想不想娶她，想的话把她带回北京，她似乎也在等杜寒川提这件事，但他没提。不知道是不是感觉到他的犹豫，她说她不想到内地发展事业，还是想回香港。他回国之后，这段感情就不了了之了。而且，他和她的相处模式和他跟韩蓉一样，交往了一年也没碰过她。

我沉默了一会儿，问道："你这三场恋爱都谈得不太正常，自己不难受吗？"

"我是挺难受的，觉得自己怎么把人生过成了那个样子。但主要还是因为别的事吧。"他看着楼下的大理石地面，眼神和语气都变得沉闷了一些，"就觉得自己是个窝囊废，连未来都不能给自己喜欢的女生，所以那段时间一直过得很颓废。"

"为什么，因为那个时候女朋友不愿意回国，你没法留在那边陪她吗？"

杜寒川扭过头，皱了皱眉，隔着帽子对我的额头狠狠弹了一下。

"都说了我没那么喜欢她。还有时间顺序都弄混淆了，你不是号称自己很聪明吗？"

我惨叫一声，捂着脑门哀叹："你没交代清楚时间节点，怎么可以怪我。"

我们抵达了游乐中心门口。这里生意很火，难得室内娱乐场所都有三排游客在排队。杜寒川打了一通电话，四个工作人员拿着对讲机走过来，一边笑脸迎人地喊着"杜总"，一边帮我们开了特殊通道进去，为我们展示他们的工作场地和娱乐设施。最后，工作人员在几个影厅前停下来，说："杜总，郝小姐，这是我们才开放的仿真冒险影院，这个是刺激漂流之丛林探险，你们想去试试吗？"

"好。"杜寒川牵着我进去，在工作人员的安排下坐在了模拟车的前排，放下了安全扶手。我仔细回想他刚才说的话，转过头对他说："你还是不要跟我浪费时间比较好。我不是韩蓉，不可能接受婚内出轨的，跟我在一起可就没有跟她在一起的福利了。"

"当然。"杜寒川答道，"跟你在一起，我就没打算考虑其他人了。"

这时，室内灯光熄灭，影片即将开始播放，我们的座椅开始旋转抖动起来。黑暗笼罩之下，心弦仿佛也随之微微震颤。我小声说："你骗人，那你当初为什么要离开我……"

短暂的黑暗结束后，眼前一片莹白，影片开始播放，我们进入了丛林中。

因为这是最先进的设备，风的方向、力度和越野车行驶的模式达到了完全统一，仿真度高到以假乱真。往前冲刺、差点飞出悬崖、被巨大滚石追击的时候，几次我都低呼出声。舱体旋转力度很大，拐弯时还把我甩到了杜寒川身上。我赶紧抓着相反方向的扶手想远离他，他却直接伸手把我揽过去，搂在了怀里。

我有些害怕地推了他两下。可他一点都不给我退缩的空间，只是加紧了禁锢我的力道，在我耳边命令道："别乱动，危险。"

他的怀抱让人很依恋，像一个巨大的旋涡，让人一不小心就会沉沦。偶尔不经意回头，看见他被荧光屏照亮的侧脸，我只觉得他和高中时没有什么区别，还是那么清澈、干净，就是一个直接从漫画里走出来的男主角，让人想起春日水泥地上的花香、初夏清晨梧桐树上的露水。

可我还是很倔强地反抗，不愿靠着他，直到整个影片播放结束。

灯光再度亮起，我们俩走出影院。应该是察觉到我的排斥，他跟工作人员打了个招呼，无声地把我拉到人少的角落里，轻声说："你还记得高中时我跟你说过的吗？我以后想当医生。"

"记得。"

"后来我爸不经我同意，偷偷把我的志愿书改了，并且强行把我送出国。"

关于他当年为什么突然出国，我猜过了各种原因，但这是我完全没有猜到的真相。我怅然若失地说:"为……为什么?你爸爸不是一直很疼你的吗?"

"嗯,他当时什么都没说,只是擅自替我做了决定。等我出国以后才知道,当时我们家遇到了和你家几乎一模一样的情况。"

"……什么?"我愕然道。

这才是我一直以来错过的真相。那之前的十八年,杜寒川一直都挺骄傲的,富裕的家境、漂亮的外表、金光闪闪的学习成绩单,未来几乎可以为所欲为。直到出国那一年他才发觉,离开了父母自己什么都不是。雷驰面临巨额债务,父母轮流被请去"喝茶",他国内所有信用卡全被封了,银行卡里的余额也全被划走,他什么都改变不了,只能在国外无期限地等待大人解决所有问题。在那种情况下,他可能一辈子都不能回国了,即便回国也是一个一无所有的 loser,连用身份证买一张机票都要问问黑名单同不同意。

"当时每次面对你……"杜寒川像是在面对严刑拷打一样,一口气说完所有的事,然后就彻底散架了,"还记得你曾经说过的话吗?你要像你的男神一样,耀眼强大,无所畏惧。"

"我记得。"和他相处的每一个细节,我都记得。

他浅浅笑了一下,不无嘲讽。

如今我的波折并没有彻底结束。但因为有他出现,现在的我才站在游乐中心里,而不是蹲在密不透风的黑暗小屋子里打游戏,不知道他曾经只靠自己是怎么熬过来的。

到现在我都深深记得当年跟他提分手时,他若无其事地说着随意的话,看上去像是玩世不恭,又像是看破红尘。

我还真的一直以为他是无所不能的。这个世界上的任何东西,只有他想不想要,没有他能不能要。没想到如今的我,就是过去的他。我们都披着不堪一击的完美外壳,在演着别人期待的自己。不管撑得多难过,都不敢脱下来,因为害怕真正的自己不再被爱。

我知道现在他想要的绝不是安慰,于是干脆换了个话题:"那回国以后呢?你为什么不立刻来找我?"

"我来找过你啊，但在你们学校门口刚好看到你被男朋友接走。直到今年，我从别人那里听来的传闻都是你和你男朋友感情很好，快结婚了。"他又露出了谜之自信的笑，"我真佩服自己，在知道你有男朋友的情况下，还是勇敢前进，到游戏里赖着你当CP。三观不正其实还可以吧？"

"寒川。"这时，一个男人的声音中止了我们的谈话。

我和杜寒川一起回过头，看见不远处有一个高大的男人正在对我们挥手。他看上去四十五岁上下，穿着休闲衬衫，笑容文雅，气度非凡。

"汪叔叔。"杜寒川也对他挥了挥手，拉着我走过去，"翩翩，这就是我跟你提过的，投资这个游乐中心的叔叔。"

"汪叔叔好。"我向他点头示意。

"寒川，你女朋友气质很好啊，和你很配。"男人打量了我一会儿，礼貌地笑了笑，又接着跟寒川说，"你最近工作还行吗？我听你爸说你想成立一个电竞俱乐部，以后就往这方面发展吗？"

"电竞俱乐部只是爱好，我还是想做RPG。目前正在物色新的IP，以后成立一个团队，努力打造成雷驰的又一个主打产品。"

"我对你们这一行了解不多，下次你可以跟我儿子聊聊，他是死忠雷驰游戏粉，说以后也有兴趣投资手游这一块。"

"好的，谢谢汪叔叔。"

"不过，你得先请他吃个饭。他在你们游戏里可是充了好多钱了。也是什么……氪金大佬了，对吧？"

说到这里两个人都笑了，但汪叔叔时不时就看我两眼，让我有一些紧张。他拍拍杜寒川的背，语重心长地说："不过寒川，看到你有这样的转变我挺开心的。当年你为了不去英国和你爸吵架，连我都知道了，那个执拗劲和老杜年轻的时候还像。所以啊，年轻时的梦想未必就是最成熟的，可以选择的路有很多。你现在从事互联网行业，未必比当悬壶济世的大夫差，对吧？"

"汪叔叔说得很对，以前我爸也没那么重视游戏这一块，他的重心一直是在社交软件、支付软件和搜索引擎上，近些年也改变想法花重金投资游戏了。他都这个岁数了还能与时俱进，我有什么道理不灵活变通呢。"

他们俩又聊了一会儿，汪叔叔时不时看我几眼，看得我头皮发麻。终于最后一次，他打断了杜寒川的话，再次看向我，说道："寒川，冒昧问一句，你这个小女朋友姓什么啊？"

杜寒川对我点点头，示意我自己回答。我眨眨眼说："我姓郝。"

"你认识郝辰吗？做健康营养产品的。"

"郝辰是我爸爸。"我挠挠头说道。

"刚才大老远看到你，我就觉得这个姑娘不是小郝总嘛，你跟你爸长得也太像了！"汪叔叔猛地一拍手。

"汪叔叔认识我爸爸啊……"

"何止认识，我们是老同学。"

杜寒川愕然道："郝叔叔这么漂亮的吗？我以为翩翩像她妈妈。"

"老郝年轻的时候也是风流人物。"汪叔叔大笑了一阵子，忽而感慨，"话说回来，真是有缘，老郝的女儿居然和老杜的儿子在一起了。这俩一个是我高中同学，一个是我大学同学，人生何处不相逢啊。等什么时候有机会了，把你们爸爸都叫出来喝一杯。"

我看了看杜寒川，又看了看汪叔叔，有些尴尬地说："我爸爸……可能最近不是很方便。"

"嗯，不用说，我都知道。他的近况我都了解。"汪叔叔迟疑了一会儿说，"这事寒川知道吗？"

"他知道。"

"那关于你爸爸的事我晚点跟寒川聊聊，你们回去以后再讨论讨论。"

又聊了一会儿，汪叔叔忙别的事去了，我和杜寒川玩了最新的 VR 游戏、室内赛车、跳舞机和密室逃脱。意外的是，看上去很灵活的杜寒川上了跳舞机就跟木偶似的僵硬。密室逃脱限时十五分钟，我们同时进去的，十三分钟后，只得到一次工作人员的提示，我就拿着破解好的锁出来，嘚瑟地想等杜寒川出来再向他炫耀，结果发现他在外面，一盒冰激凌都快吃完了。

"没事，咱们宝宝的智商可以靠爸爸来补。"他过来牵我的手，笑得非常和蔼可亲。

我一掌打开他的手，说："少来，谁要跟你生宝宝。"

他绕到我面前，对我说："翩翩，过去是我对不起你，我太不成熟了。再给我一次机会，当我的女朋友，好不好？"

二十二瓣桃花

当他用那么漂亮又多情的眼睛凝视着我，要说不被蛊惑，肯定是假话。但一朝被蛇咬，十年怕井绳，我还是很犹豫。

"我很理解你当时的痛苦，因为我正在经历这个阶段，但同样是处于低谷期，你看看我是怎么对你的，你当时又是怎么对我的。"

"你对我也没有特别好啊，你在游戏里把我强离了，全服都知道，换一个男的早就 A 得尸骨不存了。"

"那还不是因为你瞒着我你有未婚妻的事！"

"翩翩我们讲道理，我和她早就没关系了。是你说不打算奔现，我为了让你放松才跟你说我有未婚妻的。"

"说得那么动听，其实就是一个自大狂。当年不能忍受自己低谷期被人看到，所以要跟我分手，现在我在低谷期，你可以高高在上来拯救我一把，满足的是你自己拯救别人的欲望而已，真要你为我付出，你是做不到的！"

"什么叫我只爱我自己，你会不会聊天啊。"他也越说越急，越说越气，"郝翩翩，你这样讲是不是太过分了。"

"是我欺负你？"

他提起一口气，更加强硬地说："我是很喜欢你，你是可以仗着我喜欢你为所欲为，你也可以对我凶，但我告诉你，你不可以侮辱我的人格，不可以无底线地欺负人，你知道一个男人最重要的事是什么吗？尊严！我爸跟我说过，一个男人想要成就一番事业是不可以没有尊严的！他也说过了，尊严在老婆面前不，值，一，提！所以老婆教训得对，我错了，以后再也不犯了！媳妇儿原谅我吧！"

"……哈？"我一脸问号。

"我错了，当年太不懂事，没有照顾你的心情，也没有第一时间和你沟通，让我的翩翩受委屈了。对不起宝贝，谢谢你曾经那么温柔地对我，再给我一次机会吧。"说完他咬着下嘴唇，皱着眉眨了两下眼睛，用委屈巴巴的目光凝视着我。

上帝，您老人家到底在想什么？为什么要把这么一副美少年的皮囊赐给一个魔鬼？

我俩争执了半天也没有结果。最后他送我回家，也没再提要我做他女朋友的事，只是我刚进家门，就收到了他的连环短信轰炸。说他在回酒店的路上买了两斤荔枝，说希望回北京之前能再见我一次，拍了商店里的告白兔照片问我它长得像不像我……

第二天，我又从他那里得知另外一件事：汪叔叔的妻子是国企高管，去年年底听说了我们家里的情况以后，他们两口子打算帮我们家一把，把收购辰康列入今年的项目之中。完成交易后，他们会让爸爸做个小一点的股东，其余债务让爸爸用与他们合作的方式来还。但他们找了公司负责人四次，每次负责人都会找律师去看守所联系爸爸，爸爸都说不接受用这样的方法还债。我有些不明白，连我都能听懂，这件事就是汪叔叔在卖老同学人情。爸爸如果不同意这样的合作方式，自己的心血就得强行进入破产清算，要不然就是坐牢。而且不管是坐牢还是做破产清算，我的那部分也还是要还。这种情况下，按理说他不应该想拒绝这种合作。

我到客厅去找妈妈，她刚好在跟律师打电话，一副愁眉不展的样子。等她打完电话，我把整件事交代了一遍，问她是不是爸爸不愿意签字。她把双臂抱在胸前，摇摇头说："不阔能，你老汉儿又不是怂包，咋阔能想坐牢。要不得，我得回一趟重庆，去问哈他。"

　　我切换了一下微信，看了看游戏里的动态，帮里消息刷得很快，都在感叹一个正在被疯狂转载的帖子——《桃花万界竞技大主播梁小邪睡粉，震惊我全家！》。

　　这个游戏的玩家真猛，已经把主播圈玩成了饭圈，图文并茂地展示了一个完整的八卦故事。帖子展示的照片上，梁小邪和一个高高瘦瘦的短发女生牵着手在酒店前台登记。发帖人说，梁小邪原本的梦想是参加 MOBA 全国联赛，并不想在雷驰工作，对《桃花万界》也没有任何感情。上半年，他被另一家重量级竞技俱乐部的老板看中，对方带着十足诚意邀请他参赛，但为了赚《桃花万界》老板的钱，他放弃了这个机会。加上他平时特别会当狗腿子，舔得老板开开心心为他刷了几十万元的礼物。现在他钱赚够了，有意跳槽了，就开始花式得罪老板，甚至在直播间和大老板无哥吵架，要无哥亲自上门道歉才和解。这一次他出差和粉丝见面，约对方到酒店，工作结束后没有回苏州，而是和粉丝在酒店待了一周才离开北京。这件事闹得很大，雷驰已经命令他停播，准备对主播圈进行风气大整顿。

　　我问无哥怎么回事，梁小邪不是说要跟她见面吗，怎么会搞到和别的粉丝在酒店待了一周。无哥在微信上发了一堆眼泪汪汪的可怜表情给我，说："那个粉丝就是我……我我我我我……我没控制好自己，把小邪给睡了。"

　　"……"

　　"现在怎么办啊啊啊，本来雷驰没规定主播和老板不能谈恋爱，但因为818闹得太大了，现在小邪可能都快保不住饭碗了，是我害了他，我要哭死了！"

　　"……"

　　"翩翩？"

　　"一周？"

　　"……你的关注点。"

　　"小邪可以的。你们加油。"

　　在家休息了一周，这一届的帮战决赛也终于到来。

　　八月二十四日晚，北界之巅帮战决赛，若如初见对红衣教。我上线看到排行榜后差点掐住自己的人中——除了若如初见的帮众，排行榜上的人几乎都去了红衣教。

我本来想说点什么稳住大家的情绪，没想到大家都很镇定，按部就班地做战斗准备。两个帮派都为帮里的大输出和 T 请好了操作手，恶魔代言人请了顶级主播。战队整顿后，两个帮的在线出战率都逼近 100%，只不过红衣教的人数比我们多一倍。

除了梁小邪以外，还有九个《桃花万界》的主播都在备战状态，七个正在上播。主播们虽然在此次帮战上是对立状态，却都在暗自较劲、摩拳擦掌准备和对方进行一次技术上的较量，但因为都是为各自的老板服务，所以，在直播间里还是能轻松调侃彼此，讨论着最近的更新和职业平衡。

晚上活动结束后，全帮成员都进入帮派语音频道。梁小邪下播了，但还是上着无哥的号。我、大官人和一川寒星都是本人上号。杜寒川把名字改回一川寒星后，看着人物在地图上溜达也自然多了。

无哥早就在其他直播间紧张得狂刷礼物，一直问"怎么办怎么办？我好紧张"，又一直被梁小邪安抚说"放松放松，问题不大，交给我们"。

长生殿在语音中大声喊："全部进帮战副本！全部进来！都检查好各自的装备、宠物出战顺序！速度速度，确保万无一失，不要磨磨叽叽了！喂，云备胎胎你在干吗？怎么还在外面晃，那个任务不要做了！还有五分钟也不行，怎么这么主次不分，快进！好！若如初见的全帮小伙伴听好了，料理吃好，神佑弄好，快捷键设置好！"

对两边的操作手来说，这都是一笔大单。收入是其次，重要的是北界之巅前十的大号全部参战了。红衣教那边的主播要面对火力全开的一川寒星，若如初见这边的主播要面对却阳操作的凤舞翩然。开战前两分钟，有的新人主播坐不住了，在视频里捂着脸大口呼吸。一个红衣教的主播大声说："我去，我偶像在对面，死而无憾了！"

杜寒川倒是很冷静地说："各位，心态调整好。这一战我们在人数和战力上都和对方实力悬殊，赢了很光荣，输了不丢人，全力以赴就好。"

"大伙儿加油！"大官人难得严肃。

帮战倒计时进入最后的三十秒，长生殿冲到出战边界大喊："全都站到这里来，准备了！”

我开着三个主播的直播间，有己方的，有敌方的，听见有主播说："好了，快开始了，我先准备打帮战。"

最后十秒，长生殿跟着秒表喊着倒计时。等时间到最后一秒，他大喊一声："冲！！！"

一瞬间，天上地下，陆战空战的帮众都整齐划一地杀出安全区，十一支战队形成了蜂群般的阵势，黑压压一片，赛跑般向地图正中央的据点冲过去。

"疲劳晕了摔了不要怕！起来杀出去！准备技能！"长生殿同时喊着。

眼见据点越来越近，对面大片红名也以同样的速度冲向同一个目的地。带头移动速度最快、周身有水墨腾龙翻滚的银发鬼炼就是凤舞翩然，身后跟着红衣教第一战狼公子惊梦。虽然对面人数远多过我们，但若如初见无人畏惧，双方军阵直接交错厮杀起来。

"技能全部丢出来！暗器丢出来！流星镖！流星镖全部丢出来！砸他们！砸他们！"长生殿扯着嗓子大喊。

我方第一个冲上去的战狼刚靠近据点。新凤舞以肉眼看不清的速度在他周围闪了几下，干脆利落地一个回跳，带走一片轻飘飘的紫雾，一声"首杀"语音提示的同时，系统公告也随之出现：

红衣教的帮众凤舞翩然拿下第一滴血！

但这丝毫没有减弱我方士气。其他人还是拼尽全力攻击敌方。长生殿喊得更卖命了："第一波压稳了！不要扎堆，小心 AOE（范围性作用技能）！不要管凤舞翩然和公子惊梦，当他们不存在！奶妈注意走位，奶好前线！撑住！前面的都把暗器丢了，有多少丢多少！！"

他的话音还没结束，屏幕中央的系统公告就开始了快节奏的交替刷屏。

若如初见的副帮主一川寒星完成了三连杀！

红衣教的帮众凤舞翩然完成了五连杀！

若如初见的副帮主一川寒星完成了五连杀！

若如初见的副帮主一川寒星完成了十连杀！

若如初见的帮主轻舞翩翩完成了三连杀！

若如初见的副帮主一川寒星完成了十五连杀！

红衣教的帮众凤舞翩然完成了十连杀！

红衣教的副帮主红衣完成了三连杀！

…………

屏幕正上方的比分也在快速更替。我方输出厉害，拿人头速度特别快，比分也一直高过红衣教一头，差距却始终拉不开。从 55：45，到 67：54，到 92：87，到 104：92，到 120：117，到 147：138……

第一波双方中低战都清得差不多时，一川寒星跟小分队去拿玄武的点，梁小邪开始拿中间据点。读条过程中，新凤舞盯着无哥的号杀，梁小邪被打断好几次，又因为有大官人的全力补血，红色和绿色的数字在无哥的号身上狂跳，血条也上上下下，看得在旁边拼命打新凤舞的我都胆战心惊。

但大官人的奶量无法和我那个号的输出抗衡，不到半分钟时间，无哥的号就只剩下一丝血。眼见又一个人头要没了，突然新凤舞被控住了，站在原地陷入眩晕状。

系统公告：**战歌奏响，英雄本色！若如初见的右护法无哥是我成功抢夺中央据点！**

我们和红衣教的比分瞬间拉开，变成了 347：224。

梁小邪拿下据点后，跟我一起攻击新凤舞。新凤舞解控后，以一挑三，第一个袭击的自然是最脆皮的我。

有句话说得好，控制不怕最强妖秀，就怕被疯狂抓人梁小邪玩的肉。梁小邪卡秒准得精确到毫秒，一个技能也不浪费，每次都在我快牺牲时，就把新凤舞抓住。但却阳也不是省油的灯，被他抓了两次就开始蛇皮走位，打我一下跑一下，打我一下又跑一下，磨得他们两个都全力保我以后，突然对大官人来了一个背袭，一个大招把他带走。我和梁小邪拉开距离，左右袭击新凤舞，打算同时叫一川寒星过来支援，谁知新凤舞跳了两下上了房顶，直接放弃了中间据点。

长生殿突然说："凤舞翩然肯定要去灯塔！小邪你拿灯塔点，我和大官人马上过来支援！翩姐守在中间据点，有强敌来了立刻告诉大家，不要丢了！"

梁小邪刚走，我身边只剩下两个低战，突然一道黑影从天而降，敌人还没落地，那两个低战就死了。我立刻跳起来，躲开了新凤舞的技能。她飞过来抓我，试图背袭，我解控逃跑，就见她行云流水般地把技能丢了过来——跳！切！斩！刺！

我躲掉两个，吃了两次不算太致命的输出，拍拍屁股溜之大吉，同时在语音里喊道："杜……不不，寒哥快来中间，我撑不住了！"

"好。"杜寒川即时答复。

新凤舞留着抢据点，也没再追上来。我嗑完药又跑回去攻击她，她再度试图杀我，我又跑了。她再回去拿据点，我又回去攻击，她再一次过来追杀我。主播对玩家没仇恨值也很讨厌，从不恋战，就慢慢磨我的血和CD，坚持不懈拿据点、赚比分。只要有人靠近，她就一套技能全部带走。我最后一次杀过去的时候，也不知道她是火大了还是十分有把握，追着我杀了一条街，我溜到房顶上，她找了半天没找到我，不得已才返回继续占点。

我只剩一丝血，药品CD还有二十七秒。一川寒星和大官人从云雾缭绕的铁索和堡垒中飞来。新凤舞的占点读条只剩最后一点点。我毫不犹豫地冲过去，又给了新凤舞一个背袭，被她反手一个技能杀死。画面一灰，我以身殉帮了。新凤舞和一川寒星小队还没交战，就自知寡不敌众跳上房顶。

我安心地等待三十秒复活时间，切换到直播间去看恶魔代言人的视角。这个主播的玩法和小恶魔本人挺像的，保守打了十分钟，摸清对方实力才大胆去浪。这一刻，他带着阿神队和紫衣、苍雪梧桐打得正激烈，两边都在进进退退，只要有人上前，就是一阵不要命的全力输出。没过多久，阿神死了，恶魔代言人双杀，一换二，成功拿下又一个据点。

只要新凤舞不在，红衣教帮众不管是谁遇到了一川寒星队，基本都是送人头送分。因此前二十分钟，若初见的优势非常明显，比分从未被红衣教压过。但却阳也是一个优秀的指挥，他们发现问题所在，后半场转变了战略，改成迂回偷点战术。红衣教帮众到处拿点，用人海战术、高均战优势袭击我方普通帮众，红衣教帮众满地图溜达刷人头拿分，避开冠军队的锋芒。两帮比分从越来越近，变成了红衣教反超我们。

长生殿是难为无米之炊的巧妇，指挥来指挥去，只能稳住两个点，第三个点总是时得时失。杜寒川被他们惹火了，直接堵在他们的复活点，冒着被防御塔打死的风险原地秒他们的小号刷分，比分又追了回来。新凤舞发现情况后回复活点和他刚，他玩搏命，在死亡的边缘疯狂试探，和新凤舞同步掉血。

我们人少，到底经不起耗，大输出被新凤舞牵制，红衣教却依然没停止刷分，分数很快又被他们超了，变成 2555：2632。

我们再度调整战术，组了争霸赛的阵容，把队长给无哥。梁小邪看守中间的点，移动速度最快的我负责游击战，大官人跟在我后面保命。一川寒星和恶魔代言人双爆炸输出组合所向披靡，终结了红衣很多次。只要有人试图拿中间的点，梁小邪就在语音中通报抢点队伍阵容，我们酌情跟随队长回防。靠这样的方法，中间一条线三个点稳住了，不管对方怎么刷人头，击杀分数涨幅始终赶不上据点分数涨幅，等我们到 3000 分时，他们还不到 2800 分。

"你们千万守住小命！现在寒哥他们稳住三个点，我们放弃另外两个点，全力守这三个！还有不到十分钟，猥琐点，不要浪！"长生殿一边喊着，一边带人到处拿人头。他是魔道，操作一流，哪怕战力不高，也为我们的比分做出了不小的贡献。

但对面也改变了阵容。不过两分钟，我听见杜寒川咂了咂嘴。

系统公告：红衣教的副帮主红衣终结了若如初见的副帮主一川寒星的四百五十四连杀！

"怎么回事？"我愕然道。

"他们组了一队，现在去中间据点了。"

原来，新凤舞、苍雪梧桐、红衣、雨勿忘、紫衣组在了一起，在堵一川寒星和恶魔代言人。一川寒星浪了一波，被新凤舞终结了一次。恶魔代言人跑了，但回到中间据点时，又被新凤舞杀在了路上。

我们全员都跟随队长，却因集合时间不一样，被依次杀掉，团灭。

三十秒复活时间过后，我们五个人集合在杀往中间的路上，看见系统公告：战歌奏响，英雄本色！红衣教的凤舞翩然成功抢夺中央据点！

我们五个人全力赶过去。对面还是老样子，新凤舞和紫衣两个近战前线冲上来，夹击恶魔代言人。恶魔代言人受伤惨重，负伤走位，把那两个人引到了我们团队中央，我们夹击紫衣，灭了紫衣，新凤舞自伤半血杀了恶魔代言人，红衣 AOE 打得我们集体残血，一川寒星又扔出魔刃绝灭双杀红衣和雨勿忘……两边都打得很上头，最后算是各打一百大板，全部死回家冷静了三十秒。

比分 3273∶3369。还有五分五十三秒。

长生殿指挥帮里其他人进行游击战偷点，复活后我们又一轮上阵，已经看不到其他点是怎么打的了，只是继续争夺黄金中央据点。靠近据点之前，梁小邪认真地说："这个点一定要拿下来，拿下不一定赢，但拿不下肯定输。"

"要先杀却阳，他死了就轻松了。把他套出来。"杜寒川接道。

于是，我当诱饵第一个冲过去。果然，新凤舞也知道一来就干掉大输出不太现实，准备先弄我这个第二输出，瞄准我冲刺抓人。我解控后全力绕到后方，除此之外没丢一个技能，她想跑，我又去打红衣，被他们四个人打到血槽全空，一点红色都看不到。新凤舞再次冲过来，但摸到我的前一刻，大官人给我补了一点血，刚好被她杀得再次空血。我躲到队友中间，新凤舞大概是开始抢据点那会儿就被我搞烦了，绕圈圈想躲开一川寒星攻击我，但我们全队撤退保我。于是，她又一个位移杀过来，想给我致命一击，却没想到我们玩的是假动作，集体演戏，全力回击。

我嗑药保命，另外四位队友一起对她丢连招、大招，两秒内她的血就空了。他们后方的四个人也急了，一起冲上来跟我们搏命，但全乱了，新凤舞后撤，其余四个人却在输出，配合得一塌糊涂。四个人被集火，我准确地预判了红衣和苍雪梧桐的残血走位方向，虽然只有一丝血，还是收了他们两个人头。

系统公告：

若如初见的帮主轻舞翩翩完成了二十七连杀！

若如初见的帮主轻舞翩翩终结了红衣教的副帮主红衣的七十四连杀！

若如初见的帮主轻舞翩翩完成了二十八连杀！

若如初见的帮主轻舞翩翩终结了红衣教的长老苍雪梧桐的七连杀！

队友干掉了另外两个人后，我们虽然全部残血，但全都活下来了，只剩下一个新凤舞落荒而逃。

凤舞翩然这四个字离我们越来越远。那个无敌而强大的背影头一次如此狼狈。

我点了一下凤舞翩然的人物，鼠标左键和键盘上的 W 键快被我按坏了。接近到六步以内，我按下快捷键 2，使用"勾魂血影"一把抓住她！只听见"啪啪啪"数次键盘声响起，我猛戳快捷键 5，我的人物身法极快，手中匕首旋转着，闪着森光，给了她一个背刺！一声凄绝的女子惨叫响起，像中箭的大雁一般，凤舞翩然双腿一软，跪在地上后又趴在地上。

系统公告：

若如初见的帮主轻舞翩翩完成了二十九连杀！

若如初见的帮主轻舞翩翩终结了红衣教的帮众凤舞翩然的二百七十七连杀！

杜寒川笑了一声说道："翩翩，干得漂亮！"

"哇，翩翩姐！你这是大杀特杀的节奏啊！"美人爆爆惊喜道。

无哥更是倒抽一口气说道："我了个去，翩神玩小号都可以屠大号？！"

后面大概十秒钟时间里，我都有些没反应过来自己完成了什么使命，只是粗重地呼吸。

我终结了凤舞翩然的连杀，我打败了凤舞翩然……

然而，接连两个公告让我们有些蒙了。

系统公告：

战歌奏响，英雄本色！若如初见的帮众大官人成功抢夺中央据点！

战歌奏响，英雄本色！红衣教的左护法公子惊梦成功抢夺朱雀据点！

时间还剩不到一分钟，比分原本是 3323：3421，又突然变成了 3423：3521。

"我 ×，被偷点了！"长生殿大骂一声，"快！快去，拿下最后一个青龙点！那边没什么人，哪个高战离青龙最近，快带队过去？"

"我，我现在就去。"阿神响应。

我离青龙点很远，但也还是骑着雪麒麟赶过去。时间一秒秒流逝，我玩这个游戏从未如此焦虑过。

"到了吗？到了吗？"长生殿明显更焦虑。

还有二十三秒，阿神没说话。在直播间窥屏的无哥大叫一声："我的妈啊，他迷路了，跑到相反的方向去了！"

还有十三秒时，我赶到了青龙据点。那里果然只站了几个低战玩家。我俯冲过去杀了他们，点抢夺据点。然而开始抢的时候我就知道没戏了。只剩九秒钟了。

8，7，6，5，4，3，2，1……看着最后倒计时结束，我拿据点的读条却没能读完。当帮战时间变成 00：00 时，比分停留在了 3443：3527。

两个巨大的灰色字体出现在屏幕正中央：失败！

帮派里一片寂静。明明有 58 人在线，大家却像约定好了一样，没人讲话，只有主播陆陆续续退出帮派语音聊天。红衣教的人也没有在世界上说话，只有一些挂机打完帮战后的休闲玩家求组做各种日常。

我收到两封系统邮件。

第一封：很遗憾，少侠所在的帮会若如初见于本次帮战决赛中落败于对手帮会红衣教，邮件里有您获得的鼓励奖宝箱，望下次帮战再接再厉！

第二封：轻舞翩翩少侠您好，您所在的帮会若如初见获得本次北界之巅第二帮的荣誉头衔，邮件里有您获得的战绩奖励。

过了大约半分钟，大家才开始在帮派聊起天来。

【帮派】大官人：没事，挺好，激情，下次加油啊。

【帮派】恶魔代言人：好久没打这么激情的帮战了，我直播间的粉丝都说看这一战看得直做仰卧起坐。可惜，最后点没了。

【帮派】阿神：都是我的错，我后来紧张得头晕了，害大家功亏一篑……

【帮派】轻舞翩翩：别这么说阿神，你尽力了，若如的大家都做得很好。各位主播辛苦了，长生殿也辛苦了，指挥半天，激情。

【帮派】长生殿：哈哈，我嗓子都喊哑了。尽力了尽力了。

【帮派】无哥是我：别说了，本来我是拍胸脯想给你们打赢的，唉。

【帮派】无哥小号：小邪你真的很棒，确实是我们和他们的实力悬殊。本来战力就碾压我们，他们还请那么多主播。这样很好！真的！

【帮派】大官人：奇怪，红衣教居然没有刷喇叭嘲讽，不像他们的作风。

【帮派】无哥是我：是这样的，一般在遇到真正势均力敌的对手时，人们反而不太喜欢玩心机了。现在红衣教的人更在意实力上的较量，也是一种进步。

【喇叭】公子惊梦：北界之王者，红衣之战歌！红衣教的各位小伙伴，你们是最棒的！称霸北界之巅，永享王者之尊！

【帮派】无哥是我：……当我没说。

【喇叭】白衣：辛苦红衣教的各位，我爱你们，我爱大家。我爱北界之巅。

【喇叭】煮酒听雨：北界之王者，红衣之战歌！

【喇叭】秋月 MOON：北界之王者，红衣之战歌！

【喇叭】紫衣：北界之巅的各位，红衣教又一次喜提一帮了！欢迎大家加入我们帮派，福利多多，奖励多多，有一帮福利，高战带副本，红衣教欢迎你们！全服第一女神凤舞翩然欢迎你们！

【喇叭】宁小白：我爱红衣教！更爱我们的女战神！@凤舞翩然

【世界】剪刀腿夹爆你的头：哈哈，你们帮都是傻子吗，现在舔新凤舞，小心第一女神爆你们头。

【喇叭】红衣：？？？

【喇叭】弯弯酱：我们不生产酸气，只是醋的搬运工。

【世界】就这样默默：挑拨离间是没有用的，毕竟我们都沉浸在战胜的喜悦中。不是 loser，不理解 loser 的心态。

【帮派】无哥是我：各位，我们帮的都不要去世界上吵，让他们嗨瑟。没坐稳第一的位置就逞第一的威风，说得越多，凉得越快。

【喇叭】听风：梁小邪我真的服了，你不是牛 × 得很吗，你不是号称万界第一神操作手吗？怎么在帮里说这种自我安慰的话呢。你睡粉的事解决没啊，嗯？

【喇叭】无哥小号：草泥马，你再说小邪一个字不好，老子送你开红追击年费会员！

【帮派】无哥是我：无无，别说了。

【喇叭】听风：哟，心疼了啊，梁小邪睡的哪个粉你以为我不知道？看在我们过去组 CP 的情分上，给你最后一点面子，你别蹬鼻子上脸。

【喇叭】无哥小号：说的就是你这个孬种，你想说什么你直接说啊，藏着掖着做什么？

【帮派】无哥是我：真的别说了，这是为了你好！@无哥小号

【喇叭】听风：我说了怕毁了你啊，无大佬。

【喇叭】无哥小号：不就是我睡了小邪这事吗，你有意见？

【喇叭】听风：你牛×，我没意见。

帮里和世界上都已经一片沸腾，全是各种惊叹号。

【喇叭】无哥小号：我跟你讲，我不仅睡了他，还马上要把他接到北京来包养他，每天供吃供喝，光看到他那张帅脸做梦都要笑醒。长得帅就是好啊，不像某人，河马脸还好意思唠叨个不停。

【世界】狗仔十八号：我本来是来看818的，怎么感觉被喂了一嘴的狗粮？

【喇叭】无哥小号：谢谢各位啊，既然事情都传开了，我就宣告一下：梁小邪是我男朋友，等我们结婚的时候会通知大家的。小邪我爱你，么么哒。

【喇叭】无哥是我：无无，我也爱你。

不管是红衣教战胜的喜悦还是若如初见战败后的遗憾，都不及这两位秀的恩爱撒的狗粮。世界上一片祝久久。

为他们送上祝福后，我一个人溜达到了仙乡小镇。这个时间游戏里是晚上，云破月来，落红满径。风吹响彻寂夜，梅子与云雾缠绵。又有酒家旗帜轻颤，灯笼微摇，在冷冷流水上，留下重重红光。酒家前，小船上，有一个银发玄衣的青年正孑然站立，身上洒满星光，头上写着让路过玩家疯狂截图合影的一川寒星。

这名字还真适合他。我想到了满天星的花语"我携漫天星辰以赠你"，又有人接一句"但仍觉漫天星辰不及你"。我走过去，接受了他对我发起的组队邀请，在队伍频道对他说："咦，你没下啊。"

"帮战输了，有点不爽。"他转过身来，因背光面容有一半没入阴影中。

"游戏而已，看淡一些。"

"不敢相信这是你说的话。要是在半年前，输了这种帮战你不得原地

爆炸。"

还真是这样，现在被杀，我也没有以前那种一定要把对方杀到关服的怒气了。

我笑了，说道："佛了佛了。"

"打败了你的大号，当然佛了。"

"那也是在你们的帮助下才成功的啊，单挑不可能赢的，所以我并没有觉得太骄傲，只觉得是完成了一件事。"

"然后呢，我们呢？"

看见这几个字，我一时间不知该如何回复。

我既忘不掉他，又期待和他有未来，却也害怕再次被他伤害。

这时，私信箱上亮起了小红点。

【私聊】凤舞翩然：郝小姐，事情考虑得如何了？如果你不介意，我可以介绍你认识任何你想要认识的男孩。你这个号也可以还给你，一分钱不要。现在号上还有 213 万元宝，我昨天才充的。拿回这个号，你也不用再依附杜寒川了，可以毫无悬念地拿下万界争霸赛冠军，继续你的全服第一女神，你觉得如何？

看到这段话，我开始由衷地佩服韩小姐。不知道她是出于对什么的坚持，能在不爱一个人的情况下，还如此执着于和他的婚姻。但我想了半天，既不想掉她，也不想答应她自己都无法确定的事，所以选择了忽视这条消息，尽管凤舞翩然号和附赠的 200 多万元宝还是有点诱惑力的。

之后，她没再找我。

两天后，妈妈来电话说她见到了爸爸，爸爸在考虑和汪叔叔签合同了。

原来，之前汪叔叔跟公司谈合作都是我叔叔接洽的。叔叔对公司忠诚，但也有一定的私心。他在公司占股份，如果我也被抓，他就成了法人，如果公司被国企买了，他在公司肯定就没有话语权了。他找律师去看守所联系爸爸，传达的信息都是以公司安危为主导的，并一再强调走破产清算和被汪叔叔公司收购的风险。因为公司现在内部是一团乱，爸爸也没法与别人讨论，就相信了叔叔，以至和汪叔叔公司的合作拖延到了现在。

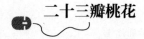

二十三瓣桃花

转眼间八月结束，九月来到，炎热的天气渐渐降温，太阳光透露出了夏末的气息。秋初的风穿过大学校园，曳着鲜绿鲜绿的树叶，冲刷着才翻新过的教学楼，蔓延着波尔图红酒般的微醺气息。

我已经很久没有体验过在风中漫步的感受。因此，当暖风把鸡蛋花、米兰、茉莉的香气带来，抖动我海浪般的裙裾时，我忍不住深吸一口气，在原地多驻留了几分钟。我遇到了以前的同学，他们很惊喜地欢迎我，祝福我可以再享受一次快乐的大三时光；也被一个大一学妹问路，她抬眼看着我的样子怯生生的，睫毛上有秋阳的闪光。

我踩着海贝壳色短靴、提着牛皮革箱子来到新的宿舍。一年没上课，本以为自己会融入不了集体，没想到刚进寝室第一天，我就轻轻松松跟室友们打成了一片。其中一个室友知道我是谁，兴致勃勃地向我问起各种画画的问题，还说大画家太厉害了，弄得我有些惭愧。

我的室友对我的不友好是除了我以外的所有人都有男朋友，我想看新上映的大热科幻电影，她们都表示已经和男朋友去看过了。我在班级微信群里询问有没有妹子想去看电影，结果有十一个男同学来加好友。我不跟男朋友以外的男生去看电影，所以换个通过后，又换个拒绝了。然后，我在朋友圈问有没有小姐妹想一起去看。女生们当天都没时间，我锲而不舍地等了半个小时，依然只有一群男生报名要去。我换个回复请他们先改变性别，他们给了一些让人哭笑不得的回复：

"现在变性还来得及吗？"

"男生本来就是做苦力的，你还搞性别歧视，太没同情心了。"

"其实我就是小姐姐。"

最后，总算有女生跟我说想明晚去看。我正想问她能不能提前到今晚，忽然下铺的女生"哇"了一声说："你们看，楼下有个神仙颜值的保时捷小哥哥！！！"

"保时捷？！""神仙颜值？！"另外两个女生也惊呼。

我也好奇地探出脑袋往窗外看去，差点昏厥：那个男生戴着墨镜，穿着饱和度很低的浅山茶色衬衫，第一颗扣子解开，锁骨可以养鱼，挂了条白金长项链，搭配复古范儿满满的高腰裤，鞋子却是纹理时髦的运动鞋——这双鞋子我在他朋友圈看到过，铬黄色蜜蜂刺绣，过目难忘。他白得像被美颜相机P过，腿长得像被视频工具拉过，整个人懒洋洋地靠在车门上打电话，完全不介意被路过的学生偷拍。

然后，我的手机响了。我接起电话，语气是冷冰冰的，但窗外的茉莉花一路开到了我心里。

"杜寒川，你跑到这里来干吗？"

"你不是想看电影吗？我带你去。"

"我什么都没收拾，你就直接这么杀过来了……你真的谈过恋爱吗？"

"没谈过，那你教教我好不好？"

我从这么远的地方都看到他笑了，扯着嘴角哼了一声："等我，就来。"

挂了电话以后，室友们已经向我露出了铜铃般的眼睛和鸡蛋般的口型。我有时也有女生特有的矫情。明明最期待的就是他来约我，看到他已经乐得想放鞭炮了，别人问起来，却还要摆出满不在乎的样子。但真上了杜寒川的车，我才发现比矫情谁都比不过他。他坚决不去我要去的电影院，强行把我带到他指定的商城五楼。我提议他去买票，我去买爆米花，等我端着爆米花和可乐回来，却发现他两手空空。

"王子病，你想干吗？电影还有五分钟开场。"我面无表情地看着他，肩膀塌了下来，"你是想要我付票钱吗？因为是我提出来要看电影的。"

"那当然，此情此景，本少爷是不会自己掏腰包的。"

"行，你拿着。"

我把爆米花递给他，正想转身去买票，他却搂住我的肩走上阶梯，把我带到两个工作人员才打开门的放映厅门口，接过他们递来的 3D 眼镜。

"你买票了？"

他没有回答我的问题，随意选了正中央的两个位置坐下。直到电影开始播放，也没有其他人进来。我左顾右盼，对着空荡荡的影院说："怎么回事？这部电影的票房很高的啊……"

"这个电影院是我一个叔叔开的。"

"……"

"两个人看不好吗？"

"你叔叔真多……"

在影片光照下，他雪山般的鼻梁和下巴形成了很漂亮的弧度，但更好看的是他扬起的嘴角。然后，他用 3D 眼镜对着我，把扶手抬起来，使我们两个人之间没有间隔，微笑着说："过来，靠在老公怀里看。"

我直接坐到了旁边的座位上去。他"哼"了一声说："我明天早上就要回北京了，你还对我这么排斥吗？伤心了。"

"这样啊……"我心里有一阵失落，但还是用笑容掩盖了小小的情绪，"那谢谢你请我看电影，下次等你回上海，我再请你吃饭。"

"谁知道下次什么时候来，你还是今天好好补偿我吧。"

最近他在上海待得有点久，我都差点忘记了他其实和我不同城。而且，他本来老家就不在上海，如今家人和工作都在北京，如果不是因为对我还有新鲜感，应该也不会这么频繁地飞上海。而距离我大学毕业还有两年，未来我也不太想去别的城市发展……想到这里，就对我和他未来的关系感到迷茫。

有一句话说得好：远处的王子不如近处的青蛙。我本来就对和他的感情缺乏安全感，如果他不主动一些，我们应该很快就会凉了。有了这些念头后，我的心情有些低落，也不太想讲话了，但杜寒川这个钢管神经一点没感觉出来。影片播放过程中，只要是好笑的剧情，他都笑得天使般灿烂。

晚上他送我回学校，在车上靠过来想亲我，也被我躲开了。

第二天他向我汇报他刚在北京落地，我回得特别客气。他再发过来的话也变得有些客气。

下午，堂哥带了两个姐姐来找我玩。堂哥是大伯的儿子，二十八岁，长得帅。大伯开私人医院，三十二岁那年意外猝死，之后堂哥就和当医生的母亲相依为命。大伯母明确告诉他，他作为大伯父的独苗，要挑起大梁。我爸出钱把堂哥送到英国读书，他的成绩不算好，却比一般男生更重视事业、更擅长社交。

二十三岁时，堂哥谈了一场持续了四年的恋爱。前女友大他三岁，美丽动人、安于现状、沉默寡言，和堂哥跳脱的性格形成鲜明对比。她无怨无悔地爱他，直到第三年她二十九岁时，到了最焦虑的愁嫁阶段，跟堂哥含蓄地提了结婚的事。那时堂哥年薪50多万，在同龄人中属于佼佼者，但工作资源和经济大权都在大伯母手里，所以其实还是一无所有。为了和前女友结婚，他多次鼓起勇气和大伯母谈判，大伯母把我爸搬出来当挡箭牌。

我爸想到了比自己年长的我妈，觉得姐弟恋没有结果，给的建议是："女大男三岁，等他们年纪都大了，我这侄子还在最爱玩的年纪，才有人家女孩子受的，不太合适。"

堂哥当然不想分开，这事暂时搁置。两个人又拖了一年，眼见二字头的青春就要接近尾声，她再次跟堂哥提起结婚的事。堂哥又一次跟母亲抗议，大伯母给的答案模棱两可，不给两个人出结婚的钱，慢慢跟堂哥耗着。女友逼得厉害，堂哥只能破釜沉舟，玩命地工作，想着只要经济独立就能为自己的人生做决定了。

因为缺钱，他曾经跟她说过："我先给你买个便宜的钻戒好吗？等领了证，我有了钱，再给你补一个贵一些的。"

她当场流着泪说："我的人生就这样了吗？我和所有的女生一样，也想要一个隆重而正式的求婚，你为什么不早些做准备呢？"

这个回答深深伤了堂哥的自尊。于是这一年里，他答应的求婚时间一拖再拖，一次次说着"再给我两个月时间"，一边害怕失去她，一边深深地恐惧婚姻。在他以工作为由逃避婚期的时段，她以一周一次的频率往老家飞，每次回到上海，态度都比以往冷一些。终于在他们相恋的第四年，堂哥最后一次说出"明年一月我一定求婚"以后，她给出了最后的判决："对不起，我等不了了。"接着就是一系列和她平时温婉形象完全相反的操作：删好友、拉黑电话号码、杳无音信。

因为她没删我的微信，半个月后，我在朋友圈看见我这位前准嫂子晒结婚证。放大图才看清，新郎不是堂哥，她回老家领证了。那是去年八月的事，堂哥跟疯了一样痛苦到了今年，一直没有缓过来。谁知今年五月的时候，前准嫂子又来了一记灵魂暴击——朋友圈晒儿子。我把截图发给堂哥看，堂哥再次崩溃，陷入了更深一重的绝望。我本来觉得堂哥有点可怜，但想想他今年才二十八岁，却把前准嫂子从二十六岁拖到了三十也没负责，又觉得天理昭彰。

从那以后，堂哥开始和各种妹子玩暧昧，谁也不碰，就特享受被她们喜欢的感觉。就像今天带来的两个美女姐姐一样，都是海归大美女，都对他含情脉脉，然而当她们一起去洗手间时，堂哥却跟我说，这俩妹子都对他明示暗示过那点意思，但不知道怎么，他都提不起兴趣。我一语道破天机："别想了哥，前准嫂子都是孩子妈了。"

"是啊。是啊，她都是别人孩子的妈了。"他叹了一声，摇摇头道，"我也没再喜欢她，就觉得忘不掉她，又特恨她。"

"恨她没等你？可她最爱的人是你。"

"她如果爱我，就不会丢下我。"

我知道，这只是堂哥用来减少自己悔恨感的说辞。在等他求婚的漫漫过程中，他曾因为母亲和女友对立压力太大大想提分手，前准嫂子却在他开口前用一段话堵住了他："我今年二十八岁了，感谢命运让我在二十六岁的最美年华遇到喜欢的男孩子。这两年我觉得很幸福，一点也不后悔把最后的青春留给你。哪怕以后不能嫁给你，我也不会后悔自己曾经这样爱过。你不要有任何压力，和我开开心心在一起每一天就好。"

因为这段话，他放松了，对她说一定会娶她，她却再次陷入了无期限的等待。如今这段话无疑变成时时刻刻血虐堂哥的利刃，他这一生都不会忘记。

我撑着下巴，摇摇头说："哥呀，往前看吧，你周围不是还有这么多好女孩嘛。你应该好好看看她们的好，而不是在她们身上寻找前准嫂子的影子。"

他"喊"了一声，说："你个小大人，懂什么。"

"不过，我还是觉得游戏花丛没什么用的。能让你忘记一个人的因素永远不是时间，而是更好的人。所有的忘不掉都是因为后来的不够好。"

"所有的忘不掉不是因为时间，而是因为后来的不够好……"他怔了怔，又重复了几遍这句话，"妹，你怎么会说出这么精辟的台词？"

"不是这样吗？"我也愣了一下，脑中不由得浮现出杜寒川的面容。

"这些女孩都已经够好了吧。"

"是，她们可能够漂亮，够有钱或学历很高，但只要在你心中一切的'好'都是以那个人为标准的，这些条件就算不上什么'好'。"

堂哥一脸苦 × 地看着我："你说得哥很绝望。"

我笑了，但说完这些话，我自己也陷入了沉思——所以，这就是这么多年来我一直没从过去走出来的原因？不是因为时间不够久，而是因为没有遇到更好的……那他是不是也是这样呢？在国外也好，回国后也好，都尝试着不同的恋情，但都没成功？

这样想未免有些自恋。毕竟他重新遇到的我就是个颓废的渣渣。但他曾经在游戏里对我说的那些话，又让我觉得他陷得特别深……想了半天，发现自己掉进了"他爱我""他不爱我"这种恋爱脑旋涡中，我赶紧打住。

然而，所有的困惑都在翌日迎刃而解了。宿舍里每日都有红玫瑰、粉百合轮流快递上门，弄得室友们大呼小叫，也弄得宿舍大妈都对我露出了刻薄而不失礼貌的笑，说你们小姑娘谈恋爱还是收敛点，毕竟秀多了分手时也有些尴尬的对哦。

上课的时候，幻灯片上骤然出现一行字"我爱翩翩"，附加英文"Pianpian I love you"，弄得班上同学一片哗然。

但此期间，杜寒川除了会偶尔上一下游戏，其他时候完全没联系我。

周五晚上回到家以后，我忍不住发了一条微信给他："你找人打出来的投影也太肉麻了吧。"

"肉麻吗？可都是实话。"

"我才不信。"

"这样你还不信？那要怎样才信？"

"你如果明天就到上海，出现在我面前，我就相信你爱我。"

"下楼。"

"啊？"

"快。"

我家楼下有个喷泉池。车辆来来往往，夜灯照向喷泉，波光粼粼，反射在行人和车辆上。有一个很醒目的男生站在喷泉旁边。我没有发出任何声音，但像是有所感应一样，他半侧了一下头，看见我，就完全转过身来。

我慢慢走过去，有些不敢相信自己的眼睛。

"你怎么还在上海？那天你没飞？"

他放下手机，耸了一下肩说："我飞了，又回来了。"

"你知道我会找你？"我歪了歪头，"不对……你是过来看我的吗？"

杜寒川冷笑一声，从兜里拿出一张名片，递给我。光线很暗，除了能看到"杜寒川"三个字还有雷驰的 logo，看不清其他小字。

"我调到雷驰上海分部工作了。"他特意补充道。

"为，为了我？"

"我现在是很惨一男的。我在北京升职很顺，到上海又要从基层干起了，不然上海这边的同事会觉得我什么都靠爹。我跟我爸说是为了女朋友来上海，他很支持我，但还是不给我优待，现在我月薪才 2 万，零花钱也没了。"

"2 万很好了，太子爷。"

"在上海能干吗，公司还在陆家嘴，房租都付不起，车被老爸没收，因为他说我的职位配不上这么好的车……要吃泡面了。"

"没事，我名下有两套房子，虽然都被查封了，但留一套给你住还是可以的。车的话没办法，我也不会开车，我们一起坐地铁吧。"

"游戏充不起了，没法当大佬保护你了。"

"没事，你的号已经很强了，一分钱不充也可以再无敌半年以上。等跟不上进度了，我们一起当咸鱼风景党。"

"唉，我回国两年工作全白干，我这是为了你做了什么，疯了吧我。"

"没事，我养你。"

他愣了一下，支支吾吾了两声，小声地说："喊，才不要你这负债姑娘养我。我还年轻，再造十年都不怕。你在家里好好当个小媳妇儿等着被我临幸就好了。"

"这样也好啊，我会为你学做饭的。"

他这下彻底愣住了，半晌才说："你今天怎么这么乖巧，我觉得好反常，好可怕。"

我用力摇了摇头，没解释。他也陷入了沉默。然后，一辆出租车载走隔壁五星级酒店出来的穿着晚礼服的女生，灯光照亮小片水泥地和闪闪发亮的工商银行大门，等一切趋于宁静，只剩手风琴乐声般慵懒的水声，我冲过去，扑到他怀里。他故意做出好像扛不住我冲击一样小退半步的动作，然后回抱住我，笑出声来。

本来是很高兴的事，但不知为什么，或许是因为夜色太美，或许是因为在爱上他的岁月里我习惯大笑和流泪，或许是因为从动心到这个拥抱之间已经过了整整一万年，我突然哭得稀里哗啦的。

他用食指关节揩去我的眼泪问我："怎么哭了？"

我不想表现得太傻太感性，找了个借口搪塞过去："我们怎么这么惨。一个被查封又负债，一个成了穷光蛋。"

"是好穷哦，我以后居然要坐地铁。"

"你会后悔吗？"

"那倒不会。工作可以再找，我的翩翩只有一个。"刚深情完不到三秒，他又习惯性地调整回了正常风骚王子病模式，"天啊，以后我居然要坐地铁上班，真的不敢想象……"

我自动忽略了他后面的抱怨，只记下了他说的前一句话。这也是我想说的。

世界上有无数优秀的男生、完美的男生。杜寒川不是最优秀的，也不是最完美的。但世界上也只有一个杜寒川。

所有的忘不掉，都是因为后来的不够好。他的一切早就变成了我心中"好"的标准。而凌驾于"好"以上的事，大概就是与这样好的他相爱吧。

人生真美，活着真好。

我们都坚持过，我们都放弃过，我们曾经无数次错过，最后还是拥抱在了一起。

这以后，我决定坦然面对现实，向法院提出自己的想法：虽然5000多万对我来说是天文数字，但我会用良好的态度去履行还债义务。法院说，这件事需要我与石天沟通。于是我又联系了石天，表示自己还是学生，工作不稳定，但在有收入的情况下，我愿意每个月拿出除生活开销外的钱还给石天。可是，我连话都还没说完，他们就一口回绝了。理由是让我父亲来还就可以。这让我觉得很是迷惑。

杜寒川听说我做了这事，只是笑了笑说："你干吗要多此一举，他们才看不上你的钱。从一开始他们起诉你，就只是为了要挟你爸爸而已。多个女儿当筹码，大鱼吃小鱼，吞并你爸的公司，岂不是更舒服？"

"可是，我和我爸是两回事……"

"那没办法，中国现在法制健全了很多，信息技术也发达了，过去可不是这样。很多漏洞和冤假错案都是历史遗留下来的产物。咱们还是想办法和爸爸共渡难关吧。"

"嗯！"

九月中旬，新一届万界争霸赛正式开始，又一次让《桃花万界》沸腾起来。比赛先进行为期两周的积分赛，这期间，报名的战队都要进行全服匹配，按胜率获取积分。积分赛结束后，前50名的队伍都有丰厚的道具奖励和争霸赛专属头像。排名前32名的战队会展开全服淘汰赛，最后比出16强、8强、4强和冠军队伍。我还挺期待这次比赛的。因为这是第一次和杜寒川组队，而且我们跟新凤舞队势均力敌，应该很考验操作和团队合作。

第一天晚上，我、无哥、大官人就很期待和他们对决，但杜寒川说先缓两天，等其他人分数打上去了再去吃他们的分，比自己慢慢打省事得多。然后，第一晚不过两个小时，万界争霸全服排名页面第一位的后面跟着"7区 - 北界之巅"和"第一女神团"的字样。

进入这个页面，还可以看见来自其他区的弹幕：

"虽然现在换了人，但凤舞翩然就是《桃花万界》的风向标！凤舞翩然冲呀！第一女神团冲呀！"

"寒老板怎么没有来，翻了半天没翻到他。如果他不参加，决赛门票估计都卖不掉了吧。雷驰在干啥？赶紧把寒老板请回来啊。"

"新区萌新看见大佬们神仙打架，瑟瑟发抖……"

【世界】春日野穹：弱弱地问一句……怎么没看到寒老板他们队啊。

【世界】秋月MOON：大概是上次帮战输了有心理阴影吧。其实不管能不能赢，都是代表北界之巅出战，参与一下拿个第二也不错，为啥那么执着于冠军。

【世界】剪刀腿夹爆你的头：别说这种屁话，我们寒哥可不像你们，什么都要争第一。人家现在沉醉于温柔乡，你彩衣教寡妇帮就好好把嫉恨卑鄙藏好吧。

【世界】白衣：狗腿子真是一秒都坐不住。什么都要争第一？这种话原话奉还给你们的翩女神。

如果不看名字，我会以为这句话是红衣说的。于是，我叫美人爆爆去帮我调查是不是红衣在上白衣的号，但他们说白衣一晚上都在帮里发语音，虽然还是捏着嗓子讲话，但比平时不耐烦了很多，也不知道是不是大姨妈来了——白衣一向是躲在男人背后嘤嘤嘤的小白花，很少在公开场合散播负能量。我有些好奇，问她现在在什么地方。云备胎胎说，好像是在四川老家，该不会是和苍雪梧桐吵架了吧。

第二天晚上，我们的战队"若如初见"开始进行全服匹配，割了几次草之后，总算碰到了第一女神团。

进入六十秒倒计时，对面也很谨慎，到三十秒时还没有一个人点准备。随后，他们站好了阵型。由此可以判定，是却阳在上新凤舞号，也是他在指挥。杜寒川在语音里说："最后一次检查料理、神佑、神兽、技能、快捷键。开局集火却阳。"

我们四个人跟商量好似的打出了"好"。

5V5与帮战不同，没那么热血，更多了一丝步步为营的惊心动魄。开局以后，我们两边所有人都在原地高频率地小步左右移动，以防对面丢技能过来。他们大概也料到了我们想集火新凤舞，所以没有人杀到擂台中央。双方僵持了七八秒，忽然紫衣往前走了一步，其他人跟着上来，新凤舞却没有动。杜寒川率先一步杀到擂台左侧，说："老官跟我走左边，翩翩你们三个走右边，快。"

我和他想的一样。于是我们所有人都冲到了后方，果然新凤舞是最后上擂台的，她想走侧道，偷袭我们后方。这个过程中，我们一直被红衣打得持续掉血，损失巨大。等我们杀过去，她有了队友的支援，也不再畏闪，俯冲跟我刚上了。我使用一段位移，她跟上来。我使用二段位移，她又跟上来。使用三段位移时，我已经被她抓住，而且他们所有人都在集火我，我疯狂掉血。大官人根本奶不过来，没过两分钟我就被安排得明明白白，躺在地上不动了。

系统公告：凤舞翩然拿下首杀！

"啊！！"我一头撞在沙发上，"我死了，就这么送了！"

不过十秒钟，新凤舞就上蹿下跳到处走位，杀了只有一丝血的恶魔代言人，但却阳操作太好，躲技能躲得太快，躲奶也躲得一流——雨勿忘的操作其实不错，但毕竟是业余玩家，奶了他四次，被他躲了三次。总之，新凤舞想被奶，就躲不掉技能；想躲技能，就别想补血。她被杜寒川和梁小邪磨得又空了血，逃跑之余，被杜寒川一个技能补了最后一刀，也惨叫着倒在地上。

二换一，我方全体残血，红衣后排满血持续输出，相当危险。但范围输出的弊端是，人越少，他们就越没优势。我方死了两个人，没过多久就被大官人一个大招奶满血了。一川寒星的身影在人群中快速闪现，对面扔过来的所有技能他回避掉了大半。

我们用了三分钟时间杀了新凤舞。接着，一川寒星用了不到三十秒的时间完成了四杀。

看见金色的"胜利"配着音效盖章般落在画面正中央，我兴奋地叫了一声，一把抱住身边的人，大声说："太棒啦！你太棒啦！！"

杜寒川扬了扬眉，说："打得还可以吧。"

"超厉害！！"

【队伍】大官人：……为什么我听到你们俩的声音重叠了？

【队伍】无哥是我：别说。别问。有的事看破不说破。

【队伍】轻舞翩翩：不是你们想的那样！！

字没打完，杜寒川已经调整成队伍静音模式，把我按在沙发上一声不吭地亲了一通。

这个晚上我们排到第一女神团六把，赢了五把。第二把他们赢了以后，原本还抱有一丝希望，但后来被我们连捶四把，他们的全服排名掉到了第三，我看到紫衣在世界上喊了一声"恶心人"，后来直接不排了。

【世界】雷雷雷雷雷：看来第一女神团被暴打了。我女神的号还是要她自己上才行呀，主播都不行。

【世界】凤舞翩然：你行你上。

本来以为和他们会有一番恶战，没想到若如初见战队依然是无可争议的最强配置。我们不到一个小时就冲到了全服第一，忽然梁小邪在队伍里说："寒哥，我们要小心了，红衣他们发现刚才输掉是因为和却阳配合不够好。他们又去请了四个主播，打算五主播上阵。"

【队伍】恶魔代言人：那又如何，我们也找主播就是。我和寒哥加起来，比凤舞和红衣加起来强吧。

【队伍】无哥是我：新凤舞号主号上还有200多万元宝，她要是给所有队员都充一波提战力，就很难说了。

【队伍】恶魔代言人：那我们也充。这年头，谁还没有几个钱了。

我有些担心地看了一眼杜寒川，说道："没事，输给他们也没关系。只是游戏而已啊，我们现在自己开开心心的就好。"

"他们在逞最后的威风而已。傻。"

开始我以为他只是在安慰我，但两天后，我终于发现了韩蓉那么执着的原因。

早上，邹叔叔来家里做客时看了新闻，还分享给了妈妈。妈妈接过他的手机，感慨道："现在的世道，贪官污吏哪个嫩个多哦。勒下好咯，遭双规咯。"

邹叔叔摸了摸下巴，颇有兴致地说："我感觉这不是单纯的贪污，这个姓韩的官员开始是有后台的。肯定是得罪了得罪不起的人，这件事才会拖这么久。你还记得前段时间这姑娘和雷驰太子爷解除婚约的事吗？我感觉都跟这件事有关。这种扯皮一般都是对方要很大一笔钱，这边给不起，找做生意的官商结合资源共享，结果没搞成，雷驰一放婚变消息出去，翻车。"

"和雷驰联姻，也阔能是想洗黑钱，没得洗成功。"

"很有可能。互联网公司洗钱是最容易的。还好没成，联姻要是成了，雷驰也要完蛋。"

"纳税人的血汗钱赚起来是容易哈，真到铲耳屎（扇耳光）的时候也是大快人心。纪检委逗是给力。"

我找他们要来手机，看到河北省高官韩继忠的新闻：

国家安监总局透露，河北省×××市委×××韩继忠被双规。初步查明，韩继忠在担任×××××等期间，利用职务升迁、人事调动等，受贿人民币7482万元，美元474万元，欧元22万元，英镑8.7万元。韩继忠于九月十四日下午两点，被纪检监察部门"滞留"，目前已经被"双规"，正接受组织进一步调查。

我在网上搜到了韩继忠的照片，发现他和韩蓉长得真有几分相似。我正想打电话问杜寒川是怎么回事，忽然游戏微信响了一下。打开一看，居然是《桃花万界》的游戏客服发过来的消息："翩翩姐，有一个不太好的消息要告诉您。您七月三日卖掉的7区北界之巅的榜一鬼炼号是非正规交易，可能我们会对您的账号做出一些处罚。"

"什么，大家都在易游网上卖号，你就处罚我一个吗？"

"这个，其他交易目前没人举报，可您的号有人举报了，我们就不得不处理……"

确实雷驰有官方卖号网站，他们不认可官方渠道以外的任何渠道，但对大家在更快速、手续费更低的非官方交易网上卖号的行为，他们一般也是睁一只眼闭一只眼。今天不知道抽什么风了，卖了那么久突然要处罚我。我的倔脾气一下上来了："你再处罚我，我把小号也卖了，你们这游戏我不玩了行吧？充好几百万，卖个号你们都要处罚，还要不要做生意了。"

"翩翩姐请息怒，我们也只是走个流程……考虑到您是我们的老客户，我们会给您的罚金打个折。您这个号上现在有 200 多万元宝，本来罚金是 4320 元宝，现在给您打个对折，罚 2160 元宝您看可以吗？"

"等等，什么叫我的号上有 200 多万元宝？那个号的号主现在不是我啊。"

"因为是违规交易，所以现在判定转移号主失效。您只需要登录一下游戏页面，申请账号找回，就可以把账号找回来了。登录以后，麻烦您在一个月之内交 2160 元宝罚金，就可以解除禁言。"

"……"

"请问翩翩姐还有什么需要我帮忙的地方吗？"

"没有。我觉得你们罚得很好，我现在就去接受惩罚。"

我只想模仿无哥喊一声"我了个去"，五分钟内火速按提示找回账号，把绑定手机、绑定邮箱换回了我自己的。这算哪门子的处罚。就算号上没有元宝，其实充 2160 元宝也就是 200 块钱，更别说号上还有 200 多万元宝，简直比中彩票还要让人开心。但细想，这也不是什么很巧合的事。因为这个号的归属是韩蓉，韩蓉父亲现在被双规，估计雷驰也怕和她扯上什么关系，干脆给她判定了一个违规交易账号的处罚，把号还给我避嫌。

重新登上自己的号，我看到了熟悉的人物选择页面：

7 区北界之巅：凤舞翩然，120 级，战力 169427，最后登录：昨天

41 区万里彩云：脚踢大魔王，25 级，战力 5144，最后登录：98 天前

26 区神仙眷侣：拳打一川寒星，25 级，战力 5322，最后登录：110 天前

进入游戏后，我看见鬼炼女子站在鬼炼山川，一抹云烟轻描她的银色发梢，水墨腾龙气势恢宏地环绕着她旋转。她的头上顶着四个字：凤舞翩然。

我按了按 A、S、D、W 几个键，她在周围跑了几步，银发似雾般飘逸，水墨腾龙也缠绕在她周身，起起伏伏。

打开衣柜，除了天宫云影，所有时装、头饰、挂件全是彩色的。

打开坐骑，所有坐骑全满，一个"未获得"都没有。

打开装备栏，全身强化满级，所有装备特效全是最高级，宝石全满，五

个黑龙符、十二个金符也是全服绝无仅有的。

打开法器，上面写着"您的法器已进阶至最高级"。

打开宠物栏，五只神兽都进化至最高级，所有装备全满级。

…………

就是号转手后改变的细节让人很难受。也不知道是却阳还是韩蓉弄的，把我放在仓库备用的新搭配神兽分解了。我调了十多分钟，战力轻轻松松上了十七万一。

打开排行榜：

1 凤舞翩然，171193，红衣教

2 一川寒星，167283，若如初见

3 恶魔代言人，145231，若如初见

4 红衣，139284，红衣教

5 苍雪梧桐，137942，红衣教

排行页面上方显示了一行字——您所在的战力排名是：第1位。

其实，当韩蓉跟我说她可以把号还给我的时候，我已经对别人玩过的号不那么执着了。而且，每次回想曾经充进游戏里的钱，我只觉得是充进脑子里的水，不想再为任何一个游戏做出那么大的贡献。可是，再次登上这个号，我还是得说，当全服第一太爽了。而且，以前老跟我争第一的男人已经是我的人了，现在就跟小媳妇儿一样安居第二，翩神这算是功成名就，后宫太平了吗？

我正为自己的战绩感到骄傲，忽然小媳妇儿来电话了。

二十四瓣桃花

　　"我还以为你最近真的佛了，结果一拿回自己的号，连老公也不要了。"他充满怨念地说道。

　　"你知道我要回大号了啊？"

　　"我当然知道。韩蓉她爸被双规了，不然哪儿有这么容易要回来。"

　　"我看到新闻了……"

　　原来，韩蓉不想解除婚约是因为雷驰是最后的救命稻草。杜家全家都不知道他们搞出这么大的事，杜寒川坚持要解除婚约，他父母还劝过他再三考虑。现在新闻一出，他们把儿子当宝了，杜妈妈还求神拜佛谢天谢地，深表她过去打杜寒川这么多年都是罪孽。而之前韩蓉在雷驰内部认识人，操纵过合区，这个人不仅助纣为虐，还滥用职权，操纵后台改了自己号的数据，不管是公司规定还是行业规矩，他都严重违反了，然后理所当然地被炒了。非常巧合的是，这个人正好是我认识的那位。

　　听到这里，我真是有万般感慨无从说起，只是笑了两声，转移了话题："这些都不重要呀，都不是很重要的人，小川川。我现在只觉得特别开心，因为现在变成了可以摸摸你的女朋友了，不用想着触碰不到你就难过了。"

　　"摸哪里？"

"……你走。"

挂了电话以后，我看着游戏里帮派频道的聊天内容。

【帮派】紫衣：争霸赛我们都请主播打得过吗？

【帮派】秋月 MOON：打得过吧，一川寒星和轻舞翩翩操作再好，也不能跟主播比吧。

【帮派】雨勿忘：这还真难讲。

【帮派】红衣：你是不是有毛病，长他人志气灭自己威风。

【帮派】雨勿忘：红红，我错了，饶了我吧。

【帮派】白衣：轻舞翩翩真的是个"奇葩"，现实里被前男友甩了，就到游戏里来勾引一川寒星。她是不是忘了自己早就不是凤舞大佬了？

【帮派】宁小白：现实被前男友甩了？什么瓜？？？

【帮派】红衣：游戏事游戏毕，打到他们闭嘴就行了，扒什么现实？白白你最近不仅绿茶，还婊，还无下限，你知道吗？

我懒得再看她们叽叽喳喳，用这个号加了无哥好友，她很快通过了。

【私聊】凤舞翩然：无无，你在线？

【私聊】无哥是我：争霸赛放水不可能，滚去和你们红衣阿姨白衣大娘紫衣老伯母讲，下次帮战老子会把她们屁都打出来。

【私聊】凤舞翩然：……

【私聊】无哥是我：有屁快放。

【私聊】凤舞翩然：猜猜我是谁？

【私聊】无哥是我：老子怎么知道你是谁。

【私聊】凤舞翩然：都叫你无无了，你还不知道我是谁？

【私聊】无哥是我：我去！！！

【私聊】凤舞翩然：嘿嘿，没想到吧。

【私聊】无哥是我：小邪！！我把你当真命天子，你却去接这个渣渣女的生意！寒哥待你不薄，礼物也给你刷了好多了！！你怎么可以这样对我们！！！

【私聊】凤舞翩然：………

经过一番牛头不对马嘴的对话，我总算和她讲清楚了来龙去脉，她又一阵震惊之后，突然变得冷静。

【私聊】无哥是我：我只玩过全服第一的一川寒星的号，还没玩过全服第一的凤舞翩然的号。翩翩，是姐妹就把你的号给我玩玩。

我在微信上把账号密码发给她，自己去开小号。过了不到十分钟，世界忽然有大片红衣教帮众刷屏发问号，问发生了什么。

这时，无哥发了一条视频给我，是她开着我大号的录屏。她在原地放了几个烟花，在帮派频道打了一句话："白衣妹妹，暂时给我一个副帮主，五分钟就可以撤销。"

【帮派】海阔凭鱼跃，天高任鸟飞！红衣教的帮主白衣将凤舞翩然升为副帮主！

无哥点开帮派页面，选择"批量踢人"，勾选全部帮众，反勾选帮主白衣和另一个副帮主红衣。

系统提示：您确定要将该227名帮众移出红衣教？【是】【否】

她点了"是"。

系统提示：您选择的人数较多，请再次确认，您是否要将227名帮众移出红衣教？若选是，三十秒内可以反悔。一经确定，不能撤销移除。【是】【否】

她又点了"是"。

三十秒后，帮派频道出现了华丽的"×××已被踢出帮派"的刷屏。然后她点开帮派页面，选择"退出帮派"，搜索"若如初见"，申请加入帮派。视频播放结束。

与此同时，帮派里出现了新的提示。

【帮派】欢迎凤舞翩然加入帮派！

无哥下了我的号，我重新登上去，看着爆炸的私信箱。尤其是紫衣，好似愤怒到了极点，给我发了几十条消息。帮里也是一片震惊，所有人都在刷屏"欢迎大佬"。而世界上的刷屏速度更快。

【世界】小龙：我为什么被踢了？？？

【世界】煮酒听雨：发生什么事了，蒙了。

【世界】雷雷雷雷雷：哇，我们区果然是北界第一瓜区，排行榜上一片无帮派，何其壮观。

【喇叭】紫衣：大家赶紧加回帮派！

【喇叭】秋月MOON：红衣教的各位，赶紧回帮！

【喇叭】红衣：哪个不要脸的东西登了凤舞翩然的号？

【世界】高逗帅：发生了什么事，好热闹，有课代表科普一下吗？

【世界】向日葵的种子：好像是有人上了翩神的号，找白衣妹子要了副帮主，然后把整个红衣教的人都踢了。

【喇叭】公子惊梦：红衣教的迅速回帮！

【喇叭】雨勿忘：刚才被误踢的朋友们不要慌，我们已经在挨个把你们加回来了。漏掉没加的朋友都冒个泡，或者申请加入帮派。

【喇叭】无哥是我：刚才上凤舞翩然号的人是老子，彩衣教的渣渣们如果觉得不爽，欢迎你们来跟老子打一架。当然，你们如果看凤舞翩然不爽，去打她也可以，老子允许你们去开红砍她，哈哈哈！

【世界】BIUBIUBIU：什么情况，为什么无老板能上榜一的号？榜一还去若如初见了？？？

【喇叭】白衣：呵呵，卖了号骗人家充钱又把账号找回，再把人家整个帮都踢散了，真没见过这么不要脸的女的，你怎么不去卖呀。

【喇叭】无哥是我：白衣北界第一白莲花不装莲花了？老子看你不爽很久了！1.号是雷驰还给翩翩的，你不爽去找雷驰，找原号主麻烦你好牛×！2.新号主本事自己打造号，买翩翩号还天天请主播盯着翩翩杀，谁更不要脸？ 3.再提卖不卖这种脏字老子干死你。

我翻了翻包裹，有837个仇杀令。刚点开白衣的头像，想使用仇杀令，系统已经连续出现了两个提示：

真是奇耻大辱！一川寒星使用仇杀令，将白衣击毙于京城郊外，并命令她当场三跪九叩首！

真是奇耻大辱！一川寒星使用仇杀令，将苍雪梧桐击毙于京城郊外！

红衣教和若如初见两边撕得水深火热，但其他人的关注点好像完全跑偏了……

【世界】折星：翩神回来了？我不去红衣教了，若如初见求开门。

【世界】亦韶华倾负：带我一个带我一个！求换帮！

【帮派】无哥是我：翩翩对不起啊，我刚才一个冲动，一个手抖就把他们全踢飞了。给你添麻烦了。

【帮派】凤舞翩然：咱俩谁跟谁，何况你做了我想做的事，干得漂亮。

帮会大量踢人会踢到元气大伤，这是所有 RPG 的定律。这种全帮被踢、第一高战又换帮的情况，更是对帮派摧毁性的冲击。最后回红衣教的人算上高战和管理，连七十个都没到。

这边游戏上闹得轰轰烈烈，我正好奇半天都没有看到苍雪梧桐出来冒泡，结果转眼就收到了他的微信："翩翩，我没在雷驰工作了。最近我思考了很多，觉得这两年自己心态也不怎么好。三十将近，却依然一事无成，并没有完成曾经向我妈许诺过的事情。结果为了达到目的，做了很多傻事。其中最傻的一件，大概就是让你走了……"

看到这里，我也说不出自己是什么心情，想了想回复道："没事，都是过去的事了。现在你也有了新女朋友，好好对她。"

"我们分手了。"

我的八卦心熊熊燃烧，特别想问他 "为什么啊？是不是她在游戏里抱你大腿，以为你是土豪，结果你并没有那么壕，你俩就无疾而终了，哈哈哈，活该，让你喜欢绿茶，让你喜欢"，但最后只是露出了老母亲般的笑容，优雅地打下了几个字："是吗，那好可惜。"

"其实从我们俩感情走下坡路开始，我也沉迷游戏了。但经过反思后，我觉得游戏确实不该多玩，该停下来整顿人生，重新出发了。"

"那很好啊，加油，你肯定可以的。"

"在我规划的未来里，一切都是新的，只有你，我实在无法抛在脑后。"

真是处处留情的好男人，刚分手就开始惦记我了。我叹了一声，微笑着打字："所以，你逛了一圈，发现还是我最好吗？"

"嗯。"

"可是我逛了一圈，发现还有更好的。"

"杜寒川年轻，没玩够，不会收心的。"

"这些我自己知道判断，不需要别人来告诉我。"

"对不起，是我多话了。翩翩，以前我没意识到自己是个多么幸运的男人，现在后悔也没办法，都是自作自受。"

郑飞扬果然是郑飞扬，还是这么会说话。我笑了笑，平静地打下最后一句话："祝你一切都好，工作顺利。"说完锁掉手机屏，不想再和他说话。

之后的一段时间里，杜寒川说要我养他，还真的身体力行地这么做了。他带我去跟游戏动漫公司的朋友吃饭，对方听说我在给《桃花万界2.0》画图，认真讨论起了用我画的画再尝试新的游戏概念，合作可以采用分成的方式，然后他们负责请人写小说、拍电视剧，做全产业链的推广。

聊了一天下来，我牵着杜寒川的手走出餐厅，抬头疑惑地看着他，问："我的画真有这么值钱吗？"

"千里马需要伯乐之眼。"有人快速从我们身边走过，杜寒川搂住我的肩，把我护在他怀里。

"感觉这样下去靠我自己还清债务也不是不可能，就是需要时间。"

"那当然。郝叔叔出来以后肯定会帮你想办法，但不管怎么说都是咱们家的钱，还是要努力一下的。"

听到他说"咱们家的钱"，我觉得心里暖暖的，忍不住靠他更近了一些。

"好啊，我会加油的。"

"你可要好好画画，别因为有债务就乱画，要对得起那些真心欣赏你画作的人，知道吗？"

"当然，我可是天赋型艺术家。"

"现在又开始谜之自信了？以前嘤嘤嘤说什么都画不好的爱哭鬼和现在的不是同一人吧。"

杜寒川念"嘤嘤嘤"的时候，后鼻音重，听起来特别直男特别刚。我抱着他笑了半天。

"不不不，我有天赋，还有一双发现美的眼睛。"

"这话你以前就爱说。"

"对哦，你以前说我看到的东西很肤浅，发现不了最美的东西。你所谓最美的东西是什么呀？"

说罢我抬头看着他，发现他的反应和高中时并没有太大差别，依然只是笑摸狗头的欠揍模样。我忽然灵光一现，愕然地说："难道，难道，你说的最美的东西是……你喜欢的女孩子吗？"我坏笑着戳了戳他的腰。

他"喊"了一声，没有直接回答我。

"和汪叔叔的合作，爸爸那边同意签字了对吧？"

"嗯！但这个问题你早就问过我了，不要转移话题。"

"……"

转眼间，万界争霸积分赛结束，淘汰赛打了两周，进入最后八强晋级赛。我们战队受邀到线下参加决赛，于是我和杜寒川一起飞到了北京雷驰总部。比赛当天，我们见到了无哥、梁小邪、大官人和他的女朋友。恶魔代言人没来，我们只在现场看到了他请的主播。

大官人和我想的完全不一样，身高一米七三左右，皮肤黑，有一些壮实，五官醒目，和身边的梁小邪形成鲜明对比；梁小邪是跟水彩颜料画出来似的清淡模样，和摄像头里差别不大，甚至更赏心悦目一点。他身材高瘦，一米八上下，但站在无哥身边一点也不显个。

无哥挽着梁小邪的胳膊，只比他矮一点点，留着短发，很瘦，穿着短裤、小皮靴和帅气的休闲外套，小脸大嘴，浓眉飞扬，皮肤状态特别好，笑起来脸上写着满满的无忧无虑，就像日本时尚杂志上走出来的模特。

"我了个去！"无哥冲过来就抓着我的胳膊，说话方式还是如此熟悉，"翩翩，寒哥，你们简直就是颜狗福利！我们每次叫寒哥出来面基他都拒绝，我一直以为他是长得没法见人的，现在我震惊了。"

"不见人就是不好看，你这神逻辑。"杜寒川满眼嫌弃。

"你和小邪也是颜狗福利呀，无无，你美翻了！"

无哥拍了我一下，说："别商业互吹了，咱们聊点实际的，你和寒哥奔现了也不告诉我，什么时候的事呀？"

"嗯……我们第一次见面距离现在还挺久了。"

"多久啊？难道比我和小邪还早？"

之后我们坐下来，讲了一下我和杜寒川的故事。听说我们是彼此的初恋，他们四个人都特别惊讶。

　　大官人和女朋友是最近才通过朋友认识的，比起游戏里那些他撩过的拗造型拍最美角度、打扮过分隆重的网红美女，她的打扮朴素很多，笑容也更灿烂更自然。和大官人站在一起的她显得很娇小，尽管两个人交流不多，她全程在倾听他说话，他时时刻刻都用胳膊护着她，不让她离开自己三步以外的距离。

　　从他们聊天中得知，大官人把财政大权都交给了女友。打完这一届万界争霸后，他打算把号卖了。

　　"这破游戏，太烧钱了。我的号虽然没你俩的那么顶级，但好歹也是一大号，还是交给有能力养它的人玩吧。"刚说完这句话，他的手机振动了一下。他拿起看了一眼，不耐烦地说："唉，真的烦死了。"

　　"谁呀？"他女友好奇地看着他。

　　"就游戏里那个女的，微信都拉黑了她还在发短信骚扰我，都不知道哪里来的自信。"

　　"上次微信上找你那个女生？她确实挺漂亮的。"

　　"管她漂不漂亮，我就觉得她脑子有问题。她嫌我穷，在游戏里把我踢了，这事就告终了吧。结果她现在反而天天烦我，发哭泣的视频到我的邮箱，也不知道她想干吗。"

　　我被他整张脸都皱起来的样子逗笑了，问他："你说的不会是幻巧儿吧？"

　　"还能是谁啊。"

　　"她还想和你和好呢？"无哥也来了兴趣。

　　"你看她这短信，说她没我活不了了。你说，我跟她见都没见过，她怎么就没我活不了了。"他皱着眉，把短信删了。

　　最近现实很繁忙，对游戏里的各种新瓜，我都有些跟不上进度了。我从无哥那里得知，三姓寡妇再次变成了寡妇，天天帮听风上号，但听风永远不上线，所以现在她可以改名叫四姓寡妇了；那次帮派踢人后，红衣教完全消声，红衣似乎和白衣、紫衣撕了几次，白衣、紫衣二人退过帮会，后来又回去了；红衣知道雨勿忘结过婚以后，果断把雨勿忘离了，现在雨勿忘的号又一次上了易游网……

　　但最让我惊讶的是小恶魔的事。我问他们为什么小恶魔没有来参加线下比赛，无哥趁杜寒川在跟别人讲话，偷偷跟我说："其实我一直觉得小恶魔暗恋你，你和寒哥离婚那会儿，他都变成成男了。后来看和你没戏，他又变回了小正太。"

　　我摇摇头说："小恶魔只是黏我而已，他年纪很小吧，应该不懂什么暗不暗恋的……"

　　"有道理，他那么萌，应该是小孩。"

　　大官人抽了抽嘴角，说道："什么小孩啊？恶魔代言人？他是离婚大叔好不好，在和前妻复合中，孩子都好大了。"

　　"啊？？？"我和无哥同时受到了惊吓。

　　"是的啊，你俩的年龄加起来可能和他差不多大。"

　　"我不相信。你怎么知道的？"无哥按着胸口，眼睛瞪得圆圆的。

　　"嘿，我骗你们有钱可以拿吗？他自己说的。"

　　"那他说话为什么这么萌？"我还是觉得不可置信。

　　"立人设呗。你们是第一天玩游戏吗，还不知道现实和游戏差别很大？"

　　事实很令人震惊，却也顺理成章。玩了这么久的《桃花万界》，我从没看到小恶魔得罪过什么人。如果他是个年轻男孩，有钱又有高战号，没道理还保持那么平常的心态玩游戏。面对一川寒星，他要么心甘情愿当小弟，要么直接撕得天崩地裂。而小恶魔对一川寒星一直客客气气的，既不僭妄，也不盲目崇拜，稳重得不像孩子。他对我的态度更微妙，有好感却不主动，大概是因为知道牵扯到感情，几乎没可能有 happy ending（好结果）吧。我和杜寒川离婚后他的举动，应该是他第一次也是最后一次如此冲动……

　　我看向大官人，问他："他是什么时候和前妻决定复合的？"

　　"就最近。他说玩了三年多游戏，忽然觉得自己对前妻不够好什么的。"

　　年轻，确实有很多试错的机会。对人生走了大半的人来说，稳重有时是不得不为之的气质。现在我不再觉得小恶魔那么可爱了，却觉得他更真实了一些。

　　我挽住杜寒川的胳膊，和他一起进入了万界争霸决赛现场。

　　因为我的大号退出了第一女神团，我们战队的团战冠军赢得没有什么悬念，排在后面的战队反而打得比较热血沸腾。

进入个人冠军决赛最后的阶段，大荧屏上，穿着一身正装的主播兼解说员面带喜色地说："接下来这一场应该是各位观众最期待的吧。比赛三局两胜定最终赢家，也象征着全服巅峰鬼炼和魔道最高水准的对决！"

现场投射灯乱晃，最后打在了荧屏上，我和杜寒川的游戏人物面对面站立。主播热情澎湃地喊道："再次欢迎北界之巅的两位大神来到咱们万界争霸的决赛现场！欢迎凤舞翩然、一川寒星！"

全场荧光棒浪潮般此起彼伏，同时响起了轰隆隆的掌声，像同时敲响几百面鼓。

倒计时开始。我扶了扶耳机，主播的声音已经被隔在了很远的地方。我调整好座椅、鼠标、键盘位置，然后站立不动。杜寒川却像七岁小男孩一样，还有四十秒时就已经开始左右位移。我想，跟自己男朋友打架，谁赢谁输其实问题不大，反正冠军亚军都是我们的。所以我很淡定，到最后五秒才开始晃动人物躲技能。

比赛正式开始后，按照惯例，打魔道锁定不让他乱跑才敢下手。前三十秒，我没能精准地抓到他，他的远距离攻击都被我躲掉。我俩的技能基本全进入CD，每个人都死了一只宠物。然后，各自跳到副本边界等CD。

又一轮开战。我俯冲过去，用假动作让他预判失败，精准地抓住他。他被我晕了，吃了我一整套爆炸输出。他使用技能后闪两下，换宠，一边跳逃，一边丢远距离技能磨我的血，等十五秒切宠CD过。我一直跟着他，却不输出，心中默数十二下。最后三秒时，知道他在忙着切宠回血，我赶紧冲过去想一套带走他。谁知，技能刚丢出第一个，就发现他的手抬了一下，又闪跳了一下。

惨了。我晕了。接着三秒内，我只能看着他华丽地扔出一套连招，我的血掉得跟井喷似的，他又将"魔刃绝灭"四个大字和四把剑召唤过来，迎面补了最后一大刀。画面一灰，我躺了。

现场的掌声源源不绝穿透耳机，传到我的耳朵里。解说的声音也隐隐响起："……让我们再看看回放。刚才一川寒星这个假动作接得很妙，假装在等CD切宠回血，其实是在进行丝血回击的博弈，抬手又后摇，隐藏技能，绝地反杀。打得非常漂亮……"

对这家伙，果然不能掉以轻心！我要收回开始自己那些过度善良的假想，不会因为他是我男朋友就放水。下一把要认真了！

第二轮开始。我的状态特别好，一点不犹豫，冲上去就直接抓他、输出、控他，打得他几乎没有还手的余地。这一把我不仅概率技能方面很欧，反应也很快，哪怕后来他逃脱了，把我打残了，我也闪现了一个大招绝地反杀，赢得比较顺利。

第三轮是至关重要的一轮，我们俩比第一轮打得还谨慎，互相磨了一分二十三秒的血，都在努力寻找对方的破绽。结果磨到一半，一川寒星忽然不动了。这是卡了？死机？

我对着他的人物就是一阵疯狂输出。打得他只剩一丝血了，他也没有动。我一头雾水地停了手，想探头去看看他那边是不是网络有问题，但又怕他忽然活过来把我杀了，于是只能稍微抬一下头，看看屏幕，又抬一下头……

忽然，有人拍了拍我的肩。我回头一看，杜寒川正站在我的身后。他对着屏幕扬了扬下巴说道："快打，打完我们走了。"

"啊？"我惊讶地眨了眨眼，"你不打了吗？"

他微笑着摇摇头说："冠军奖励留给你。"

我看了看游戏里正面对面发呆的两个人，只觉得心里很暖，想给他一个大大的拥抱。于是，我摘下耳机，站起来，牵着杜寒川的手出去了。

全场哗然。主播说了什么，我没在听，只是把头靠在他的肩上，甜甜地笑了。

凤舞翩然和一川寒星到底谁更厉害，这个问题很多人都想知道，曾经我也很想知道。自己到底有没有凌驾于全万界之上的实力，什么时候能够冲刺到二十万战力，什么时候能收集好全部的盘古神器，这些曾经我最关注的问题，一度占据了我全部的生活。

但现在，游戏里是否会有答案已经不再重要了，因为答案都在现实里。

这一场比赛结束后，许多人慕名来我们区，北界之巅很多玩家都加入了若如初见。帮会霸服后，游戏里的一切都趋于平静，进入了佛系养老状态。当然，我也不清楚到底是我们区开始养老了，还是因为我开始养老了所以觉得别人也养老了，总之，我和杜寒川把注意力都放在了学习和工作中。

有一天早上，我突然察觉自己很长时间没吃抗抑郁的药了，却没想起是什么时候开始停药、什么时候不再复发的。

随后，我和一家合作过的出版公司签了新画册。虽然规模没有我之前合作过的那家公司大，但他们做画册更精致，保证的推广力度也很大。想想我之前的推广渠道从八个变成四个，四个又变成后来完全没宣传、跟出私印一样只剩一家网店渠道，地面断货，就觉得自己凉得差不多了。这次出版新画册是重新开始，我已经把自己当新人看了，所以并没有抱太大的希望。

出版前，责任编辑发了一封邮件给我："翩翩，明天你的画册预售，记得把这些链接发到微博哦。早上十点或晚上八点都可以，网络流量比较高。我们联系了微博去开白名单，避免链接太多会被微博屏蔽的情况。"

"好嘞，明天我会发！这你都想到啦，厉害了。"我回复她以后没有打开她发给我的 word 文档，直到第二天发微博前一个小时，才迟钝地反应过来她那句"链接太多会被微博屏蔽"的意思。文档中，一大串发行渠道的名字，看得我愣住了。我从上往下数了数，1，2，3，4，5，6，7，8，9，10……

十个。

十个渠道。我出道到现在，第一次发售到了十个渠道。

我蒙着把链接发在微博上，看着飞涨的评论，还有编辑发来的微信消息："翩翩，你上榜了！才发五分钟就上二十四小时畅销榜了，而且爬得好快啊！"

"啊，这么给力！！"

这时，妈妈给我端了一杯酸奶进来。我喝着酸奶，在朋友圈和粉丝群里发消息让大家支持我的新画册，卖力地吆喝着："买买买，大家多多支持我啊，我上榜啦！翩翩冲呀！！"

吆喝到一半，我高涨的情绪突然顿住了，然后一脸迷茫地看着电脑屏幕，许久不动。

忽然，眼泪大颗大颗掉下来，我哭得跟狗似的，把胸前的衣服全都打湿了。我用手臂猛擦眼泪，觉得这个动作太像小学生，于是抽出纸巾擦眼泪，一边喝着酸奶，一边热血沸腾地发送消息为新画册吆喝，咬着牙关，眼泪和着酸奶全部往喉咙里咽。

耳朵里嗡嗡的，酸奶已经没什么味道了，但这也是我这辈子喝过最美味的一杯酸奶。

狂风骤雨后，翻山越岭后，悬崖峭壁上，黎明的第一道光很美丽。

半年后，汪叔叔成功融资了我们家的公司，正在进行债务清理。与此同时，我也听来了一个挺意外的消息：石天打官司钻法律空子整法人子女的行为引起了很多人的反感，因为他们一直位高权重，手中资源人脉很广，其他债权人、相关部门都敢怒不敢言。但在我爸进去后，他们数次提出要吞并辰康的要求被我爸断然拒绝，已经像上次那样遭到了其他债权人的强烈不满，加上他们原本就很困难，长期打官司，人情也好，资金也好，都耗得几近弹尽粮绝，现在债权人们开会讨论如何处理债务问题，法院都没有直接通知石天去。

石天对此很担惊受怕，唯恐分不到钱了，一直在想方设法和其他债权人套近乎，想知道法院最近的决策如何。而其他债权人则表示，还好你们没来人，不然你们的脸上可能会被扔鞋子。他们又想故技重施，拿我当筹码威胁爸爸，没想到邹叔叔找来了一个很有实力的律师，强有力地反击了他们，现在正在信心十足地准备帮我摆脱这个冤假错案。于是石天更慌了。因为他们已经把爸爸弄进去了，如果爸爸咬咬牙愿意坐几年牢，就可以省掉好几个亿。石天除了整了人，什么也得不到。

不过，全家人都还是同意爸爸走正常流程还债，只要人平安就好。但走正常流程石天能分到的钱，或许就不够填补他们公司的大窟窿了。

伤敌一千，自损八百，玩到最后两败俱伤，也不知意义何在。

我和多家公司的合作也步入了良好的轨道。然后，我举办了第一次个人画展。非常巧合的是，画展开始的第一天，妈妈来电告诉我，爸爸马上就可以从看守所出来，让我准备准备第二天去接他。挂了电话以后，我心神不宁，在展厅的休息室里来回踱步。

"翩翩，没事的，不要紧张。"杜寒川拍拍我的背，平静地说道。

"要见到我爸了，你不紧张？"

"距离见到爸爸还有十八个小时四十三分钟呢，不紧张。"

"……"我没发出声音，但笑得合不拢嘴。

"郝老师，你画展门票的黄牛太嚣张了，专门买了那么大一摞翻十倍卖，这是赚年轻人的钱啊。"画展主办方叹了一口气，对门外的黄牛充满鄙夷地丢了一个眼神。

"限购没办法阻止黄牛的。"熟悉的声音从我们身后响起，我转过头一看，是我的出版责编。她带着一个小女生走过来，露出慈母般的笑容对我说，"我们翩翩厉害啊，你的粉丝听说你在这里，说什么也要见你，请你给她签名，我就自作主张把她带进来了，你不会介意吧？"

"当然不会。"我对那个小女生笑了笑。

"翩翩，我居然见到你本人了……我我我我，说不出话了。"

小女生看上去十三四岁，眼睛很大，脸肉嘟嘟的，笑起来卧蚕鼓鼓的。她捧着脸一阵兴奋后，从书包里掏出四本我的画册问我："帮我签个名可以吗？"

其中一本画册其实有些老旧了，但用包书纸小心翼翼地包了起来。我翻开一看，有些不好意思地笑了。

"哇，这么老的画册你也有，这本是我的黑历史，一点都没修过，当时糊里糊涂就出版了，现在都绝版了。"

"可是我很喜欢这本，这是你的处女作，我觉得不加修饰的翩翩也很棒啊。"

"你这是情人眼里出西施。"我翻开画册，拿着荧光签字笔，问道，"写什么名字呢？"

"啊啊啊，是 to 签吗！！"

"当然啦，你都在这里了。"

"这两本可以写不一样的名字吗？？"

"当然。"

"哇哇哇，翩翩你太好了，我要哭了。那这一本，你写 to 白小颖好吗？"

"好。"

我写下了"to 白小颖",在底下签下了"郝翩翩"。

我翻开另一本画册,问:"这一本呢?"

"写白菜霸霸好了。"

"白菜爸爸,哪几个……"我愣了一下,缓缓抬头,"白菜霸霸?"

"对啊,不是爸爸那个爸爸,是霸王的霸。"白小颖用力点点头,看上去乖巧又可爱。

"这个……是你的网名吗?"

"对啊,以前我玩游戏就叫这个名字,游戏里的哥哥姐姐们都叫我小白菜。对了,我还认识了一个很好的大姐姐,名字和你一样呢!"

"好的,小白菜,你的梦想是什么呢?也是当画家吗?"

"翩翩你居然知道,你好厉害啊。"

我点点头,虽然笑着,胸腔中却像满溢着热泪,有些想哭。我低头签上了"to 白菜霸霸",又迅速在第一页空白处画了一个 Q 版的她,头上顶着一棵圆溜溜的小白菜。我把画册递给她,微笑着说:"你肯定可以的。加油啊,小白菜。"

"好的翩翩!我太爱你啦!"

游戏和现实确实是完全不同的世界。当初白菜霸霸被他们杀到 A 游戏的时候,我那种愤怒到快爆炸的感觉,现在记忆犹新。

游戏里的大佬、成功者,很可能在现实中有无法跟任何人倾诉的悲痛。他们用虚拟的方式演绎热血与激情,施展着生活中实现不了的抱负,弥补着生活中无法挽回的遗憾。

而那些永远变成灰色的头像背后,或许有着一段又一段精彩的人生。

就和现实世界一样,游戏世界不会停止运转。

虚拟世界的大门光芒万丈,灿烂诱人。

踏入这道门,任何人都有机会获得称霸天下的武器、光鲜亮丽的衣服、快意江湖的故事。这个世界时常会让人迷失,让人忘记四季的花香、微风的抚慰、变幻的空气温度、亲人的拥抱,还有初夏第一滴从房檐掉落在手背上的雨水。

可是，它又是如此精彩绝伦。

因此，每天都有很多人从这个精彩的世界进进出出。

佳人翩翩、白菜霸霸、大官人、雨玲珑、慕殇、苍雪梧桐、雨勿忘、夏日凉、幻巧儿……那些已经离开或淡出游戏的名字；无哥是我、恶魔代言人、云备胎胎、美人爆爆、红衣、紫衣、白衣、弯弯酱……那些依然在游戏里活跃的名字，不管是朋友还是敌对，他们都真真切切地在这个世界鲜活过，鲜活着。

还有凤舞翩然、一川寒星。

亦真亦幻，美得就像做了一场梦。

但在这段全新而不同的人生里，我们投入了那么多的感情，如此真切，它不像一场梦。

送走白菜霸霸后，我挽着杜寒川的胳膊，在即将营业的展厅里溜达了一会儿。

责编跟着我们，抬头看了看我的画，说："翩翩，这一幅油画太美了，和你以前的作品都不太一样，要作为重点展示出来。下个月我打算把它放在画展展厅的正中央。你看如何？"

"给力。我也最喜欢这一幅画，拿来当我新画册的封面吧。"我对她伸出大拇指。

杜寒川抬头看了看那幅画，说道："翩翩，这幅画你一直没命名，现在想好名字了吗？"

那幅画上，女孩牵着大红色的裙摆，在桃花飞舞的星空下轻盈走路，黑发飘逸，与裙子宛如在翩翩起舞。画这幅画的时候，我的心情很愉悦，再看看他们看画时的表情，也是相当怡然自得的。

人生真好，有音乐，有舞蹈，有万物复苏的芬芳。人生真美，透过我们的双眼，可以看见那么多动人的事物，例如水池边抓着裙摆俯瞰水里游鱼的小女孩；路边扭着屁股追着主人跑的泰迪熊；被祖父放飞到蓝天下给孙子看的遥控飞机；我身边这个男孩子；还有这幅糅合了我最好心情画出的画。

活着确实很痛，但痛过之后的新生，也拥有以前从未有过的极致美丽。

我想起妈妈跟我说过，她为我取名翩翩，就是希望我不管遇到什么样的困难，都能保持初心，像蝴蝶一样翩翩起舞。

一生很短，也很长，以后也还会有其他各种各样的困境。但是我知道，不管受多少伤，都会迎来同样的新生，宛如蝴蝶破茧而出，在辽阔无边的蓝天下翩然起舞。

我看了看那幅画，又回头望着杜寒川，微笑道："亲爱的，《翩翩起舞》这个名字你觉得好听吗？"

"很好听。"他欣赏了一会儿画，忽然笑着说，"现在还有活到一百岁的愿望吗？"

"想。"我用力点点头，"我想活到一百岁。"

（全文完）

君子以泽
二〇一九年九月十四日
于上海

番外：翩寒婚后日常

（一）

翩翩的朋友们对杜寒川的评价是："好高冷，感觉很难接近。"

但只有翩翩知道，他只是有高冷王子病，属性其实是宅男，还很容易热血。游戏是他生活中必不可少的一部分。

一天晚上，杜寒川在玩一款三国题材的游戏，翩翩在旁边看书，刚好也是历史类的，就问他："亲爱的，如果让你生在乱世，你想当什么样的人呢？"

"赵云！"杜寒川又"热血"了。

"我就知道你想当赵云，喜欢赵云的人在爱情里都是很专一的，从你十年如一日喜欢赵云这一点就能看出来了。"

"这是什么逻辑，为什么喜欢赵云的人会专一？"

"常胜将军，却没想过叛变或者造反，一直忠心耿耿，有这样想法的人心态都很好，容易满足，当然专一啦。"

"那你想当谁呢？"杜寒川挑了挑眉。

"你猜！"翩翩没想到他会反问自己，也来了兴趣。

"吕布。"

"……你走。"

"不会是貂蝉吧？"

"当然不是，我想当那种'偏科'很严重的谋士，极擅谋略和内政，除此之外什么都不会。忠诚但不固执，智慧压倒所有属性的那种。最好是跟一个全能型主公，然后人家提到主公之后立刻想到的头号智囊就是我！又不功高震主，又是王佐之才，还可以跟着大哥混，被大哥当成贴心小棉袄，吼吼。"

"郭嘉那种？"

"对的，就是郭嘉那！你知道性转一下，这样的女生会是什么样的老婆吗？"

"嗯？"

"脑子特别好使，能在事业上帮助老公，分担老公的压力，但别人提到这对夫妻，还是觉得老公更有威严的那种超超超甜的小娇妻！"

"你怎么什么都能扯到爱情。"

"因为你就是我的爱情呀。"

"……"

"你不光是我的爱情，还是我的阳光，我的青春，我的亲爱的！"说到最后，翩翩还对他做出了一个比心的手势。

翩翩热衷于对老公说土味情话。这依然是满溢土味情话的一天。但很显然，这一套杜寒川吃了。

他无声笑了起来，很久都没停下。

杜寒川的好兄弟们都没猜到，雷驰太子爷会这么早结婚，而且婚后就只专注于工作和家庭了。他本来学习能力就强，思维敏锐犀利，不管做什么事都很轻松很有效率，哪怕没有父亲的帮助，依然能够把事情做到最好。婚后又无比忠诚和坚定，一个好习惯养成后，可以保持很多年，婚戒24小时戴着，洗澡都不摘。

杜寒川不会讲情话，婚前就只会尬撩，婚后更是只剩了毒舌。但在翩翩心里，他简直就是全世界最帅的男人。

恋爱脑的翩翩无比黏他。而且，只要他在身边，翩翩就没法专心画画。每过二十分钟，就要把笔放下来，去骚扰他。蹭他的脖子，坐在他的腿上，像树袋熊一样抱着他，问他一些傻乎乎的问题，如："你爱我吗？"

"爱。"秒答，标准答案。

"那你想和我结婚吗？"

"老婆，我们已经结婚了。"

"真的吗？可是我怎么觉得你更像男朋友，不像老公呢！"

"……"杜寒川又只是笑。

"所以你想和我结婚吗？"

"想。"

"那你要求婚吗？"

"嫁给我好吗？"

"不行，你没有单膝跪下。记得三年前你怎么求婚的吗？"

"记得我老婆三年前装得多乖巧而今天作上天吗？"

"只记得我很美丽你很爱！然后我今天也很乖巧！"

"……"杜寒川捏着她的脸，"你怎么可以做到又黏又作的？"

虽然嘴上一直嫌弃，但这也很好地解释了很多人看不透的现象：那么不羁的杜寒川为什么会这么早结婚，而且婚后就跟人间蒸发似的，再也不出来社交了，变成了个十足的宅男。

（二）

每个工作日，翩翩和杜寒川都忙于工作。一到周末放松，他玩战略游戏，翩翩玩少女游戏，两个游戏迷坐在同一个房间，待一整个晚上。

翩翩以前从来不知道，婚后的生活也可以这样幸福。把爱情、友情、亲情放在同一个男人身上，可以永远像十六岁少女，依偎在心上人的怀里，蹭他的脖子，光明正大地捧着脸花痴自己的男神，不怕被看穿她的智商一秒降低了……

当然，也可以被突然变得像小学生一样幼稚的男神塞到他的衣服里，隔着衣服，笑着摸头；脸被他捏成各种奇奇怪怪的形状，面无表情地看他笑出眼泪；在家里帮她搬新邮购的东西，突然把箱子放在她的脑袋上，然后他笑到她爆炸了，用头去撞他……

"幼稚！"最后总是翩翩先破功，"快点跟你老婆道歉！！！"

"对不起老婆。"

"不是这句！重来！"

"哦哦，我爱你，老婆。"

"我也爱你，原谅你了，哼。"

（三）

翩翩有几个很关注的美妆博主，尤其是"口红一哥"。每次刷他的视频前，她都告诉自己，只看看就好，不要剁手，不要剁手，但最后的结果总是她打开网店，激动地喊："这个好，买买买！这个也好，买买买买买！"

杜寒川在旁边很淡定地做他自己的事情，充耳不闻的样子。

翩翩有些心虚地说："你是不是听到老婆买东西，感觉心在滴血？心疼家里钱什么的……"

"心疼家里钱？"杜寒川理直气壮地白了她一眼，"对于我没有支配权的东西，我为什么要心疼？莫名其妙。"

今天的小杜，是财政大权完全上交还觉得活得像个皇帝的自信男人。

（四）

杜寒川的毒舌属性，也随着结婚时间增加而越来越严重了。

翩翩觉得有些寂寞。曾经他不是这样的，恋爱时期的杜寒川，白净瘦高，爱穿白衬衫，经常拿着鲜花和七彩气球，跟王子似的在约会地点等她。于是，她就翻出一些少女动漫里的男主角给杜寒川看，还委屈巴巴地说："你看，你看，你结婚前和他一样痴情，看着我的眼神里好像燃烧着甜蜜，现在就是活脱脱一霸道总裁。所以我从来不看写霸道总裁的小说，想被毒舌，玩什么游戏，玩自己老公就完事了。"

杜寒川还觉得很高兴，因为他一直不想当太子爷，而是想当真正的成功男人，听到翩翩说自己是霸道总裁，他觉得自己事业成功。很好，像个成功男人的样子。

翩翩知道他心里是爱她的，但他完全控制不住打压她的嘴。跟他相处，她经常会被气到需要捎人中，说你等着，我现在就来跟你同归于尽。

但某一天发生了一件事，让翩翩改变了。

因为编辑催着交画稿，有一天她熬到了半夜三点。杜寒川他们这个行业的熬夜加班是家常便饭，那天也加班到半夜三点，到家时疲惫得不得了，面对笑得如同小太阳的翩翩，他的反应超冷淡："我去洗澡了，只能睡两个多小时，六点要去公司。"

"怎么这么快就要走了。"

"要去讨论新游戏的开发方案。"说完转身就进浴室。

翩翩原地沮丧了。

她也是干活累到不行了，但总是会把最快乐的一面留给他，可他呢，总是板着"棺材脸"，伤心……说好要爱她一辈子的呢！为什么要嫁给一个和工作结婚的男人，他根本就不爱她。她好可怜，说好每天回家抱抱她说爱她的呢！就算睡不够，也要坚持打游戏，抱一下老婆只要五秒而已，都做不到吗……呜……

以上内心独白，不难解释，为什么翩翩在手机上给他的备注是"亲爱的"，他在手机上给她的备注却是"敏感受"。

敏感受委屈了半天，突然想起一件事：杜寒川的公司最近搬家，搬到了离他们家很远的地方，不管坐什么交通工具，都要一到一个半小时才能到，往返差不多要三个小时。也就是说，他回家睡的时间，比在车上的时间还少。以前半夜三四点的时候，翩翩已经睡了。他忙的时候经常这样，她睡的时候他没回来，醒来的时候知道他回来过，却不见他人了。

看着他瘦成闪电的背影上了楼，她追上去扑到他怀里，哇哇地哭着说："亲爱的，你真的好爱我啊，我好感动……"

杜寒川皱眉深思，说道："你这是什么魔鬼台词，难道不是应该说'我真的好爱你'吗？"

"我真的好爱你。"

然后，杜寒川的回答还是让翩翩毫不意外的"嗯"。

以前杜寒川给出过这么无趣的反应，翩翩曾经问过他，你怎么老不说你爱我。杜寒川说，我是男人，男人都是含蓄的。她说，别甩锅给男人，这锅男人不接。

但这一次，翩翩没对他的"嗯"再抗议了："以后你如果加班太辛苦，就不用回来了，在公司附近的酒店住就好，可以睡够6个小时，早上吃点好吃的。你这样跑来跑去太累了，我很心疼。"

"我还是要回来。不然你一个人在家里又要胡思乱想。"

其实他不说，她也知道他为什么回来。

这个家里只有她，他坚持每天回家的原因也只有一个。

于是，那天晚上，翩翩决定了，再也不要求他甜言蜜语了。甜言蜜语什么的，追追剧，看看言情小说就好。杜寒川这样就很好，不用改了。

然而，人是不可能这么轻易改变的，翩翩是不可能乖的。

过了一段时间，她还是会各种灵魂拷问他，我爱你你爱不爱我；你到底爱不爱我；你不爱我为什么不说；你看我爱你我都说了；你说了我才知道你爱我啊……

唉，女人。

（五）

结婚以后，杜寒川经常为工作寻找灵感而下载一堆手游。每次看他打得那么认真，翩翩都会有些好奇，不充钱的杜寒川在游戏里会做什么。

有一次，杜寒川看翩翩在玩一款新游戏，也去开了个号，找她一起玩。见他玩得认真，翩翩又开始好奇了，于是凑过去，想看看新手寒大佬被人吊打的画面，结果发现，他在游戏里的运气总是好得不正常。他30多级时就加入了特别强的公会，申请一个中一个，从没被踢，反倒是他嫌弃人家公会不够好，完全忽略他在公会里等级最低的事实；每次他戳进等级很高的队伍练级，队长也都不会踢他，于是经常看到83级，82级，78级，47级（一川寒星），84级，这种等级差很大的队伍，整得像一个代练小组在带一个土豪号刷级一样。

翩翩说："你在里面如此突兀，40级打七八十级的怪，没有羞耻心吗？赶快来我们50级的队。"

杜寒川说："不要，你们等级太低了。"

“就是在我们队你也是最低级的好不好，别闹了，被踢多尴尬。”

“不。”

这就是杜寒川的强项了。他虽然只有40多级，却有100级的气势。或许迷之自信真的是有用的。总之，他从没有被踢过。

翩翩说：“这些队有点饥不择食啊。”

杜寒川说：“人品好，羡慕不来的。”

后来翩翩仔细想了想，不是他人品好，一切原因出在他的游戏名上。瞧瞧队里其他人都叫什么，哥们儿你下盘不稳啊，文静宝宝，窈窕淑女，过火的爱，在这堆名字里，突然出现了一个“一川寒星”，略有气质。有一回，还真有队友说：“哥们儿，你也知道《桃花万界》的一川寒星？名字取这么大，以后要称霸全服的节奏啊，牛。”

杜寒川不想打字，回答总是简短。但对方总是一直说个不停，比踢了他还难受。最后他自己退了：“打游戏不花钱就是很难受，人家总找你讲话。”

“被人喜欢有什么不好的……”

结果，杜寒川还真不喜欢被人喜欢，去找主播来练号了。

翩翩看着队伍里的“僵尸老公”，面无表情地说：“少侠，你怎么又找主播了？”

杜寒川淡淡地说：“没时间玩就花钱，这叫资源合理分配。”

“游戏的意义就是享受，请代练的意义又何在呢？”

“超过你。”

“本来就是我拉你进来玩的。”

“比你厉害，才能保护你。”

“这解释很感人，但一个纯输出的‘脆皮’，要保护同为输出的‘脆皮’，难度不是很低吧。”

然后，翩翩看见他给主播发消息说：“重新练个号，选T或奶爸。”

翩翩：“……”

发完以后，杜寒川回过头看了翩翩一眼，说：“申请财务拨款，给批准吗？”

“……”

（六）

翩翩是一个脑洞很多的画家。每次她想突破一下画风时，总是会担心不够商业化，想着是不是还是要适当迎合一下市场。把这份担忧告诉杜寒川以后，他说："你什么都别考虑，尽全力画你自己喜欢的风格。你只有在完全付出心血后，打动了自己，才能打动别人。至于钱，是你完成画作之后，自然会来的东西。"

翩翩歪了歪头说："那我完全不考虑赚钱的问题吗？"

"不用考虑。"

"一点都不用考虑吗？"

"一点都不用。"

"没收入怎么办……我都结婚了，不想找家里要钱了。"

"你不是还有我吗？"

"我完全没收入的话，你会养我吗？"

杜寒川莫名其妙地说："我不是一直都在养你吗？"

面对杜寒川直男式的温柔，翩翩难得没有嘴甜地回应他，只是默默给杜寒川的妈妈发了一条消息："妈妈，谢谢你。"

婆婆是个怎样神奇的女人，能把儿子生得这么高，这么帅，这么白，成绩好，工作能力强，还有责任感。

翩翩只希望，以后当了妈妈，能像她一样成功。

图书在版编目（CIP）数据

桃花始翩然 / 君子以泽著 . -- 长沙：湖南文艺出版社，2021.1
ISBN 978-7-5404-6144-7

Ⅰ . ①桃… Ⅱ . ①君… Ⅲ . ①长篇小说－中国－当代
Ⅳ . ① I247.5

中国版本图书馆 CIP 数据核字（2020）第 025753 号

上架建议：畅销·青春文学

TAOHUA SHI PIANRAN
桃花始翩然

作　　者：君子以泽
出 版 人：曾赛丰
责任编辑：刘诗哲
监　　制：毛闽峰　李　娜
策划编辑：张园园
文案编辑：孙　鹤
营销编辑：刘　珣　焦亚楠
封面设计：梁秋晨
版式设计：李　洁
封面插图：凌家阿空
出　　版：湖南文艺出版社
　　　　　（长沙市雨花区东二环一段 508 号　邮编：410014）
网　　址：www.hnwy.net
印　　刷：三河市兴博印务有限公司
经　　销：新华书店
开　　本：640mm × 915mm　1/16
字　　数：367 千字
印　　张：24.5
版　　次：2021 年 1 月第 1 版
印　　次：2021 年 1 月第 1 次印刷
书　　号：ISBN 978-7-5404-6144-7
定　　价：49.80 元

若有质量问题，请致电质量监督电话：010-59096394
团购电话：010-59320018